饲犬
Siquan

鸣銮 著

长江出版社 CHANGJIANGPRESS　漫娱图书

"我没有什么愿望。"

"那我帮你许。"程晋山买了两块木牌,背着她神神秘秘地写了几个字。

项嘉想,他许的十有八九是希望和她修成正果。但她猜得不对,两个愿望一模一样——

"希望我们家项嘉平平安安,长命百岁。"

目录
CONTENTS

CHAPTER 01
咸·阴差阳错 _____ 009

CHAPTER 02
麻·朝夕相处 _____ 045

CHAPTER 03
鲜·怦然心动 _____ 086

CHAPTER 04
涩·恩怨痴缠 _____ 125

CHAPTER 05

161 酸·爱如荆棘

CHAPTER 06

208 苦·坦诚相待

CHAPTER 07

236 辣·同生共死

CHAPTER 08

274 甜·寻常烟火 番外卷

她以为天早在多年前就黑透,
可他用坚定且纯粹的爱告诉她,
曙光即将到来……

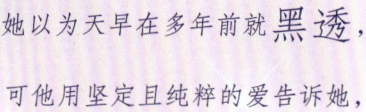

XIANG JIA & CHENG JIN SHAN

咸·阴差阳错

第一卷
CHAPTER 01

你听说过城中村没有？在发展过快的城市化进程中它是激进精英眼中的"毒瘤"，也是挣扎于贫困线上的人们的"乐土"。

这里有低到不可思议的房租、与居民消费水平相匹配的物价、五花八门的流动摊位、热热闹闹的人情百态，藏污纳垢，光怪陆离。

穿过横七竖八的小路，在这座城中村的深处，有一个毫不起眼的菜市场。年久失修的门头上印着几个字——佳好农贸集市。"好"字缺损右半边，变成"佳女"，"农贸"与"集市"双拼，土不土洋不洋，透着点儿诙谐。

这里上午九点营业，晚上七点关门，生意不好不坏，勉强维持正常运转。临近过年，客流量大了些。然而，进门的顾客多数会忽略右手边第一个摊位——定式思维作祟，总觉得好酒都在巷子里头。

这是个不大不小的干果铺，一年三百六十五天都开着店门，唯一的女营业员好像从不需要休息，连穿的衣服样式也差不多，成了"佳好"的标识之一。

"红枣多少钱？"抱着孩子的女人经过，随口问道。

"大的十五一斤，小的十块。"

营业员头发很长,随意披在肩上,发梢干枯毛糙。她的刘海也很长,盖住了眉毛眼睛。她很喜欢戴帽子,偶尔忘记戴帽子,便低着头,就连对面卤肉店的老板娘也说不清她长什么样子。她声音倒好听,又脆又润,听得出来年纪不太大。

"便宜点儿呗。"家庭主妇最会过日子,讨价还价道。

"成本价,不能再低了。"她的嘴唇干干的,有些开裂,态度不算热络,透着种公事公办的冷漠,"要不再看看别的,一起算账。"

女人买了两斤红枣,一袋猕猴桃干,一袋杧果干,被抹了零头,满意离去。

"项嘉,你过年回老家不?要不买点儿卤肉回去?姨不赚你的钱。"对面的老板娘边嗑瓜子边讲闲话,模样富态又喜庆。

"谢谢香姨,不用了。"叫项嘉的女营业员似乎有些"社恐",无法适应中年妇女自来熟中带着冒犯的聊天方式,转身去隔间的仓库理货。

她没有家,也不想买卤肉。最便宜的卤鸡肝也要十块钱一斤,买生货回家自己卤,合下来成本不到五块钱。

快下班的时候,老板过来视察工作,翻了翻账册,见项嘉记得很仔细,不住点头:"小项,这段时间辛苦你了。"

"不辛苦。"项嘉面对老板也紧张,她扯扯衣角往后退了半步,盼着他快走。

老板问了些过年需不需要放假的客气话,见这个员工一如往常地敬业,要的工资又不高,便大方地塞给她五百块钱:"喏,年终奖!去割几斤肉,吃点儿好的。"她比刚来的时候胖了些,但在他的眼里还是偏瘦。

项嘉愣了愣,将崭新的人民币紧紧攥在手里。打工一年多,攒了八千多块,加上这五百块,正好九千块。她算了算,一个月房租六百元,买菜水电六百元,生活用品三百元,加起来可以控制在一千五百元以内。这些存款,足够撑到阳历六月十五日——那是她打算结束一切的日子。

继续打工已经没有意义了,或许她可以考虑辞职?不,待在出租屋里无事可做,恐怕她会无时无刻不想把那个日子提前吧,还得再坚持坚持。不过,无论如何,项嘉感到久违的开心。

冬季白天短，下班的时候外面已经黑透了。项嘉套上宽大又土气的灰棕色羽绒服，锁好店门，低着头走路回家。

路过热气腾腾的小摊，她犹豫几秒，又退回去，问道："桂花糯米藕怎么卖？"

小份五元，大份八元，并不便宜。可天气冷，衬得摊位昏黄的光很暖和，再加上她忽然想起，今天是腊八节。

一只只圆圆胖胖的藕泡在琥珀色的蜜汁里，周围点缀着馥郁香甜的糖桂花，散发出诱人的香气。项嘉数了数，是又面又糯的七孔藕。她咬咬牙，难得奢侈一回，买了一大份。

老板捞出她看中的那一只藕，拿起锋利的刀开始切。藕片之间拉出缠绵银丝，呈现出漂亮的焦糖色，塞得满满的糯米几乎要爆出来，粉白粉白的，勾得人直咽口水。把切好的藕片装进纸碗里，项嘉又向老板索要了一大勺蜜汁，进行二次浸泡。再等几分钟，味道刚刚好。

项嘉租住的房子离菜市场不远，步行十分钟就到。她低着头，混迹于或疲惫或焦虑或欢欣的人群里，像水滴融入大海。中午吃的盒饭不合胃口，这会儿肚子咕咕作响，她打开盒盖，用签子戳中热乎乎的藕块，吃了两口。

走进破旧的楼道，冰冷的触感忽然抵住了她的脖颈。陌生又危险的气息逼近，男人从背后死死钳住她的胳膊，把她压在潮湿斑驳的墙壁上。

项嘉的余光瞥见一个高高瘦瘦的影子，鼻子仿佛嗅到了"亡命之徒"的味道——又凶又狠，带着隐隐的铁锈味儿。他很惊慌，手腕用力，在她颈间擦出一道红痕。

"敢出声，我就动手了。"他的声音粗嘎，无情地踩躏着耳膜，像只吵闹的鸭子。

项嘉想：还有这种好事？

男人又说："我快饿死了，给口饭吃。"

他狼一样的眼睛，死死盯向还冒着热气的纸碗。项嘉终于皱起眉，她抱紧食物，拒绝配合。

"聋了吗？"男人察觉到她的抗拒，态度更加恶劣。

自建的居民楼年久失修,楼道里的声控灯罢工很久了。然而,即使借着微弱的月光,依然能看到晃动的金属反射着光亮。

项嘉咽了咽口水,好讨厌异性,他靠得这么近,刺激了身体本能的反应。别说刚吃下的糯米藕,就连中午的盒饭都在胃里翻江倒海。与此同时,她又有些别的想法。如果"不小心"撞过去,是不是一切就结束了,责任也与她无关?或者要不要——故意激怒他?

见她不说话,男人一把抢走纸碗,用签子扒拉着,三口两口风卷残云般吃了个精光。连蜜汁也"咕咚咕咚"灌进嘴里,一滴都没给她剩下。

他用手背揩揩嘴角,提溜着人往上走,粗声问:"住几楼?借你的地盘避避风头。"

是老手?项嘉心口怦怦直跳。有道理,封闭空间才好操作,谁会在人来人往的楼道动手?

她挣开他的钳制,主动往前迈了个台阶,轻声道:"顶楼。"

男人的腿很长,迁就她的速度,紧紧跟在后面。略微拉开点儿距离后,两个人都悄悄松了口气。也是他们运气好,一路都没碰见租户。走到门口,项嘉掏出手机,借屏幕光线开锁。她飞快地瞥了男人一眼,意外地发现他很年轻。

他的头发染成金黄色,是来自城乡接合部的过时杀马特造型,也不知道多久没洗,像鸟窝一样顶在头上。仔细一瞧,他的骨相生得还不错,眉形锋利,如两柄利刃直逼鬓角,丹凤眼微微上挑,透出天然的戾气与野性,鼻梁高挺,嘴唇单薄。总而言之不像人,像胡乱咬人的"疯狗"。

下巴上一片青青的胡茬,他浑身散发着难以言喻的气味,像是——汽油、化工品和劣质材料在封闭的厕所里混合发酵了足足一个星期酝酿出的致命生化武器。

项嘉又想吐了,她勉强忍住,刚刚打开房门,便被男人,不,少年,一把抢走手机,推进黑暗中。他摸索着找到电灯开关,将门窗反锁,在屋里翻箱倒柜。

整栋楼只有一种户型,面积十二平方米,勉强算是一室一厅。客厅的角落兼做厨房,卫生间狭窄得连转身都费劲,卧室只装得下一张一米五的床。站在门边便可一览全局，毫无隐私可言。就着明亮灯光，项嘉看清他的穿着。

他好像不知道冷似的，连毛衣都没穿，白色T恤外面套了件极具朋克风格的皮衣，底下一条破洞牛仔裤，若隐若现地露出小麦色皮肤。光脚穿着白色运动鞋，鞋帮上印着LOGO——NIKB，山寨得不能更山寨。

不过这都不重要，重要的是，白T边缘上沾着陈旧的红色污渍，已经有些发黑了，干成不规则的斑块。

项嘉瞳孔一缩，她舔了舔发干的唇角，开口试探道："你……是不是犯过事？"她的大脑已经在飞快检索——最近周边有没有出过什么大案。

少年狠狠斜她一眼，冷笑道："废话，你最好老实点儿，惹急了我，别想活着走出这个门！"

那可太好了，项嘉眨眨眼，好奇道："多大的事？"

少年意识到这个灰头土脸的女人有点儿过于镇定，急着找回场子，重重嗤笑一声。他想吓唬她，大言不惭地吹起牛："老子出来混的时候，你还没出……"

"生"字冒到嘴边，想起女人比自己大，他仓促地改了口："还没出来工作！"

"上个人和你年纪差不多，竟然敢背着我偷跑，我只好一不做二不休，顺带把现场收拾得干干净净。"

"怎么收拾的？"项嘉想知道自己的归宿，另外，出于感恩之情，也关心他能不能逃脱制裁，"用什么工具？"

他没想到她问这么详细，卡了一下，现编现卖："锤子，刀斧，不就那些玩意儿？最后都冲进下水道，干干净净。"

项嘉狐疑道："下水道不会堵吗？"

"问那么多干吗？"他答不上来，恼羞成怒，挥了挥拳头，脖颈间青筋暴起，眼睛一瞪，"找死？"

被他道破天机，项嘉立刻心虚，她不能承认，她得维持想要好好活

着的假象。

"没有,随便问问。"项嘉低垂眉眼,看着少年把整个屋子翻了个遍,一无所获,"不好意思,我比较穷。"

少年不下手,让她抻了半天的神经泄了劲儿,她暗暗庆幸积蓄都存在床头暗格的铁盒里,困倦地打了个哈欠。他烦得脱掉皮衣,甩在沙发上,打开冰箱门。或许是为了省电,冰箱根本没插电源,当作储物柜用,冷藏室摆满不健康的临期方便面,都是酸辣牛肉味。

他也不挑食,指挥项嘉道:"去,给我煮碗面!"

他抓起三包,隔空丢给她,又翻出六个鸡蛋、一个西红柿。

项嘉拧了拧细细的眉毛,这疯狗……不,这人,是饿死鬼托生的吗?但她也不能不配合,他还拿着武器呢。就算心里并不害怕,她也要演得像个正常人。

她慢吞吞地切碎西红柿,配了点儿葱、姜丝,大豆油入锅,炒出红红的汤汁,倒了半锅水。汤将沸未沸之际,她敲破鸡蛋,一个个打进去。渐渐地,蛋白包着溏心,圆滚滚地浮了上来。

这时项嘉再撕开调料包,牛肉粒、蔬菜碎末在汤汁中舞蹈,变得越来越热闹。项嘉只放了两包醋,醋与热气碰撞之后,浓郁的酸味立刻弥漫开来。面饼在最后加入,略煮一煮便可关火。面还有些硬,但残留的温度足够将它煨到软硬适中。

项嘉挑了最大的汤碗,将面倒进去。少年立刻劈手夺过,似乎饿得狠了,他一屁股坐在沙发上,也不嫌烫,"吭哧吭哧"吃起来。

毫不夸张地说,他吃的速度,比项嘉做的速度还快。不过几分钟时间,连面带汤消失不见。他用手背抹抹嘴,吃饱喝足,态度好了点儿,眉毛也往下收。

"不骗你,就住几天。你要是配合,大过年的,我也不想见红。"他说着老成的话,没什么教养地往后仰,把一条腿架在茶几上,不住抖动,连鞋都没脱。

"哦,对了。"他清清嗓子,大概处于变声期,声音依旧难听,"我叫程晋山。"

确定他短时间内没有动手的打算，项嘉叹了口气。

"具体住多久？"空间太狭小，只要想到要和异性在同一个屋檐下朝夕相处，她就觉得头皮发麻，虽然现在这副"尊容"不太让人有兴趣。

程晋山抬起头，第一次认真打量她。女人藏在厚厚的羽绒服里，看不出胖瘦，刘海很长，眼下青黑，肤色蜡黄，给人非常阴郁的感觉，像是连绵不断的雨天，看久了，自己的心情也会变得低落，不好看。

他的世界里黑是黑，白是白，饿了就要吃，困了就要睡，第一时间给出简单粗暴的结论。这女人是硬骨头，短短几个回合的交道里，虽然算得上听话，却没表露出任何惧怕的情绪，十分不给他面子。

"风头过去就走。"程晋山语焉不详。

项嘉抿了抿嘴唇，好半天才"嗯"了一声。反正她一穷二白，只剩条烂命，没什么好怕。她指指三人沙发："要不我睡这儿……"说到底她还是防着他，不想跟他有任何接触。

"想得美！"程晋山狠狠瞪着她，丹凤眼翻成三角眼，"打算趁我睡着，偷偷跑出去喊人？你睡床，老子睡沙发！"说着，他用蛮力推动沙发，堵在门后，又抱走一床被子。

项嘉规规矩矩地坐在唯一的木凳子上，看着少年在她的地盘上撒野。他也受不了自己这身味道，第一时间走进卫生间收拾。"哗啦哗啦"的水声刚刚响起，乱糟糟的金色脑袋又冒出来。

程晋山指着项嘉点了两下，警告道："别动什么歪脑筋，老实坐着！"

项嘉无话可说，只能眼观鼻鼻观心，安静发呆。

热水冲淋，程晋山发出舒服的喟叹声。他洗得挺快，没几分钟就套着宽松的女式运动服走出来，光着脚丫，在水泥地上印出大块大块的湿迹。他的个头太高，裤管短了好大一截，愣是穿成了七分裤。

那套衣服是她秋天买的，加起来一百二十块，手感挺舒服，项嘉还没穿过几回。衣服沾了他的气味，不能要了，项嘉心情更糟了。

程晋山甩掉发间水珠，霸占了她的手机，还大摇大摆地要走密码。手机破解过邻居家的 Wi-Fi 密码，可以免费蹭网。他躺在沙发里，一边抖腿一边搜东西。项嘉走进卧室，应他要求没有关门，躺在床上，

脊背始终紧紧绷着，像一张拉满的弓。

程晋山想抽烟，又不敢下楼买，只好叼着根牙签过干瘾。他打开浏览器，有些笨拙地戳来戳去，搜了很多条信息，又清空记录，眉毛始终紧紧皱着。接活儿的时候，他没用真名，搜不到消息也正常，可这不代表他安全，谁知道当时的监控有没有拍到什么。

老何说得对，现在的科技这么发达，小心点儿总没错。麻烦的是，那两千块钱尾款什么时候结呢？到底是心大，程晋山发愁没多久，便将破事抛开，倒头呼呼大睡。

听着如雷的鼾声，项嘉耐心地等待了一会儿，确定他进入深度睡眠，这才轻手轻脚地起身，去卫生间洗漱。

出租屋的布置过于简洁，没有任何女孩子喜欢的装饰。洗手池旁边的架子上，倒摆满了化妆品——色泽暗黄的粉底液、黑中泛青的眼影、颜色感人的口红……这些东西粗糙又廉价，致力于给主人的容貌做减法。

项嘉往化妆棉上倒了些卸妆水，警惕地看了眼外面，停顿片刻，这才撩开刘海，慢慢擦掉伪装。柔嫩白皙的皮肤，不需要修饰就很漂亮的眉毛，沉静又哀伤的眼睛，还有不笑也像在索吻的嘴唇……她难抑对自己容貌的厌恶，急匆匆关了灯，在黑暗中洗完脸，做贼似的回到卧室。

严严实实裹好被子，连玲珑的下颌也缩进去，项嘉摸摸蓄了一层软肉的小腹，暗暗想道——还不够，得再胖点儿，再平庸点儿。

她怕冷，没睡多久就爬起来，找了件羽绒服盖在被子上。客厅的人倒是火力旺盛，四仰八叉地睡着，胳膊和腿嫌热，全都露在外面。

第二天，项嘉起了个大早，重新化好"妆"，收拾好东西准备出门上班。经过风平浪静的一夜，又吃了两个她亲手做的鸡蛋灌饼，程晋山认为二人之间建立了最基础的信任，将手机还给了她。

"别向任何人透露我的信息，不然的话，老子绝不放过你。"他威胁着，眼角余光打量窗户，似乎在审度万一遇到突发情况，跳窗的可能性。

光说不做，纸老虎。项嘉看透了他的本质，没精打采地应了一声，推门下楼。

这一天，干果铺的生意格外好，她忙到下班都没来得及吃饭，饿得前胸贴后背。回到家里，程晋山竟然蒸了锅米饭。他吃了半锅，还剩半锅，触手微温。

"你中午吃的什么？"项嘉把顺道买回来的鸡蛋放下，随口问道。

"白糖拌米饭，酱油拌米饭。"他不似昨夜狼狈，满血复活，嚣张又神气，头发蓬松着，像一条黄金猎犬，"双拼。"

项嘉：……真好养活。

鸡蛋磕进碗里，快速打散，火腿肠切成碎粒。热锅凉油，蛋液倒进去，半凝固时，加入火腿粒和葱花。再配点儿蒜薹和胡萝卜丁，红的黄的绿的构成视觉享受，软的软脆的脆，一切都恰到好处。剩米饭捏碎，和食材一起快速翻炒，炒到颗粒分明，再加盐调味。项嘉不知道程晋山吃不吃得出好坏，但他连干了两大碗。

准备入睡的时候，隔音极差的墙板那头，忽然传来奇怪的动静，墙板很薄，男人的调笑声就响在耳边，透着令人不适的粗俗。

项嘉认识隔壁的女人，她早出晚归，经常撞到对方上夜班。女人叫虞雅，很雅致的名字，相貌清秀，性格温顺，逆来顺受的包子命。这样的人，最招渣男。

有一次"佳好"的蔬菜做促销活动，虞雅拘谨地请项嘉一起拼单。两个人借了菜市场的小推车，把五十多斤白菜一路拉回来。

项嘉帮忙把白菜送到虞雅家，看见垃圾桶里用过的计生用品、衣架上挂着的奇怪衣物，加上已经被迫听过不少墙脚，心里就有了猜测。在扫过电视机旁的全家福时，她皱了皱眉。或许是太久没有朋友，虞雅倾诉欲上来，拉着她喝热水，断断续续地聊了几句。

虞雅老家在农村，婚姻没什么感情基础也就算了，还摊上一个滥赌的老公。然而，并非人人都有勇气及时止损，稍一犹豫的工夫，孩子降生，还没出月子，催债的就找上门。她舍不下，甩不脱，稀里糊涂跌进泥潭，来大城市挣快钱，待到反应过来时，她已经脏了个彻底，再说什么都

晚了。

挺可怜,不过,很多人都是这样,浑浑噩噩地过一生。

可今晚和之前不一样,项嘉屋子里藏了个人,陌生的,高瘦的,天不怕地不怕的,谁知道他冲动起来会干些什么。她僵着身体,一动也不敢动,呼吸渐渐急促。

隔壁的男人翻来覆去地折腾,说话也越来越难听:"天生的贱命!"

虞雅慌张地叫了一声。墙这边,程晋山从沙发上腾地坐起。黑夜里,他一双眼睛闪着狼一样的光。

项嘉的心里"咯噔"一声,越怕什么,越来什么。

程晋山光着脚下地,一步步走进卧室,单膝跪在床沿。他个头高,气质又桀骜不驯,自带无法掌控的攻击性。项嘉拥着被子往后退,后背贴墙,一只手在枕头底下摸索,抓住新买的水果刀——要是他敢碰她一根汗毛,她就好好教他做人。

可程晋山的目标,并不是她。他不耐烦地"啧"了一声,侧身越过她,屈起手指在墙上重重敲了几下,那边的动静立刻消失。

"有完没完?大晚上让不让人睡觉?!"他扯着嗓子吼了一声,紧跟一长串吐槽,"见好就收得了呗,真以为自己多牛?"

那男人欺软怕硬,竟然没敢回嘴。程晋山撒完气,扭头回去睡觉,留下项嘉愣愣地坐了半天。几分钟后,隔壁房门"哐当"一声震响,终于消停了。

另一边住着个离异的汉子,万金元。他是工地上干体力活的,平时少言寡语,看起来很凶。他也忍无可忍,重重敲了敲墙壁,隔空警告虞雅收敛。

项嘉彻底没了困意,她对着贴了张年画娃娃的墙壁,听见虞雅低低的哭泣声。

第二天早上,项嘉正准备做早饭,忽然听见敲门声。程晋山上一秒还在睡,下一秒就惊醒,警惕地瞪着项嘉。

项嘉无辜地摇摇头,通过猫眼往外看——是慈眉善目的房东奶奶。她对程晋山做了个口型。他反应很快,抱着棉被跳进卧室,将被子连同自己一并塞进简易衣柜。

项嘉对老人的态度亲切得多，两个人在门口攀谈几句，房东奶奶送给她一块自己晾晒的腊肉，她回赠了袋薄皮核桃。

"小嘉还单着呢？"老人家略显冒犯地往屋里打量，看见自己的房子被维护得很好，项嘉看起来也像正经人，笑容更慈祥了些，"有男朋友没？喜欢什么样的？"人到了六七十岁的年纪，很多观念已经根深蒂固，比如女人大龄未婚总归有点儿毛病，但只要家庭完整，一切缺憾都是不值一提的小事。

项嘉笑着敷衍过去，送走奶奶，开始做早饭。土豆和红萝卜削皮刨丝混合在一起，加入盐、十三香、葱花腌制片刻，杀出水分后加面。面粉不需要太多，想要更漂亮的色泽，还可以加一两个鸡蛋。

可项嘉看看站在镜子前打理头发的程晋山，还是打消了这个想法。要是由着他的胃口吃，得消耗多少鸡蛋？

平底锅薄薄刷层油，舀起半流质的面液，等油发出"滋啦"声时倒进去，快速定型，小火慢煎。待到小饼被煎到两面金黄，盛到盘子里。无论是外焦里嫩、咸香中包裹胡萝卜鲜甜的原味，还是搭配着脆口的腌黄瓜、酸甜的番茄酱吃，都是令人享受的美味。吃碳水化合物容易发胖，却总是带给人简单直接的幸福感。

做饭花的时间有点儿久，项嘉用塑料袋装了几个饼，急匆匆出门，她交代程晋山："把腊肉洗干净，用冷水煮半个小时，我晚上回来炒。"

"你命令我？"程晋山梗着脖子表示不服。

项嘉看他一眼，没有任何吵架的想法："不吃就算了。"

程晋山：……看在肉的份上，忍她一回。

为了迎合过年热闹的气氛，项嘉应老板要求，去另一头的杂货铺买了几盏绣球灯笼，请卤肉店伙计帮忙挂起来。给伙计递饮料的时候，她小心避免肢体接触，紧张得出了一手冷汗。像个正常人一样努力生活，已经用掉她所有的精力。

小朋友们进入寒假，跟着爸妈过来买菜。项嘉看到一个小姑娘，穿

着滚了层绒毛的汉服,大大的眼睛好奇地左看右看,指着玻璃格子里的冰糖葫芦要吃。

真干净啊,项嘉心想,于是选了个芝麻最多的给她。

小女孩奶声奶气地说道:"谢谢阿姨!"

她盯着一家三口的背影出了好一会儿的神,才想起还没买肉。距离过年还有十几天,差不多到了置办年货的时候。新鲜的绿叶菜不好囤,肉还是要买一些,回去不管是炒菜,还是炸丸子、包饺子、蒸包子,都很方便。

提前半个小时闭店,项嘉去生鲜区买肉时,恰好碰见过来买菜的虞雅,两个人都有点儿尴尬。

"嘉嘉姐,下班啦?"到最后,还是虞雅先怯怯地开口。她生孩子早,今年才二十三岁。

"嗯。"项嘉点点头,算是打过招呼了,和虞雅一起走过蔬果区,买了两斤青椒,隔着塑料袋都能闻到生猛的辣味。以前,项嘉被禁止接触刺激性食物,不过,现在没有人再约束她。

虞雅买了把小葱,见西红柿在做特价,连忙拽了个袋子挑拣,项嘉也跟着买了几个。

"嘉嘉姐,昨天……对不起啊,我以后会注意。"廉价的腮红底下透出抹真实的红晕,虞雅局促地道歉,像个做错事的学生。

"没事。"项嘉本来话就不多,见她窘成这样,更不好多说,轻描淡写地揭过,"去买肉吗?"

今天的五花肉成色不错,肥瘦相间,非常均匀。项嘉和摊主讨价还价几个回合,见买多点儿便宜,狠狠心大出血,称了五斤。虞雅没舍得买,从菜市场出来的时候,手里提的还是老几样——豆腐、萝卜、土豆。

"嘉嘉姐,昨天晚上说话的那个人是谁啊?你交男朋友了吗?"她没话找话,和项嘉闲聊。

"不是。"项嘉撒起谎来脸不红心不跳,"是远房表弟,从村里过来找活干,借我这里住几天。"

虞雅毫不怀疑,看见路边新开了个烤猪蹄的店,轻轻笑了起来:"我们家浩浩最喜欢吃猪蹄，要是他在，怎么也要买几个回去吃。"她被眼线描摹的眼底，浮现出温柔的光泽。

虞雅今年回过两次老家，她老公为了拿捏她，藏着儿子不给她见，断断续续要走不少钱，偶尔像施恩一样连个视频。再这样下去，孩子可能都快不认得妈妈了。

项嘉没有说话，她不知道该说什么。

也是冤家路窄，走到出租屋楼下，撞见另一位邻居万金元。很多名字蕴藏着父母美好的幻想，可讽刺的是，大部分情况下，越求什么，越缺什么。

万金元刚干完活回来，满头是汗，手里拎着瓶啤酒和一袋麻辣花生，他斜着眼瞟瞟虞雅，骂道："女人没一个好东西！"说着，他扬长而去。

虞雅愣住，站在原地一动不动，眼泪哗啦啦地掉。

项嘉一直在避免和人拉近距离，这会儿却有点儿不忍心，掏出纸巾递给她，轻声道："他不是针对你，别多想。"

留不住老婆，拿别的女人撒气，算什么男人。

项嘉比平时回来得早，也因此撞见程晋山的另一副面孔。他搬了个凳子放在窗边，蹲在上面，越过玻璃，全神贯注地盯着对面那户人家的客厅。电视里正在播 TVB 老剧《大时代》，意气风发的方进新被丁蟹打傻，笨手笨脚地学习叠报纸，那一幕辛酸又憋屈。

程晋山气得咬牙切齿，小声骂道："揍回来啊，废物！叠报纸能赚几个钱？"

项嘉：……

她打开灯，看见煮软的腊肉躺在锅里，他还算听话。项嘉收拾好冰箱，插上电源，把新买的五花肉放在冷藏室。快过年了，按老观念，吃穿不愁才算圆满，因此，冰箱也该履行它应尽的职责。

她把腊肉捞出，用菜刀切成片码进盘里。葱、姜、蒜、蒜苗、青椒，该切末的切末，该切段的切段，蒜苗的根部和叶子要分开。照旧是热锅凉油，大火爆炒腊肉，锁住水分，紧接着再改小火，煸出油脂。

等肉香传出，葱姜蒜入局，挖一勺红油豆瓣酱，借刚才炒出的油爆

香,加蒜白、青椒快速翻炒。腊肉本身已经够咸,只需要加半勺生抽着色,再来半勺白糖提鲜。到了尾声,蒜叶才姗姗来迟,一道青椒炒腊肉到这里正式完成。

程晋山看完电视,被香味勾得口水直流,破天荒地主动摆碗筷。他蒸了满满一锅米饭,比昨天还多些。项嘉看看快要见底的米袋子,嘴角抿了抿,不太高兴。

她看着像饿死鬼投胎一样拼命往嘴里扒饭的男孩子,开口道:"明天跟我出去一趟,搬几袋米面回来。"

一大口辛辣咸香的肉还没咽下去,程晋山就变了脸,摆出跟人吵架的气势:"凭什么?老子不出门!"

"不去就饿着。"项嘉冷冷地点出事实,"戴着帽子,捂严实点儿,谁认识你?再说,你不可能在这里躲一辈子。"

程晋山瞪着眼睛扒饭,想想方进新那么牛的人还不是虎落平阳被犬欺,也就强忍下一口气,含着米饭"唔"了一声。

项嘉起了个大早,轻手轻脚地钻进卫生间洗头。她用的是最劣质的洗发水,保证头发干枯毛糙,毫无美感。香精的味道很刺鼻,她将脑袋埋进洗手池里,停顿了很久,直到有种让人窒息的感觉。

一分钟后,项嘉猛然从水里抬起头,睁着红通通的眼睛看向镜子。湿漉漉的头发浸透颈间垫着的毛巾,温热很快变为冰凉,刺激得后背一阵阵痉挛。

她深吸一口气,艰难地找回行动能力,慢慢将头发擦到半干,吹风机"呜呜呜"吹了十分钟,她给自己化上"全妆"。

项嘉煮粥的时候,程晋山换回自己的衣服,站在同一面镜子前臭美。T恤被狠狠搓洗过,只留下浅黄色的一片,看不出是什么。他拨拉着头发,忽然"啧"了一声,两条浓眉紧紧拧起——皮衣不知什么时候被刮了一道大口子,咧着嘴笑得正欢。

"呼噜呼噜"喝了一小盆粥,程晋山总觉得没吃饱,不满地摸摸肚子。他不把自己当外人,从冰箱里翻出项嘉昨天刚买的切片面包,也不嫌凉,就着老干妈吃了五六片，这才勉强收手。

项嘉将一切都看在眼里，她忍气翻出个黑色的毛线帽，示意程晋山戴上，遮住一头招摇的金毛。程晋山鬼鬼祟祟地跟着她出门，每到一个拐角都要左看右看，恨不得沿着墙根走。

"你越这样，别人越怀疑你。"项嘉道出事实。

程晋山琢磨琢磨，确实是这个道理，于是低头跟在她身后。先前他还怕她设下陷阱，故意引自己出洞，等看见菜市场的招牌，这才把心放回肚子里。

项嘉一个不注意，跟在后面的人就不见了踪影。他窜到二楼，看中了一套军绿色的加棉运动服，跟老板娘讨价还价，掰扯半天。

项嘉找过来，指了指另一套黑色同款："这套多少钱？"

程晋山不乐意："黑色不好看，我喜欢绿色。"

"便宜十块钱。"老板娘看项嘉眼熟，给了个面子，"诚心要的话，九十块钱拿走。"

程晋山阴着脸考虑，他手里也就几百块，还要买日常用品，是得省着花。绿色还是黑色，面子还是里子？

项嘉没考虑他的意见，指指黑色请老板娘包起来，提醒他道："付钱。"

程晋山嘴角下垂，戾气外泄，掏钱的动作恶狠狠的。

老板娘被他吓到，"啧啧"对项嘉道："你弟弟好凶的哟。"

项嘉动了动嘴唇，没解释什么。

程晋山拿到新衣服，迫不及待地跑到公共厕所去换。出来的时候，整个人的精气神都不一样了，腰杆挺得笔直，脸上印着"嘚瑟"两个字，新年是该换新衣。

项嘉买了五十斤白面、二十斤大米，她扭头吩咐程晋山："去门口借个小推车……"

话音未落，程晋山便弯腰扛起白面，右手拎着大米，表情还挺轻松："费那事儿干吗？走啊！还买什么？"

……他还算有点儿用。

半个小时下来,项嘉手里提着一袋豆腐干、一斤木耳、一把上海青,程晋山肩上扛着白面,手里拎着大米、宰好的三黄鸡、十斤鸡蛋,胳膊底下还夹了个新拖把。但凡有问起他的,项嘉一律解释——这是她远房表弟。

程晋山刚开始还有几分紧张,后来见没人怀疑,渐渐放松起来,主动请缨:"下次再买东西,喊我一起。"他是野惯了的人,好不容易放回风,压根舍不得回去。

项嘉将他带到大门口,指指外面:"认识路吧?"

"你小瞧我?"程晋山身上有种毫无道理的张狂,闻言不驯地扬起下巴,"我认路最准,只要走过一次,绝对不会记错!"

项嘉点点头:"你先回去,涮涮新拖把,把地拖一遍。"

程晋山讨厌这女人随便使唤自己的样子,可是,承了她的人情,又不好吃白食。大过年的,天寒地冻,他轻易不想挪窝,只能压着脾气答应。

项嘉又把上海青挂在拖把杆上:"菜也择好,洗干净。"

绿油油的青菜在胳膊间晃啊晃,程晋山黑了脸:"知道了,烦死了!"他扭头就走,脚步飞快。

干果店的生意出奇地好,项嘉忙得头晕眼花,天黑透的时候才回到家。程晋山已经追完了今日份的电视剧,正躺在沙发上,跷着二郎腿思索人生,想着电视里面复杂又热血的爱恨情仇。

项嘉有些疲惫,打算简单做点儿吃的。冰箱里还冻着一包面疙瘩,她拿出来解冻,顺嘴吩咐程晋山:"明天把五花肉剁成肉馅。"

"是要包饺子吗?"程晋山顿时来了精神,从沙发里坐起,"我要吃白菜猪肉的。"

"一半包饺子,一半炸丸子。"项嘉用"胡萝卜"吊着"毛驴"干活,"顺便把白菜剁了吧。"

程晋山这回高高兴兴地"欸"了声,还知道主动找活干:"我知道,还有葱姜。"

西红柿切成小块,加盐炒出红汁,再加两勺番茄酱。冷水倒进锅中煮沸,少许生抽调色,面疙瘩用勺子慢慢推开。她买的面疙瘩和北方人常做的不同，是中间圆两边尖的，像纺锤，也像小鱼，里面加了木薯淀粉和蔬菜汁，五颜六色的。面疙瘩差不多煮熟时，将上海青丢进去，盐调味，糖提鲜，关火开饭。面汤色泽鲜艳，挑动食欲，酸酸甜甜的生津开胃，喝进胃里热烘烘暖洋洋的，足以暂时驱散一身寒气和所有的负面情绪。

程晋山努力端着架子，可舒展的眉眼出卖了他。吹着气"嘶哈嘶哈"喝了半碗汤，他觉得不够，跳起来翻出剩下的半包切片面包，掰成小块泡进汤里。主食配主食，吃得热火朝天。

项嘉看着他风卷残云的吃相，仿佛看着一张张人民币从眼前消失，她沉了沉脸。

俗话说得好，万物皆可炸。油炸食物并不健康，过程也烦琐，但是香得厉害，又方便储存，因此在日常生活中十分盛行。

项嘉这天回来得早，顺道买了杏鲍菇和平菇，准备借着油锅一起炸，她先拌着肉馅。

程晋山似乎很喜欢吃饺子，在她身后晃来晃去，邀功一样指着盆里剁得稀碎的肉："我刀功不错吧？"

项嘉"嗯"了声，看见小碗里快要冒出头的姜末，顿感一阵肉疼："不需要这么多姜。"

"那就下次用呗。"程晋山满不在乎地说。

去他的下次，项嘉咬了咬牙，把稍瘦一些的肉馅分到另一个盆里，用来炸丸子，肥点儿的肉用来包饺子。饺子馅家常但不简单，她煮了花椒水，放凉之后分次加进肉馅搅拌。肉像海绵一样，不停吸收水分，瘦肉也从紧张变得舒展。葱末、姜末、盐、糖、生抽、老抽、蚝油，再加入灵魂调料十三香。

项嘉估摸着水加得差不多了，给程晋山找活干："顺时针，使劲儿搅。"

程晋山皱皱眉："麻烦。"分辨顺时针方向时，他还略微思考了一下，筷子倒是搅得飞快。

丸子的做法又不太一样，花椒水不能加太多，丸子需要保有筋道。葱末容易炸煳，老抽颜色太重，舍弃不用，其他调料大差不差。打入两枚鸡蛋，再视情况加些玉米淀粉。

项嘉往锅里倒了小半桶油，等油热的工夫，处理其他食材。莲藕放得太久，眼看就要坏掉，削皮切成长条，跟平菇一起焯水，放着待用。杏鲍菇也切成条，加盐腌制。同样是那几样材料，淀粉和面粉却得多放些，确保每一条莲藕、每一根蘑菇都挂上面糊。

看程晋山把饺子馅搅得差不多，项嘉把白菜末加进去，示意他继续。她将火调小，左手抓了把丸子馅，拇指食指圈起，微微用力挤出一团。右手用勺子飞快剜走，下入锅中。油炸烹饪的精髓在于控制火候，概括起来就是，想要外焦里嫩，先用小火炸熟，再用大火猛攻，必要时捞起，进行二次复炸。

程晋山把搅好的饺子馅放进冰箱，顺手翻出两个剩馒头。

"这个炸着也好吃。"他盯着锅里的丸子，悄悄咽了咽口水。这人瘦得很，怎么吃都不长肉，脖子也长，凸起的喉结一路滚落，让人很难忽略。

丸子炸完，藕条、杏鲍菇和平菇次第登场。这些东西水分多，炸的时间要久一些。项嘉回过头，看见程晋山正在偷偷捞丸子吃。

"洗手了吗？干完活儿再吃。"她指指削皮刀，又指指角落的苹果，"削两个。"苹果卖相不好，滋味却很甜。蘸一蘸蛋液，再裹上一层淀粉来炸，能保护里面的果肉。

藕条熟了，项嘉尝了尝，又咸又脆，还带着莲藕本身的清甜。两种菇类吸饱了油分，一吃就停不下来，可以表达对素食的最高评价——有股肉味儿。

馒头切片，两面炸至金黄，捞出来，趁热撒上一层盐粒。咸的炸完，用甜丝丝的苹果收尾，项嘉又用丸子做了个酸汤。

程晋山的筷子就没停过，丸子没嚼碎，藕条就塞进去，噎得难受，他便低头"咕咚咕咚"灌半碗酸汤，紧接着开启下一轮，项嘉忍不住默默计算他吃了多少。

饭后，程晋山不情不愿地刷着碗，又听见隔壁传来了动静。

万金元似乎喝多了酒，在敲虞雅的门，边敲边不干不净地骂，让她出来。虞雅哪里敢开门，她默不作声地忍了很久，听见万金元开始踹门，实在害怕，给项嘉打电话求助。项嘉听着电话那头细细的抽泣声，挣扎片刻，推开房门。

　　"吵什么？再吵报警。"她还没卸妆，神情阴郁，气色很差，像个痨病鬼。

　　听到这句警告，万金元还没怎么，屋里的程晋山先不自在地抓抓头发。万金元有气没处撒，恶狠狠地瞪着她。项嘉害怕异性的凝视，窒息感渐渐上来，嘴唇轻微哆嗦着。

　　这么僵持了一两分钟，她实在扛不住，扭头对屋里喊："程晋山。"语气僵硬，听到的人也僵硬，这是她第一次喊他的名字。

　　做人要知恩图报，更要讲义气。程晋山把心一横，戴着毛线帽冲出来，站在项嘉身后。他背着光，表情阴森森的，带着股凶狠劲，乍一看两人还真像姐弟。

　　万金元找回两分清醒，又往虞雅门上踹了一脚，骂骂咧咧地越过他们，走回自己家。项嘉悄悄松了口气。

　　虞雅红着眼睛开门，对她又是鞠躬又是道谢，第一次和程晋山打照面，努力挤出个笑脸："这就是表弟吧？谢谢你们……"

　　程晋山很没有礼貌，一声不吭地转身回屋。等项嘉安慰好虞雅，锁上房门，他才抱怨："见过我的人越来越多，这样下去不安全。"

　　那你倒是走啊，项嘉没什么同情心地想到。

　　"不过，这么久都没消息，说不定没事……"他又开始自我开解。

　　项嘉等不到想听的话，打算早点儿休息。她打开衣柜，看见仅有的三条床单被拧成麻花，结成长长的绳子，就知道是谁的手笔了。这是防着她，给自己准备的逃生方法。他看电视看多了吧？

　　想想他今晚还算合格的表现，项嘉轻轻叹气。她想——算了，过完年再说吧。

　　传统文化中，无论这一年里过得多倒霉、多落魄，到了年底，都要

粉饰太平，拿出点儿花团锦簇的章程。这讲究的是热闹红火，辞旧迎新。

项嘉没有精力，也没有心情按着规矩一个个来，但该有的流程不能少。又或者，她总得做点儿什么，让自己忙成陀螺，才好分散注意力。

项嘉挑中一副对联——上联：平安如意年年好；下联：人顺家和事事兴；横批：新春大吉。

今年过年老板特许项嘉可以提前两个小时下班，到了初一、初二、初三，只需要上半天班。项嘉拿着对联回去，程晋山正蹲在卧室看对面楼的电视。他头发长得快，豸开的黄毛里掺杂着黑色，身上套着新衣服，表情别提多认真。

对面人家有亲戚到访，关了电视，他气得低低咒骂几声，从凳子上跳下，伸了个懒腰。他的腰又细又长，从外套和 T 恤里钻出，腹部蛰伏着坚韧流畅的肌理，一看就是经常运动的样子。

项嘉撞见过他做俯卧撑，两手撑地，闷不吭声快速起伏，肩是肩臀是臀，挺成一条标准的直线，做好了随时逃难的准备。

"过来包饺子。"项嘉和好小半盆面，招呼他干活。

先和饺子面，冷水分几次加入，放一点盐，用筷子搅拌成絮状，再揉成光滑面团。水少了面团太硬，多了又会粘连，而加盐，可以防止煮饺子的时候破皮。

程晋山拧着眉龇着牙："我发现你最近特别爱使唤我。"

"想吃饭，就得干活。"项嘉连语气都很平，"这么简单的道理你不懂？"

程晋山在旁边站了半天，看她把面团揉圆，从中间掏个洞，掰开拽断，放在案板上搓长，菜刀切出均匀的面剂子被滚进面粉里沾了一身白霜。

"我不会包饺子。"他屈起食指蹭了蹭鼻子，厚着脸皮说出短板。

"那就擀皮。"项嘉退而求其次。她拍拍手上面粉，从冰箱里拿出之前和好的饺子馅。白菜和猪肉已经彻底腌渍入味，散发着隐隐的香气。

程晋山总算有了进步，知道干活前先洗手。他很喜欢吃饺子，却没吃过几次，只觉得白菜猪肉馅最好吃。他咕咕哝哝说了句方言，项嘉没听懂，不过想想也知道不可能是什么好话。

他一看就没干过家务活，两手抓着擀面杖的两端，擀起面来笨手笨脚的，面被擀得这边儿薄那边儿厚。项嘉在不碰到他手的情况下，将擀面杖拿回来，做了个示范。

"两边薄一点儿，中间厚一点儿。"她也不奢求他擀得多好，给出最低要求，让"流水线"磕磕绊绊地进行下去。

面皮富有弹性，包一勺肉馅进去，把握好力道扯着对折。贴着手心的一面还是平平展展的，能看见的一面却极大程度地被撑开变饱满。同样扯动边缘，一个个精致工整的褶子次第出现。这样的包法，可以保证饺子稳稳当当站住。

程晋山擀皮速度赶不上项嘉包饺子的速度，包好的饺子被放到冷冻格里，一排排整齐站着，像整肃的士兵。连续冻了上百个，接下来包的，才是今天的晚饭。

"吃几个？"项嘉开口问道。

"六十个。"程晋山随口回答。

项嘉咬咬牙，到底没忍住，抬头瞪他。厚重的刘海微微散开，程晋山无意间回头，撞见双黑白分明的眼睛，心脏突兀地猛跳两下。

他将这当成自己无意间认输的表现，恼羞成怒："六十个也就七八分饱，我要是放开了吃，能把你吃穷！"

项嘉觉得晦气，又不想大过年地和他吵架，她低头包了四十个饺子，甩手不干了："还想吃的话，自己包。"

她在这边煮饺子，程晋山在那边怄气，擀了十几张皮，坐在她刚刚坐过的小凳子上包饺子。包饺子看着简单，却实实在在是个技术活，他的手指虽然很长，却不懂得怎么使用，一会儿褶子合不上，一会儿肚皮撑破个大洞。

项嘉看不惯他浪费食材的样子，将破破烂烂的饺子端走，往平底锅里刷了层油，丢进去慢煎。两面煎至焦黄，倒进一碗热水，等水分收得差不多，饺子也煎得差不多了。撒一把鲜嫩翠绿的葱花，再抓一小撮黑芝麻做点缀，倒点儿面粉水，蒸发后形成漂亮的花形，爆出的馅

也被煎得外酥里嫩，化腐朽为神奇。

两盘水饺，一盘煎饺，配上两碟老陈醋，就是今天的晚饭。水饺入口，迸出一股鲜汁，味道极富层次感。程晋山惊奇地睁大凤眼，瞥了眼项嘉，看在这口饺子的份上，浑身的尖刺略略收了些。

吃完饭，项嘉又压着他蒸馒头。这也没什么好说的，每次的馒头，至少有三分之二进了他的肚子，谁吃得多，谁就得多出力气。程晋山手劲儿大，在这里倒找到用武之地，面团揉得又快又好。

一个小时后，白胖胖热腾腾的馒头新鲜出炉，项嘉进卫生间洗衣服，再出来的时候，看见他还站在案板旁边。馒头被掰开，夹满红油辣椒和火腿肠，程晋山背对着她，三口两口就吃完一整个馒头，项嘉顿时觉得胸口憋得慌。

福无双至，祸不单行，隔壁又传来吵闹声。执法部门相当敬业，接到群众举报，大晚上出警，将虞雅和一个挺着啤酒肚的男人抓了个正着。藏着掖着是一回事，众目睽睽之下被铐走，又是另一回事。虞雅的脸上全是泪水，身上衣服单薄，缩着肩膀，不住哆嗦。

项嘉追了出去，越过看热闹的街坊邻居，往民警手里塞了件长羽绒服：“麻烦您帮她穿上。”

项嘉看着她被带走，回过头，瞧见程晋山也跟了出来。他站在人群角落，脸上出乎意料的，并没有幸灾乐祸的恶劣神情，剑眉耷拉着，有种静默的悲哀。

是谁不肯让人过个好年？街坊邻居都有嫌疑，其中，万金元嫌疑最大。项嘉忍了又忍，到底压不下心里那股气，上楼敲右边的门。

万金元显然知道发生了什么，不耐烦地打开道门缝，粗声粗气道：“干啥？”

"都是为了生存，你凭什么看不起她？" 在这栋楼住得久了，难免听到些八卦，项嘉抿着唇往万金元的伤口上戳，"你老婆嫌你穷，跑了，你心里有气，跟她又有什么关系？"

"她倒是不嫌贫爱富，累死累活地赚钱，给她男人填无底洞，大过年的，连儿子都见不着。按你那套逻辑，是不是能拿满分？" 她止不住冷笑，说话阴阳怪气的。

万金元脑子还没转过来，先被她的态度激怒，大吼一声："你算什么东西？"

他探手过来推她，项嘉条件反射地往后急退两步，被后面追上来的人握住手腕。犹如被毒蛇咬住，浑身血液凉透，项嘉用力抽回手腕，顺手给了那人一巴掌。清脆的巴掌声把程晋山打蒙了，他捂着脸，难以相信好人没好报，更不理解项嘉像失心疯一样的反应。

"你有病？"程晋山一边气急败坏地叫，一边左右打量，生怕刚才那一幕落到别人眼里。

项嘉用力搓手，好像上面沾了什么脏东西，好一会儿才冷冷瞪了万金元一眼，扭头回屋。

"欸！"万金元在后面叫她，"我是烦她，可……不是我干的。"

项嘉皱了皱细细的眉，那会是谁？

"你说……她家里……是真的吗？"万金元迟疑地问。

项嘉没搭理他，径直回家。用洗手液搓了三遍，项嘉还是觉得手不干净。程晋山跟着进来，坐在小凳子上生气，右脸有点儿红肿，因着肤色较深，看起来不太明显。

似乎知道项嘉不会理自己，过了好半天，程晋山先行开口："你说，虞雅……姐会不会有事？"

他这么关心虞雅，倒让项嘉有些意外。她顿了顿，回答道："年前应该回不来。"

木已成舟，她们的交情又没到那份上，项嘉除了发火，也做不了什么。

大年二十九早上，她才腾出手贴对联。家里养个男人还是有好处，程晋山在她这里吃香喝辣，个子见长，连凳子都不用，扬手贴好横批，又在她的指导下将春联摆正。

下班回来，项嘉买了几把绿叶菜，开始准备年夜饭。程晋山对春节抱有本能的热情和期待，也没抱怨，很有眼力儿地蹲在地上择菜。过年这两天，不能说不吉利的话，天大的事过节都得往后稍稍。

两个人吃不了太多菜,冰箱里已经预留了很多半成品,做起来又快又简单。

炸好的鸡块和排骨上锅蒸,蒸完这些再往蒸锅里摆一条鲜嫩肥美的鲈鱼。鲈鱼视大小蒸八到十分钟,关火后焖两分钟,撒一把葱丝,浇一勺炒过花椒和蒜瓣的热油,再来点儿蒸鱼豉油,至此大功告成。

卤牛肉装盘,再炒道蒜薹肉丝。眼看桌上都是肉菜,这时候就得备一道爽脆可口的素菜——西芹百合炒腰果,调一调肠胃。西芹和百合焯水,芹菜变得水灵光鲜,百合则散发出隐隐的甜味儿。少许油,一点儿葱,略略翻炒,再抓把腰果,盐糖调味,淀粉勾芡,即可装盘。另煮一锅酒酿元宵,六菜一汤便宣告完成。

吃过晚饭,项嘉靠在沙发一角,蹭着邻居的Wi-Fi用手机看春晚。程晋山心痒难耐,绕着她来回走了几圈,觍着脸一点点凑近。项嘉玩了一会儿,觉得无聊,将手机丢给他。程晋山如获至宝,决定大度地原谅她扇自己一巴掌的冒犯。

他看到晚上十一点多就关灯睡觉了,而黑暗里,项嘉悄悄翻身坐起。

外面有人在放烟花,一线冷火腾空,炸成万朵光束,短暂照亮瞳孔,又飞快消散如烟。所有的光明和温暖,都是错觉,她有她该走的穷途。

项嘉窸窸窣窣地起来洗澡。热水器有点儿毛病,出来的水忽冷忽热。伪装被洗干净,白皙净透的肌肤,不笑也精致妩媚的五官,她一眼都不想往镜子里看。

她越洗动作越重,情绪快要失控的时候,程晋山忽然敲门。

"怎么大半夜洗澡?我要上厕所。"他毫无做客避难的自觉,大刺刺提要求,"快点儿,憋不住了。"

项嘉抹了把脸上的水,好半天才哑着嗓子回:"还得等会儿,你出去上。"

"你要把老子冻死?"程晋山语气不善,又重重敲了两下门。

似乎猜到她在顾虑什么,他又欠揍地道:"放心吧,我对你没兴趣。"他才不喜欢姐弟恋,再说,她脾气又臭,下手也重,他吃饱了撑的,给自己找罪受?

项嘉还是不肯开门,她本能地将自己严严实实裹好,慢慢蹲下,看向没什么防御作用的磨砂玻璃门。湿漉漉的黑发间,牙齿紧紧咬住下唇,听见锲而不舍的敲门声,她抖了抖身子,恐惧地闭上眼睛。

晚上喝的米酒太多,真的要憋不住了,程晋山自认倒霉,披上外套,趿拉着十块钱买的拖鞋往外走,走到门口又折回来,弯腰收拾垃圾桶里半满的垃圾。

因为好不容易揪到项嘉的错处而沾沾自喜,他刻意放大声音:"怎么回事?新年不能留垃圾,这么简单的道理你不懂?"

"砰"的一声,他重重带上门。项嘉筋骨一松,她长长吸了一口气,把脸从胳膊里抬起,又一次活了过来。

大年初二晚上,虞雅被放了回来。不过几天没见,她的精气神却已经大不如前,看起来老了好几岁。她眼红红的,不敢抬头看人,像一只受惊过度的猫。进屋没多久,她就换了条短裙,急匆匆出门找活儿。

项嘉拦住她,轻声劝说:"大过年的,也不休息两天?"

虞雅没忍住,蒙着脸小声抽泣起来:"还……还罚了我五千块,这两天就得交上去……"

项嘉叹了口气,头一次将她带进自己家门。

程晋山这回挺安分,倒了杯热水过来,说话也客气:"虞雅姐,先别哭,喝口水缓缓。"

项嘉看了他一眼,这小子似乎对虞雅有着非同寻常的耐心。

虞雅轻声道谢,用抽纸擦擦眼泪,断断续续地说着自己的难处。出了这么丢人的事,房东奶奶已经下过最后通牒,最迟正月十五就得搬走。新住处还没着落,罚款不能拖,儿子幼儿园开学后,一个月又是好几百块钱的开销。

"换个地方住也好。"项嘉点了点头。

这栋楼鱼龙混杂,对虞雅来说已经不再安全。不过,城中村就是个小世界,这个角落混不下去,再换一个,总有活下去的办法。

"今年还回老家吗?"她记得虞雅之前说过,要回去陪儿子过年。

虞雅凄惨一笑:"不知道,安顿好再说吧。"

项嘉犹豫片刻,使唤程晋山去楼下买瓶黄桃罐头。

"要做糖水?"听见吃的,程晋山立刻来了精神,轻车熟路地戴上帽子,大跨步往外走。对环境渐渐熟悉,警惕性也降低,他最近经常摸黑跑出去瞎转,给自己放风。

支走他,项嘉从床头柜摸出自己的宝贝铁盒。她不用银行卡,更不用电子账户,所有的现金都藏在这里。她拿出两千块钱,硬塞进虞雅手里:"我也不宽裕,只能帮你这么多。"

其实,帮虞雅把罚款全交上,也不是不行,可项嘉觉得,两个人的交情还没到那份上。虞雅抖着手接住红票子,哽咽着连声道谢。

项嘉留她吃顿便饭,一盘清炒菠菜,一盘蒜黄炒鸡蛋,过年没吃完的卤牛肉切片和蒸好的腊肠一起装盘。

程晋山抱着两大瓶黄桃罐头回来,邀功道:"非卖我十块钱一瓶,跟老板还了半天价,十五块两瓶。"

虞雅已经收了眼泪,闻言笑着夸道:"嘉嘉姐,你弟弟真会过日子。"

程晋山挠挠头,有些不好意思地将一瓶罐头放在案板上,把另一瓶塞进冰箱。

打开罐头,连黄桃带甜汁一起倒进锅里,再放几个蜜枣、一小把葡萄干。大火煮沸,将百合剥成片撒进去,转小火慢煮。沸腾的汁水渐渐变得浓稠,蜜枣慢慢释放糖分,葡萄干吸饱水分,膨胀成小圆球,黄桃从外到里一点点熟透。

虞雅嗅着空气中弥漫的甜香,凄楚的表情渐渐变得放松,单薄的身体也得到短暂温暖。她喃喃道:"小时候去吃席,最期待的就是这道菜。"

"还有八宝饭。"程晋山赞同着,同时想起很多喜欢的菜,"不过,我还是更爱吃肉,红烧肘子、红烧肉、烧鸡……"

项嘉安静地听着他报菜名,调了半碗淀粉水,进行最后一道工序——勾芡,大功告成。三人坐在沙发上有些挤,程晋山便挪到对面的小凳子上,长腿有些委屈地撑在两边,坐姿大马金刀,吃饭狼吞虎咽。

喝点儿甜的,就有一种治愈的错觉。虞雅捧着白瓷碗,小口喝完糖水，又吃了半碗米饭，坚持要帮忙刷碗。

程晋山连吃了几大碗饭，擦擦嘴角，将炒锅稳稳端在手里，对虞雅道："姐，我来吧。"

虞雅抢不过他，擦了擦手上的水，轻声告辞。然而，剩下的三千块钱，对她来说依旧难如登天。她不善言谈，被抓过的消息传出，更没人再敢和她攀谈。

在外边连续跑了三天，没找到什么好办法，虞雅拖着冻僵的双腿回去，上楼时没站稳，身子往一边倾斜。一只大手抓住她的胳膊，帮她稳住平衡。虞雅感激地回头道谢，看见男人古铜色的皮肤和凶神恶煞的脸，吓得说不出话。

万金元看着她的打扮，厚厚的嘴唇动了动，没说什么，往出租屋的方向努了努嘴，虞雅却摇摇头，一脸惊惧。

汉子拧拧眉，不耐烦地道："你不是遇到了过不去的坎儿？进来说话。"

虞雅被这句话击中死穴，垂头跟了过去。

这天晚上，隔壁时不时传来说话声和虞雅的哭泣声。项嘉睡不着，辗转反侧，眼睛一直睁着。程晋山倒没心没肺，呼噜震天。他睡到半夜渴醒，爬起来倒水，听见隔壁的动静。

项嘉沙哑地说道："你不是喜欢虞雅吗？怎么不过去看看？不怕她吃亏吗？"

"谁喜欢她？"他讶异地挑挑眉。

项嘉被他噎住，坐起身问："你不喜欢她？一口一个姐，态度还……"态度还比对她客气得多。

"也不是不喜欢。"程晋山觉得精确地形容这种感觉有点儿吃力，整理了一下措辞才继续下去，"不是对女人的那种喜欢。"

他顿了顿，强调道："我对姐弟恋不感兴趣。"

过了正月初五，年就差不多告一段落。大早上，伙计们在"佳好"

门口燃放鞭炮，迎接财神，讨个好兆头。

老板脑子灵活，进了个电动炒栗子机，挂了个红彤彤的牌子——炒栗子新品特价：9.9元一斤。顾客蜂拥而至，把项嘉忙得够呛。

称重算账倒还好，冒着被烫伤的风险捡出栗子空壳，还要承受客人们赶命的催促，她很难不烦躁。更不用提，她将沉甸甸的生栗子倒进机器，反复十几次，腰都要断掉。

好不容易熬到下班，项嘉浑身低气压，累得抬腿都吃力。走到楼下，她又撞见另一桩破事。一楼住着个爱八卦的阿姨，房东奶奶在她家做客，门没关好，努力压低又难掩的交谈声从里面传来——

"可算赶走了，不然要挡妯子财运的！"

"她没敢问我要押金，问了我也不退给她！"在项嘉面前慈眉善目的奶奶，这会儿却变了副嘴脸，"来租房的时候，看着文文静静的，谁知道……呸！"

"就是，女人家不好好在家，就图着赚快钱，现在的年轻人哪……"那阿姨连声叹气，"还总说什么迫不得已。呵呵，都是借口！狐狸精！"

"下回再有人来看房子的时候，你可得替我把牢嘴。"房东奶奶担忧房子不好租，"哎，也怪我心软，早点儿赶走她就好了，大过年的，房子不好租……"

项嘉如淋冰水，面色发白。她们永远无法理解，逼迫一个人放弃尊严的方法，除了动刀动枪，还有千万种。她失魂落魄地回到家，坐在沙发上发呆。

程晋山看完电视过来，揉揉肚子，大爷一样嚷道："晚上吃什么饭？"

项嘉抬眼看他，突兀地问道："你到底犯的什么事？"

程晋山骤然紧张起来，语气又急又冲："你问这个干吗？无可奉告！"他看电视学会了不少成语，活学活用，又有些不伦不类。

"现在在做人口普查，很快就会查到这里。"项嘉随口撒了个谎，继续试探，"是不小心，还是故意的？"

"别问了……"程晋山蹲在地上用力挠头，整个人变蔫儿，声音闷闷的。他似乎进入了变声期的尾声，嗓子不再那么嘶哑难听，多了几分低沉。

项嘉没再多说什么,起身做饭。初五也得吃饺子,她大方地煮了一大锅,又从冰箱的冷冻层翻出一袋之前蒸好的腐乳扣肉。

扣肉做起来挺麻烦,肥瘦相间的五花肉焯去血水后放进滚水里慢煮,等到一戳能戳透时,捞起晾到半干,用牙签扎孔,用生抽、老抽、耗油、白糖、料酒调成的料汁上色,另起油锅炸。肉炸好立刻丢进冷水,泡到形成漂亮的虎皮,再切成薄片摆进海碗里,将腐乳碾碎抹匀,倒三勺红润的腐乳汁进去,用小火蒸。做好的扣肉香而不腻,烂而不碎,夹进馒头中间,是热量炸弹,也是下饭神器。

项嘉将腐乳扣肉热好,饺子也煮好,一起端上饭桌。馒头管够,饺子在盘子里堆成高高的小山。

程晋山罕见地没什么胃口,慢吞吞地吃了一会儿饺子,挑起凤目问她:"真的在做人口普查?"

"嗯。"项嘉点点头,撒谎撒得连自己都当真。

"如果到时候你不在家,我不开门不就结了?""二极管生物"果然脑回路清奇,"实在不行,我爬窗户出去,等他们走了再回来。"说来说去,还是要赖在这里。

他自我开解完,胃口也见好,拿起个馒头,掰开往里面塞了五六片扣肉,做成个巨无霸,张大嘴巴,用力咬下去。

项嘉沉默了一会儿,等他吃得差不多,终于开口赶人:"程晋山,风头也躲了,年也过了,明天一早,你就走吧。"

当初为什么要收留程晋山,连项嘉自己也想不明白。她不怕他的胁迫,也看出他没什么文化,色厉内荏,虚张声势。可是,或许是一个人的日子太孤寂,热热闹闹的过年氛围又放大了这种感觉……总之,鬼使神差地,她留下了他,还忍耐了这么长时间。

就好像穷途末路的人撞上一条流浪的疯狗,一人一狗对峙半天,它没有咬她,她也没有捡起石头砸过去。疯狗别别扭扭地跟着她回来,借她的房子遮风挡雨,还在这里蹭吃蹭喝,拆家撒野。偶尔帮她吠两声恶邻,便是它的唯一价值。

宠物对于现在的她来说，是奢侈品。更何况，等她离开的那天，它又要怎么办呢？说不定被舒坦的日子养废，连自力更生的本事都丧失。

项嘉还记得自己养的第一只宠物，是十四岁那年，她从树下捡的还不会飞的小八哥。嫩嫩的喙，软软的羽毛，热乎乎的身子温暖又脆弱，她手足无措地捧着它，那一刹感受到一种伟大的使命感，颤抖着将它轻轻抱在怀里。

可是，她没有本事照顾好它，反而让它成为别人挟制自己的又一个工具。她大哭着，不肯屈服，然后"啪"的一声，小小的鸟儿被一只大手摔在地上。

项嘉觉得，两个人各取所需，终于到了该说再见的时候，可少年显然不这么想。他狠狠皱着眉，连肉都不香了，问道："为什么？"紧接着他又"啧"了一声，"不是都说了，我躲着点儿。你放心，不会连累你的。"

项嘉沉默了一会儿，拿出手机，点开备忘录："既然你不肯走，我们就算算，这段时间你花了我多少钱。"

她拿出撒手锏，一样一样开始算起，也真难为她有那么细的心，连他吃了多少个饺子都记在账上——

"桂花糯米藕，八块钱一份；酸辣牛肉面，促销价买的，算一块二一袋，你吃了三袋，是三块六……"她算了好半天，声音柔润，却极富杀伤力，到最后报出一个总数，"程晋山，你在我这里住了二十多天，吃了八百六十六块三。"

她顿了顿，给他一种咬牙切齿的感觉："把钱结一下吧。"

程晋山失声道："怎么……我怎么会吃这么多？肯定是你算错了！"

项嘉将手机递给他看，一副"随便你检查"的样子。他直愣愣地对着屏瞪了半天，终于面对事实，从储物箱里翻出那件不幸殒命的宝贝皮衣，掏出一大把红红绿绿的钱。是在怄气，也是在垂死挣扎，将钱点了一遍，他留下两百块傍身，交出五百六十块钱。

心里到底不甘心，他紧紧攥着那五百多块，恶声恶气地问："这可是买命钱，你敢收吗？"

项嘉有什么不敢？她用力将钱抽走，有些嫌弃，也不知道是吝啬已经刻进本能，还是故意表演不堪一面："这么少？你是不是被人骗了，怎么收费这么低？"

她攒的钱，足够雇佣十几个他这样的三流货色。可惜……她答应过奶奶，要努力生活。

程晋山的脸色一阵青一阵白，自尊心被践踏，低吼一声："谁敢骗我？！尾款还没结呢！你等着，总有一天我要出人头地，专接大单！"那意思，她就是前倨后恭的势利小人。

项嘉收回一部分成本，不再和他计较，扭头进屋睡觉。程晋山在客厅呆呆站着。灯光彻底熄灭，一双狼一样的眼睛在黑暗中不停闪烁。

他很快后悔起来——吃她的住她的怎么了？为什么受不住激，三言两语就把自己的家底交了出来？他挣的可都是血汗钱，为了避风头躲在这里当只缩头乌龟，熬这么些日子不容易。

换作两个人还不认识的时候，他狠狠心，钱还是自己的。可他看了那么多电视，受过那么多"教育"，立志做个恩怨分明的江湖大哥，欺负女人，到底不太像话。既然她算得这么清楚，既然她铁了心赶他走，他就……程晋山蜷着腿缩在沙发里，胡乱睡过去。

第二天，天还没亮，项嘉听到"咣当"一声。瘟神终于送走，虽然不至于敲锣打鼓，倒确实值得松一口气，项嘉上班的脚步都变得轻快些。

下班后，她趁着促销买了把有点儿蔫的长豆角。她今天做干煸豆角，为了省油，用小火慢慢将豆角煸了很久。豆角容易煳，必须不停翻炒，等到豆角由浅绿变成灰绿，水分蒸发，表面微微发皱，再加入一大把干辣椒、花椒，生抽和蚝油提鲜增香，盐、糖调味。

项嘉做菜的水平很稳定，这道菜也很下饭。可不知道为什么，她没什么胃口，只吃了半碗米饭。搁下筷子，她下意识说道："剩下的你都吃了吧……"话音未落，意识到对面已经空荡荡了。

习惯真是个可怕的东西，不过，程晋山离开的好处显然更多。早早卸好妆，舒舒服服地洗了个热水澡，项嘉换好睡衣出来，打开床头另一个暗格。

程晋山在外面踅摸大半天，找到个网吧，推说自己没带身份证，开了个临时账号。他缩着肩膀裹紧外套，打开电脑，登上很久不用的QQ，老何的头像是灰色的。

"在？什么时候结尾款？"程晋山用一指禅敲出一行字，等待对方回复。

虽然那时候他被派去打人，闹的动静大了一些，可这么久都没下文，说明没出什么大事。老何忽悠他出来避避风头，又一直装死，让他很难不怀疑——这是准备赖账。

他叼着支烟，从侧面看，他的五官轮廓生得很好，鼻子高挺，下颌线清晰又利落地收成流畅的弧线。美中不足的是薄唇总紧紧抿着，一副别人欠了他几万块钱的跩样儿，偶尔勾起嘴角，不是在冷笑，就是在龇牙。黄中带黑的杂毛，更是简单粗暴地毁灭了所有气质。

程晋山逐渐暴躁，抖着腿噼里啪啦敲出十几行字，语气从询问变成质问，又从质问变成问候对方家人。可远水解不了近渴，发泄过情绪，他琢磨了一会儿，开始物色下一个赚钱渠道。

程晋山又连续加了几个接单群，都是开口就让他交保证金。笑话，他是要赚钱，不是来当冤大头的，网络诈骗凑什么热闹？钱没要着，出路也没找到，倒憋了一肚子气，肚子饿得"咕咕"叫，他才想起一天没吃饭。

结账下机，拐进隔壁的小吃店，他吃惊地发现——大城市物价就是高，最便宜的葱油拌面都要六块钱。味道还行，他几大口吃完，却不够垫肚子。程晋山不高兴地摸了摸依旧空落落的胃，在"再来一份"和"能省就省"中挣扎了半天，起身走人。

偶然间看到一个大腹便便的小老板，电话里是和人约在酒吧后巷秘密见面，偷偷摸摸的，不像好人，程晋山精神一振，悄无声息跟上去。

他还没怎么着，一群保安就从天而降，打了他个措手不及。程晋山身手还行，应付了几分钟，见自己没什么胜算，便打算翻墙逃走。他纵身一跃，长长的手臂攀上高墙，后腰正要发力，忽然被人杵了一电棍。

"嗡"的一声,四肢发麻,他摔在地上,挨了好揍。

保安专挑薄弱处招呼,程晋山吃力地挡住头脸,小腹上却挨了一下。他狠狈逃走,感受着掌间的温热黏腻,仔细想了想,还是得去项嘉那里。毕竟他需要处理伤口,不敢去医院,又不认识别人。

程晋山揣着经不起推敲的理直气壮,熟门熟路摸回去,粗喘着气爬上高楼。

这女人心狠,早就入睡,也不给他留门。没关系,他配了备用钥匙。额头抵着冰冷的门板,程晋山低低吸气,挨过越来越密集的疼痛,清晰地感觉到体力流走。他抖着手摸出钥匙,连试好几次,才对准锁孔,用力一旋——

听到异动,项嘉猛然惊醒。洗过澡后她累到极点昏睡过去,这会儿又惊又怕,慌乱系上纽扣。是程晋山吗?还是入室行窃的小偷?她没敢发出声音,轻手轻脚地穿好衣服,光着脚走到门后,拿起一直备在那里的木棍。

那人进了门,毫无低调行事的自觉,"丁零当啷"一通乱翻,间或发出牛一样的粗喘。项嘉咬咬牙,决定主动出击,按下门把手,快速推开。

男人坐在地上,背靠沙发,手里拿着一瓶白酒,"哗啦"一声,他将酒倒在伤口上,与此同时,雪白的牙齿紧紧咬住毛巾,青筋暴露。破皮的伤口浇上酒精,想想就知道有多疼,没想到时至今日,还有人使用这种落后的消毒方式。

今夜月色很暗,那一点点微光和着将要罢工的路灯一起运作,勉强照出程晋山的惨样。桀骜不驯的脸因失血而发白,他疼得不住打摆子,两条长腿蹬到茶几底下,好不容易缓过一口气,晃晃半满的白酒,又倒了下去。

项嘉皱皱眉,头一次生出点儿无可奈何的情绪。说他坏吧,却只是嘴上说得厉害,实际没有动过她半根汗毛。说他是个好人?又有点儿离谱,蠢倒是真蠢。

程晋山扭过头,女人站在背光处,看不清表情,穿得却很单薄。他挨过一阵密集的疼痛,强提起精神,哑着嗓子道:"还不快过来帮忙?"

项嘉磨蹭了半天,回屋穿上连帽的外套,把帽子拽上来,挡住眉毛和眼睛,又把长发拨拉到脸侧。这时候再去化妆来不及了,她没敢开灯,找出个带照明功能的玩具,当小夜灯用。

"开灯啊!"程晋山撑着沙发坐上去,大爷似的往后靠,对眼前的昏暗很不满意。

"小声点儿。"项嘉低声提醒他,"大半夜开灯,不怕别人怀疑?"

"你戴帽子干什么?"觉得她说得好像也有道理,程晋山又揪出另一个问题。

"我冷。"项嘉平平板板地回答。

程晋山接过小夜灯,发现触手光滑,用力一捏还有弹性,疑惑地偏偏头:"这是什么?"项嘉的身体有些僵硬,没有回答他,又翻出个一次性口罩挡在脸上,确保万无一失。

程晋山的注意力立刻转移,皱着眉问:"你有病吧?"

虽说这是事实,可他问话的语气太欠揍,项嘉简直想捡起那根木棍,狠狠给他一下。她找出药箱,示意程晋山照向伤口,方便查看伤势。程晋山的腹部很结实,看得出隐隐的腹肌,漂亮的人鱼线也露出一部分。伤口倒不算深,说轻不轻,说严重也不严重。

程晋山端出硬汉气势,摆摆手对项嘉道:"不用麻烦,给我找根针,再穿根线。"那意思要亲手把伤口缝起来。

项嘉没忍住,赏了他个白眼。她很少做表情,这会儿陡然变得鲜活,像木偶显露些许人性,看得程晋山一愣。

"想得破伤风,你就试试。"她低声说着,隔着干净的毛巾慢慢触碰他的伤口,将酒精和脏东西一并吸走。

毛巾吸水,程晋山觉得更晕,咬着牙缓过一口气,打着手势问道:"就不能用……药棉吗?"

药棉那么小,万一不小心碰到他的皮肤,项嘉能当场把隔夜饭吐出来。

"不能,我晕血。"项嘉随口扯了个理由,将毛巾丢到脏衣篮,另取一壶凉水冲洗伤口。她的动作大了些,手腕探出衣袖,疤痕一闪而过。

"什么……"程晋山下意识伸手。

他还没碰到她的袖子，项嘉便条件反射地迅猛往回收手。看她眼神不善，又有抽他耳光的意图，程晋山终于学乖，两手往上做出投降状，他已经看出她不喜欢和别人发生肢体接触。

处理干净伤口，用轻薄透气的纱布包好，项嘉又轻手轻脚地把楼道里的脏污冲洗了一遍。做事如此缜密，又小心翼翼，就好像——她比他更害怕被人找上门。

在外面折腾了一天外加半夜，程晋山饿得前胸贴后背，碍着面子也不敢提。窝在沙发上眯了一会儿，等项嘉出门上班，他立刻爬起来找吃的。

冰箱里还有剩饭剩菜，放到锅里热热，勉强垫了垫。等屋子里像被土匪洗劫一样干净，程晋山终于吃了个半饱，躺回去呼呼大睡。到了下午，他开始发烧。乱发失去光泽，脸上腾出两团不正常的红，剑眉紧皱，眼皮不安地颤动，时不时咕哝两句方言，是"妈"还是"姐姐"，听不分明。

项嘉回来的时候，程晋山已经烧到三十九度，嘴唇干裂，高瘦的身体蜷缩在被子里，冷得不住发抖。她叹了口气，到底狠不下心，将自己的被子也抱过来，盖在他身上，又加了条毛毯。

家里住着一位病人，做饭总得迁就一点儿。小米和红枣下锅，大火转小火慢煮。等小米和水分融合的间隙，把老豆腐切块，煎至两面焦黄。娃娃菜撕碎，和着豆腐大火翻炒，加入生抽、蚝油、盐、糖，再放黄豆酱，加水慢炖。这时红枣小米粥的火候也恰到好处，再加几勺红糖，寡淡的浅黄色瞬间变成暗暗的红，散发出治愈的甜香。

程晋山捂出一身汗，裹着被子坐起来，眼巴巴地盯着项嘉，像只等待投喂的病狗。仗着年轻底子好，他"咕噜咕噜"喝完大半锅粥，又塞了两个馒头，吃完一整盘菜，气色已经好了不少。

项嘉将买来的消炎药和药膏推到他面前，程晋山愣了愣，打开药盒，就着温开水"咕咚"一声咽进肚子。

这天晚上，项嘉给他换纱布的时候，他主动拿过药膏，忍痛说道："我自己来。"她不就是不想接触吗,他平时注意就行,谁还没点儿毛病。

换好药,程晋山叫住项嘉:"那个……那什么……谢谢。"

项嘉没什么话好说,干巴巴点头。

"还有——"生怕她看不起他,他又急慌慌补充了句,"等我养好伤,就出去找工作!"大城市的人不好惹,快钱不好赚,不行他就……再干一段时间体力活呗。

"这段时间吃你的、住你的,你记在账上,花了多少钱,我都会还给你!"

他愿意还,那当然最好。项嘉再度点头:"不用你说,我也会记的。"

麻·朝夕相处

第二卷
CHAPTER 02

到底是杂草的命格，在项嘉这里吃好喝好，没事就挤在软和的沙发里睡一觉，七八天过去，程晋山已经恢复得差不多。腹部不可避免地留下难看的疤痕，可他并不觉得有什么——有句话怎么说来着，伤疤是男人的勋章。

发过一次烧，脑子也变灵光了，程晋山渐渐咂摸出住在这儿的好处。项嘉早出晚归，这一室一厅全是自己的。有吃有喝，有电视看，舒坦不受气，这日子神仙来了也不换。

其实，招惹麻烦之前，他在老家的酒吧当过一阵子保安。酒吧不是啥好地方，乌烟瘴气，日夜颠倒，六个人挤一间宿舍，上厕所都得排队，虽说管晚饭，那饭跟猪食似的，他一个不挑嘴的人都咽不下去。

最烦的是，还总有人给他塞小费，要求陪酒。他没干两天，有个老男人找上门，指着他鼻子骂他"男狐狸精"。那人还扬言要让他在本市混不下去，这下好了，所有的酒吧、KTV 都不敢用他。要是有一点儿办法，他也不想走这条路。

程晋山打算做个惜福的人，再加上渐渐摸清项嘉的脾气，知道她嘴硬心软，不算很难相处，便乖觉了许多。每天早上，他把垃圾袋系好

口放在门边,等项嘉出门顺手带走。晚上,掐着她回来的时间,提前把粥煮上,菜择好洗干净,她要是有额外吩咐,就按照要求做些准备工作。

比如今天,项嘉早上说要做辣子鸡,程晋山从她出门就开始期待。他连吃了一个星期的清粥小菜,嘴巴又苦又馋,正需要辣椒补偿。

四只白嫩的大鸡腿被斩成小块,泡冷水去除腥味,加盐、白胡椒、蚝油、生抽、料酒调味。蚝油放多少来着?程晋山腾出小拇指戳开手机——项嘉从柜子里翻出来的破手机,按键不太灵敏,听筒也时好时坏,他却当成个宝贝。

他点开备忘录,照着上面的菜谱严格操作。一小勺蚝油,两勺料酒,抓匀腌制半个小时入味,再抓把淀粉放进去,确保每块鸡肉裹上白浆,封锁水分。

"咯吱"一声轻响,项嘉旋开门锁。程晋山洗干净手,装出不耐烦的样子,却在看见她手里提着的东西时破了功。

"樱桃?"他没见过什么世面,指着那一袋红彤彤的果实,露出惊异的神色,"才二月份,就有樱桃?"

"是车厘子。"项嘉摇了摇头,将车厘子丢给他,系上围裙,准备做饭。她当然舍不得买这么昂贵的水果,是消失了好几天的虞雅专门找到菜市场,带过去的谢礼。

"抱着个四岁多的孩子,虎头虎脑,眼睛跟虞雅很像。"项嘉难得有谈论的兴致,将干辣椒剪成小段,和花椒一起放进水里浸泡。

"不是说她男人不给她看孩子吗?怎么要回来的?"八卦是人类的天性,程晋山洗了颗车厘子,好奇地摸了摸光滑的表皮,丢进嘴里品尝。

"说是……"项嘉指了指隔壁,"万金元替她出气,找了十来个工地上的兄弟,一起坐火车去了她老家。"

"男人那边的亲戚能愿意?"程晋山被丰厚的果肉和迸出的甜蜜汁水征服,又洗了好几颗。修长有力的手托着红到发黑的果子,刚递到她面前,想起她的怪癖,又拐了个弯儿,放在干净的盘子里。

"当然不愿意。"项嘉微微摇头,眼睛里闪出一点儿亮光,显然也为虞雅高兴，"万金元不算没脑子，租了辆拖拉机，带着她们就跑。"

程晋山乐出声，夸奖道："牛！"他看看隔壁的方向，"那他们俩现在是……"

"虞雅打算找个正经工作，再换个安全点儿的地方，省得被找过来。"项嘉烧好热油，把鸡块丢进去炸，"她和之前的男人连证都没领，只要藏得好，总能安定下来。"

香气扑鼻，程晋山拉了一条板凳，坐在油锅旁边蹲守："我还以为他们俩会继续住一块儿呢！"

"已经招了房东的烦，还是换个地方住吧。"项嘉将鸡块捞出，等油烧到七成热，又回锅，"万金元倒是想搬过去，虞雅的意思是等孩子适应一下再说。"不管怎么说，母子团圆，是件好事。

等鸡块炸得外酥里嫩，将热油倒出，借底油爆炒葱、姜和红油豆瓣酱，再加入干辣椒和花椒。辣味辛香刺鼻，程晋山连打了几个喷嚏，就着香味偷吃鸡块，被项嘉用筷子敲了一下手。

"等会儿再吃。"她使唤他使唤得越来越自然，"去盛粥。"

程晋山老老实实地"哦"了一声，往自己专用的大海碗里狠狠捞大米，红薯倒是分出来，多给了项嘉几块。

项嘉把鸡块倒进锅里，再撒糖、鸡精提鲜，装盘前丢了把麻辣味的花生。辣子鸡混合多种滋味，辣、香、甘甜，连骨头都炸得酥脆，咬起来"嘎吱嘎吱"响。

程晋山吃饱了饭，豪气干云："我明天就出去找工作。"

"嗯。"项嘉给面子地点了点头，以示鼓励。

"等发了工资，连房租也一起结给你。"程晋山像个还没中彩票，便开始筹划怎么花的傻大个。

"嗯，不过这个不用。"项嘉指了指盘子里洗干净的车厘子，"虞雅说了，也请你吃。"

程晋山找工作的过程并不是很顺利。

他穿着黑外套，戴着黑线帽，走进附近的人才市场。没过正月

十五，年还不算完。找工作的人稀稀拉拉，招聘桌上坐着的人个个无精打采。他按了按心里的紧张，来到一个花里胡哨的摊位前。

"简历？"小年轻连眼皮都懒得抬，公事公办地问道。

"……没带。"程晋山斜眼打量易拉宝上的介绍。

他读书少，大概辨别出是在招男模特，工资挺诱人，还是按日结。自己够高够瘦，长相也过关，程晋山自我感觉良好，下意识挺挺胸膛。

小年轻抬起头，第一时间被他的杂毛辣到眼睛："走走走，不招你这样的。"要简历没简历，要形象没形象，要气质没气质，瞎添什么乱！

要按程晋山以前的脾气，能当场砸烂摊子。可强龙难压地头蛇，虎落平阳被犬欺，他想了想，还是忍下一口恶气。工地还没开工，体力活少，他捡起老本行，应聘保安。

负责KTV招聘的是一位浓妆艳抹的大姐，打量他几眼，笑得奇怪，连简历都没要就点了头。他们谈好一天工资二百块，按周结，小费归他，今晚就能上班。

程晋山自觉前程有望，回家路上，拐进项嘉所在的市场，正好看见她在弯腰搬栗子。女人不算瘦，又穿得多，显出几分臃肿，她抱起半麻袋栗子，动作有些吃力，嘴唇却倔强地抿紧，没有发出一点儿声音。

他忽然想起这两天家里若有若无的膏药味儿，下意识推门走进去，毫不费力地抢过栗子，程晋山左右打量，指指角落运转的机器："倒那儿？"

项嘉和他算熟悉，面对异性的紧张消散不少，悄悄按了按拉伤的腰，吸了口气："嗯，全倒进去。"

她将被汗水粘到一边的刘海理顺，继续称货收银。程晋山也没什么事，便担起烤栗子的工作，一边好奇地研究机器，一边偷吃。新烤出的栗子烫嘴，他"呼呼呼"吹凉，"嗷呜"吃进嘴里，别提多香甜。路人被他的吃相吸引，纷纷点名要买，销量攀上新高。

程晋山连续搬了五六回栗子，等忙得差不多，便跟项嘉炫耀起自己的新工作。

项嘉有些担心，欲言又止，最后道："去看看情况再说吧，就怕不是正经地方。"

"正不正经有什么关系?"程晋山不以为意,"我一个大男人怕什么?"

他大概不知道,大城市和他生长的小城市不同,职业生态多姿多彩。

程晋山在这巴掌大的铺子里待得无聊,熬到快下班,熟门熟路地跑到生肉区,买了两斤鸡爪。

他是无肉不欢的人,难得动用自己所剩不多的积蓄,自然要对做法提出高要求:"卤着吃,多放点儿糖,我喜欢吃甜口。"

"入味要到明天早上。"他肯出钱,项嘉也没什么好说,锁好门窗,和他一起往外走,"晚上吃点儿素的吧。"

炒了一盘菠菜、一盘酸辣土豆丝,就着米饭吃完,项嘉开始收拾鸡爪。用剪刀将指甲剪干净,加葱、姜和料酒焯水去血沫。往鸡爪上涂抹生抽,讨个好看的色泽。鸡爪晾干,入油锅慢炸,再放进冰水浸泡,形成虎皮,这时候才开始卤制。

程晋山得寸进尺,叫道:"再卤几个鸡蛋,馒头夹着吃最香。这样明天就不用做早饭了,你也省力气。"听着还挺为她着想。

项嘉吝啬,只煮了两枚鸡蛋。再烧一锅水,加葱姜蒜、干辣椒、花椒、八角等调料,水开放入鸡爪和鸡蛋,大火转为小火煮,再借用残余热力和浓郁汤汁,结结实实泡上一整夜,这才是卤货入味的精髓。

项嘉准备睡觉,程晋山出门上班。不幸被项嘉言中,这所谓的"保安"一职确实不是什么正经活儿。

程晋山换上制服,打量着镜子里的自己,脸色渐渐变得古怪。黑色的宽大袍子长及脚踝,两肩缀着荷叶状的白色花边,袖口设计成灯笼形状,腰后还垂着长长的飘带。按照领班要求,多余的衣物不能穿。

开玩笑,这样走来走去多不方便?再说,要是有客人闹事,这身行头,很不方便制止。程晋山不是听话的人,坚持保留T恤和运动裤。

"我去哪儿站岗?"他将飘带胡乱系成死结,扭头问领班道。

领班快速评估他的风格,在平板电脑上点了几下——员工风格:小狼狗;目标客户:都市白领、离异富婆。

他指指包间:"把酒端进去。"

程晋山"啧"了一声,明明说好做保安,还要兼职服务员,真会剥削人。

他端着洋酒和好看的高脚杯走进包间,看见一群男男女女。男人们穿着和他一样的制服,女人们打扮得珠光宝气,沙发上搭满价格昂贵的皮草大衣,他们愉快地嬉笑打闹着。

一位阔太招手喊他过去,程晋山规规矩矩地将酒杯放下,给她们倒酒。阔太风韵犹存,玩味地打量他两眼,看出他是个生瓜蛋子,生了戏弄的心思。

将白酒、红酒和啤酒混成一满杯,戴着宝石戒指的手指敲敲桌面,她笑道:"小弟弟,会喝酒吗?喝完这杯,给你五百块钱。"

程晋山闻言神情一动,问:"有现金吗?"

阔太太愣了愣,和左右两边的女人们笑成一团。她从手包里掏出五百块钱,随手丢在桌上。程晋山横劲儿上来,抓起酒杯,仰脖"咕咚咕咚"灌进胃里。

压下喉管中火辣辣的刺痛,他一抹嘴角,凤眼带着点儿挑衅:"继续吗?"

包间的空气变得安静,所有人不约而同地看向他,像在打量一只误入动物园的幼兽。不知天高地厚,青涩又嚣张。

程晋山赢了两千块钱,离开包间的时候,酒劲儿已经上来,眼前现出重影,脚下像踩着棉花。

领班兴冲冲地跑过来找他:"林太太约你出去玩!"

"出去玩"三个字刺激了程晋山的神经,他把眼睛一瞪:"去哪儿?老子是来当保安的!"

领班嫌他不开窍,指指他手里紧握的红钞票:"你放聪明点儿!谁会跟钱过不去?"

钱?程晋山找回两分清明。他低头看着红到诱人的颜色。对,他需要钱。没谁会跟钱过不去,可他还没穷到为钱放弃尊严的地步。再说,这两千块钱,够他和项嘉吃喝很久。

程晋山很有点儿知足常乐的小市民作风，摆摆手道："不干！"

领班陡然翻了脸，挥挥手招出几个膀大腰圆的真"保安"，狞笑道："不干？"

程晋山皱皱眉，受酒精影响，动作迟滞了些，险而又险地躲过，觑了个空，拔腿就跑。逃跑是他从小练出来的看家本事，再加上他进来时留了个心眼，知道消防通道在哪儿，三拐五拐冲进楼道，逃出生天。

耳畔是清冽又自由的风，黑色带花边的帽子脱落，蓬松的黄毛快乐飘扬。他将黑袍兜头脱掉，抛进垃圾桶，人民币塞在裤兜里，满载而归。

程晋山美滋滋地回到家，按不住自己想显摆的心情，在黑暗里小声叫："项嘉？项嘉？"

项嘉没睡安稳，闻声醒来，哑声道："回来了？"

程晋山隔着卧室门，稍微放高了声量："你猜我赚了多少钱？"

话音未落，喝下去的混合酒开始在胃里翻江倒海，一股辛辣刺激的液体倒灌食管，他脸色一白，冲进洗手间："呕——"

项嘉披着衣服起身，照旧套上连帽外套，戴好口罩，打开手机的手电筒，查看他的状况。他大概从没喝过这么多，不知道酒精的威力，无措又狼狈地蹲在马桶边，脸色发白，眼尾泛红，歇一会儿吐一会儿。

程晋山惨成这样还不老实，趁休息的间歇，从裤兜里掏出一卷折得皱巴巴的钱，声音嘶哑："看，见过这么多钱吗？"

项嘉无声叹了口气，果然不是正经地方。

"明天晚上还去吗？"她接了杯自来水，递给他漱口。

"不去了。"程晋山漱漱嘴，捂着肚子摇摇晃晃地站起，语气仍然得意，"一锤子买卖，见好就收。"

项嘉没有问他经历了些什么，他也不想将窘迫卑微的另一面讲给她听，趴在沙发上睡了个天昏地暗。

第二天是正月十五，菜市场放半天假，也是虞雅搬家的日子。

项嘉中午回来，程晋山正顶着个鸡窝头，坐在沙发里发呆，他不是被吵醒的，是被饿醒的。撑过宿醉后的头晕目眩，他趿拉着拖鞋去吃鸡爪，发现卤味被项嘉放进冰箱，表面凝了一层酱红色的胶冻。

"你昨晚刚吐过，不能吃刺激性食物，明天再吃。"项嘉买了点儿卤猪肝和腊肠，闻声扭头提醒他。她顿了顿，又道："都给你留着。"

"……嗯。"程晋山依依不舍地看了鸡爪好一会儿，这才关上冰箱门，找出他赚来的辛苦钱，给项嘉结账。欠的三百多块钱伙食费，房租对半均摊一个月三百，两个月就是六百，再加上水电费，凑整一千元。

项嘉收了钱，态度好上不少，一边切猪肝一边道："今天虞雅搬家，你去隔壁搭把手，吃完饭咱们一起过去。"

程晋山捏了几片猪肝塞进嘴里，又找出半个馒头垫补，出门拐进隔壁。倒也不用他帮什么忙，万金元包揽所有体力活，带两个搬家公司的工人楼上楼下地忙活儿。程晋山和他打了个照面，依然脸不是脸，鼻子不是鼻子，万金元却没有计较，而是憨厚地笑了笑。

几分钟后，程晋山抱了个娃娃回来，手里还提着袋砂糖橘："虞雅姐说帮她看会儿孩子。"

小男孩和虞雅很像，就是好动了些，在板凳上左晃右晃，抓住程晋山的头发猛扯，他疼得龇牙咧嘴。

"你叫什么名字？"程晋山把自己的宝贝头发解救回来，不太熟练地和小朋友互动。

小朋友咯咯笑道："浩浩。"

一大一小很快将注意力放在砂糖橘上，你一个我一个吃了起来。那边项嘉在做菜，猪肝用葱丝、香菜、蒜汁、生抽、白醋、盐、糖拌好，腊肠也切了一盘，又炒了三个热菜。

自觉还差点儿病号和孩子吃的东西，她拿出两个小碗磕了鸡蛋进去，又隔水加热一盒牛奶，加白砂糖搅拌。蛋液搅散，一边搅一边加牛奶，大概是1:2的比例，等混合均匀，把细小的泡沫撇净，蒙一层保鲜膜，隔滚水蒸。出锅掀膜，表面平滑如镜，入口即化，清甜又好消化。

虞雅和万金元忙得差不多了便过来吃饭，万金元还在楼下买了只烧鸡，热气仍在，肉烂脱骨，用手撕开，摆了满满一盘。程晋山和浩浩将砂糖橘消灭干净，手指甲都变成了黄色。

万金元倒了满满一杯白酒，向项嘉和程晋山赔不是："之前是我犯浑，说了些不中听的话，二位看在小雅的面子上，别往心里去。"

程晋山现在看见酒就犯怵，给自己倒了杯果粒橙，爽快地和万金元干杯："好说好说，不打不相识。"

一顿饭吃得宾主尽欢。

虞雅的新住处不算远，离这儿也就两站路，项嘉过去帮着收拾了半天，把窗帘塞进半旧的洗衣机，说道："还是有洗衣机方便。"

浩浩在和程晋山玩骑大马，不小心牵动了程晋山的伤，他龇牙咧嘴怪叫一通。

"程晋山，该回去了。"项嘉出声喊他。

"欸。"程晋山将小祖宗举高放在一边，扯扯皱巴巴的衣服，紧紧跟上。

天色渐晚，路上还很热闹。卖小吃的、套圈的、气球射击的、算命的……五花八门，干什么的都有。程晋山眼睛不够使，脚走不动道，项嘉却本能地抵触人多场合，在前面走得飞快。

几分钟后，程晋山提着盏花灯追上，抱怨道："你走这么快干什么？"

他提起花里胡哨的灯笼，照亮前方越来越昏暗的路："我小时候还自己糊过灯笼，不过没这个好看，里面放的是蜡烛，风一吹就灭。"

不像现在，工艺进步了，带开关的小灯稳稳坐在里面，再大的风，都不会摇晃。日子总会越来越好，他信心满满。第二天早上，这个念头就被项嘉击碎。

她带着他来到市场旁边的理发店，对老板娘道："把他的黄毛剃干净。"眼睛在墙上的贴画中巡睃片刻，她指了指其中最干净清爽的寸头，"剪成这样。"

程晋山不敢相信自己的耳朵，他下意识护住头发，跳脚抗议："老子不剪！"

嗓门太大，震得旁边的理发小哥手一哆嗦，差点儿刮伤顾客耳朵。

"不剪，就别想找到正经工作。"项嘉冷静地说着，示意他看看镜子里的自己是什么样子。

令程晋山引以为傲的黄毛支棱着，右边的眉骨处有一道不大明显的伤疤，白T恤外面罩着件红白黑相间的花外套，破洞牛仔裤底下配他的山寨运动鞋，混混标配。

"还打算去KTV？"项嘉专挑他的痛处踩，"不能凭自己本事吃饭？"

这一手激将法来得高明，嘴上再怎么嚷嚷要发大财，程晋山心里也明白，靠自己本事赚来的钱，花着才踏实。他很羡慕那些包工头，白手起家，甩开膀子埋头苦干几年，在村子里盖起小高楼，搂着媳妇，抱着乖儿子，把日子过得红红火火，越来越有奔头。

可他的运气一向不太好，中途辍学，跟着木工当学徒，因为吃得太多，被师傅辞退；一不小心被骗进了传销机构，好在后来被警察解救；决定去工地搬砖挣钱，却遇见老板卷款跑路；好不容易横下心"闯江湖"，干了票大的，雇主又赖账玩消失……

"谁说我不能？"程晋山一梗脖子，"剪就剪，我会怕你？"

围好遮布，剪刀"咔嚓咔嚓"经过额头，黄黄的碎发落在面前，程晋山把头发兜成一团，低头瞧了半天，心疼得要命。在老家那边花一百多块钱做的造型，就这么没了。要是没出那档子事，他还打算新年新气象，把头发染成银色来着。

十几分钟后，头发剪完吹干，他的脑袋变得轻飘飘的，非常不适应。他抬头看着镜子里换了副模样的自己，一时愣住。打记事起，他从来没这么精神过。

黄毛消失，只剩下黑到发亮的粗硬发茬。清爽的寸头，把一直藏着的好头型勾勒出来，发际线清晰利落，两鬓后方的头发比头顶更短一些。繁杂装饰去除，相对应地，五官优势放大，变得浓墨重彩。剑眉凤目，高鼻薄唇，不做表情的时候有点儿狠，唇角一扯，又变成生动的痞坏，是小姑娘很喜欢的类型。

剪完头发出门，项嘉带着他左拐右拐，来到一个偏僻又昏暗的小巷。

"又干吗？"程晋山嘟哝着，态度已经没刚才那么抗拒了。

野狗也有本能，甚至比家犬更敏锐些，懂得分辨好意和恶意的区别。

项嘉轻叩暗红色木板隔起来的窗子，等里面有人应声，低低说了句："刘老板，办证。"

不多时，程晋山坐在阴冷潮湿的屋子里，面前补光灯一开，下意识眯起眼。

"坐直，脑袋往左偏一点儿，好。"精瘦男人指挥着，在对面按下快门。他叼着支烟，几分钟修好照片，问道，"叫什么名字？"

程晋山声线紧绷，不知不觉中，他的嗓音已经变得低沉，不咋咋呼呼的时候，还有点儿好听："程晋山。"

拿着新鲜出炉的证明，他难掩兴奋，连声道："还能这样？"他后知后觉地意识到什么，看了项嘉一眼。就算他有了暂时的证明，行事还是要低调些，不能去管理太严格的地方上班。还是"佳好"这样的地点合适，鱼龙混杂，宽松随意。

来到生意最红火的卖鱼摊位，项嘉压下内心的抵触，对弯腰捞鱼的男人喊了句："林叔。"

男人扭过头，肤色黝黑，面相古板，眉心长年拧着，留下鲜明印痕。他打量她片刻，面无表情地点了点头。

"听说您这里招工。"项嘉侧过身，指了指跟在身后的程晋山，"我表弟从乡下过来，想学点儿本事，混口饭吃。"

林叔"哦"了一声，让他们去后面的小隔间等着，态度有些不近人情："我这会儿忙得很。"

"不着急。"项嘉客气地说着，看见一尾鱼在地上垂死挣扎，被林叔又快又狠地给了一闷棍，心里一跳，连忙转开目光。程晋山想起她晕血，抢先两步，用颀长身躯挡住不锈钢盆里大卸八块的甲鱼。

隔间很小，不到两平方米的面积。程晋山拉过军绿色的小马扎，坐在门边，时不时勾头瞧瞧外面的情形，右腿一个劲儿抖动。

项嘉捡起报纸，卷成筒状，用力敲了敲他的膝盖："林叔喜欢规矩人，看不得别人抖腿。"

话音未落，她又戳戳他微弯的脊背："挺直。"

程晋山第一次这么板正，难受得要命，"啧"了一声："麻烦！"

"你还想不想赚钱？"项嘉精准拿捏他的命门，"帮工一个月工资至少两千块。"

"这么多？"程晋山立刻正襟危坐。

项嘉继续给他画饼："而且，卖鱼里面的门道多着呢，什么季节进什么货，去哪里进，怎么挑鱼，怎么杀鱼……全是学问。"

"我知道我知道！"程晋山显然做过各种各样的发财梦，闻言双眼闪闪发光，"我跟着林叔好好学几年，攒点儿本钱，以后说不定也能开个小店！"

林叔晾了他们好半天，等到顾客渐渐散去，这才擦了擦满是老茧的手，问起程晋山的情况。

程晋山半真半假地回答着，人倒挺乖觉，见林叔手上不小心割了个血口，撸起袖子跃跃欲试："叔，您先别急着答应，看看我活儿干得怎么样再说！"

项嘉见他上道，便起身告辞，回店里忙活。

这天下班，程晋山拎着个黑塑料袋，得意扬扬地说道："林叔给了一斤活虾，算今天下午的工钱，明天开始正式上班！"

项嘉点点头，悄悄松了口气。

回去路上，程晋山忽然问道："项嘉，你的暂住证也是那么办的吧？你原来叫什么名字？"

一时间，他的许多疑问得到解释，随之而来的，是更加扑朔迷离的真相。这个问题超过安全范围，项嘉神色变冷，一言不发。程晋山自找没趣，摸了摸鼻子，没有再问。

前天做好的卤鸡爪彻底入味，捡几只上锅一蒸，香气扑鼻，麻辣鲜甜。程晋山快速扫荡干净，一边舔手上的汤汁，一边看项嘉收拾活虾。林叔给的货不错，虾的个头都挺大，离水半天也没死。

一只虾在项嘉手里扑腾着，弓起腰一鼓作气蹿出老远，躺在案板上翻腾。向来游刃有余的一个人，面对活蹦乱跳的生物，竟然显出慌乱的一面，项嘉双手轻轻颤抖，不敢靠近。

"你……害怕？"程晋山不确定地问道。也不知哪根神经搭错，又或许是难得看见她狼狈的模样，他不合时宜地笑出声，大惊小怪道："不是吧，这有什么好怕的？哈哈哈……"

还没笑完，项嘉就拉下脸，洗干净手回屋，用力甩上门。

几分钟后，程晋山摸摸饿得咕咕作响的肚子，主动服软。他敲敲门，大大咧咧道："行了行了，我来收拾，你跟我说说怎么弄。"

四处扑腾的鲜虾被修长有力的手捡起，重重摔进盆里，活力也消减三分。程晋山用剪刀利索地剪掉虾须虾脚，把牙签自虾的第二段关节戳入，挑出完整虾线。

"怎么样，厉害吧？"程晋山几分钟处理完毕，扭头邀功。

项嘉依然冷着脸，将盆接过去。这么新鲜的虾，白灼最好吃，取其本味。加葱、姜、盐、料酒，进行初步腌制。烧一锅清水，水开下姜片，将腌好的虾倒进去煮，等水再次沸腾，煮两分钟，捞出来泡冰水。

冰格里还剩几块冰，程晋山一股脑儿丢进可乐里，仰脖灌了几大口："爽！"年轻男人火力旺盛，他也不嫌冷，被丰沛的二氧化碳征服，快活地打了个嗝。

项嘉接下来开始做蘸料，放入葱、姜、香菜、盐、糖和生抽，再加勺醋，解腻提鲜，烧点儿热油，往上面一浇。泡过冰水的虾壳好剥，让虾肉吸饱蘸料，进入口腔。多种味道在舌尖迸裂，到最后，只剩下本来的鲜味。虾肉质富有弹性，和牙齿发生亲密互动，细细回味片刻，又开始和下一只虾的奇妙恋情。

程晋山的生活终于变得有规律：早上和项嘉一起出门，九点前到摊位，帮着林叔卸货，给鱼加氧；等客流量上来，林叔负责称重、刮鳞、收拾内脏，程晋山就站在他旁边，手起刀落，斩成鱼块，装袋交给客人。

他动手能力强，没几天就熟悉了全套流程，开始钻研剔骨切片等精细技艺，唯独在算账上不太灵光。说到底，他还是吃了读书少的亏。

"林叔那儿的计算器不好用，按键老是失灵。"不忙的时候，程晋山就蹿到项嘉这儿，帮她干些体力活，也算知恩图报。他顺手抓了把葡萄干，边吃边抱怨。

项嘉不好说一百以内的加法用不着计算器，随口敷衍他："那就再买个新的。"

"林叔不让买。"程晋山眼睛尖，远远瞧见那边有人了，立刻拍拍手，"走了。"

他对第一份技术型工作倾注了无限热情，勤快得很，没多久就讨得林叔喜欢。

林叔冷硬固执，不善言辞，被市场上的人起了个外号，叫"倔老头"，现下对程晋山却实打实地好。

程晋山抱着一堆半新不旧的衣服，对项嘉炫耀："看，林叔送我的！"

他拿着件颇为符合他审美的皮衣在身上比画，臭美得很："我检查过，一个洞都没破，看着值不少钱。"

项嘉觉得他最近往自己这儿跑得太勤了些，有意拉开距离，不冷不热地"嗯"了一声。

程晋山直接换上，将其他衣物寄存在她这儿："下班带回去。"

她不理他，他也能自说自话："咱们市场新装了个自动售货机，你看见没有？我只在电视里见过。"

自动售货机就在水果区角落，离这儿不远。项嘉早上注意过，里面摆满一块钱一包的小零食。

"给我两个硬币，我去研究研究。"程晋山对新鲜事物保有旺盛的好奇心，跃跃欲试道。

项嘉从口袋里摸出两枚，放在柜台上。程晋山前脚刚跑，对面的香姨后脚就走上前。

"年轻人就是活泼哈。"老板娘热络地套近乎，三言两语说到正题，"项嘉，听说你还没男朋友？"

擦拭柜台的手顿了顿，项嘉勉强维持表面上的客气，点了点头。

"我有个侄子，今年三十，人挺老实，在大公司做程序员。"老板娘眼睛挺毒，盯着她的脸猛瞧，越瞧越觉得她底子不错，笑成朵花儿，"个头也挺高，一米八还多，就吃亏在嘴上，不会哄女孩子开心，一直耽误到现在——"

"香姨，谢谢您的好意，我不打算结婚。"项嘉打断她，语气斩钉截铁。

脸上的笑僵了僵，老板娘"嘶"了一声，道："哪有女人不结婚的呢？平时上班这么辛苦，家里就得有个知冷知热的人疼着点儿，过几年再生俩孩子，日子多有盼头……"

"香姨，我不能生育。"项嘉轻飘飘地扔下重磅炸弹。

"啪嗒"一声，虾条落地，她回过头，和呆站在那儿的程晋山四目相对。老板娘难掩惊讶，强端着笑脸安慰了两句，转身逃走。她们那个年纪，大多有一套思维定式——不生孩子，家早晚要散。这媒人，不当也罢。

程晋山回过神，将虾条捡起，连同手里的洋葱圈一起递到项嘉面前："吃哪个？"

研究明白自动售货机的使用方法，他有一肚子炫耀的话要说，却被她那几个字堵回去，一时间不知道是该安慰，还是该装没听见。项嘉撕开洋葱圈的包装袋，"嘎吱嘎吱"慢吞吞品尝。

中年妇女的八卦能力不容小觑，不出三天，她的"难言之隐"就会传遍整个市场。这样也好，再也不用提起精神应对各种热情推荐。

程晋山也跟着"嘎吱嘎吱"吃虾条，过了好一会儿，他才轻声道："不生孩子挺好，小孩儿麻烦得很，你看虞雅姐家的浩浩，没事就会揪我头发。"他又没心没肺地乐起来，"这回头发剪短，可揪不着了，改天去气气他！"

项嘉看他一眼，没有说话。她的姻缘，被自己彻底斩断。可程晋山的桃花运，似乎才刚刚开始。

不知什么时候起，有个穿得珠光宝气的女人经常亲自来逛市场，戴着墨镜，拎着昂贵包包，身后还跟着两个跟班，与这个环境格格不入。听说，她是某个高档酒店的老板娘，年轻守寡，无儿无女，家财过亿。

她嘴上说的是过来进货，可醉翁之意不在酒，十回有九回直奔林叔的卖鱼摊位，盯着程晋山猛瞧。程晋山浑然不觉，看见大客户，总要

兴冲冲地奔在前头，展示自己新学的杀鱼手艺。他甩开膀子，将鱼鳞刮得四处乱溅。天气渐渐回暖，他又爱出汗，上身只套了件浅蓝色的T恤，后腰被汗水浸湿了一大片，晕出劲瘦的腰身，衣服因为动作幅度过大往上掀卷，小麦色腰窝若隐若现。

"姐，还要点儿什么？"程晋山将大青鱼剁成块，装进黑色塑料袋，看她像看人民币，嘴巴也变甜，"新进的螃蟹和虾，称几斤不？"项嘉教过他，做生意要见人说人话，见鬼说鬼话，才能换来回头客。

"要的，要的。"女人被他叫得心花怒放，出手也大方，"各来十斤。"

付钱的时候，女人额外赠送一张名片："新开的海鲜自助餐厅，请你吃顿饭。"

耳朵捕捉到"吃饭"信息，程晋山立刻心动，却还保留着野兽的警惕，问道："为啥请我吃饭？姐有什么喜事吗？"

女人含情脉脉地看着他，贴着碎钻的指甲在名片上暧昧地画圈："想跟你——交个朋友。"

交个朋友？是长期合作的意思吧？程晋山皱眉深思，海鲜自助需要大量海货，而他这里又专售生鲜鱼虾。他自以为替林叔招揽了个大客户，激动地接过名片，响亮答应："好嘞！"

饭局定在下班以后，程晋山左思右想，又踌躇起来，对林叔道："叔，要不还是您去吧。我就是个打工的，对生意半懂不懂，万一谈不好，砸了您的招牌。"

林叔用看病人一样的眼神看他，慢慢擦干双手，头发微白的男人欲言又止，半晌挤出一句："你觉得她只是想单纯跟你吃顿饭？"

"当然不只是吃饭。"程晋山理所当然地回答，"还要谈生意！"

林叔觉得和这倒霉孩子说不明白，大手一挥："去问你姐。"

程晋山果真老老实实请教项嘉，项嘉倒表现出支持态度："吃顿饭而已，不用这么紧张，探探话音再说。"

那女人她见过，有钱有貌，还是单身。这种邀约当然不是单纯吃饭，十有八九是对方瞧上了程晋山，打算展开热烈追求。别说，程晋山还真是傻人有傻福。

"有道理。"程晋山深以为然。

然而，或许是天生的穷命，他很快发现，有钱人的生活没自己想象中那么舒坦。自助餐厅是很高档，坐落在车水马龙的商业街。可他转了三趟公交，又碰上大堵车，折腾到近九点才到。女人准备了雅致包间，打扮得艳光四射，对这次约会十分看重。

程晋山推开门，被扑面而来的香水味熏了个跟头，皱眉道："什么味儿，这么难闻？"他忙着开窗户透气，接连打了好几个喷嚏，女人的笑容便有些僵硬。

"先上菜吧。从北海道运过来的顶级海胆，最适合生吃。"女人往清洗干净的海胆里面倒了点儿高级酱油，用精致的小勺子细细品尝，脸上流露出满足，示意他也吃。

程晋山眉头皱得更紧，用狗鼻子嗅了嗅，有点儿腥，生的。不挑食如他，头一次遇见接受不了的食物。

"有别的吗？我不爱吃这个。"他不知道什么叫作客随主便，更没学过规矩，径直开口表达不满。

女人看着他的脸，默默忍下一口气，招手吩咐侍者陆续端来生鱼片、北极贝、甜虾……

程晋山忍无可忍，摸了摸不停抗议的肚子，指指旁边的铁板烧餐台："不能做点儿熟的吗？"

其实，餐厅是有铁板烧服务的，可女人希望创造独处空间，制造机会，培养感情，所以提前将大厨支使出去。这会儿，大厨回到阵地，大显身手，战斧牛排一沾黄油就滋啦作响，散发出诱人肉香。

程晋山口水都要流出来，眼巴巴盯着牛肉看，问道："这个肉不便宜吧？"

女人见下对一步棋，微笑起来："不便宜，但你值得。"

然而，媚眼抛给瞎子看，程晋山的眼睛里只有眼前这一大块肉。几分钟后，他用餐刀不太熟练地切开肉块，看见红色血水，气得摔了刀叉："没熟啊！"

饭吃不下去了，女人开始质疑自己的眼光，后悔这次邀约。程晋山

敬业程度也有限,疑心这女人在耍他,没心情替林叔谈生意,站起身想走。

他不是吃亏的脾气,走两步又折回来,指指肉和海鲜:"这些扔了多浪费,给我打包。"东西是好东西,厨子却不是好厨子,不如回去交给项嘉处理。

这晚,将程晋山送出去的愿望落空,项嘉还得披着衣服起来,给饥肠辘辘的少年做饭,她浑身低气压。

取了西红柿切成小块爆炒,再加点儿盐,这是快速出汁的秘诀,一碗由北极贝、甜虾、三文鱼、皮皮虾组成的海鲜什锦一起被丢进锅里,加葱、姜、料酒翻炒至变色。清水没过,波士顿龙虾强势加入,占据大半空间。没有黄油、黑胡椒,这么简单粗暴的煮法,简直是暴殄天物。可项嘉认为,配程晋山正合适。

"肉,还有肉!"程晋山围着她打转儿,急得抓耳挠腮。

"等会儿。"项嘉低垂眉眼,有些不高兴。

不需要高汤,这些已经足够鲜美。汤锅煮好的细面被捞进大海碗,将煮好的浇头和海鲜一并倒进去,再烫几棵新鲜的上海青,凑足鲜艳色彩。战斧牛排不能煎得太老,又要照顾乡下小子的口味,于是项嘉将牛排切成薄片,煎至肉色微白立刻捞出,整齐地码在面上。

她煎得多,程晋山便掰开个馒头,在一旁接着,嘴里说道:"我吃得完。"

项嘉当然知道他吃得完,但存心跟他过不去,她劫走一小半牛肉、一小碗面,当作报酬。两个人分坐茶几两侧,闷头吃面。

程晋山悄悄观察项嘉剥虾的方式。皮皮虾容易扎手,项嘉便取了根筷子,从虾尾缝隙处插入顶到头部,将虾脚掰断,外壳整个儿揭开。她的动作行云流水,像是经常吃这玩意儿似的。

程晋山有样学样,吃得汤都不剩,捏着根牙签,一边剔牙一边抖腿。项嘉眼神扫过,他修长的双腿下意识并拢。

吃完,程晋山懒洋洋地打了个哈欠,准备睡觉。

早上，两个人一起出门，撞见了新搬来的邻居，是两个年轻女人。梳着精致发髻的女生穿着一身职业套装，干练又美貌，紧紧扶着一个面色苍白的女人，指挥着工人搬运家具。

那女人五官姣好，却很憔悴，明明已是初春，却还裹着厚重的羽绒服。她抬头看见异性，脸上流露出恐惧，下意识往后缩了缩，双手护住小腹。女生立刻瞪向程晋山，眼神恶狠狠。程晋山不甘示弱，龇出满口白牙，气氛有些凝滞。

项嘉往惊恐的女人身上看了几眼，若有所思。她扭头用眼神约束程晋山，带着他沿楼梯右侧往下走，错开足够空间。经过她们时，女人微微发抖，身子紧贴墙壁。

女生连忙抱住女人瘦弱的肩膀，形成保护的姿态，低声安慰："宁宁姐，没事没事，有我在呢。"她又轻轻叹了口气，"你这样我怎么放心？下午的面试，我不去了。"

走出楼道，程晋山抱怨道："神经病吧？没招她没惹她，瞪我干吗？"

"少管闲事。"收留他已经给自己带来不少麻烦，项嘉无意再与别人产生多余交集。

可离得这么近，隔音又不好，难免被动地获知对方不少秘密。比如，年纪小些的女生叫唐梨，另一个女人叫许攸宁。唐梨在找工作，每天早出晚归，忙得像枚陀螺；而许攸宁从不出门，把出租屋当作藏匿自己的壳。

过日子遇见相似的窘迫，没多久，唐梨就主动找项嘉搭话，问她附近便宜又新鲜的菜市场在哪儿。手机备忘录里列着长长的清单，她微微皱着眉毛，企图破解其中奥秘："蒸鱼豉油……这是什么油？黄冰糖……在哪里买？"

一看她就是十指不沾阳春水的人，又接了许攸宁的任务，立志要克服困难。项嘉抹不开面子，引她前往"佳好"，撞上冷冻食品大促销，十斤以上打八折，为了省钱，两人打算拼单。

"项嘉姐，以后有这种活动，咱们还一起拼。"购物是女人的乐趣，唐梨一边往塑料袋里捡鱼丸，一边跟项嘉商量。

项嘉称了点儿三丝春卷,还没来得及答话,程晋山便兴冲冲地跑过来。

"豆沙,我喜欢吃豆沙。"他舀起一大勺豆沙春卷,倒进项嘉手中的袋子,看清楚活动内容,有些不屑地撇撇嘴,"我一个人就能吃十斤,还用凑单?"

唐梨和他八字不合,脸色立刻变冷,刚刚打开的话头也憋了回去,闷头挑丸子。

"不忙?"项嘉往旁边挪了一步,企图赶他回去,"林叔这两天不是不舒服吗?别瞎跑,多看着点儿摊子。"

人上了年纪,总有些小病小痛找上门,林叔胳膊犯了旧伤,这两天干不了重活。因此,进货的重担落到程晋山头上,他天不亮就要出门,骑着破三轮,带几个大塑料桶,前往六里开外的水产批发市场。

"我知道,这不是看见你来了吗!"程晋山最不喜欢听人说教,因着对方是项嘉,只能忍着脾气听完。他瞪了瞪唐梨,似乎觉得她格外碍眼,紧接着摸出一盒喜糖,放到项嘉面前:"卖凉粉的王姨闺女今天出嫁,请大家吃喜糖,我替你多要了一盒。"原来他是专程来送糖的。

程晋山喜动不喜静,闲着没事的时候就满市场跑,帮这家干干活,跟那家扯扯闲,在"佳好"混得比项嘉还熟了。

项嘉"嗯"了一声,语气略软和了些:"快回去吧,明天炸春卷。"

程晋山"欸"了一声,又往袋子里装了勺豆沙馅春卷,指指不远处的麻球和南瓜饼:"多称点儿,我下星期发工资,请你吃大餐!"

项嘉摇摇头,另拽了个塑料袋,将麻球和南瓜饼装进去。她扭过脸,撞见唐梨羡慕的眼神。

"怎么了?"项嘉读不懂这眼神的含义,疑惑地问道。

"啊,没什么。"唐梨意识到自己的失态,微微红了脸,跟她一起去收银台称重。

在项嘉的帮助下,终于完成了许攸宁列出的清单。唐梨大大松了口气,买了两瓶饮料,走进项嘉的干果铺歇脚。

"谢谢项嘉姐,要是没有你,我真不知道怎么办。"唐梨肌肤白嫩,看着没有经过什么风浪，家境也不错，不知道为什么沦落到住在这种地方。

"小事，不用客气。"项嘉面对同性要自在些，便拆开喜糖盒，请她吃花生酥。

唐梨闲话几句："项嘉姐，你男朋友看着……好像比你小，也不太成熟，他是怎么打动你的？"

项嘉刚刚喝下一口饮料，闻言呛住，剧烈咳嗽几声，连连摆手。好不容易缓过一口气，她急急否认："他是我表弟，不是男朋友。"

唐梨闹了个大红脸："对不起对不起，是我搞错了。"她站起身道歉，神情懊恼，"我看他对你……还以为……对不起！"

"没事。"项嘉心思敏锐，从她刚才的问题里猜到什么，又有些不确定。

临走的时候，唐梨提起另一件事："宁宁姐之前遭遇过不太好的事，这几天总做噩梦，吵到你们了吧？"

实话实说，确实挺吵的，夜半三更突然响起的尖叫和哭声足够令人心神不宁。

"你让她睡前喝点儿热牛奶，再泡泡脚，多少能好些。"项嘉有些经验，出言提点，唐梨连忙认认真真记在备忘录里。

项嘉走进市场，犹豫片刻，到底不忍心，又追出去，叫住在买糖炒山楂的唐梨。

"那个……"她一步步走近，递了句悄悄话，"孕妇最好不要吃山楂，容易导致宫缩。"

"你……你怎么知道？！"唐梨紧张得几乎要跳起来，她捂住嘴，眼神提防，紧接着又感到后怕，急匆匆在浏览器里搜索。

"很多东西不能吃，你注意点儿。"项嘉言尽于此，转身离开。

这天晚上，项嘉做的是素炒茭白，主要是因为茭白再不吃就要放坏了。剥去茭白外壳，削掉老根，只余白嫩的部分切成细丝，胡萝卜同样切丝备用。热油爆香蒜末，茭白丝和胡萝卜丝一起煸炒，加蚝油、盐、

糖。茭白炒软之后，用清水炖煮，再撒把葱花，不需要任何多余的步骤，软嫩咸甜。

或许是项嘉的提点管用，夜里隔壁只闹腾了一次，动静也小了许多。许攸宁"呜呜"地哭着，好像受过很多委屈，流再多眼泪都发泄不完。唐梨压低声音，不厌其烦地安慰她，末了哼起一首不知名的歌谣。

项嘉翻了个身，慢慢呼出一口气。虽然过程很难，许攸宁总会一点一点好起来的。肚子里的孩子，真心喜欢她的人，或许还有挂念她的父母……许多人和事，都会牢牢牵绊住她，帮助她回到正常轨道。

可项嘉什么都没有。天色早在多年前黑透，曙光永远不会到来。

时光如水般流过，或许是和奶奶重逢的日子即将到来，项嘉不再像从前那样焦虑，变得平静了许多，对人和事也越来越宽容。她甚至不排斥唐梨的接近，常常陪着她逛菜市场，拼单购物，教对方如何照顾孕妇。

对待程晋山，她又多了一重说不清道不明的责任感。无论主动还是被动，捡回家的流浪狗，总得花点儿心思教会它如何谋生。

好的是，这条狗是白眼狼托生，怎么养都养不熟，等她离开那一天，应该也不会伤心难过；不好的是，他的文化水平太低，社会经验也有限，虽然深谙在底层摸爬滚打那一套，却对人情交际一窍不通。

"我知道你看不惯李哥，但面子功夫还是要做。"项嘉看着蹲在门口嗑瓜子的程晋山，只觉一百万个闹心。

"他不是好人，眼睛专盯着大姑娘小媳妇看。"程晋山撇撇嘴，十分不屑。

"人家好歹是这儿的小老板，该忍就忍，别给林叔惹麻烦。"项嘉轻声叮嘱。

程晋山兴致不高地"哦"了一声，忽然扭过头，上下打量她。他皱起浓眉，问道："他……没有占过你便宜吧？"这女人不修边幅，模样也普通，应该不至于。

项嘉怔了怔，哭笑不得："没有……"

程晋山松了口气，顿了顿又说："谁敢欺负你，直接跟我说。"

他这人毛病一大堆，但最讲义气。项嘉收留了他，又给他介绍工作，已经算是自己人。

项嘉心里有些感动，却下意识拒绝："不用，没人欺负我。"

就算被人欺负，她也会想办法独自应对，再不济就一个人缩在角落，默默舔舐伤口。所有无缘无故的好意，背后总藏着更加可怕的陷阱。

三月十六日，程晋山拿到第一笔血汗钱——两千五百元整。每一张红票票的来历都光明正大，经得起反复推敲。还没到下班时间，他就往项嘉铺子里跑了三趟。

"晚上一起吃饭，我还喊了虞雅姐和万哥，咱们去吃大盘鸡。"他的兴奋和得意明晃晃地写在脸上，"南边儿新开的一家店，生意可好了，待会儿我先去占位置！"

他当东道主，必须安排得妥妥当当。点的是中辣口味，红彤彤的辣椒、面糯软烂的土豆、诱人的鸡块一并泡在浓郁的汤汁里，吃的是热闹红火的市井味道。女人喝果粒橙，男人碰啤酒，浩浩抱着一碗涮过清水的鸡肉吃得正香。喝多了酒，男人们带着浩浩结伴去上厕所。

虞雅找了个服装店导购的工作，靠提成吃饭，每天早出晚归，非常辛苦。但挣的是干净钱，说话底气也变足，整个人的精气神儿都显得不一样。

这会儿，她长发绾起，眉眼染上几分愁绪，吞吞吐吐地跟项嘉倾诉心事："老万想跟我领证……催着我跟他回老家见爸妈，可我还没想好……"

"他介意你的过去吗？"项嘉一针见血，说中虞雅隐忧。

"我没敢问，不过，他有个工友，以前去过我那……上周在工地撞见，说了两句话，老万很不高兴……"虞雅轻轻叹气，眉宇间愁云更重。

"还是得说开。"项嘉给出理性建议。

"可是……"虞雅低头，眼圈有点儿红，"我怕他嫌弃我……"

"他要是嫌你，就再换一个。"项嘉引她跳出困局，"感情的事情，强求不来，他心里过不去，你也没必要委屈自己。三条腿的蛤蟆不好找，两条腿的男人有的是。"

一个离过婚，一个带着孩子，哪有谁配不上谁？从项嘉的角度看，虞雅年轻貌美，性格也好，与其优柔寡断，不如早点儿把脓疮挑破。万金元要是看不开，那是他没福气。人生路漫漫，说不定有更好的姻缘等着她。退一步讲，没了男人也能活。无欲则刚，老话不是没道理。

虞雅被她点醒，眼睛亮了亮："你说得对，我找合适的时机和他好好谈谈。"

她已经度过最艰难的时刻，这会儿有孩子在身边，又有本事养活自己，确实没必要求人怜悯。如果老万心里的疙瘩解不开，就算领了证，以后该生气还是要生气，说出来的话可能更伤人。

万金元还不知道自己的墙脚被人挖倒一半，正乐呵呵地拍着程晋山肩膀："小程交女朋友了吗？"自己有喜事，总盼着别人也成双成对。

"没有，先赚钱再成家。"程晋山完全没开窍，跟着他吞云吐雾，听见浩浩咳嗽两声，又把烟头按在水泥地上掐灭，"穷得叮当响，拉着人陪我喝西北风有什么意思？"

"让你姐给你介绍。"万金元看看他的脸，开起玩笑，"你这条件，小姑娘喝西北风也乐意。"

千穿万穿，马屁不穿，程晋山非常受用，"嘿嘿"笑了好几声。

可他松散的好日子已经到头。这天晚上，程晋山正打算睡觉，看见项嘉从帆布袋里掏出一摞书——全套高中教材。看着像旧书市场淘来的，上面还写满鸡爪一样的潦草字迹。

"从今天开始，每天自学两个小时，我监督你。"项嘉定下死任务，"有不懂的问我。"

"不是……没必要吧？"程晋山感觉到一阵牙疼，"我都多大了，还学这个干啥？"

"到底想不想学？"项嘉语气云淡风轻，像是在民主地征求他的意见。与此同时，她递出自己新拟的菜单。

一左一右，两列选项——自学时间小于两个小时，吃糠咽菜；超过两个小时，大鱼大肉；连续打卡一个月，还能解锁额外大餐。程晋山咬咬牙，又咽咽口水，眼睛盯着明天的B选项——回锅肉。

"想学。"他斩钉截铁。

程晋山财大气粗，一口气分摊了三个月房租——共计九百块，毫无搬出去的打算。他算得明白，一人独居房租翻倍，又没热饭热菜可吃，买什么都要花钱，能省一点儿是一点儿。

项嘉也没赶人，她不会在这儿待太久。这房子又破又小，胜在租金便宜，等她离开后，他完全可以继续租。

学习枯燥，需要配点儿香辣刺激的食物。程晋山是无肉不欢的人，从过年开始他就热衷于买各种生肉熟食回来，将冷藏柜塞得满满当当，似乎食物充足，才能获得安全感。

项嘉取出一块肥瘦分明的五花肉，往沙发上看了一眼。茶几上铺着习题册，程晋山坐在那里，双眼注视着虚空，正在神游天外，修长的手指间夹着支笔转得飞快，一看就是深谙此道。

她轻轻咳嗽一声，程晋山立刻回头，眼神精准锁定她手里的肉，在草稿纸上胡乱画了几笔，装模作样道："我学着呢！"

"把第一节后面的练习题做完，待会儿我来检查。"项嘉接了锅清水，切了点儿葱段和姜片，将五花肉放进去煮。看在肉的面子上，程晋山不敢再敷衍，老老实实"啃"起课本。

出租屋没有单独的厨房，换气功能很差，因此，肉香很快充满整个房间，不断撩拨程晋山本就不太坚定的心神。他挠了半天脑壳，上了两趟厕所，又倒了杯热水，来到项嘉身后晃悠。

"做完了吗？"项嘉不喜欢他靠得这么近，微微皱眉。

"还没，我歇会儿。"程晋山表现出少见的殷勤，"要不我帮你切肉吧？"

"不用，你捞碗腌萝卜出来。"项嘉指指角落的小瓷坛。

"好嘞！"程晋山积极地抽出两根筷子，夹起糖醋萝卜条，这才后知后觉地发现不对，"捞咸菜干吗？"

"给你吃。"项嘉语气平平淡淡，又暗含威胁。程晋山将筷子放下，灰溜溜地坐回去学习。

　　煮好的五花肉切成薄片，用大火煸炒片刻改为小火慢煎。等到肉色变为焦黄，皮微微翻卷，将红油豆瓣酱放入，改大火翻炒。蒜苗切成小段，蒜白和青椒一并下入，加料酒去腥，生抽和糖调味，最后将蒜叶倒进去。项嘉将做好的回锅肉盛进盘子，洗干净手走向沙发。

　　基础打得不牢靠，又丢下好几年，程晋山将一页练习题答得磕磕巴巴，错误百出。项嘉用红笔批改，密密麻麻的叉号中间难得混一两个对勾。

　　他猛吸一口肉香，垂死挣扎："我尽力了，真的，给次机会。"

　　项嘉没发脾气，反而鼓励他："我知道，没关系。吃完饭我给你讲讲，到底错在哪儿。"

　　她还给他多盛了一碗饭，程晋山盯着小山似的白米饭，神情有些愣怔。他夹起香喷喷油滋滋的肉，奋力扒拉了大半碗，忽然憋出句有点儿煽情的话："我知道你是为我好。"

　　他是没读过什么书，可也知道好歹，懂得是非。项嘉没接话，可他不知哪根神经搭错，煽起情来没完没了："从来没有人对我这么好过。"

　　管吃管住，还给他义务补课，至今为止，除了扇过他一巴掌，再没发生任何肢体接触，显而易见并不图他什么，项嘉真是个前无古人后无来者的大好人。

　　项嘉抽出张纸巾擦擦被辣得通红的鼻子，她没他说的那么好，有些事只是举手之劳。

　　"吃饭。"项嘉简单粗暴地结束对话。

　　辣菜下饭，酸甜爽脆的萝卜条非常适合餐后解腻，程晋山当零食吃了大半碗，然后抱着个丑丑甜甜的大苹果，一边"嘎吱嘎吱"过嘴瘾，一边听项嘉讲题。

　　她不喜欢距离太近，他就蹲在一边，将沙发让给老师坐。看得出来，项嘉的文化课基础很好，讲题深入浅出，很快就令程晋山茅塞顿开。她又出了几道相似的题，看着他一一答对，这才放人睡觉。

　　项嘉照旧等程晋山睡熟才起来卸妆，他总在这儿住着，她也不能一直苦着自己。再说，准备离开后她的顾忌也就变少，很多强行设置的枷锁，应该慢慢卸除。

项嘉轻手轻脚地经过客厅，程晋山正四肢摊开，敞着肚皮呼呼大睡，均匀规律的呼噜声传来，透着没心没肺的味道。

她关紧卧室门，从暗格里取出玩具，没过多久，长长吐出一口气，擦掉眼角的泪水。好讨厌这样的自己，可是又没别的路可走。

养一个程晋山还不够，麻烦事接连找上门。唐梨找到新工作，还没过实习期，便被老板要求出差。她不放心许攸宁，拜托项嘉帮忙照看。

"宁宁姐会做饭，我囤了很多蔬菜水果，三餐不用操心。"唐梨也知道自己的要求过分，拼命往项嘉手里塞红包，"项嘉姐，你晚上过去陪她说两句话，等她睡着再走。我会尽快赶回来的，求求你帮我这个忙。"

唐梨在磨炼中迅速成长，眉眼里藏着焦虑，做事却成熟许多，连声央求。项嘉犹豫很久，不大情愿地点点头。

早上，项嘉往不锈钢盆里泡了朵淡黄色的银耳、十几颗莲子。

以沙发为圆心，程晋山添置的物件越来越多——林叔给的衣服、运动鞋、装零钱的小挎包，还有两三个可乐瓶和薯片盒子，乱七八糟堆在一起。这会儿，他从卫生间冲出来，刚洗过头，仗着头发短也懒得擦，左右摇晃一通猛甩。

四处飞溅的水珠落在项嘉脸颊，她皱皱眉，用力擦掉，指着沙发道："晚上回来收拾干净。"她不喜欢这么强烈的存在感。

"好好好。"程晋山深谙敷衍奥义，捞起外套往外跑，"今天还得去进货，我先走了！"

栗子下市，项嘉的工作轻松许多，偶尔还能绕着市场散散步。另一边，度过最忙的时段，程晋山开始四处交际，帮豆腐摊的奶奶过秤，听卖凉粉的王姨唠八卦，偶尔还跟几个叔伯凑桌麻将，一局也就一两块，赢了高兴，输了也不心疼。

不知不觉间，别人对项嘉的称呼，从连名带姓，变成"小程他姐"。程晋山的自来熟能力，可见一斑。

平淡的一天过去，下班的时候，项嘉从水果摊买了红梨和草莓。程晋山赢了十几块钱，似乎觉得这钱烫手，没揣几分钟，便跑到卤肉店买了只猪耳朵，两人一起回家。

项嘉开始做银耳莲子羹，银耳吸饱水分，去除根部，撕成小块，莲子剥开去除翠绿的芯子，等水煮沸后一并倒入。红梨连皮切块，也进锅煮，再放一大块黄冰糖，慢慢煲上一个小时。

趁等待的工夫，她开始拌猪耳朵，将其切成细细的长条，配洋葱、小葱、香菜。将蒜汁、生抽、老抽、白醋、盐、糖、香油往顶上一浇，搅拌均匀。茼蒿正是嫩到能够掐出水的时候，掐断其根部，洗净切段，配虾皮提鲜，用大火爆炒，蚝油、生抽、盐、糖调味，尝起来鲜香非常。

这时候银耳羹也煮得差不多了，撒一把红红的枸杞，关火。项嘉分拨出一碗菜、一碗软糯浓稠的银耳羹，去敲隔壁的门。

她担心惊到许攸宁，主动报出身份，等了好一会儿，门才被推开一条缝。

女人穿着保守的家居服，长发披散，神情惊惶，脸小小的，衬得一双眼睛格外大，她竭力想表现得正常，又克制不住不安，说话磕磕绊绊地："你……你好……快请进……"

项嘉走进客厅，被过于明亮的灯光刺得睁不开眼。所有的灯都开着——吸顶灯、落地灯、台灯，茶几上还摆着一排造型各异的香薰蜡烛。

"这样不行，对孩子不好。"项嘉连忙放下饭菜，吹灭蜡烛。

许攸宁想阻拦她，又忍住，等到灯光减弱到正常范畴，才带着哭腔说了一句："我……我怕黑……"

怕黑，怕异性，常做噩梦，不敢出门……项嘉是过来人，明白她心里的恐惧，放柔了声音，说道："没关系，等你睡着我再走。"

茶几上空空荡荡，冰箱里满满当当。看来，唐梨的准备毫无意义，没人看着，许攸宁根本想不起吃饭。往许攸宁手里塞了一双筷子，项嘉洗干净草莓，又削了个苹果，耐心地切成小块，推到她面前。

"谢谢你。"许攸宁没什么胃口，出于礼貌勉强吃了一些，脸色白得吓人。

项嘉发现她的气色比刚来时还差，心里有些奇怪。许攸宁起身时，眉头紧紧皱着，五指用力撑在茶几面上，发出痛苦的呻吟。项嘉忽然伸出手，扶住许攸宁的胳膊。

"你……身上是不是有伤？"相似的际遇令她无比敏锐，也让她无法坐视不理。见许攸宁僵住身子，一言不发，她又加了把火："如果不想让唐梨知道，更应该尽快处理。"

几分钟后，许攸宁坐在卧室的床上，慢慢解开纽扣。后背白嫩的肌肤上，横着几道丑陋的伤痕，由于缺少护理，已经发炎了。

"被皮带弄伤的……"许攸宁低着头，声音压得很低，似乎在强忍泪水。

她瘦得厉害，只有小腹微微隆起，仔细看的话，会发现胸口和手臂也有已经结痂的伤口。

"嗯。"项嘉轻手轻脚地帮她清理伤口，裹上干净透气的纱布，神色平静，"后背够不到，才变成这样的吧？"

大概也是出于某种苦衷，不能暴露身份，所以连诊所也不敢去。

"为什么不告诉唐梨？"项嘉轻声问道。

"看到我大腿和胳膊上的伤,她连着哭了好几天。"许攸宁低低叹气，愁苦的眉目间浮现出一抹温柔，"我不想让她更加伤心，也不想……把我更可怜的一面暴露给她看。"

项嘉没有继续探究她们的秘密，她只是给出有效的安慰："好在只是表皮破损，好好护理的话，不会留疤。"别问她为什么知道。

许攸宁怔了怔，感激地道谢。洗漱过后，怀孕的女人躺在床上，沉默了很久，终于艰难开口，说起自己的惨痛经历。项嘉坐在她身边，安静聆听。

有时候，陌生人比亲近的人，更适合扮演情绪树洞。

故事很惨，却不算少见。无非是象牙塔出来的女人相亲嫁给了一个懂得伪装的衣冠禽兽，男人披着社会精英的皮，本质却是位暴力分子，稍有不顺便拿她撒气，还疑神疑鬼，动辄怀疑她不检点。父母骂过他也管过他，到最后还是劝她好好过日子。

发现自己怀孕的时候，她心里五味杂陈。男人倒是很高兴，当着众多亲友的面跪在她面前，发誓痛改前非。可没多久，撞见异性同事向她献殷勤，他便原形毕露，拖着她的头发拽进储藏室……是唐梨找到了她，砸断门锁，带她逃离魔窟。

许攸宁断断续续地说着，泪水不停涌出。项嘉隔着被子轻轻拍着她的肩膀，等她睡熟，方才蹑手蹑脚离开。

程晋山似乎在等她，却没扛住困意，趴在茶几上呼呼大睡。小麦色的俊脸上沾着新鲜墨迹，她布置的练习题已经答完，对多错少，大有长进。沙发也收拾完毕，衣物整整齐齐叠成一摞，运动鞋刷洗干净，晾在厕所窗台。

虽然知道面前的干净整洁保持不了几天，项嘉还是轻轻呼出一口气。

都说"春雨贵如油"，可今年春天的雨水却多得离谱。项嘉不喜欢雨天，天空总是灰蒙蒙的，城市的脏污被一股脑儿冲刷下来，争先恐后往低洼处流。

"佳好"地势偏低，她蹚过长长的污水"河"，小心避开脏兮兮的垃圾袋还有各种危险物品，鞋子湿透，她的心情也糟透。将伞撑在角落晾晒，她坐在橱窗后面，望着连绵的雨丝发呆。

下雨天生意很差，一上午都没开单。项嘉打着伞去后头的美食街买了个卷饼，吃完回来，迎面撞上程晋山。

"我去送货。"短短两个月，程晋山已经成为鱼摊的壮劳力和顶梁柱，他弯腰卷起裤腿，神气地踩踩黑色雨靴，跟项嘉打招呼。

"嗯。"项嘉点点头，顿了顿问他，"怎么不穿雨披？"

"看着雨快停了。"程晋山满不在乎地指指外面，"没多远，去去就回。"

他前脚刚走，后脚林叔就追了出来。

"小程！小程！"男人抱着个雨披，唉声叹气，"这孩子，怎么跑这么快？天气预报说要下暴雨……"

项嘉站起身:"林叔,我去吧,您帮我看会儿店。"

她蹚过污水,快跑一段追上破三轮,将雨披隔空掷给程晋山。程晋山扭头一看是她,还有点儿高兴地说:"上来,带你出去兜个风!"

湿淋淋的三轮车斗,散发着浓烈鱼腥味的红色大桶,颠簸的路况,怎么看都和兜风扯不上关系。不过,项嘉也觉得在市场里憋得闷,就没拒绝。她爬上三轮车,撑开自己那把旧伞,安静地看着路两边经过的行人和车辆。

一切都像隔着一层纱,画面降帧,显得破碎又潦草。那些令她发自内心厌恶的、恐惧的,也变得遥远。脊背难得放松,她小口呼吸着清冽空气,肺部因寒冷而微微生疼,眼睛却亮了些。

"欸,昨天教我的那首诗,我背好了,你检查检查?"程晋山知道她不爱说话,却管不住自己这张嘴,总想撩拨她。

不知不觉间,昔日防备冷漠、浑身是刺的狼崽子悄然改变,显现出同龄人该有的跳脱和活泼。诗挺应景——天街小雨润如酥,草色遥看近却无。最是一年春好处,绝胜烟柳满皇都。

雨势渐渐大起来,街面越来越寂静,显得雨声格外吵闹。程晋山就在这喧哗的雨声里,扯高了嗓门,大声背诵文人在一千多年前写下的诗句。他脸上沾满透明的雨水,生动明亮,和身后水桶里跃出的鲫鱼相映成趣,是可贵的鲜活,项嘉一时有些愣怔。

可这鲜活没有维持多久,轮胎漏气,半路罢工。说好的兜风,变成义务做好事,项嘉跳下去帮忙推车。狂风也跟着凑热闹,伞面被吹翻,一瞬间浑身湿透,她冷得直打哆嗦,手也使不上劲儿。

程晋山骂了句街,把雨披脱下,拧干披在项嘉身上,指挥她去前头:"你骑车,我推!"

项嘉抹了把脸,手心变黄——全是不防水的粉底液。她心道不好,连忙低下头,将脑袋缩进雨衣配套的帽子里,急匆匆往前走。

把三轮车停在大饭店后门,项嘉站在檐下避雨,程晋山进去找伙计交接。

清点货物算完账,伙计朝项嘉瞥了眼,笑得有些油腻:"你女朋友?

身材不错啊。"雨衣是透明的，遮不住被雨水淋湿的身形。项嘉浑身不适，面朝墙壁，双手紧攥，指尖发白。

程晋山骤然寒了脸，骂了一句，将外套脱下，搭在她肩膀："你先回家，我找地方修修轮胎。"

这饭店离出租屋不远，和"佳好"恰好形成个三角形，走路几分钟就到。项嘉短促地应了声，将男式外套的帽子戴上，边穿边往远处跑。

等程晋山忙完回到家，项嘉已经换好干净衣服，重新化好妆。眼看他脱掉湿透的T恤，她连忙避开视线，快步走到灶台前。

好在程晋山已经学会看人脸色，或者说，至少对她的反应敏锐了些。被她的情绪感染，他也变得尴尬，快速找出换洗衣物，一头冲进卫生间。

春寒料峭，又淋了雨，需要做点儿热汤驱寒。项嘉将泡发的木耳切丝，火腿和金针菇切成小段水煮，把冰箱里剩半碗的鸡汤一并加进去，取一点儿厚重的滋味。淀粉水勾芡，慢慢加入打散的鸡蛋，形成漂亮的蛋花。这时候再把切块的内酯豆腐倒进去，白胡椒、生抽、老抽、盐、米醋调味，关火盛汤。

所有的食材都很嫩，汤水酸酸辣辣，非常开胃。程晋山就着馒头喝了三碗，出了一头的汗，打了个响亮的喷嚏。

他抹抹嘴角："我去市场瞅瞅。下雨天也没多少人，顺手替你看店，你就别出去了。"

狗鼻子灵，他在厕所隐隐闻到铁锈味，明白她来了例假。身为大男人，吃人家的喝人家的，还让人帮忙推车，于情于理都得照顾点儿。项嘉却拗不过他的好意，轻轻点点头。

小腹有些不舒服，她什么都不想做，干脆紧锁房门，窝在床上睡觉。梦和以往的差不多，混乱无章、阴森恐怖。黑色的大手从地底伸出，牢牢抓住她的脚踝，将她往下拖。

可这一回，她没掉下去。程晋山开门的声音，帮助她从噩梦中抽离。项嘉拥着被子坐在床上，双目散乱，没有焦距。

"睡了吗？"他轻轻敲门，声音又低又好听，带着点儿不好意思，"那个……我给你买了点儿东西，起来记得喝。"

他是闲不住的性格，在家里待了没多久，又跑出去撒欢。项嘉披着衣服出来时，看见桌子上的透明塑料袋里装着两罐红糖。

许攸宁后背的伤见好，精神也一天天好起来。她还是害怕异性，程晋山过去送饭的时候，只敢打开一道门缝，请他把饭菜放在门口。程晋山也不介意，客客气气地喊一声"宁宁姐"后，放下饭菜，转身就走。

给许攸宁送的是清淡饭菜，但由于程晋山最近学习劲头足，项嘉履行承诺，给他加餐，加的是道辣菜——家常豆腐。老豆腐切成三角形，入油锅慢煎，等两面金黄捞出待用。将五花肉切成肉末，大火翻炒后再煸一会儿，加红油豆瓣酱、葱、姜、蒜末。用冰糖激发甜味，料酒去除腥气，放入青椒、木耳快速翻炒。再加入蚝油、生抽、老抽、开水，将豆腐放入炖煮，等豆腐吸饱汤汁，变得外焦里嫩，便可关火装盘。

吃完饭，项嘉照旧去看许攸宁。

女人气色变得红润，看见她来，迫不及待分享喜悦："孩子开始动了……"

四个多月，慢慢显怀，也确实到了胎动的时候。项嘉替她高兴，顺着她的意思，小心将手放在微隆的肚皮上，半天也没感觉出来什么。

"这会儿可能睡着了吧……"许攸宁低头看着小腹，表情有期待，也有担忧。

"哪怕为了孩子，你也要好好照顾自己，按时吃饭。"项嘉适时劝她。

许攸宁缓缓点头，有了新的寄托，她强提起精神，保持规律作息，白天也在屋子里四处活动活动。

程晋山天天大吃大喝的，被项嘉赶出去锻炼身体。他跑出几里地，回来的时候，又提了几十串烧烤。项嘉恨铁不成钢，一边吃羊肉串，一边数落他。

"你胖了多少斤？"她用挑剔的目光打量他。

程晋山风卷残云般啃完两只鸡翅，又抓了串韭菜，昔日棱角分明的脸多了些肉，胳膊也结实不少。平心而论，仗着个头高的优势，他还在标准线左右徘徊。

"……十斤。"程晋山有些心虚，旋即又硬气地挺了挺腰板，"我还长高三厘米呢！"

"不能再胖了。"吃完烧烤，项嘉监督他站在墙角背书，站够半个小时才放人。

睡到半夜，唐梨提前回来，没进自己家，反而偷偷摸摸敲项嘉的门。她敲两下，轻轻唤几声，像女鬼还魂，把程晋山惊出一身冷汗。

"你眼瞎，不认识自家的门？"程晋山毫无怜香惜玉的意思，拽开门就粗声粗气吼人。看清女孩子的模样，满肚子的起床气又被强行压下。

唐梨实在是惨，披头散发，衬衣领口被扯烂，脖子上留有掐痕，脸上全是干涸的泪痕，冲着他微微摇头，请求他噤声。这意思是不想吵醒许攸宁，更不想吓到她，程晋山黑着脸把人放进门。

项嘉闻声起来，往脸上胡乱抹了把粉底液，轻声问她："怎么了？"

唐梨扑到她怀里，边哭边骂，倒出满肚子的委屈。怪不得要她一个实习生跟着出差，原来是想让她对付"难缠"的客户。唐梨拼命抵抗，好不容易逃离魔掌。拎着行李箱直奔高铁站，整整哭了一路。

不谙世事的女生，怀着一腔孤勇，想凭自己本事照顾重要的人，却不知道人心险恶，初出茅庐，就碰得头破血流。

"报警吗？"项嘉找出干净衣服给她换上，低头查看伤势，镇定发问。

唐梨被她的情绪感染，渐渐冷静下来，摇摇头。事情闹大，又要取证，又要诉讼，她没有精力，也不敢拿许攸宁的安危冒险。

不过，唐梨也不想吃这个哑巴亏，她想办法调出酒店的监控，要求公司赔偿损失，大老板不想把事情闹大，只能同意和解。唐梨拿到钱，给许攸宁买了不少营养品，嘱托项嘉转交，自己却不敢露面。她常常用耳朵紧贴墙壁，捕捉许攸宁发出的声响，猜测对方在做什么，一会儿担心一会儿欣慰。

程晋山皱眉观察她的一举一动，背地里和项嘉吐槽："好怪。"

项嘉看他一眼，指指水池，他自觉地走过去刷筷子洗碗，嘴里继续告状："她吃得也不少。"那意思是，凭什么只约束他一个人。

趁着天黑，项嘉打算带许攸宁去不远处的小公园走走，担心家里两个人掐起来，交代程晋山："自己选题，用英语写一篇小作文，我回来检查。"

程晋山觉得这个要求是在刁难他，敢怒而不敢言，非常不高兴地拿出作业本。她们前脚刚走，唐梨后脚就按捺不住，偷偷溜回家里。程晋山咬着笔杆发了半天的呆，好奇心上来，蹑手蹑脚跟过去，推开没有关严的门缝。隔壁是一样的户型，扎着高马尾的女生站在卫生间，踮起脚尖轻手轻脚地整理挂在那儿晾晒的睡裙，程晋山觉得有些奇怪，等到项嘉回来，他顾不上保持安全距离，追过去跟她说悄悄话："真的好怪……"

项嘉无奈地仰头，低声告诫他："少管闲事，管好你自己。"

第二日项嘉买了很多金纸，借用沙发一角，双手灵活地折着金元宝。

程晋山蹲在她身边，眉头紧锁。很显然，唐梨对许攸宁的保护让他有些不太理解。他没遇见过对自己掏心掏肺的朋友，也没接触过这么诚挚的感情，一时间不知道该说唐梨傻，还是感慨许攸宁好命。

"唐梨很不容易，我们多帮帮她。"似乎知道他在想什么，项嘉低声叮嘱。

"那宁宁姐到底经历过什么，她又是怎么想的？"程晋山呆了呆。

"只有她自己知道。"项嘉见他闲着，指指篮子里的金纸，示意他帮忙。

"我会折。"程晋山生怕她小瞧自己，拿起一张纸，三两下折出个雏形。

也是吃饱了撑的，他为邻居操起心来："宁宁姐大着肚子，以后麻烦还多着呢！唐梨一个小丫头片子，能扛多久？"

这个问题，谁也回答不了。

几天过后，唐梨的伤痕终于彻底消失。她精神抖擞地回到家里，从此开始早上出门找工作，晚上回家编瞎话的规律生活。许攸宁似乎有所察觉，却没有拆穿唐梨拙劣的谎言，她在网上找了个翻译的兼职，趁唐梨不在家的时候偷偷工作。

编辑给的时间很紧，翻译的又是晦涩艰深的学术论文，几天下来，许攸宁肚子就有些疼。项嘉无法坐视不理，分走几十页论文，在上班的时候替她翻译。程晋山过来串门，瞪了半天眼，只认识几个简单的单词，看项嘉的眼神多了几分崇拜。

许攸宁见她翻译得又快又准确，脸上浮现出探究之色。女人欲言又止，半晌方道："项嘉，你……你是不是也经历过类似的事？"

项嘉受过的教育水平不亚于她，却屈才在菜市场做一个售货员，懂得如何处理伤口，抗拒与异性接触，穿着偏保守……这么多巧合撞在一起，项嘉是不是……

项嘉的表情骤然变冷，她一言不发，垂眼看向香薰蜡烛摇曳的火光。

许攸宁自悔失言，讷讷道歉："对不起，如果冒犯了你，我很抱歉……"

不是人人都愿意把血淋淋的伤疤揭开，事实上，有些脓疮太致命，别说清理，就连轻轻碰触，都会令人痛不欲生。

转眼到了清明，大早上，项嘉买了一大把新鲜艾草，打算做青团。

将新鲜的叶子放在滚水中煮两分钟，加点儿水，用榨汁机打碎。加入适量糯米粉、猪油，揉成光滑的面团，分成小剂子。馅料有甜有咸，红豆沙是现成的，抹一点油，搓成圆球；咸鸭蛋黄和肉松、色拉混合在一起，同样搓球。

青色的面团很软，用手压扁，将馅料裹进去，外面再抹层油，滚水上锅蒸足十分钟，翠绿色变为深绿色，用保鲜膜裹好，存放两三天都没有问题。只有一样，不可加热，吃的就是这一味冷糯绵甜。

吃过早饭，程晋山提着包好的青团，往隔壁和虞雅家送。项嘉则拎着装满金元宝和纸钱的篮子，慢慢走向市场。

天色渐黑，来不及回老家上坟的人们不约而同地来到十字路口，点燃纸钱，寄托哀思。项嘉的眼睛被滚滚烟雾熏红，找了块没人的角落，将纸钱堆在破铁盆里。

明亮的火苗蹿起，她不断往里添纸钱和金元宝，口中喃喃道："奶奶，您在下面过得好吗？再过两个月，我就去见您……"

程晋山追过来，不知怎么从那么多人里一眼认出了项嘉。她穿着灰扑扑的宽大外套，头发毛糙地披在肩上，脑袋低垂，时不时抬手揉一揉眼睛。这是……哭了？

程晋山从没见过项嘉哭，倒是挨过她不少教训。这会儿，他被她柔弱的一面唬得不知所措，呆愣愣地站在距离她两三米的地方，不敢上前。

她在跟过世的亲人说话吗？程晋山不太能共情。他爹是个赌鬼，把家产全赔了进去。寒冬夜喝多了酒，一脚跌进臭水沟，被人捞出来的时候冻成了人棍。

他那时候才六岁，他妈年轻，没道理为那么个货色守寡。新找的男人是村里的万元户，盖得起气派的小别墅，却不肯替别人养儿子。他妈撇下他，风风光光嫁过去，从那以后，再没看过他一眼。家里唯一的破房子给了叔叔，他也就凑合着在叔叔家混口饭。他吃不饱，但也饿不死。

等他磕磕绊绊上完初中，婶婶忍无可忍，说话夹枪带棒，嫌弃他只进不出。程晋山那时候自尊心强，嘴里说着不如趁早进社会赚钱，再不肯踏进学校，背地里却跑到野地号了大半天。

号什么呢？没爹疼没娘爱，也只能埋怨老天无眼、命运不公。所以，他一个没有任何挂念的人，就算折了金元宝，也不知道该烧给谁。

站在那里守了项嘉半个小时，程晋山一直没敢上前打扰。他穿着花里胡哨的皮衣、破洞牛仔裤，站得双腿发麻，轻轻跺了跺脚，忽然听见身后传来一声尖锐的叫嚷。

"毛子！毛子是你吗？"形容枯槁的中年妇女扑上来，一把搂住他，情绪激动地边哭边喊，"你回来看爸妈了是不是？我的儿啊！妈想死你了啊！"

程晋山傻呆呆地回过头："大婶，你认错人了吧？"

女人看清他的脸，表情从惊喜到绝望，手脚发软，跪倒在地，手里捏着的纸钱也撒了一地："为什么不是毛子……儿啊，你怎么这么狠心，都不回来看看妈……呜呜呜……"

项嘉闻声回头，收了收情绪，走过来扶起女人，叫了声："林婶。"

几个人借干果铺子里面的储物间说话，林叔忙完手头的活，急匆匆赶来，看见林婶紧紧拽着程晋山不撒手，哭得上气不接下气，眉心拧得更紧。他蹲在地上，抖着手点燃一支烟。

半晌，他哑声替程晋山解围："秀枝，别哭了，他不是毛子，身上的衣服和鞋子，是我给的。"年过五十的男人竭力控制着情绪，吞云吐雾间，还是忍不住红了眼眶，"毛子……走了两三年，咱们老两口也得朝前看……"

"过不去！我心里过不去！"林婶提高嗓门，哭得更伤心，不住捶打自己胸口，又扑上来打他，"要不是我们只顾着做生意，从来不管他，他怎么会被人拐带着走上歪路？都怪我，都怪你！"

程晋山呆愣愣地听着，将支离破碎的话语排列组合，勉强拼凑出背后真相。

正值叛逆期的少年，缺少父母管束，在小混混的引荐下认了位江湖大哥。大哥有钱有势，实在是他的人生理想，值得他舍生忘死。但他还不明白，"生死"并非轻飘飘的两个字，而这些并非正道的"风光"还需运气加持。

很显然，他的运气不好。某一日，接过大哥重托，他斗志昂扬地带兄弟和仇家争斗，稀里糊涂挨了一闷棍。众人见势不好，一哄而散，林叔和林婶闻讯赶来时，他已经有出气没进气。在重症监护室苦熬了半个月，把家产熬尽，一句遗言都来不及说，走得荒唐又潦草。

程晋山听得胆战心惊，若是早几年他运气再背些，或是执迷不悟，在那条道上越走越黑，眼前这血淋淋的例子，说不定也是他的结局。幸好……他已经走上正道。

他又看了眼项嘉，凡事总有不如意的地方，如果……早点遇到她多好？如果……没有过去的糊涂事该多好？

林叔一声不吭地任由妻子发泄情绪，等她脱了力，伏在他肩上哭，这才嘶声道："你说得对，是我没有教育好他。"

他看向程晋山，又似乎在越过他，看向另一个少年，目光令人心碎："要是他还好好活着，就算考不上好大学，像小程一样跟着我卖鱼进货，至少能混个温饱……"

可惜，人生没有从头再来的机会。程晋山终于明白，林叔对他超出寻常的信任和优待，背后藏着这么层悲痛的隐情。他倒不介意做人替身，只是觉得唏嘘。

项嘉一直扮演安静的看客，等老两口情绪渐渐平复，竟然开口说了句出人意料的话："程晋山爸妈没得早，也挺可怜。您二位要是不嫌弃，认他当干儿子，让他给你们养老送终怎么样？"

程晋山睁圆了眼睛，她怎么知道他没爸妈？看见项嘉眼神微微闪烁，他瞬间明白过来——她不过是随口胡诌，却正好押中真相。

林婶眼睛一亮，抓住救命稻草，热切地看向程晋山，越看越觉得他像自己儿子："真像，眉毛像，鼻子也像……原来你就是小程啊，最近总听老林夸你踏实能干……"

林叔也掩不住心动，又要端着身为长辈的威严，沉吟片刻，问道："小程，你愿意吗？"

程晋山被这一连串意外砸蒙，没什么主见地看着项嘉，征求她的意见——他本能地信服她。项嘉迎着他的目光，轻轻点头。他忽然惊觉，她的眼睛很大很美，眼尾微微上翘，瞳仁却漆黑无光，好像能把别人的魂魄给吸进去。

他鬼使神差地跟着点头，干巴巴地叫了两句："干爸，干妈。"

将情绪激动的老两口送回家，程晋山一个人走在回去的路上，越想越觉得哪里不对劲儿。林叔林婶都是本分老实的人，认他们当爸妈当然很好。说句贪心的话，等到他们百年之后，他也有家业可以继承。可这一切，是不是太顺利了点儿？

他回到家，在客厅来回绕了几圈，忍不住抬手敲卧室的门："项嘉，你睡着了吗？"

屋子里没有亮灯，却有很细很轻的动静声传来。程晋山下意识竖着耳朵，辨别那是什么动静。

声音很快消失，停了几秒，女人的声音才迟迟响起，带着令他陌生

的颤音："怎么了？"嗓音湿漉漉的，和白日里的平静淡漠截然不同。

程晋山愣了愣神，这才说出心中疑问："我有点儿不明白，林叔他们刚开始哭成那样，后来怎么就收我做干儿子了呢？你说到了明天早上，林叔林婶会不会后悔，觉得我是图他们的家产？"

"那你就好好表现。"项嘉的态度不大耐烦，好像觉得他问的是彻头彻尾的蠢话，"就算现在是一时冲动，你用真心换真心，总有打动他们的时候。"

也有道理，程晋山忐忑又激动地回去睡觉。朦胧间，"嗡嗡"的噪声又响起，像讨厌的苍蝇。他烦躁地抬手在虚空中挥了两下，被浓重的困意裹挟，很快发出规律的鼾声。

清明节过去，香椿树长出红红绿绿的嫩芽，散发出特有的香气。

项嘉买了两小把香椿，将老根切掉，放进滚水中焯烫除涩味。捞出泡冷水，控干水分后切成小段，加食盐腌渍。热油爆香蒜末和干辣椒，"滋啦"浇在香椿芽上，拌一拌，就是道爽脆可口的时令凉菜。

程晋山最近格外有干劲儿，一大早就去进货，白天甩开膀子杀鱼，往相熟的几家饭店送货，不忙的时候还要帮林婶买药，陪她去医院看病。吃过晚饭，坐在茶几前学够两个小时，再出门快跑五公里，他连手机都没空玩。

他忙得像枚陀螺，反而越来越精神，整个人脱胎换骨。高一的课程他已经学得差不多，开始接触高二的内容。

项嘉不怎么指导他具体的课程，更注重教授学习方法和记忆窍门，又提前交代他："林叔家应该有现成的高三课本，你到时候记得找出来自学。"

"急什么？"程晋山有些莫名其妙，"现在的课程学完，怎么也要半年。"

项嘉没有接话，她等不到那个时候。

天气渐渐暖和，程晋山和市场里几个小子混熟，说好要去附近的山里春游。

"一起去,我找人替你看摊子。"他盛情邀请项嘉。

"我不想去。"项嘉第一反应是拒绝。

"那里开了好多槐花,满山都是白色,好看得很,咱们摘点儿回来蒸。"程晋山三句话不离吃的,"你会蒸槐花不?"

闻言,项嘉有些犹豫,是该好好看一看春色了。

"会蒸。"她轻声答。

程晋山觉得她性子太闷,很想带她一起活动活动,又道:"知道你不喜欢接近男的,我提前跟他们打好招呼,让他们别招惹你。"他拍胸脯保证,"不管去哪儿,都带着你,成不成?"

项嘉终于点头。

甜·怦然心动

第三卷
CHAPTER 03

　　春游和露营、烧烤是标配。负责组织聚会的小青年们神通广大，借来了面包车，租好帐篷和烧烤架，几个人在市场批发了腌制好的肉串蔬菜，将后备厢装得满满当当。

　　程晋山和众人说好，将宽敞的副驾驶位置留给项嘉，自己挤在车后座，和半麻袋木炭紧紧挨在一起。男孩子们天南海北聊得热闹，项嘉将太阳帽的宽檐往下压了压，闭目养神。

　　不多时，聊天的声音小了些。程晋山收回竖在唇边的手指，有些兴奋地欣赏窗外景色，这是自他来到这座城市，头一回出来玩。

　　面包车像一枚火力全开的子弹，快速冲出城中村，沿着新修好的康庄大道往北直行，不过二十分钟，就穿进山里。这山的名字简单粗暴，就叫槐花山。漫山遍野深绿浅绿的颜色，被盛放的白色花串压住风头，沦为背景板。

　　程晋山摇下车窗，温暖的风携着清甜花香兜头撞进来，令人精神一振。山路崎岖颠簸，项嘉将帽子摘下，坐直身体。

　　"快到了。"程晋山怕她晕车，递上卷果丹皮，项嘉轻轻"嗯"了一声。

　　面包车在半山腰的一块平地缓缓停下，男孩子们一跃而起，有人搭帐篷，有人支架子，还有人你追我赶地瞎闹，气氛瞬间活跃起来。

程晋山拎着木炭袋子走到烧烤架前，问项嘉："倒多少？"

项嘉指点着他在炉子里均匀铺满一层，点燃炭火，将铁丝网扣好。程晋山弄了一手的灰，自己还不知道，往脸上一抹，秒变花猫。听到朋友们的笑声，他才反应过来，又用手臂蹭了蹭，越蹭越黑。

程晋山拎着瓶矿泉水递给项嘉，说道："搭把手，我洗个脸。"

他还知道捏着瓶口的部分，好让项嘉有地方抓握。项嘉握着瓶身接过去，细细的水流倾倒在他宽大的手掌间。程晋山弯腰低头，掬着水扑到脸上，略有些宽大的领口松垂，从她的角度，正好能看见结实有力的胸膛。

项嘉心里一跳，忙不迭将目光转到别处，一不留神倒得多了些。程晋山没接住，溅了一脚的水。

"欸！"他想发脾气，见她紧紧抿着嘴唇，也不好小题大做，凑合着又搓了两下，撩起T恤下摆擦脸。跑步初见成效，他的腹肌和腰线又变清晰了。他算是穿衣显瘦、脱衣有肉的类型，稍一用力，肌肉就隆起来，配合着纤毫毕现的青筋，挥洒出蓬勃浓烈的荷尔蒙。

炭火渐渐变旺，项嘉往铁丝网上刷了一层油，抓了把串好的五花肉。肉串被预处理过，已经腌制入味，裹满油脂。没多久，肥肉便缩小一圈，边缘微微发黄。

撒一把细细的食盐、一把孜然，项嘉望向围坐在野餐垫上打牌的众人："吃不吃辣？"

"吃！"众人异口同声。

有嘴甜的奉承道："都说项嘉姐厨艺好，今天可算有口福了！"

还有人开玩笑："项嘉姐考不考虑姐弟恋？我们哥几个都单着呢！"

项嘉轻轻摇摇头，没有将玩笑话放在心上。程晋山却莫名觉得有些不爽，将烤好的肉串端过去的时候，他再一次提醒他们注意分寸。

玩得好的男孩子趁项嘉不注意，将话题转到他身上："这么紧张干吗？我看想搞姐弟恋的是你吧？"

几个人哄笑成一团，程晋山愣了愣，急急否认："搞你个头！"骂归骂，他跟中了邪似的，心开始乱跳。

项嘉烤的速度赶不上他们吃的速度。很快，程晋山就看不过去，将肉串接过："你也吃点儿，我来。"

他手忙脚乱，炙出一身汗水，把肉烤得黑黑黄黄，又焦又苦。烤过了劲儿问题也不大，用刀刃将煳掉的部分刮掉，照样丢给朋友们吃。

好不容易拣出串看得过去的，他连忙献宝般递给项嘉："尝尝我的手艺。"

项嘉秀气地吃着，拿出几串蔬菜，站在他旁边继续忙活。烤土豆、烤豆角、烤韭菜、烤玉米，还有一加热就散发出甜味的奶香小馒头……素菜比大鱼大肉更受欢迎。

吃得差不多了，项嘉独自一人去不远处的溪边透气。

程晋山钻进帐篷，看见里面三个人鬼鬼祟祟，正打算藏手机，连忙大喝一声："在看什么？！"

他挤到中间凑热闹，催促他们分享，屏幕解锁，却让程晋山的脑子"嗡"的一声。在老家的时候，网吧也有人看这个，发廊的姐姐们更将这些当作家常便饭。当时他只觉得脏，一眼都不愿多看。可这会儿……项嘉就在附近，他们竟然这么大胆，实在出乎他的意料。

"快……快关掉！"程晋山从喉咙眼里憋出一句话，"要看回家看！"万一被项嘉撞见，她该怎么看他？

一人笑道："急什么，这可是我花钱买的！"

另一人点头："就是就是，程哥你看，多带劲儿！"

程晋山的脸一寸寸变红，这把邪火一直烧到耳朵根："没意思，你们自己看去吧！"他从帐篷里跳出，三步并作两步去追项嘉。

项嘉正看着湍急的溪水出神，一个高瘦的身形忽然从身边越过，"扑通"跳了进去。她吓了一跳，正打算呼救，看清楚那人的脸，转惊作怒："程晋山，你干什么？"

程晋山水性好，扎了个猛子，好半天才钻出来。他把还有些冰凉的水用力往脸上泼，直到体温恢复正常，这才顶着满头满脸的水珠看向项嘉。

"出了一身的汗，冲个澡。"他语气吊儿郎当，动作也随性至极，弓着腰将轻薄的T恤脱掉，露出线条漂亮的上半身。

项嘉下意识后退一步，呼吸有些不畅，却很难将眼睛从他身上移开。她知道，这与心动无关，是她不受控制的折磨，又一次到来。

项嘉背过身坐在草地上，平静无波的表情有些崩裂，她下意识抓住小草，薅了一把上来。她还记得去年这时候，她才刚刚适应正常的社会。为了对抗身体本能，维持摇摇欲坠的理智，不得不变着花样折腾自己，等清醒过来，又会更加厌弃自己。一来二去，构成恶性循环。

程晋山在水里快活地扑腾着，让项嘉帮忙拿换洗衣物。她跌跌撞撞走回营地的帐篷，将他的贴身衣物包进T恤里，又用塑料袋装起来，像提着什么脏东西，她低垂着眼睛递给程晋山。

她视线下移，看见他松松垮垮的裤腰，自然也看见小腹上已经痊愈的伤痕。项嘉不敢再多看，扭头回避。没多久，程晋山换好衣服，和她一起走向槐花林。

乡下长大的孩子，爬树是基本技能，他挑了棵最大最粗的树，身手灵活地攀上去，拽一把将开未开的槐花，吹两下直接塞进嘴里。

"挺甜。"程晋山点头肯定。

"当心刺。"项嘉在树下仰着头提醒。

"小瞧我？"程晋山笑了一声。

他折一根带分杈的结实树枝当工具，三两下搂掉好几串槐花。鲜嫩水灵的白色花串悠悠落地，项嘉弯腰捡拾。两个人分工合作，没多久就满载而归。

"够蒸好几盘的吧？"程晋山探头看她手里的塑料袋，一不留神走得近了些。

项嘉比往常反应更大，恨不得跳出几步远，防备地瞪了他一眼。程晋山知道她的怪脾气，摸摸鼻子，不但没有计较，还后退半步。

"要不咱再摘点儿，放冰箱里冻着？"他积极建言献策，"配着肉馅，能包饺子不能？"

"……可以包包子。"项嘉轻声回答。

程晋山仿佛有使不完的精力,得了这一句,又呼朋引伴去搂槐花。

回到家,程晋山不等项嘉发话,就主动奔到水池边清洗槐花,整整洗了两大盆。一大半焯熟后挤干水分,放凉之后冻进冰箱;剩下的一小半槐花,倒油,加面粉搅拌,等到每朵都粒粒分明之后,滚水上锅蒸,再倒进盆里拌开。盐、白糖、蒜泥、生抽、老抽、香油,调好料汁倒进去,浇一点儿爆过花椒的油,拌匀后香软细腻。

深夜,项嘉有些难受,一直没睡着,刚刚睡过去,梦里也被吊在悬崖半空,上不去下不来,不得安生。

一大早,她顶着两个黑眼圈醒来,没精打采地推开卧室门,好死不死看见程晋山睡得四仰八叉。薄被子被他踢到一边,他光着膀子露着腿,浑身上下只剩一条裤子,就是昨天她拿给他的那一条。项嘉艰难地想起"非礼勿视"的道理,逃进卫生间。

项嘉变得更加不近人情,经常阴着脸,话越来越少。与此同时,程晋山也变得古怪。他要来那段电影,偷偷摸摸看了几遍,可还是悟不出别人所说的滋味。他撇撇嘴,有些嫌弃:"也太假了……"

演员细胳膊细腿的,不好看,万一折腾到骨折了怎么办?还是项嘉那样胖点儿的好看……不对,他怎么会想到她?!程晋山心里一惊,再回到家,孤男寡女共处一室,便生出不自在。

想想刚认识的时候,他们贴得那么近,光线又那么暗,如果生出什么歪念头,她哭都没地方哭去。不对,万一有别的坏人……

于是,程晋山放弃和朋友们的下班聚会,也放弃无忧无虑的撒欢时光,每天晚上按时送项嘉回去。

吃完饭,做好功课,他也不像以前那么多话,而是早早洗漱睡觉。他拒绝承认自己对项嘉生出的那一点点别样的心思,一定是迟来的躁动期在作祟,一定是!

可麻烦还没完,程晋山发现项嘉似乎背着他藏了什么东西,有时候和他对视时，眼神还有些慌张。

该不会是什么绝症的病例吧？想到电视剧里经常出现的桥段，程晋山心头一紧。

又一个胡思乱想的夜晚过去，程晋山忍无可忍，推说拉肚子，向林叔请了一天假。项嘉刚出门，他就翻身坐起，反锁房门，打算搞清真相。

程晋山推开卧室门，还是那张一米五的床，被子整整齐齐叠好，套着素色枕套的枕头搭在上面。头顶上方悬着几个吊柜，左侧放衣物帽子，右侧放毛毯棉被。

总共就那么几件衣物，一览无余。说起来，项嘉真不像个正常女人，每个季节最多两三套换洗衣物，一双帆布鞋穿到破还舍不得丢，从来不戴任何首饰。

程晋山翻了个遍也没找到所谓的"秘密"，渐渐放松下来。他害怕项嘉骂他，小心翼翼地把东西放回原位，消灭证据。

弄了一脸的灰，程晋山打了个响亮的喷嚏，一屁股坐在床上。他好几个月没睡床，这会儿还有点想念。沙发太软，又不够长，怎么躺都不舒服，一不小心还会滚到地上。心虚地朝门外瞥了眼，程晋山甩掉拖鞋，打算借这里睡个回笼觉。

他伸了个懒腰，手指不慎碰到床头板，发出"咚"的一声。有回音，里面是空的。程晋山瞬间来了精神，趴在那儿摸索了大半天，终于发现天机，他伸长手臂，捞出第一个盒子。

"靠！"程晋山这辈子都没见过这么多红票票，足足一百张，他嘟囔着，"这么会攒钱，还骗我说没钱……"

说话间，他心里甚至泛出一丝丝遗憾——要是时光倒流，回到刚认识那天晚上该多好，他狠狠心，一定能秒变万元户。程晋山唉声叹气着，将沉甸甸的人民币塞进裤兜里，感受了下厚度，传递了点儿体温，过了好久才依依不舍地放回去。

第二个盒子大一些，入手更沉，程晋山找到开盲盒的快乐，念叨了句："该不会是传家宝吧？"

指甲用力一抠，盒子应声而开，大大小小的东西滚了一床。

"怎……怎么有这种东西……"他愣了愣，脸颊烧得滚烫，手忙脚乱地将掉落的物件捡回去。

程晋山自觉知晓不得了的秘密，将盒子放好，发了半天的呆，觉得浑身不自在。他没有异性朋友，又憋不住满肚子的疑问，跑到隔壁向唐梨请教。唐梨不清楚来龙去脉，险些将他当作猥琐男暴打一顿。程晋山捂着脑袋，吞吞吐吐地编出"一个朋友"。

唐梨翻了个大白眼："大惊小怪，女人也是人，是人都有欲望。"

"可是……可是她说她不打算结婚啊。"程晋山说出真正困惑的地方，不打算结婚，等于不想要男人，自然也等于对那些事不感兴趣。

唐梨对他的换算提出质疑："不打算结婚，也可以用别的方式，你的思想怎么这么老土？"

她给他科普了一些成年人的"基本常识"，将新世界的大门彻底推开。

程晋山消化了好半天，得出个神级结论："你说项嘉可能会出去找男人？"他大惊失色。

"什么？！项嘉姐？你说的朋友是项嘉姐？！"唐梨眨了眨眼睛，看出点儿什么，忍不住笑出声，"程晋山，你该不会对项嘉姐有意思吧？"

程晋山犹如被踩到尾巴，猛然跳起，极力否认："我没有！别瞎说！"

既然秘密败露，他破罐破摔，不断找理由否定刚才的结论："不可能，项嘉很讨厌男人，稍微碰她一下，就要扇人巴掌。"

"你确定不是讨厌你？"唐梨看热闹不嫌事大，在旁边危言耸听。

"讨厌乡巴佬，讨厌丑矬穷。没准换个社会精英，她就不反感了呢？"

程晋山皱起剑眉，耷拉凤目，思索了很久，也不是没道理。那么，如果按唐梨所说，项嘉跑出去和"野男人"鬼混，会给他带来什么影响？万一动了真感情，会不会进展到同居？到了那一天，他住哪儿？吃什么？

程晋山终于想明白内心的恐慌来源，神情越来越严肃。他觉得现在这种平静的生活很好，一点儿也不想改变。

这天晚上，项嘉回到家，发现程晋山把地拖了一遍，桌上也收拾得很干净。她有些意外,将排骨放在案板上:"排骨大促销,今天炖汤喝。"

排骨焯水,撇去血沫,另烧清水,和自家腌制的咸肉一起丢进锅,加入葱段、姜片、黄酒,小火慢炖。无须加盐,等到筷子可以轻松戳透咸肉,捞出来切成薄片。开春第一茬嫩笋,冻在冰箱里,这会儿还在最佳赏味期,解冻完放进浓汤里,再炖十五分钟,口味咸鲜,汤汁浓白。

程晋山今天格外反常,他把第一碗汤端给了她,碗里的排骨和咸肉堆得要溢出来,吃完饭也没等她催,主动刷干净碗筷,收拾好垃圾。

"没胃口?"项嘉看见他只吃了一个馒头,开口问道。

"不饿。"程晋山张张嘴巴又闭上,心事重重。

在项嘉打算进卧室的时候,他终于下定决心叫住她:"项嘉,咱们的关系还算不错吧?"他低着头,盯着她有些毛躁的发顶。

项嘉不知道他为什么产生这样的误解,却不好当面打击他,只能含糊点点头。

"那个……如果有什么用得着的地方,随时开口。"程晋山横横心,把这句自认堪称明示的话说出口,顿时觉得轻松许多。

还好,没他想象的那么难。程晋山顿了顿,强调道:"不用客气。"

放任她出去找野男人,不如牺牲他自己,程晋山打算豁出去。项嘉深感莫名其妙,只当他又在抽风煽情,她敷衍地"嗯"了一声。

程晋山见她答应,心里一阵紧张。他抓紧时间冲了个战斗澡,把牙齿刷得干干净净,又把新买的凉席铺在地上,做足准备工作。

把厚被子垫在身下,他伸展四肢,长长呼出口气。项嘉会在什么时候过来找他?前半夜还是后半夜?她似乎有些经验,会不会嫌弃他笨手笨脚?说起来,应该怎么做来着?程晋山将手机调成静音,打开视频紧急补课。

然而,等到半夜,卧室没有任何动静,他迷迷糊糊睡过去,做了一堆乱七八糟的梦。

天亮之后,程晋山分不清心里是轻松还是失落,带了点儿脾气出来。他坐在地铺上,光着膀子露着腿,瞧见项嘉出来,斜眼冷哼一声:"什

么意思啊？"

怎么这么不给面子？真像唐梨所说，瞧不上他是不是？

项嘉有些心虚，面上却依旧镇定，反问回去："什么什么意思？"

程晋山一时语塞，很多事不好放到台面上讲。他浑身低气压地爬起，蔫头耷脑洗完脸，卷好地铺，坐在沙发上啃馒头。奇了怪了，是他没有吸引力吗？项嘉为什么不考虑他？

白天，程晋山看项嘉看得很紧，短短一个上午，往干果铺跑了七八趟。最近客流量不多，林叔又疼他，对他的摸鱼行为睁一只眼闭一只眼，还邀请项嘉去家里吃晚饭。

项嘉不太想去，程晋山生出疑心："那你下班去哪儿？"他又赖皮道，"你不去，我也不去。"

他要和她"锁死"，有他在一天，她休想出去鬼混。

夜里，他做了个怪梦，梦中，自己牢牢黏在项嘉身上，和其他几个"竞争对手"吵得脸红脖子粗。程晋山急出一头汗，"嗷"的一声惊醒，恍惚半天，好不容易挨到天亮，才没精打采地再度找唐梨取经。

"她好像对我没意思，怎么才能吸引她的注意？"程晋山饱受打击，火烧眉毛，已经顾不得脸面，别提多低声下气。

唐梨瞪他一眼："我又没谈过恋爱，怎么会知道吗？"

许攸宁月份渐大，唐梨不敢放孕妇一个人在家，接了出版社的约稿，天天熬到半夜，这会儿眼睛红通通的，比程晋山强不了多少。

其细想起来，唐梨还真没喜欢过什么人，也没对异性花过什么心思，倒是在许攸宁快毕业的时候，花费几天几夜做了个精巧的星空灯，按下开关，满天星星组成对方的名字。

礼物送出去，许攸宁没有回复只言片语。唐梨实在按捺不住，开口询问，她只淡淡回答："侄子非要拿去玩，摔坏了，也不知道怎么修。"

真坏还是假坏，注定成为一个谜。谁也没想到许攸宁那么快就嫁了人，和众多朋友减少来往，再相遇时，人事全非。

唐梨朝里屋看了一眼。孕妇觉多，许攸宁还沉沉睡着。

唐她很后悔——后悔没有在许攸宁坠入深渊前，死死拦住她。

程晋山不由一阵气馁，站起身想跑："算了，我去问问别人。"

"欸！"唐梨叫住他，问出个关键问题，"你是想当工具人，还是想发展更稳定更长久的关系？"

"工具人怎么做？"他虚心求教。

"这还不容易？主动点儿，或者直接秀身材。"唐梨挑剔地打量他，半晌轻轻点头，"你身板还行。"

程晋山越听脸越红，瞪着眼睛问她："真能管用？"

"死马当活马医呗！"唐梨不以为意。

程晋山犹豫了会儿，又问："那长久的关系怎么发展？"

"多看，多听，多思考。"唐梨给出个万金油答案。

看什么？

晚上做饭的时候，程晋山一边择韭菜，一边盯着项嘉的脸猛瞧。其实，头发挡着，光线又暗，根本瞧不出好不好看。可项嘉还是被他看得心里发毛，不自在地往旁边挪了一步。

她将香干切成小段，油锅爆香花椒、葱、姜，放进去煎炒，等到香干白白的横截面变成焦黄，倒入韭菜根，淋一勺生抽。韭菜叶容易熟，最后加入，再加盐略微翻炒两下，立刻盛出。

程晋山没话找话，咳嗽一声，响亮地说道："买韭菜干吗？我不需要吃韭菜！"

那意思是自己身体倍儿棒、血气方刚，哪用得着韭菜补身体？可惜项嘉再度错过他的暗示，她微微拧眉，想——他什么时候染上挑食的毛病？

"不吃就去看书。"她从不惯着他的怪脾气。

程晋山张口结舌，又没底气跟她叫板，老老实实扒拉了大半盘。

听什么？

程晋山开始留意项嘉说话时不同的语气，其中暗藏的情绪，有时候还会偷听她独处时发出的小动静，猜测着她在做什么，心情怎么样。

原来，除去烦人的噪声，还有她细细的声音，比平时软，也比平时甜。程晋山的狗耳朵尖，半张脸贴在门上，认真捕捉着里面的声响。

其实，程晋山还没搞明白对她的感觉。他的行事作风依然停留在鲁莽冲动的初始阶段——一切全凭本能，行动永远比脑子快。不管黑猫白猫，抓住老鼠就是好猫，不管动用什么手段，留住项嘉就算成功。所以，干脆双管齐下，总有一招能灵。

打定主意，程晋山溜回地铺，再度咳嗽一声，大声抱怨："什么鬼天气，热死老子了……"

紧接着他又龇牙咧嘴："上火……"

吃了很多韭菜，上火，热得厉害，这么多关键信息，项嘉到底能不能领会？

门内，项嘉睁大湿漉漉的眼睛，表情有些失神。

程晋山等不到项嘉，决定主动出击，他扯着大嗓门道："热得睡不着，冲个澡去。"

他刻意闹出动静，走路声、开门关门声、水流声陆续轧过项嘉脆弱的神经。

没多久，程晋山忽然扯着嗓门喊："项嘉！项嘉！"

她哑着嗓子答："怎么了？"不似往日里清润，沙沙的音质富有磁性，在安静的深夜荡出层层涟漪。

"我没带毛巾。"淋浴还不够热，程晋山掬了把凉丝丝的水，泼在烧得滚烫的脸上，厚着脸皮说道，"帮我递条毛巾。"

他忽然担心自己有没有异味，手忙脚乱地拾掇着，往手心挤了一大坨沐浴露。直到把身上的泡沫冲干净，门外才传来动静，是她穿着拖鞋走近，脚步轻缓。

程晋山紧张地咽了咽口水，向外推开道缝隙，伸出一只手："谢谢。"他已经打算好，等她将手搭上来，他就把她拽进来。

项嘉眼睛一眨不眨地盯着面前这条手臂，灯光透过磨砂门，照亮上面每一条筋络、每一块隆起的肌肉、每一颗晶莹剔透的水珠。

她已经能想象出他此时此刻的模样，不加矫饰、野生野长的男人，在残酷的命运之外，到底也得到了点儿造物主的偏爱——高挑挺拔的身形，修长有力的四肢，蓄满力量、随时都可能爆发的肌理和骨骼，还有带着脾气却又格外出色的脸庞。

他是多么简单，又是多么好看，像路边的一朵花儿，一棵树苗。像所有普通又天然的事物，自在舒展，泼洒着鲜活的生命力。

行将就木的人，前所未有地渴望着这种蓬勃的生机。这一刻，她想为自己找一点儿乐子。可她终究没有这样做，人到底不是野兽，她还残留着理智。

再怎么难受，也能熬过去，何必招惹无辜的人？她和程晋山的关系已经过于亲密，接近危险值。雏鸟的印随行为，令他一天比一天关心她、在意她，这很正常，她也能理解，可她还是决定疏远他。

项嘉用力咬咬下唇，她避开他的手臂，将干净毛巾搭在门把手上，轻声道："放在这儿了，你自己拿。"

行动失败，程晋山沮丧得一整夜都没睡好。不仅如此，项嘉似乎对他生出警惕，开始找各种理由拒绝与他同行。

"我下班有事。"她低垂眉眼，一边锁门一边不留情面地打发他，"你去林叔林婶家吃饭吧。"

"去哪儿？你吃什么？几点回来？"程晋山亦步亦趋，抿了抿嘴唇，表情有些委屈，"我送你去吧。"

"不用。"项嘉逃似的快步走出市场，留给他一个乌黑的后脑勺。

这晚，程晋山坐在林叔家宽敞的客厅里，没精打采地数着碗里的米粒。桌上的饭菜像讽刺他一样，正中间一盘白菜包肉，旁边摆着盆小葱拌豆腐，林婶又端上来一只童子鸡。

"尝尝这个，你妈学的新菜。"林叔总是板着的脸上带出几分笑意，往他碗里夹了个裹得结结实实的白菜包肉。

这菜的工序有些麻烦——肉馅中加入葱、姜、胡椒粉、蚝油、生抽、老抽调味，再把花椒水少量多次拌进去，大白菜剥成整片焯水，切掉梗部，将肉紧紧包裹起来，滚水上锅蒸足。这样做出来，白菜清爽又软和，肉馅嫩而不柴。

程晋山连吃了两个，也不跟老两口客气，提出要求："妈，给我打包几个吧，我带回去给项嘉吃。"

林婶连声答应，笑得见牙不见眼，精神比之前好上不少。程晋山见他们你给我夹菜，我给你盛汤，时不时说笑两句，渐渐体会到温馨氛围。

他没在正常家庭生活过，这会儿筋骨不由自主地放松，昨天中断的思绪也接了回来。

多看，多听，多思考。

思考什么？

如果和项嘉走心……如果像林叔林婶这样结为夫妻，相依为命，一起走过几十年风风雨雨，建立起比亲情还要亲密的关系……那样，他也会有自己的家。

不管是出租屋，还是欠一屁股债买下的二手房；不管工作顺利还是不顺利，有没有钱可赚，只要有个伴儿，生病的时候有人关心，高兴的时候有人分享，一切好像都会变得不一样。

程晋山的思路忽然开阔。以前，他想发大财，想做人人崇拜的大英雄，可现在，世俗的幸福向他招手，令他打心眼儿里向往。

项嘉多好啊，不求回报地收留他，给他介绍工作，补习功课，还牵线认了这么好的干爸干妈。还有，她做饭那么好吃，他想吃一辈子。嘴上再逞强，这一刻，程晋山还是发自内心地盼望——在未来的某一天，他可以和项嘉组成家庭。

吃饱喝足，脑子也敞亮不少，他拎着白菜包肉和一只大鸡腿，高高兴兴回家去。

与此同时，项嘉来到虞雅之前常常停留的那条暗街，走廊晦昧的灯光快速刷过她有些丰满的身影，又将黑暗永远留给她。

为了避免将魔爪伸向程晋山，项嘉只能在自己疯掉之前，找别的方式处理。她以为自己被逼到绝路，已经能够接受任何陌生异性了，可当别人试探着靠近时，她的肠胃还是开始剧烈翻滚。她躲开男人，大吐特吐。其实胃里也没什么东西，她中午只吃了两口米饭，晚上滴水未进，除了酸水，再也吐不出别的。

真奇怪，为什么觉得程晋山可以，别人就不行？项嘉为自己的挑剔而感到烦躁。

等她有气无力地回到家，已经是深夜十二点。

程晋山竟然还没睡，听到开门声第一时间冲过来，眼睛瞪得像铜铃，一大堆问题砸过来："去哪儿了？打电话为什么不接？有你这样的吗？我差点儿报警你知道吗？"

没头苍蝇一样蹅摸一大圈，越找不到越着急，他嘴角起了个水泡，一碰就龇牙咧嘴，假上火变成真上火。

项嘉的情绪忽然变得无比低落，她两脚发软，连进门的力气都没有，直接坐在地上。焦灼的感受和无望的黑暗交织在一起，逼着她往前跑。可前方是个断头路，铡刀在空中闪烁锋芒，要坠不坠，她渴望又急躁，不由蒙住眼睛。

愤怒变成慌乱，程晋山想扶她又不敢，急得跳脚："你怎么了？！出什么事了？哪里不舒服吗？"

他不停催促她，嗓门越来越大："你倒是说话呀！你要急死我？！"

她小声道："程晋山，我饿。"嗓子里已经带出哭腔。

二十分钟后，热好的白菜卷和鸡腿端上茶几。程晋山蹲在项嘉对面，见她红着眼圈小口吃饭，不像受过伤或者被人欺负的样子，这才微微松了口气。

"够不够吃？再给你热两个馒头？"他知道她藏着很多秘密，想问又不敢问，憋半天憋出几句实实在在的关心，"喝牛奶吗？烧点水泡个脚？"

项嘉摇摇头，抽出张纸巾用力揩了揩鼻涕。啃完的鸡骨头丢在碗里，她精疲力竭，趴回床上挺尸。

"怎么没啃干净？"程晋山见骨头上还有肉丝，顺手捡起塞进嘴里，"脆骨最好吃……"

他牙口好，"嘎吱嘎吱"嚼了两下，后知后觉反应过来——这是项

嘉刚刚啃过的，自己像在和她间接接吻。小麦色的脸悄悄变红，他将骨髓都吸干净，这才吐进垃圾桶，感觉自己像个变态。

这晚项嘉究竟去了哪儿，程晋山不得而知，却下意识看她看得更紧。

程晋山跑前跑后替她干活，中午去美食街买五六种小吃，一股脑儿放在玻璃柜台上让她选，早晚还管接管送。

"要不我买个电动车吧？上下班带你。"他假装随意，心却紧张得提到嗓子眼。不接受他、不愿意亲近他也没关系，她坐在他身后，两只手抓着他衣角，那一幕想象起来也挺亲密。

可项嘉无情拒绝："我喜欢走路。"

"那买个跑步机？"程晋山查查手机，最便宜的也要一千多块，心在滴血，嘴上却逞强，"咱俩都能用，在家锻炼身体多方便。"

项嘉冷着脸："没地方放，要不你另外租个房子？"

她越说越不近人情，好像那天晚上的脆弱，是他做的一场怪梦。

"停停停。"程晋山露出个牙疼的表情，"当我没说。"

他完全搞不懂项嘉——明明是个挺心软的人，两人在同一个屋檐下也相处得很融洽，怎么想要再进一步，却难如登天。

她想要什么，他可以积极学习，满足她的任何要求。她不能接受身体接触，他也可以像……那个洋词儿怎么说的来着——对，柏拉图，他也能和她建立纯洁的恋爱关系。

不能生育也不算什么大事，他连自己都照顾不好，哪来的精力管孩子？程晋山越想越坚定，打算来一记直球，正式向项嘉表白。

唐梨听说了他的打算，怀疑地问："你想好怎么说了吗？"

程晋山清了清嗓子，把准备好的稿子背出来："项嘉，你要不嫌我穷，我也不嫌你大，咱们凑合在一起过日子吧？"

唐梨喷出一口水，连连摆手，咳得惊天动地："程晋山，你有病？有这么表白的吗？项嘉姐给你一巴掌你信不信？"

程晋山挠挠头："可我说的是心里话……"

他没什么本事，又犯过事儿，好在她也有不可告人的秘密，年纪挺大，相貌也普通。两人凑对，多般配呢。

程晋山过于实诚，被唐梨指着鼻子教训半天。

"你这么冲过去，肯定要被项嘉姐赶出家门，这招行不通！"唐梨恨铁不成钢，把自己的宝贵经验分享给他，"还是日久生情比较保险。追女孩子，关键在'追'的动作你懂不懂？"

程晋山苦着脸听她手把手教学怎么搞浪漫，像是听天书一样，满脑袋糨糊，他总结道："太麻烦了。"

"不麻烦娶不到媳妇儿。"唐梨没忍住翻了个白眼。

程晋山咬咬牙，把唐梨传授的技巧记在手机备忘录，照着研究："第一招，送花……"

路边摊卖的玫瑰花，三块钱一朵，不贵，就是花瓣边缘有点蔫儿。他买了六朵，讨价还价十五块钱拿下。头一次买花，浑身都不自在，他将花藏到身后，一边走一边搜索，念叨着："六朵玫瑰，永结同心，一般送给暗恋的人……"

回到家，项嘉正在做饭。两人最近都有点儿上火，应该吃点儿清淡败火的食物。菠菜焯水切成段，粉丝在温水中泡软，煮好捞出和菠菜一起过凉水，蒜末、葱末、姜丝、盐、糖、生抽、食醋、香油调和成汁，混在一起拌匀，就是道酸爽可口的凉菜。

程晋山鼓足勇气，将红玫瑰杵到她面前。项嘉蓦然变了脸色，声音冷得快要凝成寒冰："什么意思？"

程晋山一秒变胆小鬼，冷汗聚在额前，他意识到自己的行为并未讨得她的喜欢，慌乱地掰扯了个借口："在……在人家院子外面薅的，这月季好看不？"

他说得这么理直气壮，反而让项嘉怀疑是自己多想。也对，她现在要钱没钱，要长相没长相，根本不可能吸引异性注意。是她防备心太强，误会了程晋山。

项嘉神色微缓，给他科普常识："这是玫瑰，别人好不容易种的，不能随便摘。"

程晋山顺坡下驴，点头道："我知道了。"

摘下来的花,不可能再接回去。项嘉腾出一个空矿泉水瓶,将花茎斜切,泡进水里,摘除最外层蔫到发黑的花瓣,花朵又变得精神,至少能养个四五天,淡淡的玫瑰花香弥漫在空气中。

程晋山弯下腰,嗅嗅这金贵的花儿,又上手摸了两把,一不小心被尖刺扎出血。他"嘶"了声,含住手指吸吮两口,凑到项嘉身边晃悠。

第二招——看电影。

"林叔买了两张电影票,明天晚上的场,本来打算带林婶去看,家里临时来亲戚,抽不出时间。"他编出个天衣无缝的借口,又有细节又自然,"票不能退,要不咱俩去看吧?"

"我不想去。"项嘉第一反应就是拒绝,抬手示意他盛粥,"你不是有好几个朋友吗?找别人陪你。"

"俩大老爷们儿坐电影院,招人笑话。"程晋山做出个牙疼的表情,还学会以退为进,"或者你跟唐梨去看也行,反正别浪费。"

唐梨要在家照顾许攸宁,八抬大轿也请不动。再说,程晋山和唐梨通过口风,就算项嘉真的发出邀约,对方也会讲义气,给他当僚机。

果然,项嘉犹豫了会儿,话音松动:"什么电影?"

恐怖片,《别墅惊魂》。程晋山想得挺美——女孩子胆子都小,看不了几分钟,把脑袋往他怀里一扎,他再这么一搂一抱一安慰,事情不就成了?

可项嘉显然不是寻常女人,电影开场半小时,她专注地盯着屏幕,没有一点儿害怕的迹象,还在他咋咋呼呼的时候给出安慰。

"这个男人被刚才那个女鬼附体,所以才会坐在镜子前梳头发。"她压低声音解释着,连自己都没注意到,离他越来越近。

温热的气息扑到程晋山脸上,他下意识屏住呼吸,深深嗅了一口,甜丝丝的。

"这……这特效好真。"程晋山觉得自己的反应有点儿丢人,扶了扶3D眼镜,拙劣地找借口,"那么长的舌头,那么尖的牙齿,差点儿贴到我脸上……"

"3D效果都这样。"平心而论，这部恐怖片的水平实在一般，画面倒还算精美。项嘉体谅乡巴佬第一次接触高科技设备的惊讶，提前预测剧情走向："按照套路，这栋房子肯定没有鬼，所有人被最开始那名医生催眠，撞到的怪事都是幻觉……"

程晋山半信半疑，等到项嘉完美押中所有剧情，他满脸震惊："太牛了吧你！"

项嘉看看时间，说道："别急，后面应该还有反转。"

反转出现，心理医生被恶灵撕成碎片，大口吞咽。整个电影院响起尖叫声，女孩子们钻进男友怀抱瑟瑟发抖，没伴儿的也捂住眼睛。程晋山大口喘息着，总算想起正事，将右手搭在项嘉身后的椅背上，想抱又不敢抱。

"你……你害怕不？"他凑近她，小声问道。

项嘉转过头，看了他一眼。这一年多从没人像他一样，和她靠得这么近，近到她能够清晰感知到他身上源源不断的热意、他急促滚烫的呼吸、他胸腔中"扑通扑通"跳动的心脏。

奇怪，这会儿，她并不想吐，她甚至开始想些别的……

"项嘉？"程晋山在头顶轻声呼唤她的名字。

搭在靠背上的手指张开又蜷缩，掌心渗出紧张的汗，他在心里默念：1、2、3……他暗暗下定决心，等数到5，就用力搂住她，哪怕挨一巴掌也无所谓。

可项嘉忽然站起身："我……去趟厕所。"她急匆匆离开，连包都忘了拿。

直到电影高潮过去，她都没有回来。看客散场，程晋山在女洗手间门口等了好半天，才看到她脸红扑扑地出来。

"没事吧？"他还有些兴奋，迎上去和她说话，"你猜得对，那个大肚子的女人才是最终Boss，最后那一幕打斗可好看了！"

项嘉不自然地点点头，在厕所待了好半天，脑海里浮现的竟然是他的脸。他情窦初开，还处于懵懵懂懂的阶段，满脑袋不切实际的情情爱爱；而她却已历经千帆，除了坚不可摧的意志，只剩下不掺感情的浓烈渴盼。

两个人来自不同世界，想的也不是一回事，根本不可能同频。

"想吃什么？请你吃大餐。"电影院旁边总伴生着很多美食，程晋山好奇地左顾右盼，指着人最多的一家日料店，"这家怎么样？"

"太贵了，不要。"项嘉摇摇头。

程晋山心里拼命给她竖大拇指，真会过日子，这么好的女人，不娶回家，算他眼瞎。

"那这家呢？"他走一路问一路，是真愿意给她花钱。

可项嘉目不斜视地走到商场后面的步行街，挑中一家苍蝇馆子："吃麻辣烫吧。"

小到转身都困难的店面，露天摆了几张桌子，桌面油腻腻，碗筷也像几天没洗，生意却好得很。门前排起长龙，每人手里拿两个塑料筐，按顺序选菜。

"那我待会儿给你买奶茶。"正儿八经的约会，被她搞成低配，程晋山有些过意不去，跟着拿起筐子，"随便选，多拿点儿肉，我请客。"

"有钱也不能乱花。"项嘉习惯性教育他，"多攒一点儿，以后遇到什么事都能应急。"

程晋山点头如捣蒜，往她筐里不停夹培根和肉丸。麻辣烫无异于大杂烩，选择自己喜欢吃的菜品，交给老板称重。之后他又眼疾手快，抢到座位，向项嘉招手。吃两口菜，再喝勺汤，浑身都热乎乎的，说不出地舒坦。

"这么一大碗，才十五块钱，真便宜。"程晋山往碗里添了不少辣椒油，这会儿被辣得不住哈气，舌头伸到外面。

"自己做更划算。"项嘉觉得有点儿奢侈，舀了勺浓汤嗅了嗅，"改天买只鸡架，再配点儿牛奶。"牛油底料还剩半包，凑合凑合，能做个八分像。

"你也歇歇，老做饭多累啊！"程晋山已经有了点儿把她当作自家媳妇的微妙心理，自己女人自己疼。

今晚进展顺利，程晋山不急于求成，美滋滋地买了两杯奶茶，沿着步行街散步消食。没走多远，项嘉顿住脚步，目光直勾勾地看向前方。

四五岁大的孩子穿着漂亮的粉色公主裙、白色小皮鞋，长得也可爱。她的表情却很委屈，想哭不敢哭，对旁边的中年女人道："妈妈，我好累……想坐一会儿……"

"不行！拍完这套，还有两套衣服。拍完休息，抓紧时间！"女人指着专业摄影师手里的单反相机，"对着镜头笑，快笑啊！"

孩子笑得很牵强，眼圈红红的，两条腿也站不稳，来回交替着休息。

中年女人脾气上来，冲过去就发起火来："静静，你怎么这么不懂事？妈妈放弃工作，全职陪着你容易吗？摄影师叔叔跟着你拍了一天，他喊累了吗？就你娇气，啊？"

孩子再也忍不住，哇哇大哭起来。

有人想上去劝，被女人劈头盖脸骂了一顿："我是她亲妈，我能害她？就你狗拿耗子，多管闲事！"

见孩子一直不配合，女人使出撒手锏："哭吧，你就在这儿哭吧！妈妈走了！"

她转身要走，小女孩立刻慌乱地拽住她的胳膊，抽泣着认错："妈妈，妈妈我知道错了！我听您的话！您别不要我……呜呜呜……"

项嘉气得双手直哆嗦，却说不出一句话。她眼前光怪陆离，一会儿是闪烁交错的霓虹，一会儿是层层叠叠的公主裙和小皮鞋，一会儿又是殷红刺目的血……

"项嘉？项嘉！"程晋山也生气，又不好管别人的家事，正憋屈的时候，发现项嘉状态不对。

"项嘉，你怎么了？"见她目光呆滞、唇色发白，他提高嗓门，急得差点儿上手，"是不是哪里不舒服？你说话呀！"

项嘉张张嘴唇，无声地说了三个字——"帮帮她"。她找回一点儿力气，看向面色焦急的程晋山，指着那个小女孩道："帮帮她……"

帮帮我。

没人能救她。传统观念中，儿女被父母管教。他们过得好与不好都是家事，别人无权置喙。拍几张写真、赚点儿名气与金钱算得了什么？

再说了，小姑娘这会儿已经擦干眼泪补好妆，露着牙齿笑得"开心"，你还怎么插手？

可项嘉已经发话，程晋山不能袖手旁观。找了个长椅让她坐下，他想办法去打探消息。他用一根烟和几句奉承话，撬开摄影师的嘴，问出孩子所穿衣服的品牌。

回去在手机上查了半天，又请唐梨和许攸宁帮忙，最终他以寻求商务合作为借口，成功添加那个妈妈的微信。朋友圈的线索丰富得多，一对不到三十的年轻父母心安理得做起"啃小族"，男人天天打游戏，女人则带着孩子满世界接活儿。

孩子不停更换衣服，超负荷运转，成为整个家庭的唯一收入来源，根本没时间享受无忧无虑的快乐童年，倒要提前接受刻板审美的审视——眼睛不够大，牙齿不够整齐，等到长大了，必须尽快改善。程晋山边看朋友圈边骂人。

"我们能做的很有限。"许攸宁的状态逐渐好转，显露出理性一面，"只能持续关注她们，等静静到了上学的年纪，如果她妈妈还这样，或许可以向妇联反映情况，请相关人员介入。"

"可就算上了学，也不代表她可以和正常孩子一样成长。"唐梨看向许攸宁的眼神很沉重，显然联想到了她的遭遇。

因为复杂而难以轻易中断的羁绊、舆论赋予的保护伞、弱者天然的耻感，这些矛盾往往会大事化小、小事化无。这个"无"，是亲戚街坊眼里的"无"，经不起任何推敲。就算像许攸宁这样优秀又清醒的高知女性，被毒蛇缠上之后，依然饱受折磨。

"能做多少算多少。"程晋山点开一段静静换衣服的视频，毫不犹豫地按下"举报"，他嘴里不停骂骂咧咧，"管生不管养，什么玩意儿？"

等他追到项嘉，如果她喜欢孩子，干脆从福利院领俩回来。他努力赚钱，保管把她和小崽子们养得白白胖胖、活蹦乱跳。

唐梨教的第三招是什么来着？哦，送礼物。

程晋山向狐朋狗友取经,七拐八拐,找到一个甜品工作室,店面藏在居民楼里,连招牌都没挂,还能经营下去全胜在真材实料、收费公道。买了个DIY手工巧克力的优惠套餐,程晋山洗干净手,跃跃欲试。

"送女朋友?"店员小妹笑眯眯地道破天机,还给他提建议,"要不做盒牛奶巧克力?比黑巧甜一些。"

"甜的好,甜的好。"程晋山最喜欢甜食,立刻拍板。

他对烹饪烘焙一窍不通,眼巴巴看着小妹将可可脂和可可粉融化成半浓稠状态,大手一挥,往里挤了大半管炼乳。

"太多了!"小妹惊呼一声,肉疼之下,引导程晋山增加隐形消费,"要不要买个心形的包装盒呢?二十块钱一个哦,附赠拉菲草和丝带。"

程晋山一介直男,觉得粉色带金银亮片的纸盒非常漂亮,连连点头:"买买买。"

巧克力酱调得差不多,他端着小锅往心形模具里倒,屏息凝神,手背爆出青筋——深咖色的黏稠物洒得到处都是。

"轻一点儿,慢一点儿!"小妹心疼自家材料,一眼不错地盯着他,"对,停!轻轻磕一下。"

程晋山没什么耐心,脑子里想想项嘉,勉强压住脾气,皱着眉毛放缓动作,收起过剩力道,捏着模具往桌上磕了两下。快要漾出的巧克力回到正轨,表面恢复风平浪静。

小心地将装满巧克力的模具送进冰箱冷冻,他拿着裱花袋,在干净的烘焙纸上练习写字。写什么呢?思考片刻,他挤出一小股白巧克力,狗爬字歪歪扭扭——珍惜这段缘。"缘"的笔画太复杂,直接糊成一坨。

小妹不忍直视,含蓄劝道:"要不画点儿简单的图案?留白也不错。"

程晋山怕项嘉不肯收,觉得还是不要搞得太刻意。

"行。"他点点头,往盒子里塞满浅粉浅黄的拉菲草,将定型的心形巧克力装进去。还剩两颗,他丢进嘴里一咬,浓浓的奶香和可可特有的苦味融合在一起。最终,还是甜味占了上风,好吃。

直到吃完晚饭,程晋山才鼓足勇气把盒子拿出来。

"大勇失恋了,抱着我哭了半天,礼物也没送出去,正好便宜咱们。"

程晋山"嘿嘿"笑了声，编瞎话越来越熟练。将缎带拆开，他浮夸地叫了句："这么精致？这心真好看嘿！"王婆卖瓜，自卖自夸。

　　项嘉没有怀疑，拿起来尝了尝味道。两个人口味挺相似，她也喜欢甜食。冰箱里还有包红茶快过期了，拿出来泡上一壶，冲得淡一些，既能中和甜味，又能减少对睡眠的影响。

　　程晋山不懂品茶，"咕咚咕咚"灌下一大杯。眼角余光瞥见亲手做的巧克力进入项嘉口中，随着吞咽的动作咽下去，他的心里比喝了蜜还甜。

　　她的脖子真细真长，越看越好看……以前怎么没留意过？又或者，这就是老话说的"情人眼里出西施"吧？再普通，再路人，成了他老婆，就是全世界最漂亮的女人。

　　或许是甜食令人心情变好，项嘉难得地舒展了眉眼，没有急着回卧室。她拿出手机，打开视频软件。新用户赠送一个月的 VIP 会员，不用可惜。

　　"看电影吗？"她轻轻问他。

　　"看！"程晋山响亮回答。

　　经典的恐怖电影，没看几分钟，他就光脚蹲在沙发上，抱紧抱枕。他脸色变白，还要逞能，眼睛直直盯着屏幕里的鬼脸看，不肯认输。项嘉唇角微微上翘，只一瞬，便再度耷拉下去。

　　程晋山自觉离胜利不远，开始筹划表白仪式。他跟林叔林婶透过口风，两人知道他和项嘉"出了五服"，关系远得不能再远，也乐见其成。

　　林叔老辣，隐晦提醒了句："那姑娘气质不一般，不像普通老百姓……"

　　程晋山只顾着推拒林婶给的恋爱经费，没有听见。

　　几个朋友目睹打脸现场，笑话他好半天，还有人打趣："以后再看见项嘉姐，喊姐还是喊嫂子？"

　　程晋山有些臊得慌，嘴巴却硬："嫁鸡随鸡，嫁狗随狗，当然喊嫂子！"

唐梨支的点子挺管用，程晋山已经把她当作了军师，拽着人陪自己去商场挑戒指。统共到手三个月工资，除去日常花销，攒下两千多块钱。他咬咬牙买了个样式老土的金戒指，把积蓄花了个精光。

"丑死了！"唐梨一脸嫌弃，"买个银的也比这个强。"

"你懂什么？黄金保值！"程晋山振振有词，得意地看着灯光辉映下金灿灿的光泽，往戒指中间的花瓣上吹了口气，"我们那儿的规矩，结婚得买三金。项嘉要是愿意，我这两年都给她置办齐全。"

唐梨盯着他胸有成竹的表情，买了条精致的银手链。

"你又没人送，买它干吗？"程晋山嗤笑道。

"自己戴不行？"唐梨犟嘴，将黑丝绒首饰盒小心翼翼放进口袋。

程晋山借用唐梨的网购账号，买了一大堆花里胡哨的小道具——气球、彩纸、烫金三角旗、520形状的灯牌、仿真玫瑰花瓣……快递一到货，表白就启动。

两人经常凑在一起嘀嘀咕咕，很快引起了身边人的注意。

许攸宁轻轻抚摸着高高隆起的肚子，状似无意道："小程人不错，单纯又老实，没有那么多花花肠子，就是学历差一点儿……"

唐梨不留情面地嘲笑："那叫差一点儿吗？背首诗都磕磕巴巴的，也就项嘉姐有耐心，愿意一句一句教他。"她夹了两个淋满酱汁的狮子头，配半碗酸辣土豆丝，起身往外走，"程晋山最喜欢吃肉，我给他们送过去。"

许攸宁欲言又止。

说来也巧，另一边，项嘉正在含蓄地提点程晋山："唐梨应该不喜欢你这样的类型，很多事得看缘分，不能强求。"

"我知道啊。"程晋山莫名其妙地看项嘉一眼。他有诚心有毅力，一步一步稳扎稳打，也不算强求吧？说感情多深，显得有点儿假，但他确实很想和她在一起过日子。

项嘉见他神情懵懂，不像对唐梨有什么，悄悄松了口气。旋即，她想起他对自己若有若无的亲近，又觉得不自在。好在时日不多，忍一忍，很快就会过去。

收下唐梨送来的狮子头，项嘉回赠一碗黄豆芽肉末炒粉条。这菜好做——大火将肉末炒白，葱、姜、干辣椒爆香，加入焯过水的豆芽、泡软的粉条，蚝油、生抽、老抽调味，再来一勺黄豆酱。半碗开水略炖一会儿，就能出锅。豆芽有嚼劲儿，肉末鲜香，粉条软滑筋道。程晋山就着菜汤，就能扒拉两碗米饭。

深夜，项嘉轻手轻脚地爬起，洗了个热水澡，她又想起了外面那个人，他流淌着永远不会冷却的血液，跳动着富有活力的心脏，每一个毛孔、每一根发丝都比她干净千万倍。

她失神地坐在厕所冰冷的瓷砖上，长发被热水彻底打湿。在很多高热量食物加持下，她从一年多前那具瘦到不健康的骨架，逐渐变得圆润、饱满。可碎了就是碎了，看似完好无缺的躯壳下，早就支离破碎，回天乏术。

在洗手间冻了将近一个小时，第二天，项嘉发起高烧。

程晋山为从天而降的表现机会窃喜不已，特地向许攸宁取经，认认真真记下食谱。生病的人没什么胃口，脾胃也虚弱，需要在保持清淡口味的前提下，注重营养。

"一个酸笋鸡肉粥，一个清炒上海青。"程晋山在和女人保持距离上颇有心得，站得远远的，嘴里不停复述，"上海青要选大个头的，比较嫩，炒的时候用小火……不对，用大火……"

"你去买药，我来做。"许攸宁看不下去，摇头笑了笑，"记得再买盒退烧贴。"

"好嘞！"程晋山高高兴兴答应，跑回去拿零钱。

"项嘉，我出去一趟，很快回来，你有没有什么想吃的？"他在卧室门口探头探脑。

项嘉烧得有气无力，透过暗黄的粉底液，也能看到潮红的脸色。她虚弱地摇摇头，翻身继续睡觉。

"店里有林婶帮忙照应，你不用担心。"程晋山啰嗦了一句，见她没有接话的意思，一步三回头往外走，"再买点儿山楂片吧，你嘴里肯定没味道。"

走到楼下，迎面急匆匆走过来一个男人，两人撞了个正着。程晋山"嘶"了一声，揉揉酸疼的胳膊，看见男人提着的塑料袋掉在地上，一卷宽胶带骨碌碌滚到脚边。程晋山干活的时候用过，黑色绝缘，黏性很大。

"对不住。"男人面生，穿得西装革履，说话也客气，嘴角带着抹和善的微笑，不像什么坏人。

"没事，是我没看路。"程晋山挠挠头，将胶带捡起递给对方，继续往外走。

走出楼道，他仰头往上看了一眼。天空阴沉沉的，像是要下大雨。得快去快回，他这么想着，加快了脚步。

项嘉睡得正沉，忽然听见隔壁传来呼救声。

"救命！救……唔！"动静很快消失，是唐梨还是许攸宁，根本无法分清。

她猝然惊醒，惶惶然看向墙壁。斑驳脱落的墙皮被程晋山美化过，淡雅的紫色小花躺在白色背景中，粉饰太平。是错觉吗？正犹疑间，那边传来"砰砰砰"的撞击声。

衣冠楚楚的男人脱掉外套，拎起坐在墙边的唐梨，往茶几狠狠推过去。唐梨嘴边封着胶带，两手被反绑在身后，小腹撞到茶几角，痛哼了一声。她紧蹙秀眉，偏着身子将花瓶打翻，希冀能引起项嘉注意，下一刻，就被男人拽到了卧室。

身怀六甲的女人同样被绑，侧躺在床上。刚才，唐梨开门的时候，许攸宁一看见男人的脸，就吓得浑身僵冷，这会儿，她看清唐梨的模样，许攸宁找回力气，用力挣扎，发出"唔唔"的声音。唐梨忍着痛楚坐直，下一刻便被男人甩了一巴掌。

"胆子挺大啊？我的女人你也敢带走？怎么这么爱管别人的家务事啊？"或许顾忌着许攸宁肚子里的孩子，他将所有怒火发泄在唐梨身上。

许攸宁喉咙里迸发出一声呜咽，拼命摇头，试图和男人沟通。男人冷冷笑着，将唐梨推搡在地，坐到许攸宁身边，轻轻抚摸着女人高高

隆起的肚子，低声道："宁宁，你不打一声招呼就离家出走，实在很没有礼貌。你爸妈就是这么教你的吗？"

刻在骨子里的恐惧发作，许攸宁睁大眼睛，直勾勾盯着男人的手，拼命扭动，想要离他远一些。唐梨也发了急，喉咙里发出威胁声，愤怒地瞪着他，趁他不备，一脚踹向要害。

男人惨叫一声，对着唐梨就是一顿拳打脚踢。许攸宁艰难地拧着身子保护唐梨，柔弱的肩膀不堪一击，却不自量力地想要做她的避风港。

唐梨不想在男人面前示弱，却在和许攸宁目光交汇时破功，哭得痛苦又伤心。

暴雨骤然降临，将程晋山淋成落汤鸡。他把感冒药和退烧贴当宝贝似的揣在怀里，跑到水果摊的遮阳伞底下躲雨。

"小伙子，买水果不？要收摊了，便宜处理。"大婶热情地招揽生意。

程晋山扭头看了两眼。六月是瓜果上市的旺季，红到发紫的杨梅、饱满多汁的水蜜桃、黄澄澄的杧果和圆滚滚的西瓜挤在一起，看起来挺馋人。

"西瓜怎么卖啊？"程晋山看见旁边还有榨汁机，来了劲头，"免费榨汁吗？"

西瓜富含水分，清热利尿，适合发烧病人吃。程晋山不会挑水果，装模作样地挨个拍了拍，挑中最顺眼的一个。

小城市也比他老家讲究，西瓜还管切小块。大半切块，小半榨汁，他将吸管戳进西瓜汁里尝了一口，甜度爆表，再想想待会儿赶回家，项嘉烧得昏昏沉沉，稀里糊涂地用这根吸管喝果汁，等于间接接吻，他心里更是美滋滋。

雨越下越大，程晋山百无聊赖，摸出手机，打算再买点儿礼物，丰富自己的表白仪式。点开屏幕他才发现，项嘉打了好几通电话，还发了条信息——唐梨有危险，速回。

程晋山脸色一变，连西瓜和果汁都没拿，撒腿冲进雨幕里。他跑得飞快，同时擦两把屏幕上的雨水，给项嘉回电话。漫长的等待音，没有人接。

　　就在这时，遭遇不幸的两个女人已经无力反抗，却紧紧靠在一起。唐梨害怕地闭上眼睛，不过一秒又睁开，认真盯着许攸宁，她摇摇头，又看向她的肚子，轻轻点头，那意思是——我不害怕，你要优先保全自己。

　　说着不害怕，又怎么会真的不害怕，两人娇小的身子直哆嗦。

　　忽然，外面响起敲门声，笃笃、笃笃，不急不慢，很稳定。

　　男人防备地看了她们一眼，没有作声。反复再三，他才故作镇定，问道："谁呀？"

　　门外的女人声音很润，透着浓重的鼻音。她回答道："快递，出来收一下。"

　　唐梨听出项嘉的声音，眼睛一亮。许攸宁又是惊喜又是担忧，不敢在男人面前露出什么，偏过脸掩住闪烁的目光。

　　"你放门口，我等会儿拿。"男人心生警惕，往客厅走了两步，却不肯贸然开门。不过，按理说，唐梨的示警若是引来有心人的注意，也不该间隔这么久才找过来，没准儿真是快递员。

　　似乎为了印证他的猜测，女人不耐烦地说道："我说放快递柜你们不同意，还嚷嚷要投诉，放门口丢了算谁的？"

　　"哦。"男人捡起匕首藏在腰后，回头关上卧室的门挡住现场，他的口吻很平静，"稍等一下。"

　　女人低着头，戴着黑色棒球帽，手里抱着个大纸箱。男人放松戒心，伸手去接，冷不防被对方重重推了一把，后退两步，险些摔倒。

　　项嘉从外套口袋里摸出一瓶防狼喷雾，对准男人眼睛一通狂喷。他惨号不已，意识到上当，暴怒之下抄起匕首胡乱挥舞，在项嘉小腹上划了一刀，紧接着狠狠踹了她一脚。

　　项嘉险些被他踹出门，白皙纤瘦的手指紧紧捞住门框，固定住身形。

　　此刻，她还有机会逃走。事实上，她还能想到很多迂回救出唐梨和许攸宁的方法。可是，拖得越久，她们的处境越危险，更何况，哪怕是以一换二，也算自己产生了一点价值，她还有什么不满意？

项嘉咬咬牙，嘴角渗出一抹冷笑，拎起放在门边的木棒，正面迎敌。她气势惊人，身手却平平，没多久就被男人压制，倒在地上。

失血带来强烈的眩晕感，她的脑中翻江倒海，闪过许多噩梦般的片段，还有傲慢又残酷的话语……

那个人笑着说——这么漂亮，待在村子里多浪费？轻描淡写的一句话，将她从一个深渊，推向另一个深渊。万劫不复，永不超生。

瞳孔开始涣散，项嘉一声不吭地盯着男人暴怒的脸，渐渐放弃抵抗。终于要结束了……

然而，就在这时，程晋山莽莽撞撞闯进门里。他看清项嘉的模样，目眦欲裂，像生龙活虎的牛犊一样，一头撞翻男人，和对方厮打在一起。

卧室中，唐梨和许攸宁一直在尝试着自救。唐梨忍住浑身痛楚，吃力地打了两个滚儿，挣扎着坐起，手腕对准床角，来回扯动摩擦。

许攸宁配合着帮唐梨撕开嘴上的胶带，内心的悔恨无以言表——如果，当年没有瞎了眼嫁给那个人面兽心的畜生，所有的不幸都不会发生；如果，当年她……

唐梨约她见面那天，她熬了一锅薏米红豆粥。在学校时，她也常常在宿舍里熬，偷偷摸摸藏在床底下，加热足足八个小时，才能炖得软糯香甜。

每次送给唐梨时，她总要说是点外卖多订了一份。可那天上午，发挥失常，火候过了头，锅里散发出难闻的焦糊味，她最终空着手赴约。很多事都是这样——甜中暗藏苦涩，回味里总有遗憾。

恢复说话能力，唐梨立刻扯高嗓门，大声呼救。腕间胶带磨断，她为女人解绑，忽然变了脸色。许攸宁素雅的裙子下摆不知什么时候湿透，上面全是透明又温暖的液体，羊水破裂，宫缩紧随其后。

"宁……宁宁姐……"她吓得手脚发麻，忽然想不起许攸宁怀孕的月份，有七个月没有？

她连滚带爬地跑出去求救，撞见程晋山正在暴打男人。项嘉躺在地上，不知是死是活。

唐梨大叫一声："程晋山，别打了！宁宁姐要早产，项嘉姐也要尽快送医院！"

程晋山从暴怒中回神，项嘉痛苦的呻吟声，勒住他发疯的劲头。第一次将女人抱进怀里，程晋山双手直哆嗦，抖着声音道："项嘉，坚持坚持，你可千万别死……"

项嘉的脑袋软软靠上他胸口，气若游丝地提醒他："程晋山，警察就要来了……"几人闹的动静太大，街坊邻居渐渐围上来，楼下响起警车声。

"来就来！"程晋山抱着她下楼，心里慌得厉害，"不管发生什么，我都陪着你！"

他扭头对邻居们怒吼："看什么看！叫救护车啊！"

项嘉体重不轻，程晋山走到被雨水浇得泥泞的路上，双腿一软跪在地。他强撑一口气，将项嘉抱紧，带着哭腔道："救护车马上就到了，项嘉你别死！听到没有，你别死！"

不要丢下他一个人，他想娶她当老婆。

视线变得模糊，他抹了把脸，这才发现手心全是她流出来的血。这女人冷冷淡淡，常常令人忘记，她也有七情六欲，也会疼，也会流血。

程晋山低头看向昏迷不醒的项嘉，打算把她唤醒，目光忽然凝固。他颤抖着手，轻轻抹掉她脸上暗黄色的液体，底下的肌肤，像冰雪一样洁白。

程晋山词汇量有限，很难准确描述别人的长相。可发现项嘉真容的那一瞬，他忽然对"漂亮"两个字有了具体的概念，他想——艳压娱乐圈的当红女明星，也未必有她好看。

小小的脸、精致的五官、尖尖的下巴，偏古典的相貌，像几百年前传下来的金贵花瓶，美丽又易碎，最容易激起人的保护欲，也最容易招来觊觎和恶意。怪不得……程晋山下意识把项嘉的脸护在胸口，像个意外捡到金元宝的穷光蛋，心脏突突突跳得飞快。

普通的美貌，当然是很棒的加分项，无论在生活还是工作中，都能获得不少特权。可凡事过犹不及，漂亮到项嘉这程度，就不是幸运，

而是灾难。他将被雨水打湿的长发胡乱拨拉两下，挡住她苍白的脸颊。

救护车和警车一起赶到，无论加害者还是受害者，都受了不同程度的伤，其中还有一名待产的孕妇，只能先送到医院处理。

唐梨在好心人的帮助下把许攸宁抬下楼，送上救护车。她六神无主，紧握着许攸宁的手，吓得大哭。许攸宁神志还清醒，轻轻回握少女，张口想说什么。

唐梨把耳朵贴过去，听到她的道歉——"小梨，对不起……"

她太封闭自我，也太懦弱，总是躲在唐梨的身后，拒绝面对过去，到头来拖累了她。她不知道这次的鬼门关能不能挺过去，害怕有些话再不说，永远没机会说出口。

唐梨大声号哭，哭得直抽抽："是我不好……是我没有保护好你……你和宝宝都不会有事的……等你好起来，等你好起来……"

"如果我……"许攸宁收紧五指，眼泪跟着落下，"如果我有个三长两短……你要好好照顾自己……"

"没有如果！"唐梨贴近她的额头，泪水混在一起，"咱们还要……咱们还要一起看着宝宝长大呢……"

兵荒马乱的一个下午，程晋山几乎是抱着必死的心情料理一切。警察来得很快，一直在旁边看着现场，他的证件已经交出去登记，说不定压根等不到项嘉苏醒。

还有，项嘉之前到底有没有犯过事？程晋山苦中作乐地想，要是她跟着一起东窗事发，这也算夫唱妇随……可他还是希望她能好好的。

唐梨撇下浑身的伤不管，坚持进产房陪产。程晋山把项嘉送进急救室，紧接着打电话叫来林叔林婶，请他们帮忙垫付医药费。他在走廊焦灼地走来走去，等了大半个小时，才盼到好消息。

项嘉运气不错，没有伤及内脏，已经脱离生命危险，再观察二十四小时，就可以转到普通病房。不过，其他的外伤还要处理，为防伤口感染，护理也不能马虎。

程晋山拽着林婶一起听医嘱，神神道道地问了句："谁给她换衣服？

护士都是女的吧？别让男的碰她。"

他难掩难过，交代后事一样对林婶道："妈，我估计是见不到项嘉了，你记得帮我给她捎句话，问问她愿不愿意等我几年。"

林婶不知就里，被他吓得够呛，直问他是不是发烧。

可到了晚上，民警竟然将身份证还给他，没事人一样做起笔录。程晋山百思不得其解，问又不敢问，垂着脑袋交代前因后果。

"别人入室绑架是不对，但你应该动用法律手段解决问题，而不是冲动斗殴。"唐梨在出租屋里安了摄像头，民警已经查清事实，正苦口婆心地给他上法制小课堂，"幸亏你没案底，不然也要跟着进去，好好接受教育！"

程晋山战战兢兢听着民警的教导，听到最后眼睛一亮，重复道："没案底？"

难道——那个老东西没受什么重伤？怪不得老何一直拖着尾款不给结，到后来还玩失踪。他立刻亢奋起来，在原地蹦了两下，脸上带笑，神情雀跃。他只恨项嘉不在场，没人分享这个好消息。

程晋山往妇产科跑了一趟，孩子已经出生了，是个女婴，因为月份太小，一落地就送往保温箱。许攸宁大出血，还在抢救，唐梨坐在急救室门口的地上，哭得肝肠寸断。

程晋山把她拖起来："宁宁姐不会有事，你顾好自己，别让她担心。"

项嘉没有大碍，他已经找回主心骨，硬按着唐梨，让护士帮忙包扎伤口，处理肿胀。

等到许攸宁化险为夷，已经是第二天早上，唐梨眯了一会儿，眼巴巴地等许攸宁出来。程晋山比她有盼头些，掰着手指头数还有几个小时见到项嘉。他实在闲不住，跑回去做病号餐。

西红柿炒鸡蛋，是厨房菜鸟的初级课程。鸡蛋打散，"哗啦"倒进热油，铲子带水，火苗腾起半人高。程晋山怪叫一通，寸头都被烧焦一撮，手忙脚乱撒了把盐。大块西红柿和黑黄的鸡蛋块在盐里扑腾，他尝了口，哇地呕进垃圾桶。

程晋山在网上查了一堆菜谱，连续糟蹋了二十个鸡蛋，才做出一份勉强能入口的家常菜。蒸好热腾腾的米饭，装进新买的饭盒里，红着脸翻出两套换洗内衣，整理好洗漱用品，他提着一大堆东西往医院赶。

护士正好通知家属接人，看见躺在移动病床上的女人，程晋山只觉恍如隔世，又激动又觉得她陌生。也不知道怎么的，他双腿一软，"扑通"给项嘉行了个大礼。项嘉陷在低落的情绪里，冷不丁被他吓了一跳。

他抓住扶手蹭到她旁边，小声报喜："项嘉，你知道吗？我没案底……"

他一刻都等不了，迫不及待地问出对他来说非常重要的问题："你呢？你犯的什么事？"就算有事，他也愿意等她，按时按季给她打钱送衣服。

实打实经历过一遭，他已经深刻意识到躲躲藏藏的日子多难受。如果有法子，谁不想堂堂正正活在太阳底下，爱想爱的人，做想做的事？

项嘉虚弱地眨眨眼，知道他没事，她有点儿高兴。明白自己的真面目已经暴露，她倒没打算再瞒他，反正只剩几天时间，她已经没什么好害怕。

她慢慢摇头，轻声答："我没犯事。"只是在躲人。

程晋山一愣，见她神态困倦，没敢追着问。没犯事当然最好，这意味着他的表白计划可以照常推进。

将人推到普通病房，他张开双手，打算把她抱到病床上。项嘉条件反射地往后缩了缩，黑白分明的眸子直直盯着他。程晋山有些不好意思，心里又痒痒的，凑到她跟前说了句蠢话："女护士抬不动你。"

项嘉抿了抿嘴唇，好像有点儿生气。林婵看不过眼，重重拧他一把。

程晋山疼得"嗷嗷"直叫唤，后知后觉反应过来，脸上讪讪的，越描越黑："我不是那个意思，我觉得胖点儿挺好……"

项嘉挣扎着要自己爬过去，程晋山连忙拦住她："别别别，我错了！我不会说话！你别动！"到最后他还是用衣服垫着胳膊，小心翼翼地把人抱起。

他力气大，真不觉得她重，反而有种沉甸甸的踏实感。清醒状态下的项嘉很僵，两手本能地交叉护在胸前，白净的面孔朝向窗户，好像那棵歪脖子树是什么稀罕景色。程晋山献宝似的把饭盒捧到她面前，项嘉勉强吃了两口，问起唐梨和许攸宁的情况。

"我问过警察，入室绑架、故意伤人，加起来怎么也要判上几年，宁宁姐可以直接起诉离婚。"程晋山搬了个小凳子，委屈巴拉地坐在她床边汇报进展，"不过，唐梨说那男的爸妈听说了消息，带着宁宁姐爸妈一起过来，今天下午就到，估计还有的扯皮。"

老一辈人总是劝和不劝分，再加上爱子心切，大概会想方设法争取许攸宁的谅解，为儿子减刑，麻烦事还没完。但那些都和项嘉不相干，唐梨有能力帮助许攸宁处理好所有麻烦。

没多久，护士进来换药。程晋山自觉回避，帮项嘉拉帘子时，偶然瞥见她狰狞的伤口，看起来有些吓人。他摸摸自己的腹部，鬼使神差地想——别人都是情侣衫、情侣鞋，他和项嘉倒好，直接拥有一对情侣疤痕，他"嘿嘿"笑出声。

他和老家的朋友通了个电话，理清楚了来龙去脉。

雇主和他的目标分别是两派小头目，水火不容。他看那人欺男霸女，不是什么好玩意儿，因此接下惩奸除恶的任务，在一个月黑风高的夜晚，将大腹便便的恶棍堵在小巷一通操作，紧接着开启所谓的"逃亡"生涯。

他没想到，恶棍腰间捆着一沓保护费，根本没受伤，只是装晕。他前脚走，后脚两个帮派就打起来，恶棍还没来得及找他麻烦，便挨了一闷棍，这会儿还在医院躺着。严格意义来说，他没完成任务，老何自然不肯结尾款。

程晋山的心境与刚来时完全不同，褪去戾气，滤掉不切实际的幻想，只剩下庆幸——人一定要遵纪守法！靠自己本事吃饭才香！他觉得自己现在浑身有使不完的力气，人生也有无数盼头。

专门下了个教人做饭的 App，查了半天菜谱，程晋山打算从不容易出错的炖汤学起。

"晚上喝鲫鱼豆腐汤怎么样？"他照着菜谱介绍念，"鲫鱼营养丰富，对伤口愈合有好处，这道汤还有催……"

脸皮微微红了红，他说道："正好多炖点儿，给宁宁姐也送一份。"

项嘉觉得借这个机会让他学学做饭，也是件好事。她时日不多，他总要学着照顾自己。

"我教你怎么做。"她强打精神坐起，眼珠黑漆漆的，像是能摄走别人的魂魄，嘴唇有点儿干，唇形却很美，微微上翘，像在索吻。

程晋山一不留神看呆。发现他的异常，自厌情绪又上来，项嘉蓦然寒了脸："算了，你自己百度吧。"

"……百度就百度。"程晋山觉得她喜怒无常，又不好跟病人计较，摸摸鼻子，老老实实去市场买鱼。

林叔自然不可能收他的钱，挑了两条又肥又大的鲫鱼，处理好后递给他。又买了两块钱嫩豆腐和一把小葱，程晋山顶着大太阳小跑回家，后背已经湿透。

他脱掉上衣，洗了把脸，光着膀子收拾鲫鱼。照菜谱上说的，把鱼肚子里的黑膜抠干净，塞点儿葱段和姜片，一大勺料酒腌制片刻，去除腥味。

寸头和眉毛上凝聚透明汗珠，程晋山想了想，决定创造机会，和项嘉多培养感情。一个电话拨过去，把刚刚睡着的女人吵醒。

"怎么了？"项嘉的声音软软的，带着鼻音，像只还没来得及全副武装的母兽，暴露柔软一面。

程晋山心跳加速，故作正常，问道："输完液没有？"

"嗯。"麻药劲儿过去，伤口隐隐作痛，项嘉难受地侧了侧身，"有事？"一副生怕被打扰的态度，特别不讨喜。

好在程晋山习惯了她的冷淡，自说自话："我在做鱼，菜谱上说要煎一下，怎么煎？"

"用油煎。"项嘉回答他的白痴问题，同时解答了上次事故的原因，"锅底和铲子都得擦干，热油遇到水会起火。"

"怪不得……"程晋山打开免提，手机放在案板上，"你先别挂，我现在煎，说不定还有问题问你！"

一勺油倒进去，不等油温上来，两只鲫鱼滑入，发出"滋啦滋啦"

的声音。

在项嘉的指导下,他手忙脚乱转成小火,煎上一分钟,小心翼翼给鱼翻面,惊喜道:"成了成了!没煳!"要求还真低。

"再煎一分钟,倒开水。"项嘉被他吵得困意全无,耐着性子教学,"买的是嫩豆腐还是老豆腐?"

"嫩豆腐。"程晋山把火关掉,转身烧开水,"夜里还有两瓶消炎药要输,护士说得留人陪着,我待会儿把凉席带过去。"

"不用,我自己能行。"项嘉下意识拒绝。

"空气输到血管里,会死人的!"程晋山吓唬她,又试图将自己的关心合理化,"除了我,也没别的合适人选。"她在这儿无亲无故,只和他熟。

开水倒进锅里,立刻浮起一层黄黄的油。糟糕,油倒太多!程晋山用勺子把油捞出来,做完补救工作,重新开水。小火炖上二十分钟,倒入嫩豆腐,盐调味,再煮五分钟,撒一把绿绿的葱花,直接装进饭盒。

妇产病房在前头,他先把许攸宁那份送过去,正好撞见唐梨在开水间接水。唐梨看着精神已经缓过来不少,许攸宁爸妈要安排,保温箱里的小宝宝也要照看,忙得脚不沾地,也没顾上和程晋山聊天,拿上饭盒就走。

程晋山走进项嘉病房,撞上医生查房。那医生挺年轻,也就三十岁左右,长得一表人才,迟钝如程晋山,也看得出他对项嘉格外殷勤。

"伤口还疼不疼?"医生掀开病号服,看了看包着纱布的患处,态度和颜悦色,"加一下微信,我把注意事项发给你。"

没等项嘉拒绝,程晋山就大步走过去,掏出手机,直接怼到医生脸上,大大咧咧地说道:"来,我加你。"医生的表情有些僵,项嘉却悄悄松了口气。

程晋山炖的鲫鱼汤味道竟然不错。他得意扬扬地监督着项嘉喝下两小碗,跑前跑后,学着伺候病人。

兑好温水,把干净的毛巾打湿,程晋山弯下腰。右边手臂还扎着留置针,不方便活动,项嘉颤了颤睫毛,闭上眼睛。程晋山用温热的毛

巾轻轻擦洗她的手背、手心,他很注意,没有直接碰到她。

"疼吗?"娇嫩的肌肤肿了好大一片,程晋山心疼未来媳妇,往针眼处慢慢吹了口热气。项嘉立刻起了一身鸡皮疙瘩,皱眉瞪着他。程晋山讨了个没趣,毛巾转向左边胳膊,一撩衣袖,蜿蜒交错的丑陋疤痕映入眼帘。

"你……"程晋山愣住。

项嘉甩了甩手腕,将伤疤遮回袖子里,冷着脸道:"不用了,我想睡会儿。"

她已经习惯在程晋山面前扮演管教者的角色,现在陡然变回弱者,还要接受他的照顾,非常不自在。

"好歹……好歹洗把脸。"程晋山按下心中的惊涛骇浪,洗洗毛巾,绞到半干。

他的刘海歪到一旁,因着混合汗水和头油,散发出淡淡异味,程晋山也不嫌弃,满脑子都在想——那是怎么弄的?项嘉之前到底遭遇过什么?

"给你洗洗头?"近距离盯着这张漂亮的脸,程晋山渐渐能理解她遮掩真实面目的原因。不过,同住一个屋檐下,还瞒了这么久,也是不容易,怪不得她总是半夜起来洗澡。

"不用。"项嘉简单粗暴地拒绝他的讨好,她宁愿脏到发臭,也不能接受更进一步的亲昵。

天色渐晚,看着护士挂上水,程晋山在她床边铺好凉席,盘腿坐下:"你睡吧,我守着。"

他们住的是双人病房,旁边是对恩恩爱爱的小夫妻,女人遭遇车祸,大难不死,男人紧张得寸步不离。程晋山和那男人对视一眼,找到点儿惺惺相惜的亲切感,细心观察对方的一举一动。

两口子就是不一样,照顾起来方便得多,也自然得多。男人一看就是家务好手,忙得脚不沾地,一会儿喂女人吃药,一会儿给她揉腿,时不时亲亲抱抱,低声说些安慰的话。程晋山认真琢磨,间或看项嘉一眼,内心浮想联翩。

或许是白天睡得太多，项嘉来回翻身，毫无困意。不只如此，有件尴尬的事开始困扰她——她想上厕所。下午林婶扶着她去了一回，距离现在已经五个小时。

项嘉忍了一会儿，捂着小腹慢慢起身。

"要什么？我给你拿。"灯光已经熄灭，程晋山的眼睛亮得像星星。他也想要表现机会，越多越好。

项嘉沉默片刻，抬手去摘药水瓶："我去厕所。"

"别乱动，我扶你！"程晋山把拖鞋递到她脚边，胳膊一伸，便将瓶子抢走。

她无视他伸过来的手，扶着墙一步一步挪到卫生间，疼得直吸气。

瓶子挂在支架上，程晋山不放心："你自己行不行啊？要不然我……"

"帮你"两个字差点儿出口，他意识到不妥，急急咽了回去。脸颊热辣辣烧起来，程晋山慌慌张张扭头，一脑袋撞上门框。"咚"的一声，项嘉觉得半旧的门都跟着晃了两晃。

"我就在门口，有事你吱一声。"他捂着额头，疼得龇牙咧嘴，还要逞强，装作若无其事。

不说这句话还好，一强调，项嘉更加尴尬。她很辛苦地解决完个人问题，叫了程晋山好几声，他才回魂。

第二天一大早，程晋山跑回去做病号饭。

他尝到炖汤的甜头，买了新鲜排骨和项嘉爱吃的水果玉米。排骨焯去血沫，另煮开水，加入葱段、姜片、花椒、八角，倒入排骨、料酒，小火慢炖。等汤色转为浓白，排骨香嫩软烂，这时候把玉米切成小段放入，再加盐调味，煮上十分钟。玉米香甜多汁，给炖汤增加清新风味，一切恰到好处。

照旧把汤分成两份，他刚进医院大门，迎面就碰上唐梨，一对难兄难弟各顶两个黑眼圈。程晋山把饭盒递给她，问道："宁宁姐怎么样？"

"凌晨就醒了，精神还行。"唐梨打了个哈欠，神情困倦，"等我一下，

我去看看项嘉姐。"

二十分钟后，唐梨站在项嘉病床前，带上许攸宁那一份，正式向她道谢。

项嘉半靠在床头，眼睛一眨不眨看着窗外，好半天才回过神，对唐梨淡淡说道："不用客气。"

她也确实担不起这样沉重的感激，毕竟，她救她们只是顺带的，最主要的，是想找一个光明正大解脱的理由。可惜，好运从不肯眷顾她。

涩·恩怨痴缠

第四卷
CHAPTER 04

熬过前两天，项嘉渐渐能自己下床走动。刚刚恢复"自由身"，她就拒绝程晋山的照顾和陪床，赶他回去上班。程晋山找不到理由，只能一步三回头地离开医院。

程晋山也没闲着，往干果铺跑了一趟，理清楚新进的货和这两天的账，又找了块纸板，把自己的名字和手机号写在上面。林叔那边不算太忙，真有活要干，就把纸板挂在柜台上，免得顾客找不到人。

"你俩打算什么时候办喜事？"林叔闷头抽烟，忽然问了句。

程晋山正热火朝天地杀鱼，听见这话，抬起胳膊蹭蹭脸上的鱼鳞，有点儿不好意思："我还没跟她摊牌呢，等她出院再说。"

"山子，你既然叫我声爸，我就提点你句当爸的该说的话。"

"爸，有话你就直说呗。"程晋山的眼睛依然亮亮的，好像有使不完的劲儿，"搞这么严肃干吗？"

"项嘉是个好姑娘，我也看得出你是真心喜欢她。"林叔看他剃头挑子一头热，有些不忍心打击他，叹了口气，硬着头皮泼冷水，"可你真的了解她吗？不提别的，她长得漂亮，也读过书，把自己捯饬成那样，不声不响地在咱这小地方打工，一待就是一年多，到底是为了什么？"

这个问题，程晋山也想不明白。可项嘉不想说，他就忍着好奇没问。

"爸，我不在乎她的过去。"程晋山没心没肺地笑了笑，"只要她愿意跟我在一起，我就实心实意对她好。"

说句难听的，就算和虞雅拥有相似的经历，也没关系。万金元那样暴脾气的汉子，都能全盘接纳自己的女人，他又有什么不可以？听虞雅说，两人度过艰难的磨合期，现在是真打算好好过日子。

林叔唉声叹气："你想好了就行，儿孙自有儿孙福……"

彼时的程晋山还不知道，他了解的项嘉，只是冰山浮在水面的一小部分。血淋淋的现实，比他想象中要残酷得多。谁不会喊口号、发毒誓？能够直面真相、坚守初心的，却是凤毛麟角、万里挑一。

到了下午，客流量更少，程晋山开小差跑回家做饭。项嘉需要增加营养，在乡下人眼中，再没有比鸡蛋更合适的食材。蒸鸡蛋羹、红糖鸡蛋、煎鸡蛋、炒鸡蛋……做法繁多，味道也各不相同。

今天时候还早，他干脆准备卤一锅茶叶蛋。鸡蛋洗干净，放进锅里煮到八分熟，捞出来浸冷水，挨个磕破蛋壳。

"再烧一锅水，煮开后放八角、桂皮……桂皮是哪个来着？"程晋山下意识给项嘉打电话求教。

"家里没桂皮，多放点儿花椒也一样。"项嘉做吃的向来不拘泥于菜谱限制，有种大巧不工的随性，"茶几最下面的抽屉里还有半包茶叶，我记得快过期了，别浪费。"不需要多好的茶叶，取点儿醇厚滋味就行，几百块钱一两的高级红茶放在这里反而浪费。

"还用你说？"程晋山得意地晃了晃茶叶包装袋，给她听"簌簌"的细碎响声，"早找出来了，放多少？"

项嘉教学，程晋山在这边实操，把红茶、盐、生抽、老抽加进锅里，又问："白糖用完了，红糖行不行？"

"刚买没多久，怎么用这么快？"项嘉没忍住，追问了一句。

"白糖拌饭啊，可好吃了。"程晋山分享独门秘方，"我还买了几斤小土豆，一块五一斤，蒸熟蘸糖吃，管饱又省钱。"

这年头，像他这么会过日子的男人可不多。有眼光的话，还不赶紧把他拐到民政局当老公？说起来，领证确实该提上日程，程晋山已经开始盘算买哪个牌子的喜糖了。

"你可真行。"项嘉一阵心绞痛，抿着嘴唇，十分不高兴，"少放点儿。"

调好味道，用筷子蘸了一点儿汤汁咂摸咂摸，程晋山自信心爆棚："名师出高徒，卤出来肯定好吃！"

鸡蛋放进去小火煮半个小时，关火后再多焖一会儿。趁这工夫，程晋山把医院拿回来的脏衣服倒进盆里，蹲在洗手间搓洗。说脏也不算脏，大部分都是项嘉出的虚汗，倒点儿洗衣粉，一揉一涮就行。

洗到最后，他从卷着的毛巾里抖出一套贴身衣物，动作顿了顿，耳根渐渐变红。用心喜欢的人，哪里都好，哪里都令人沉迷。程晋山下意识放轻力道，制造丰沛泡沫，越洗脸越红。

把要带去医院的东西收拾好，茶叶蛋也卤得差不多，他剥开尝了一个，尾巴立刻翘到天上。从许攸宁的病房念叨到项嘉跟前，中心思想全在形容自己有天分，项嘉烦不胜烦，终于敷衍地夸了句："不错。"

程晋山乐得眉开眼笑，接下来几天，早中晚饭都要各配一个茶叶蛋。

天气没那么热的时候，程晋山借了把轮椅，推项嘉出去散步。小鸟懒洋洋地藏在茂盛的广玉兰枝叶里，偶尔叫两声。发烧的小孩子吵着要吃冰棍，大人满头大汗，焦急地向前奔跑。

住院的人各有各的不如意，项嘉却神色平静，一副四大皆空的超脱模样。不知道为什么，每次看见她这副表情，程晋山就觉得心里慌。好像一个不留神，她就会从眼前消失。

"吃冰棍不？给你买根？"他哄孩子一样哄她。

项嘉沉默摇头，丝毫不感兴趣。

这天夜里，窗外忽然响起惊雷。

项嘉做了个噩梦，和她常常做的噩梦不同，几乎是幼时场景的重现，有细节有触感，拧胳膊时传来的痛觉十分强烈。一切再真实不过，也再恐怖不过。

"为什么不配合?连妈妈的话你都不听?"女人长相美艳,眼神却暗藏戾气,狠狠拧着女儿细细的胳膊。

女儿和女人有七八分相像,五官精致昳丽,皮肤吹弹可破。这会儿,她的眼睛哭得红红的,拼命往后缩,又被妈妈一把拽到跟前。

"不就是拍几张照片吗?害羞什么?"女人丧失耐心,动作粗暴地拉扯着她。

中年男人手持相机,连拍几张,叼着烟点头:"小妹妹镜头感不错。"

然而,平素很听妈妈话的项嘉今天拒不配合,她已经朦朦胧胧意识到羞耻,哭着扯住妈妈裙子:"妈妈,我不想拍……"

"不拍就不拍吧!"女人忽然歇斯底里地大吼一声,"扑通"坐在摄影棚老旧的沙发里,蒙着手帕哭得伤心,"咱们都喝西北风去!饿死拉倒!"

多年的不顺遂,渐渐吞噬女人的活力,也将她的心脏打磨得无比冷硬,她精准拿捏女儿的软弱性格,将凄惨的经历拿出来,掰开揉碎讲给对方听。第一百遍,还是一千遍,谁也记不清,可这一招屡试不爽,无往不利。

"那群人渣欺负我的时候,谁问过我想不想?大着肚子被家里人赶出来的时候,谁管过我是死是活?"女人"呜呜呜"哭着,渐渐盖过另一道抽泣声,"生你的时候大出血,坐月子的时候,连口凉水都喝不到嘴里,带着你从乡下跑到城里,白天照顾你,晚上去夜总会唱歌,我受了多少罪?"

项嘉怔怔地听着,试图抱住她的腿,被她踢开。

"早知道你是白眼狼,我还养你干什么?不然我早就风风光光嫁人,哪儿用得着遭这么多罪?"

其实,那个鸟不拉屎的破村子,她一秒都不想待。选择生子,也是因为医生告诉她,再来一次,她很可能永远失去生育能力,可她总需要人养老送终。

"妈妈……妈妈你别哭了……"项嘉从小就倔,女人哭成这样,还是不想屈服，她只是爬到妈妈腿边，拿印着小花的干净手帕帮妈妈擦眼泪。

"你不想拍就算了，妈妈也不舍得强迫你。"女人收了眼泪，改用怀柔策略，"你还小，对金钱没什么概念。宋叔叔说了，一张照片一百块钱，够咱俩吃喝花用一个星期的了。我不是看房租和你的学费都没着落，心里着急吗？"

她将项嘉搂在怀里，怜爱地摸着女儿乌黑柔软的头发："妈妈跟你道歉，我歇会儿就带你回去，不就几百块钱吗？妈妈辛苦几天，也能赚来……"说着，女人刻意露出手腕上被烫出的疤痕，又咳嗽了两声，幼小的身子在女人温柔的抚摸下轻轻颤抖。

项嘉好喜欢妈妈抱她，她乖巧地闭上眼睛，任由妈妈描画眼妆、涂抹口红，学着妈妈摆出姿势。摄影师大喜，蹲在地上"咔嚓咔嚓"拍得飞快。

找到赚钱密码之后，女人辞去夜总会工作，忙着四处交际，搭上更多拍摄渠道。她热衷于打扮女儿，对项嘉的脸和身材无比上心，生活条件渐渐宽裕起来，干脆买了个榨汁机，给项嘉榨各式各样的蔬菜汁，补充营养，维护皮肤。

苦到钻心的苦瓜汁，每天早上都要喝一杯，绿莹莹的，颜色很漂亮，味道却不敢恭维。项嘉偷偷加了回蜂蜜，被妈妈发现，大闹了一回，从此再也不敢越界。

拍摄的照片大卖，受不住指指点点的项嘉大哭一场，跑回家，还没来得及跟妈妈诉苦，便看见一位新叔叔。

妈妈笑得格外灿烂："宝贝，你回来得正好，咱们再拍几组照片。"

项嘉呆呆地看着女人。脱离贫困线，不再需要卖笑，女人的脸颊丰腴了些，脾气也变好，偶尔还能给自己做顿热饭，搂着讲会儿童话故事。

她将委屈咽进肚子，走向妈妈，走向那件漂亮又成熟的裙子。她的所有付出，只为换来女人的一个微笑，和一句轻飘飘的——"妈妈爱你"。

雷声大作，项嘉却陷进陈年噩梦，眉头紧锁，怎么也醒不过来。忽然，

一颗脑袋出现在窗外,闪电乍亮,照出帅气轮廓。下一瞬,大雨倾盆而下,将精神小伙淋成落汤鸡。

"砰砰砰",程晋山用手急敲玻璃,将项嘉吵醒。她猛然睁开眼睛,浑身是汗,瞧见窗外黑影时,又被惊吓一回,险些尖叫出声。

"是我!"程晋山扯着嗓门喊了声,熟悉的声音压过雨声,稳住项嘉心神。

她抖着手推开窗户,脸色白得发青:"你干什么?"

程晋山像只水鬼爬进来,抖抖头发,甩得地板上、墙壁上全是水,低声骂了句:"钥匙丢了,进不去家!楼下看门那老头睡得跟猪一样,怎么都叫不醒!"

好在他身手不凡,爬三楼易如反掌。也好在同一病房的病人已经出院,没有吓到别人。破天荒的,项嘉没有骂他,她竟然觉得庆幸——阴错阳差在这种时候吵醒她,真的很感激。

程晋山脱下湿透的T恤,蹬掉运动鞋,光着脚在屋子里走来走去。

"你不回去?"项嘉这么问着,却不太想把另一把钥匙交给他。今天晚上,她害怕一个人。

"下这么大雨,我还折腾啥?"牛仔裤紧紧贴在腿上,很不舒服,程晋山从项嘉换下来的病号服里翻出裤子,打算先凑合。他湿淋淋地冲进厕所,两分钟换好。项嘉穿着正合身的尺寸,放他身上变成七分裤。

瘦瘦的脚踝支棱在外面,程晋山拿着毛巾胡乱呼噜两下脑袋,不消停地翻箱倒柜:"还有吃的没?饿。"

项嘉贪婪地看着他眼里那一点儿摄人的光,几秒后才回过神,指指床底下:"好像还有箱小面包没拆。"

程晋山撕开一个,先递给她。

"……谢谢。"项嘉接过吃了两口,又被他塞了一盒牛奶。

程晋山站在床前"哗啦哗啦"拆了一堆包装纸,几口干完小面包,躺在隔壁的床上,准备睡觉。有人陪着,项嘉心里踏实不少。

过了一会儿,听到均匀的呼吸声,项嘉悄悄扯开帘子一角。闪电时不时炸开,照亮程晋山英挺的侧脸,还是那么有个性,浑身是刺。可变化已经悄悄发生，最起码，他渐渐懂得些道理和规矩，不再无缘无故发火，更不会张嘴咬亲近的人。

程晋山本性不坏，他会好好处理她留下的所有麻烦。没来由的，项嘉这么相信着。

第二天早上，程晋山接过林婶送来的衣服，欲盖弥彰地解释："就借这地儿睡了一夜，我俩什么都没干。"

中年妇女什么没见过，反过来嫌他没出息："你到底敢不敢上？嘉嘉长那么漂亮，再不抓紧机会，我就介绍给别人了啊！"

程晋山立刻急了眼，梗着脖子叫道："谁说我不敢？这不是看她住着院，时机不合适吗？"

他小声嘀咕："表白的道具我都买好了，一出院就安排……"取了好几趟快递呢，仪式感很重要。

两天后，许攸宁办理出院手续。从鬼门关走过一回，她一改往日懦弱，咬死不肯签谅解书。男方爸妈哭求不成，改为撒泼耍赖，逼得唐梨报了两回警。

泥人也有三分土性子，许攸宁父母见女儿遭了这么大罪，对方又欺人太甚，气得血压飙升。好歹是知识分子，老两口联络本地亲朋过来撑腰，将胡搅蛮缠的前亲家"请"了出去。鸡飞狗跳了好几天，终于尘埃落定。

许攸宁坐月子不方便，唐梨代她请项嘉和程晋山吃饭，表达谢意。项嘉向护士请了一个中午的假，换上半旧的长衣长裤，准时赴约。

吃饭地点选在附近一个烧烤自助餐厅，就因为程晋山觉得自助"量大管饱"。

刚一落座，他就飞奔出去，搬了二十多盘肉回来，又兴冲冲地捞了满满一盘大虾。他还记得项嘉是病人，盛了一碗银耳羹、几盘清淡些的凉菜，又拼了盘什锦蔬菜，跑回来问她还想吃什么。

"想吃冰。"餐厅空调不给力，项嘉热出一身汗，难得开口提要求。

大厨搞了块DIY刨冰区，各种小料铺满，红红黄黄十分诱人。程晋山托着个敞口小碗，一大勺煮得糯糯的红豆铺底，装小半碗刨冰，开始大刀阔斧加料。花生碎、山楂、杏仁、葡萄干、草莓酱……再来几颗腌渍过的樱桃做点缀。

他忽然想起小时候赶集，最眼馋的雪花酪。摊主都用玻璃杯装，显得金贵，再配一把长柄小勺，料全压在底下。冰的滋味不算太甜，却很解暑，用勺子使劲儿掏摸最下面的料，"嘎吱"嚼的时候最幸福，可惜他没吃过几回。

他妈嫁人的时候，往他的破棉袄里塞了十块钱。他从冬天捂到夏天舍不得花，实在馋得受不住，背着人买了一杯，抿着嘴小口小口吃。到最后，大半杯都化成冰水，那滋味却让他回味了好几年。

他要把自己想要却没得到的，加倍塞给项嘉。程晋山眯眯凤眼，又往碗里加了勺果酱。小山一样的冰堆在项嘉面前，他后知后觉想起医嘱："医生说不能吃冰的……"

这时候拿走又太残忍，程晋山悄摸放水："要不你吃两口，尝尝味道？把冰含嘴里焐热再往下咽。"

唐梨笑他婆婆妈妈的，或许是因为帮助许攸宁摆脱厄运，她看起来心情不错，嘴角一直翘着。

"你们以后怎么打算？"项嘉尝了一口冰，大部分都是料，酸酸甜甜，非常开胃。

"宁宁姐不打算回老家，我也不想回去。"经过一番波折，唐梨脱胎换骨，神色坚毅许多，"阿姨不太支持，不过也没特别反对。"未来的路还长，不知道要面对多少磨难，可她已经决定勇敢地走下去。

项嘉选择祝福。

"咱们还做邻居，互相有个照应多好。"唐梨展颜而笑，举起啤酒敬他们，"你们救了我们俩的命，要是愿意，当宝宝的干爸干妈怎么样？"

她不小心说漏了嘴，把程晋山急得直抹脖子。项嘉却像没听懂她的言外之意，神色淡淡："我说过不用客气，等我出院，给孩子补份见面礼。"

程晋山暗松一口气，与此同时，又有点儿失落。

项嘉出院这天，程晋山推着她做了好几项检查，确保各项指标恢复正常。

医生看过检查报告，提醒道："有点儿贫血，内分泌也失调，需要好好调养。"

程晋山点头如捣蒜，认真记下，项嘉却全然不在意。

打了个出租车回家，程晋山跑前跑后忙活，还神经兮兮地要往她手腕系红绳，说找算命的开过光，能够去秽驱邪。项嘉一反往日里的冷漠，顺从地将绳子绑在右手。

家里被提前打扫过，还挺干净，褥子和薄毯晒得松松软软，有股太阳的味道。

"今天几号？"项嘉坐在沙发上，忽然开口问道。

"六月十四。"程晋山立刻回答。

"明天上午请半天假，去市场买几样菜，再割两斤肉。"项嘉素着白净的脸，给程晋山发放任务，她顿了顿，解释了句，"这段时间辛苦你了，给你做几样好吃的。"

程晋山闻言两眼放光，不只是因为好吃的，而是项嘉在心疼他。态度这么好，意味着表白的成功率大大提高。

"就……就咱俩？"他问完这句，立刻后悔得咬咬舌头。要是项嘉想起避嫌，要求带上唐梨那个大电灯泡，他该怎么拒绝？

"就咱俩。"没想到，项嘉回答得格外干脆。

"那你给我列个单子，我明天一早就去买！"程晋山立刻打满鸡血，高高兴兴地回应她，"你刚出院，不能太累，我打下手，正好跟着学学。"

总不能让老婆做一辈子饭，他得好好照顾她。

项嘉点头同意，程晋山又问："要不我请一天假？"

"不用。"项嘉立刻阻止，"半天就够，别耽误正经事。"

"行啊。"程晋山提起热水壶打算烧水，"你泡泡脚，今天早点儿睡。"

项嘉怔怔地盯着脚尖看了好半天，她慢慢抬起头，轻声道："程晋山，再买几块钱鲜面条吧，我想吃面。"

六月十五，是程晋山发工资的好日子。一大早从林叔手里领到现金，他高高兴兴地照着清单买了一大堆食材。

莴笋、四季豆、蒜苗、五花肉、鲈鱼……荔枝正做促销，八块钱一斤，虽然表皮发暗，滋味却不差。想到项嘉，程晋山狠狠心称了两斤，又挑了两颗粉嫩饱满的水蜜桃。

大包小包拎回家，他腾不出手开门，侧身撞了两下，叫道："项嘉！项嘉！"

房门"吱呀"打开，他低头看了项嘉一眼，立刻愣住。女人刚刚洗过澡，浑身香喷喷的，头发也不知道抹了什么，不同于以往的干枯毛躁，服服帖帖披散在肩上，衬得那张脸越发精致白皙。

最重要的是，她竟然换了条裙子。很保守的白裙，长袖遮住手臂疤痕，腰部宽松，长度过膝。没有多余装饰，简简单单、干干净净，却将美丽和脆弱烘托到极致，程晋山下意识吞了吞口水。

"怎么……怎么穿这么……漂亮？"他的词汇量不丰富，夸奖女人的最高赞美词就是"漂亮""好看"。

项嘉眼神一黯，她没说什么，抬手接水果，被程晋山及时避开。

"别把你裙子弄脏了，我来我来。"他"嘿嘿"一笑，跑到案板前忙活。

先装一小碗荔枝，洗一颗水蜜桃，塞给项嘉尝鲜。程晋山比刚来的时候活泛得多，眼睛一扫，就知道菜要怎么处理，肉要剁碎还是切片。

春天冻在冰箱里的槐花已经解冻了，今天吃他日思夜想的槐花肉包子。想到久违的美食，程晋山洗菜的速度都提高不少，嘴角一直翘着，高兴得很。其实，他还请了一整天的假。择日不如撞日，干脆就挑今天把话说明白。

表白道具都放在隔壁，待会儿他就去准备。等到晚上，让唐梨帮忙支开项嘉一会儿，打开小彩灯，铺上玫瑰花瓣，点好蜡烛，放出气球，氛围感拉满。说不定项嘉脑子一迷糊，就从了他呢。

把面揉好，包子蒸上，程晋山将洗好的菜装进盘里备用。

"再削两个红薯。"项嘉轻声道。

"够吃了吧？"程晋山胃口是大，可这么多菜也超出了他的饭量，不由有些疑惑。

"做拔丝红薯，你不是一直想吃吗？"项嘉淡淡道。

程晋山立刻心动，二话不说开始削红薯皮。

"这段时间有好好看书吗？"项嘉难得主动和他聊天。

程晋山用手背蹭蹭鼻子，这才发现脸上沾了不少白面，又借胳膊一通擦："看得不多，有些地方看不太懂……"高二高三的课程渐渐吃力，没有项嘉辅导，他进展如龟速。

"如果我不在，有不懂的也可以问唐梨和许攸宁。"项嘉凉拌了个海带丝，倒小半桶油入锅，把红薯切成小块，均匀裹上一层淀粉。等油烧到五六成热，红薯入锅，小火慢炸几分钟，表皮焦黄后捞出。

"你不是天天都在吗？"程晋山没心没肺地问了句。

项嘉垂下眼皮，没有回答他的问题，而是说起第二件事："林婶身体不好，你多上点儿心，等他们俩年纪大了，搬过去照顾更方便。"

"那不行。"程晋山可不上当，"年轻人和老人住不到一起，保持点儿距离感挺好。"

他在别人家电视里看过不少家庭伦理剧，没结婚的时候千好万好，结婚之后，婆媳矛盾就要找上门。他不想让项嘉受委屈，又不太会处理复杂关系，所以还是分开过比较好。程晋山想得长远，项嘉却一无所知。

"都行。"她言尽于此，不打算再劝。

拔丝红薯算个麻烦菜，最关键也最容易翻车的就是熬糖这一步。锅里加入适量清水，再放入等量白糖，用锅铲不停搅拌，保证受热均匀。白糖溶化，水分也在蒸发，渐渐地，糖液变得黏稠，呈现出甜蜜的焦糖色。及时关火，将炸好的红薯块倒进去，快速翻动。盘子底部刷一层油，防止粘连。

程晋山抡圆胳膊，将拔丝扯出一米来长，又凑上前咬。项嘉翻转筷子，不轻不重地敲了下他的脑袋，另盛一碗冷水，教他正确吃法。感谢宴格外丰盛，程晋山吃得满嘴流油，回锅肉塞到嗓子眼，还要贪心地灌下一碗汤，填补胃里的缝隙。

他打了个响亮的饱嗝儿,朴实无华地赞美道:"项嘉,你做的饭真好吃。"

项嘉慢吞吞吃完一小碗长寿面,抬头看向他:"时间差不多了,快去上班吧。"

"行。"程晋山也急着去隔壁干活,动作麻利地洗干净碗筷,收拾好灶台,换上运动鞋,"你的伤还没痊愈,别乱跑啊。"他怕晚上扑个空,给她打预防针。

"好。"项嘉破天荒地将他送到门口,她犹豫了一下,叫住程晋山。

"还有事?"他眉眼弯弯,表现出前所未有的好脾气,"有话你直说。"他没什么恋爱经验,猜不出女孩子的心思,优点是知道自己几斤几两,生怕慢待了她。

"没什么事。"项嘉摇摇头,目光中蕴含化不开的悲伤,"你以后别冲动,稳重点儿。"

"行。"程晋山立刻点头,"都听你的。"他懂她的意思,要学着做个顶天立地的男子汉,养家糊口,伺候……啊呸,保护好自家媳妇儿。

"那……再见。"项嘉试图笑一笑,唇角却像挂着沉重砝码,怎么也抬不起来,她早就失去了微笑的能力。

程晋山觉得她今天有点儿反常,他晃晃脑袋,没有多想,假装下楼,等项嘉关上门,又偷偷溜进唐梨家。

也是奇怪,今天做什么都不顺。小宝宝不适应吃母乳,哭得撕心裂肺,唐梨手忙脚乱地抱着哄,一不留神踩烂小彩灯。少女粉的气球打到一半,打气筒忽然罢工,剩下一半只能靠吹。程晋山吹得腮帮子发酸,停下来缓口气,发现玫瑰花瓣少发了一包。他气得直跳脚,眼皮子也跟着乱跳。

"今天不适合表白。"程晋山狠狠皱眉。

唐梨刚把孩子哄睡,一个气球忽然爆炸,"哇哇"的大哭声再度响起。

程晋山把道具胡乱收拾进纸箱子里,急着回家:"我总觉得哪里不对劲,回去看看项嘉。"

许攸宁扶着腰夸他:"还没结婚就紧张成这样,以后肯定是个好男人。"

程晋山回到家门口，叫了半天项嘉都没开门。他拿出备用钥匙进屋一看，里面空空荡荡，茶几上摆着项嘉藏私房钱的小盒子，底下压了张纸。他大步走过去，拿起来一看，犹如被人砸了一闷棍，眼前直冒金星。

项嘉来到楼梯间，走上最后那截短短的阶梯。

出租房管理混乱，楼梯上堆满杂物，鲜少有人知道，那扇生锈的铁门后面，还藏着个天台。翻过破沙发，越过乱七八糟的铁架，白裙子上沾满污渍，她却毫不在意。门锁虚张声势地挂在那儿，很沉重。她轻轻摘下，放在地上，推开破门。

艳阳高照的天气，迎面吹过来的风是暖的。项嘉却一步步走向尽头，犹如负重前行的旅人，终于可以拥抱永久的平静。她的裙裾翻飞，像一只轻盈蹁跹的白色蝴蝶亲吻着风，似乎打算在这样好的日子里，无牵无挂地飞走。

程晋山看完那张纸，整个人都是蒙的，他不明白，她为什么想不开？

顾不上多想，他冲出去，一嗓子喊出唐梨和许攸宁，让她们帮忙找人。有预感似的，他自个儿冲进楼道，往上跑了两步，发现印在灰尘里的新鲜脚印。

蝴蝶翩然飞起，风声"呼呼"大作，热意瞬间转为冰寒，渗透骨血。

"滴答""滴答"，水龙头不知疲倦地往下滴水，又被廉价的绿色塑料盆接进怀抱。头发乱松松的女人掀帘子出来，试试水温，被冷得"嘶"了一声。她的妆容很艳，眼线描绘过的眼睛像挨了两拳，年纪还轻的程晋山读不懂其中美感。

"山子？"女人瞧见台阶下站着的熟人，诧异一笑，"你不是当学徒去了吗？什么时候回来的？"

少年骨头很硬，自尊心也强，别扭地看向旧发廊中暧昧的灯光，含糊道："当学徒没意思，打算回来跟着虎哥混。"

女人总觉得他和自己老家的弟弟有几分像，虚假的笑容里多了几分亲热，拽着人进屋："姐这里生了炉子，暖和暖和再走。"

她知道他的来意，也不绕圈子，和和气气地说道："姐一会儿就给你钱，不让你为难。"

程晋山贪恋这里的温暖，再加上饿得走不动，也就没有拒绝。

理发只是个幌子，皮质座椅已经很旧，坐上去"嘎吱"乱响，对面的镜子上也糊满污迹，照不出人的真实模样。人收拾完自己，抓了把奶油味的花生给他当零嘴。桌上放着盘绿油油的鲜橄榄，青嫩水灵，看起来挺招人。程晋山吃了几颗花生，实在没忍住，偷偷伸手抓了两个。

放嘴里嚼两口，出乎意料的酸苦占领口腔，他"呸呸呸"吐进垃圾桶，皱着浓眉看向女人："琴姐，这什么玩意儿？真难吃。"

女人笑得前仰后合："吃习惯就不苦了呀，还有点儿甜呢。"说着，她示范给他看，吃得津津有味。程晋山不信邪，又尝试一回，照样以失败告终。

就这么懒洋洋地等着，没想到，也是倒霉，琴姐接待的几个顾客都是泼皮无赖，按摩完不给钱，厚着脸皮要赊账。程晋山饿得烧心，火气没压住，帮忙拽住最后那个客户，从他口袋里搜出两张大钞，凶神恶煞地警告了几句。

打这时候起，他们的关系就渐渐拉近。他常往发廊街跑，不图别的，就是喜欢和几个年纪大点儿的姐姐亲近，觉得她们更像家人。

他厚着脸皮跟着蹭饭，她们也不说破，还很乐意让他蹭。琴姐知道他爱吃饺子，常点一家东北菜馆的外卖，皮薄馅大的白菜猪肉饺子，他能一口气吃掉两盘。

可惜，世间好物不坚牢。后来，几个姐姐都没有过上好日子，琴姐最惨，医生说她得了艾滋，已经没多少日子好活。

大冷的天气，程晋山买了袋青橄榄，过去瞧她。女人消失不见，几个小姐妹撕心裂肺地呼喊她的名字，正在到处找她。

动作慢了一步的程晋山只看到女人落下的身体，听到一句残留在空中的话语："山子，别管姐……"

她的亲弟弟来认领，没有看棺材一眼，却用怀疑的眼神盯着程晋山，问他为什么存款只有一丁点儿。程晋山像疯狗一样和年龄相仿的少年厮打起来。

青橄榄滚了一地，程晋山捡起一颗咀嚼，真是甜的。他后知后觉地意识到——到底要尝过多少悲辛滋味，才能对这玩意儿甘之如饴？

如今，相似的悲剧上演。

程晋山蓦然从回忆中抽离，睁大弧度上挑的凤眼。冷风呼啸而过，太阳毒辣地照在脸上、身上。身体本能反应快过思考，他扑了过去。

他抓住了她。

他抓住了蝴蝶。

想象中的失重感并没有到来，手臂传来被紧箍的疼痛，头发被风吹乱，项嘉反应了几秒，和程晋山四目相对。

她颤抖着嘴唇，轻声道："放开……"

可程晋山假装听不见不说，还来了脾气，双手死死抱着她，面容因用力而变得扭曲，牙缝里逼出一个又一个字眼，带着毫无教养的命令："你发什么疯？不许动！"

项嘉心中油然生出一股怒火。

"我让你放开我！"她不自觉地提高了音量，情绪罕见地失控，"我做什么事，和你有关系吗？谁让你多管闲事？你……你是不是有病？"

"闭嘴！"程晋山忽然大吼出声，"跟我回去！"

"跟我回去。"程晋山再度重复，神色狠厉，带着不顾一切的疯劲儿，"我不知道你遇到了什么过不去的坎儿，但我可以保证，绝对不会撇下你不管！咱们回去，坐下来好好说，我一定竭尽全力帮你。"项嘉急促喘息，越来越多的汗水滴落，眼睛被咸涩液体浇淋、被毒辣日头炙烤，根本睁不开。

不知道过了多久，女人垂下头颅，像一只承认失败的天鹅。她缓缓递出右手，接受他的拯救。

程晋山心里一松，想起项嘉不喜欢和人太亲近，放开怀抱，转而去牵她的手腕。

没想到，项嘉只是在麻痹他的神经。刚一脱离掌控，她就用力推了他一把，爬起来往另一个方向奔去。

唐梨正好赶过来，在程晋山气急败坏的吼叫声中，和他合力将项嘉按在地上。项嘉挣扎得很厉害，用力推搡着程晋山结实的胸膛，歇斯底里地大哭起来："你以为这样是为我好吗？你什么都不懂！滚！滚开！"她甚至张开嘴唇，往他肩膀狠狠咬下去。泪水糊了满脸，项嘉激动得直发抖，喉咙里发出痛苦的呜咽。

唐梨吓得一屁股坐在地上，跟着哭出声："项嘉姐……项嘉姐你到底怎么了啊？为什么……"

程晋山疼得跟着哆嗦，两只手却蛮横地抱紧项嘉，把她重新搂进怀里。他隐隐约约感觉到她心里难以倾吐的伤痛，她呼之欲出的绝望，他的心也跟着直直坠落下去，跌进深渊。

他这人嘴笨、没文化，又不懂女孩子心思，能做的很有限。可是，无论如何，他不可能眼睁睁看着她离开。他在不该犹豫的时候犹豫，却挑了个最不合适的时机表白。

"我喜欢你……"程晋山粗鲁地摸了摸项嘉已经不再柔顺的长发，"项嘉，我喜欢你。"

"只要你愿意好好的，让我做什么都可以。"单纯的他，企图用炽热的爱意挽留她，打动她，可回应他的只有冷笑和鄙夷。

项嘉将他归入居心叵测的男人中的一员，说的话像刀子直扎心脏："喜欢我哪里？脸还是身子？直说不就行了，找什么冠冕堂皇的理由？"是她大意，以为那些朦胧的好感是正常反应，只要没有说出口，就可以当作不存在。可她忘了，这些人都卑鄙肮脏，所有的善意，背后都有目的。就连程晋山，也不会例外。

程晋山被她气得说不出话，按照他以往的脾气，应该转身就走，潇洒得头也不回。满打满算，和项嘉认识不到半年，喜欢是有一点儿，可你要说感情多深刻，他有多离不开她，未免有些夸张。事实上，直到现在，他仍有抽身而退的机会。

能有多大事？地球没了她还不是照样转？干果铺没了她还不是照样会雇新人？说不定还比她更活泛，更会做生意。至于他自己，哼，他有干爸干妈，有正经工作，不久的将来还会有存款。他会在乎她？也不过就是……不过就是少口热饭，少张睡觉的沙发……

程晋山硬生生咽下满肚子的恼怒与委屈，不愿再刺激她。等到项嘉牙关发酸、哭得脱力，他硬挺一口气把人打横抱起，带回出租屋。

T恤已经被她咬破，他忍痛脱下，低嘶着往肩膀上浇了半瓶碘伏。

唐梨哭着跟项嘉说了半天的话，一个劲儿问她为什么要这么做。可项嘉像个木头娃娃，不动也不张口，自顾自坐在床上发呆。家里有孩子，唐梨不方便久留，抽抽噎噎地看着程晋山把满屋子的利器装进一个塑料袋，锁进柜子里。

"晚上帮忙送顿饭，别的不用管。"都有一堆事要忙活，程晋山挥手赶人。

他光着膀子暴躁地走来走去，检查每个角落，避免遗漏什么，又把一堆分不清功能的药瓶锁在抽屉里。

"我要喝水。"项嘉忽然开口，声音已经嘶哑。

程晋山打开冰箱，翻出盒杨梅汁。这是他在超市花二十块钱买的，小小的一盒，颜色很鲜亮，本来打算当作表白仪式的小点缀。他也口渴得厉害，盯着紫红色的果汁看了两秒，到底舍不得喝，全部倒进玻璃杯，递给项嘉。

果汁很冰，巨大温差使杯壁凝聚细小水珠。项嘉小口小口啜饮，一分价钱一分货，贵点儿的果汁确实比勾兑出来的好喝。

喝了大半杯，她泄愤般地对准墙壁重重一掼，轻薄杯体裂成碎片，好看的果汁洒得到处都是。

程晋山忍气吞声，拿来扫帚和拖把收拾残局，将碎片一点一点扫成一堆，倒进垃圾桶。项嘉冷眼看着他忙活，残忍点出事实："你管不住我。"

程晋山梗着脖子看向她："那就试试。"

两个人的目光在半空中交汇，火花飞溅。

程晋山搬来小板凳，坐在项嘉面前，试图跟她沟通。"之前说什么晕血，都是假的吧？"他心里气她不告而别，更气她不识好歹，因为本来不是压得住脾气的性格，难免带了点儿阴阳怪气，"说白了就是不想碰我。"

"不然呢？"项嘉处于盛怒之中，一改往日沉默，显得格外具有攻击性，她冷笑一声，"你算什么东西？"

程晋山紧绷唇角，下颌收成凌厉线条，闷头不太熟练地包扎伤口。

整整一个下午，他寸步不离地守着她。她去厕所，他将所有瓶瓶罐罐连带牙刷一起收走，蹲在外头，每隔十秒敲一次门；她换衣服，他背过身捕捉细微动静，被她连衣服带枕头一起砸到腰上，也不闪躲。

晚上，唐梨送了两份肉酱意面过来。是超市买的半成品，做起来很方便。意大利面放在滚水中略煮两分钟，加热好的番茄肉酱倒在意面上，搅拌均匀，再码一排切得细细的黄瓜丝，清爽解腻。

程晋山将面和筷子送到项嘉嘴边，项嘉偏过头，拒绝进食。程晋山笑了声："怎么？饭都不打算吃了？"

见她坚持，程晋山也不勉强，把她那份倒进自己盘子，坐在她对面"呼哧呼哧"，几分钟扒拉干净。吃饱肚子，才有力气跟她耗。

他把唐梨带过来的纸箱抱到卧室，证明自己所说的"喜欢"，并不是心血来潮。

"这套小彩灯，三十块钱包邮，老板还送两节备用电池，划算吧？"他将月亮和星星形状的彩灯堆到床上，有些可惜地拨弄两下坏掉的开关，"我看买家秀上，很多女的都把彩灯挂在床头，看着还挺浪漫。"

粉粉嫩嫩的气球捆在一起，程晋山将丝带解开，一半飘到天花板上，一半滚在地上。飘到上面的，是他抓不住的美梦；滚在地上的，是他的心。

玫瑰花瓣撒了一地，殷红似血。项嘉被烫到似的，双脚往后缩了缩。

"我还写了封表白信。"程晋山展开花里胡哨的信纸，给她看上面狗爬似的丑字，满满当当，整整两页。

"比你的一张纸有诚意得多。"他的语气有些讥讽，也不知道是在指责她,还是在嘲笑自己。

项嘉寒着脸,拒绝得干脆利落:"我不想看,我不相信,我不愿意。"她不想看那些动听的情话,不相信他唐突地捧到面前的感情,不愿意让他走进紧闭的心门。

握着情书的手指悄悄收紧,程晋山的胸口像被巨石压住,难受得透不过气。他长长吸了两口气,勉强缓过劲儿,将信纸重新叠起:"不想看就不看。"戒指也没必要拿出来,万一被她扔到什么犄角旮旯,他还得翻箱倒柜去找。

沉默半晌,等到天色黑透,程晋山忽然低低说了句:"我是真的喜欢你。"他的语气有点儿委屈,"这些东西你可能看不上,但我准备了很久。"

可项嘉什么都听不进去,她满脑子都是她的痛苦、她的伤痕、她卑微却无法实现的愿望。

"我要洗澡。"她蓦然站起,打断他朴实又真诚的告白。

程晋山窒了窒,心里一阵酸苦。他还没尝过情爱的美妙,先撞见求而不得的狼狈。

"……我给你放水。"他站起身,给她调试水温,鞍前马后,生疏却殷勤。

项嘉换上凉拖,拿着浴巾,一副真的要洗澡的样子。程晋山不放心,盯着她看了两眼,提醒道:"我就在门口。"项嘉冷冷地回望他。

程晋山关上门,照旧每隔一会儿敲一次,等待她的回应。"哗啦哗啦"的水声响起,项嘉时不时烦躁地答应一声,听起来很正常。

程晋山渐渐松懈心神,后背贴向墙壁,脑子里开始胡思乱想。他想不通她为什么忽然要这样做,可看她态度那么坚决、反应那么激烈,肯定是有什么苦衷。两人的关系还没到位,别说撬开她的嘴,就连再进一步,都难如登天。还是先看得紧一点儿,慢慢打消她厌世的念头,再谈以后的事吧。

浴室中白雾氤氲,花洒不知疲倦地喷出热水,项嘉衣着完好,面无表情地盯着镜子里模糊的自己。

"项嘉。"程晋山又在敲门。

"别敲了,我一会儿就出去。"她语气如常地应付他,眼神越来越空洞。

程晋山疑神疑鬼,总觉得不对劲,变了脸色,急急拍门:"项嘉!开门!"

她陷在低落的情绪里,紧紧皱着眉,不愿搭理人,又不得不回答:"吵死了,你发什么疯?"

"再不开门,我就撞门了啊!"他说到做到,抬脚猛踹磨砂玻璃,制造出可怕的噪声。

"我没穿衣服!"项嘉气急,叫了一句。

"我管你穿没穿!"程晋山蓄足力道,狠命一踹,玻璃应声而碎。

他见她根本没有洗澡的意思,将人一把扛在肩头,不顾激烈的踢打,快走几步,重重压在床上。他的身量已经完全长成,极具压迫力地钳制她,眼神恶狠狠的,像匹凶恶的狼。

项嘉脸色发白,骨头却硬,不甘示弱地回瞪着他。两个人浑身是汗,紧紧贴在一起,眼神却刀兵相见,打得不可开交。

"程晋山。"项嘉忽然转变策略,主动凑上去,往他耳朵里做作地吹了口热气。

程晋山一个哆嗦,差点儿没按住她,耳根不争气地变红,粗声粗气地吼:"干什么?别耍花样!再这么折腾,下回我盯着你洗!"

"不用下回……"项嘉露出个邪气的笑容,变了个人似的,"不就是想睡觉吗?值得费这么大劲儿?"

她摸摸他年轻帅气的脸庞,轻佻地和他谈条件:"商量商量呗,让你过把瘾,你就别再管我了,行不行?"

程晋山难以置信地瞪向她:"我不……"他迟钝地意识到这姿势的暧昧,松开压制她的手,撑着床板拉开距离,磕巴了一下,"老子不干乘人之危的事!"

"真的不要吗?"她存心撕下他的"人皮",笑得越美,眼神就越冰冷,张开发白的唇瓣,吐气如兰,"你确定?"

程晋山本能地察觉到危险,惊慌失措地倒退两步,跌坐在小凳子上。他的寸头长了些,因为这一天饱受惊吓和折磨,不复往日精神,蔫巴巴地贴在额头,恰到好处地减弱了嚣张野性,凸出无辜与单纯。一双凤眼黑白分明,比山间溪水还要清澈,完整地倒映出项嘉的轮廓。

那么干净的眼睛,那么脏的她。项嘉心中的自厌情绪更浓,将床头灯调亮,逼迫他从女人的角度看待自己。程晋山努力移开目光,却以失败告终——不能对自己太苛刻。

项嘉将一只脚伸到他腿上,程晋山下意识接住,不知道该做什么反应。她细细感受了会儿,很奇怪,她竟不讨厌他,连作呕的反应都没有。

"我身上都是汗,帮我换衣服吧。"她定了定神,放柔音调,像在唱歌,撒着没有人能够拒绝的娇,"愣着干吗?过来啊……"

程晋山傻呆呆地直盯着她看,鼻子一热,慌忙抬手捂住。

"我……我不会欺负你的……"流了点儿鼻血,不多,他抽几张纸巾塞住鼻孔,模样可怜又可笑,"至少现在不会。"

话也不能说太死,他咽咽口水,试图将话题带回正常轨道:"项嘉,你接不接受我,都没关系,但你得好好活着。"

项嘉低头盯着自己,一句话都没听进去。她有多恨那些人,就有多讨厌这副躯壳,况且,在天长日久的折磨下,她的心理早就变得不正常,无论怎么努力掩饰,还是会在某个瞬间露出破绽。此刻,她将别人施加于她的恶意折射给程晋山,发自内心地、前所未有地讨厌他——谁让他拉住她,却无法拯救她。

"程晋山……"刻意放软的声调像撒了过多糖霜的糕点,透着虚假的甜腻。

程晋山不敢看她,紧紧闭着眼睛。可她的声音却精准打击他的耳膜,以至于浑身的血"滋啦"烧起来。

项嘉见他不肯屈服,自然变本加厉。她险恶地欺负他,驾轻就熟,而她同样恨自己这份娴熟。在他身上狠狠出了口恶气,她笑出声:"看看,再能装,也没什么不同。"他们都是一样的。

程晋山睁开眼睛,愤怒地瞪着她。他们僵持了有五分钟之久,可他并没有上当，没有受不住她的挑衅，扑过去惩罚她。

他低着头擦干净手心莹润的脚趾，将她的脚放回床上，在跟自己较劲儿，也在跟她较劲儿，掷地有声："我和他们不一样，我会证明给你看。"多天真，多勇敢，多狂妄。

项嘉的脸上，出现一瞬间的恍惚。

程晋山连澡都不敢冲，几十秒时间潦草收拾好自己，在她床边打地铺。她不闭眼，他也不敢睡。

十二点过去，项嘉进入三十岁的第二天，心态崩得一塌糊涂。她假装睡着，隐约感觉程晋山爬起来看了自己好几次。直到天色发白，他才进入浅睡眠。

项嘉光着脚下地，像只走路没有声音的猫。她什么都没带，她下意识想走得远一点儿，免得程晋山再一次跳出来碍事。

肚子饿得厉害，快要走不动的时候，项嘉躲进偏僻小巷。为防晕倒，她摸出口袋里的零钱，对早点摊老板道："来份豆腐脑。"

白白嫩嫩的豆腐脑，还是完整的一大块。撒勺白糖，略搅一搅，等糖化开再吃。还没喝下半碗，对面便坐了个她最讨厌的人。他连衣服都没换，一路跑过来，表情复杂地盯着她。

想骂不敢骂，想卖惨又知道她不吃这套，程晋山憋屈得要命，不顾老板怀疑的眼神，嘶声叫道："来两碗豆腐脑，再来五块钱油条！"

项嘉把勺子摔进碗里，脸色铁青，忽然说道："我要离开这儿。"

程晋山把小半根油条吞进喉咙，噎得伸长了脖子，灌下几口甜水，缓过一口气，抹抹嘴角，粗声粗气地问："去哪儿？"

"不知道。"理智回笼了一小部分，项嘉改用迂回策略，"走到哪儿算哪儿。"

有他看着，什么都不容易实现。相对应的，藏在骨子里的恐惧又泛上来。住院的时候，她的真实信息已经暴露，在原地停留只会增大曝光概率。无论如何，她得先离开这里，走得越远越好。

再说，程晋山已经把根扎进土里，不可能说走就走，继续像牛皮糖一样黏着她。等她甩掉他，总有法子结束一切。

半个小时后，项嘉被程晋山半拖半抱带回去。她的目光有些呆滞地看向走来走去的程晋山，他正一边打电话跟林叔交代铺子里的账，一边收拾行李。

"带着项嘉出去几天，散散心，不定什么时候回来。"程晋山粉饰太平，不肯让两位老人跟着担心，"王叔那儿只结了半个月的钱，剩下一半，说的是下周给；郑姨店里准备上小龙虾，每天至少要五十斤的货……"

他顿了顿，有些舍不得自己刚刚稳定下来的工作，回头看了项嘉一眼，狠狠心道："爸，你那边要是忙不过来，就再雇个人，短工就行，我回来还要继续干的。"末了，他又有些不好意思地开口借钱。

林叔还当他是表白成功，提前度蜜月，大方地往他新办的银行卡里打了一万块钱："好好玩，不够再问爸要。"

虽说啃老可耻，可带着项嘉在外面转悠，没钱总不方便。他盘算过，项嘉说的也是个办法。她状态这么差，出去玩一玩，呼吸一下新鲜空气，说不定能想通。

程晋山接了盆水，胡乱擦擦身上的血污，换上干净衣服。

"这边房租不贵，咱们还留着，不定什么时候回来住。"他好声好气地和她打商量，"天热，也不用带太多衣服，在外面看见好看的，我再给你买。"

所以，带一个行李箱就差不多，万一她临时起意溜走，他也方便追。项嘉一向理性又有主见，难得被人逼到哭笑不得的地步。

她紧紧皱着眉头，张了张嘴："……至于吗？"没有被她癫狂的一面吓退，却愿意为了她放弃好不容易挣得的安稳生活，死皮赖脸跟着，到底图什么？缥缈的情爱吗？项嘉从没见过那玩意儿。

"我说过，不能让你出事。"程晋山低眉顺眼，脾气却倔，"我乐意，你别管。"一个愿打，一个愿挨，有什么问题？

他将洗漱用品摆在项嘉面前，问她需要带哪些。她不肯回答也不要紧，他凭直觉判断。洗发水、香皂、牙刷、牙膏、梳子、保温杯、手机充电器……程晋山想起什么，熟门熟路地打开床头暗格，掏出那个盒子。

"这个能过安检不？"他是真的没什么经验，也没什么恶意，回过头时，撞见项嘉阴森森的眼神，吓了一大跳。

"不……我……我是偶然发现的……"他忙不迭将盒子丢在床上，急得面红耳赤，"正常需要，我懂的……"

项嘉不怒反笑，声音冷冰冰："不带。不是有你吗？"是他非要拖着她，那就别怪她无所不用其极地折腾他。

程晋山想起昨天晚上的遭遇，耳根更红。他搓搓脸，企图澄清误会："项嘉，别这样，我真不是看脸的人，不信你可以问唐梨。知道你长什么模样之前，我已经在跟她请教怎么追你、怎么表白。"

项嘉闻言，表情微愣。还没等她想明白内心那一点儿酸楚是因为什么，他又开始胡说八道。

他端着一脸诚恳："再说，我也不觉得你有多好看。除了比之前白点儿，眼睛大点儿，还有什么？没区别！身材也不是很好，肚子上肉乎乎的……"

他隐约摸到她的脾气——不喜欢别人盯着她的脸看，不喜欢别人夸她好看。那他就反其道而行，违心地说她是个普通人呗。可项嘉只觉得他虚伪，与此同时，也有被冒犯到。

"那你昨天晚上还那样？"她冷笑着，打断他的谎言。

程晋山摸了摸鼻子，很有些手足无措。赞美不对，贬低也不对，女人都这么麻烦吗？

收拾好行李，两人即刻动身。唐梨和许攸宁得到消息，出来送行。

许攸宁企图打破冰冷疏离的气氛，将睡熟的孩子递给项嘉，笑道："项嘉，要不要抱抱悦悦？你还没抱过她。"

项嘉脸色微变，如避蛇蝎地后退一步，冷漠道："我不喜欢孩子。"

场面变得更尴尬了。程晋山担当起气氛组，轻轻摸摸小女孩软软的胎发，和她们寒暄几句，挥手告别。

唐梨有点儿想哭，追在后面嚷："程晋山，照顾好项嘉姐，你们早点回来！一定要回来！"

走出很远，项嘉低声道："我是真的不能生育。"身份是假的，拒绝相亲的借口是真的。

"那就不生呗。"程晋山知道她不肯相信他,也在竭尽所能地逼他打退堂鼓,他见招拆招,神态坦然,"我也不喜欢小孩子。"单她一个,就能折腾掉他半条命,真没多余精力去管别人。

"第一站去哪儿?"他在手机上搜索附近适合旅游的景点。

"我不能坐火车,去路边拦大巴。"项嘉戴好遮阳帽,重新将自己隐匿起来。

程晋山拧起眉毛,想问又咽回去。

中午车少,他们在路边摊上要了两份凉皮,一份麻酱,一份红油。手工做的面筋铺底,一整张凉皮切成段,上面码一层焯过水的绿豆芽、一层黄瓜丝。加调料水拌匀,再淋一勺浓稠的芝麻酱,或是喷香咸辣的红油。这么点儿分量,只够垫底,程晋山又在隔壁买了四个烧饼夹菜。

他们随机坐上一辆长途大巴,前往偏远的海滨城市。

"差不多天黑能到。"程晋山算了算时间,表情有些兴奋,"项嘉,你见过大海吗?"

项嘉什么没见过?她不感兴趣地调整座椅,用帽子盖住脸,侧身靠向车窗,没多久,脑袋就贴在玻璃上。程晋山犹豫片刻,伸出一只手垫在中间,避免急转弯时她磕到头。

瞌睡是会传染的,他也昏昏欲睡。大大地打了个哈欠,他闭上眼睛,脑袋抵住前头靠背,身躯和手臂围拢,将女人圈在自己的小世界里。

大巴车开得慢,夜里十一点半才到地方。两人跟着一个"夕阳红"旅游团下车,看见叔叔阿姨们兴高采烈地走进路对面的宾馆。

项嘉压低帽檐,指指宾馆招牌:"你去开房间。"

"一起。"程晋山目光警惕,"又想跑是不是?"

项嘉烦得很,态度有些暴躁:"前台要实名登记,你开好房间,我找机会溜进去。"

程晋山实在忍不住,开始寻根究底:"项嘉,你不是说没犯什么事吗?为什么还要躲躲藏藏?"

项嘉耐心告罄，扭头就走："不开拉倒。"

"你给我站住！站住！"程晋山叫不住她，三两步追过去，挡在她面前。

"我去就我去，先说好，你就在门口站着，不能离开我的视线范围！"他绞尽脑汁揣测她可能选择的逃跑方式，"开完房间，我在电梯口等你，你要是敢跑，我就……"

项嘉抬头看向他，目光挑衅："你就什么？"

"我就……我就……"程晋山说了许多个"我就"，终于憋出句狠话，"我就把你捆在身上，走哪儿带哪儿！"

项嘉轻嗤一声，不以为然。

说起来，这是程晋山第一次正儿八经住宾馆，还带了个女人，还只能开一间房。明明没打算做什么，脑子却不听使唤，往奇奇怪怪的地方跑偏。他觉得紧张，应付接待员询问时，一直不自在地搓脖子，眼睛还偷偷盯着项嘉动向。

"标间还是大床房？"接待员问道。

"标间！"程晋山连忙回答，想着要把项嘉照顾得周到些，又问了一连串问题，"有卫生间吗？有热水吗？可以洗澡吧？带不带早餐？"

到底是旅游城市，又逢旺季，二百一十八块钱一晚。程晋山付钱的时候，心在滴血。

"对面往东走十分钟就能看见海，我们这儿还售卖泳衣拖鞋，先生需不需要？"接待员热情介绍。

"需要！需要！"程晋山揣摩着项嘉的喜好，挑了非常保守的三件套女式泳衣，又买了条黑色泳裤。一大一小两双拖鞋，都是蓝色，很像情侣款，是身为直男的小心机。

他在电梯那儿冲门外的项嘉使了半天眼色，又不停打电话催促。项嘉混在几位房客中间慢吞吞走进去，跟着程晋山走进电梯。

钱都掏了，也只能变着法子安慰自己，程晋山像乡巴佬第一次进城，在电梯里东看西看："项嘉，你看，这电梯刷房卡才能运行，高级不？"

到了五楼，电梯门打开，他指指地面，"看，还铺了地毯！"

宾馆配了个自动送外卖的机器人，大大的脑袋，笨重的身体，相比起功能，更多的是噱头。程晋山却表现出旺盛的好奇心，连续下了三笔订单，还试图和机器人互动。买的倒都是必需品——云南白药、纱布、防晒霜，还有一大份烧烤。

　　没多久，机器人唱着幼稚的儿歌，送来锡纸盒包着的夜宵。海边渔货居多，烤扒皮鱼、烤虾、烤鱿鱼、扇贝粉丝，程晋山担心不顶饿，又点了几串奶香小馒头、两个烤饼当主食。

　　这扒皮鱼顾名思义，必须将鱼粗糙坚韧的外皮扒开，才能尝到鲜嫩口感。小小的几条鱼，两面打斜刀，盐、料酒腌制二十分钟，抹油、蜂蜜上铁架烤制，不停翻动，直到两面焦黄，尝起来咸甜交融，风味独特。

　　吃完夜宵，项嘉光着脚进卫生间洗澡。这宾馆耍流氓，两面门全由透明玻璃组成。程晋山慌得连忙背过身，盯着窗帘猛瞧，认真研究上面的花纹。

　　二十分钟后，项嘉裹着浴巾出来，见他依然背对她站着，冷笑一声，她倒要看看他能忍多久。程晋山听见动静，取出干净浴巾，包住她的长发，一点一点擦干。他的动作很小心，心也提到嗓子眼儿，万幸项嘉没什么反应，垂着眼皮任由他摆弄。

　　擦完头发，他重新拉开距离，坐回自己床上。

　　空调开得很足，程晋山的眼角余光看见项嘉把浴巾丢在地上，缩进被子里，沉默地看着他。如果他想……他完全可以……程晋山觉得，项嘉也在这么暗示他。可他连一眼都不敢多看，急匆匆关灯，把自己埋进一片漆黑里。

　　"累了一天，快睡觉吧。"他舔舔发干的嘴唇，想起这趟出行的主要目的，补了一句，"我看了旅游地图，明天早上，咱们去赶海看日出。"

　　项嘉的嗓音清凌凌的，带着难言的冷意："程晋山，你是不是不行啊？"

　　受多了刺激，程晋山渐渐锻炼出免疫能力，软中带硬地回："你什么时候答应当我老婆，我什么时候再告诉你，我到底行不行。"

项嘉被他噎住，当老婆？开什么玩笑？如果他知道她经历过什么，肯定会立刻打消这个可笑的念头。

门反锁过，又挡了把椅子，不容易溜出去。宾馆安全意识到位，窗户只能打开半扇，项嘉也钻不过去。程晋山仔细检查过，确定万无一失，耐心地等了很久，直到项嘉睡着，这才松了一半的心，进入浅层睡眠。

第二天是个好天气，他们来到海边，来赶海的人已经不少，提着小桶，拿着铲子，分布在礁石和浅海中寻宝。

"项嘉，你赶过海没有？"怂恿项嘉换上新泳衣，程晋山也跟风买了个小红桶，将铲子塞给她，"这海怎么是绿色的啊？"

项嘉兴致不高，不想回答他的问题。海水刚刚退潮，她蹲在沙滩上挖了个浅浅的沙坑，意外收获一枚大个儿的月亮贝。程晋山被小螃蟹夹得直蹦，捡到只活的八爪鱼，献宝似的拿给她看。

"我去看看有没有海星。"项嘉指指不远处的礁石，又安排程晋山往另一个方向走，"那边好像有只乌龟。"

程晋山信以为真，还没走两步，忽然听到"扑通"一声。项嘉从礁石上跃进海里，快速往远处游去，身姿美得像条灵动的鱼。程晋山反应一秒，嘴里骂了句娘，将红桶一摔，快跑几步，跟着跳进水里。标准的狗刨姿势，扑腾出剧烈水花，气势汹汹地追上去。

项嘉没想到程晋山会游泳，他的脑袋一直挺在水面上，四肢快速划动，动作滑稽又笨拙。可他确实是会游泳的，速度还很快。她深吸一口气，用心险恶地往深海区游去，指望能让他知难而退。

年少时，她妈妈为了挣个更好的出路，花过大价钱培养她。唱歌、跳舞、弹钢琴，文化课也不落下。至于游泳，请的是国内知名的女教练，她又聪明，苦学几个月，连续游两个小时也不会累。程晋山这样在村头河沟里练出来的野路子，和她根本不是一个量级。

不出所料，游出几百米，他已表现出明显的疲态。眼看两人距离越来越远，项嘉心生欢喜，双腿摆动得更加灵活。

她听见他气急败坏在后面喊："项嘉！项嘉！"他喊得越大声，呼吸越困难，体力也飞速消耗。

项嘉心无旁骛地往前游着,被漫无边际的大海拥抱。澄澈的海水,浩瀚的世界,忧郁又浪漫,是个很好的归宿。几分钟后,烦人的声音彻底消失不见,天地间只剩下一个孤零零的她。

项嘉忽然察觉到不对,她回过头——那被她渐渐拉开距离的黑色小点,正在无声无息地下沉。不自量力的傻狗,一头撞进绝境。沉没、窒息,而这四周静寂无人,不会有人来救他。

项嘉抿了抿唇,又过几十秒,她再次回头。遥远的水面伸出一只手,结实、劲瘦,五指蜷缩,徒劳地抓握着空气,紧接着,又陷下去。项嘉的脸色变得有些难看,掉转方向,游向程晋山下沉的地点。

前所未有的窒息感像一层牢不可破的硬壳,从头到脚包裹住程晋山。肌肉剧烈痉挛,使不上力气,他惶惶然地仰面坠落。上方是清澈透亮的海水,下方是黑暗阴森的深渊。巨兽在海底吸了口水,他跟随水流沉沦,速度不快,却无可挽回。

值得吗?为了个焐不热的女人,值不值得?他吐出几个泡泡,肺部疼痛得快要炸开,脑子昏昏沉沉,失去有限的思考能力。

忽然,一只柔软的手臂拉住他,冰冷的身体带着他上浮,浮出海面。恰在这时,太阳破开云层,刺目的光亮和溺水的痛苦使他产生幻觉。

他看见硕大无朋的座头鲸肚皮朝上翻出水面,那庞大的阴影遮住天地,紧接着重重栽进海里,剪刀状的尾巴拍出连天巨浪;他看见成群结队的水母在蓝色的天空游动,透明身体如梦似幻,无数只触手灵活摇摆;他看见倾注了造物者无数心血的精致面孔——

她和这一切幻境相同,令他产生美丽到可怕的战栗之感,恨不得双膝跪地,顶礼膜拜。而他伸出双手,僭越地抱住他的神祇。他搂得她透不过气,传递出同生共死的决绝和疯狂。

项嘉真恨不得拖他一起沉入水里,她瞻前顾后、优柔寡断,到最后只会让自己难受,可他还这么年轻……她叹口气,吃力地扯开他一条手臂,带着人往回游。

他们在海滩的另一边上岸,拖鞋已经不知去向,细沙被渐渐热烈的太阳炙烤,变得烫脚。程晋山咳嗽几声,呛出两口水。他很生气,没有跟她交流，略缓了缓力气，强行背起她往回走。

项嘉想要挣扎，看见他肩上已经开始化脓的牙印，心里一缩。海水咸涩，对伤口的刺激很大，他在水里泡了那么久，不知道有多疼。

闷不吭声地把人带回宾馆，程晋山低头点外卖。一份爆炒花甲，一份千叶豆腐，四份米饭。项嘉看见菜单，忍不住说了句："你身上有伤，不能吃辣。"

"要你管？"程晋山压着满肚子的火，挑着眉毛瞪她一眼，赌气似的把微辣改成特辣。

花甲要做得好吃，一在新鲜，二在舍得用料。等花甲吐干净泥沙，滚水加姜片，倒入花甲煮到开口，再捞出来爆炒。海味的鲜和调料的丰富滋味混合在一起，相得益彰。花甲还附赠一份粉丝，程晋山把二者拌在一起，吃得直哈气。千叶豆腐倒很清淡，项嘉就着米饭吃了两口，微微皱眉，盯着他一直看。

吃完饭没多久，程晋山就开始发烧。两侧脸颊烧得通红，眼神都变得恍惚，他倒头躺在床上，翻来覆去，越烧越严重。项嘉实在看不过眼，打算出去买退烧药。

刚刚绕过床尾，程晋山就警惕地扑过来拽住她，大吼一声："又往哪里跑！"

他生着病，下手没轻没重，把人两手反剪，像对待犯人一样制服，仍然觉得不够保险，开始扯她身上的轻纱。

项嘉浑身紧绷，却克制着自己，没有挣扎。人家为了她鞍前马后、流血受伤，还险些把自己搭进去，她多多少少欠他点儿什么。不如借此机会还清，以后也没负担。

可程晋山并没有胡作非为，他将长长的轻纱捆在自己腰上，恶狠狠打了个死结，从背后牢牢抱住她，脑子罢工，满肚子的怒气和委屈再也藏不住，他叽叽咕咕骂起来——

"狗咬吕洞宾，不识好人心！我什么时候对一个女人这么好过？

"就知道跑！怎么那么会跑？！以后干脆就把你拴在身上，吃喝拉撒都带着你，我管你乐意不乐意……

"为什么非要想不开啊？当我老婆不好吗？我保证以后都听你的话，让我往东我不往西……"

"天天气我，欺负我，还说我不行……"

他一会儿抱怨，一会儿委屈，一会儿放狠话，渐渐带出哭音。项嘉呆愣愣地听着，后背被火热的身躯熨烫，一向清醒又理智的头脑也跟着乱成一锅粥。既然这么痛苦，为什么还要喜欢她呢？

从心到身体感到说不出地疲惫，她枕着他的胳膊，和他挤在小床上，渐渐睡过去。耳朵灌满他嘶哑的声音，破天荒的，噩梦居然没有搅扰。

她做了个难得的好梦，梦里一片平静，有蓝蓝的天空和干净的大海。眼角无意识流下两行清泪，被他粗糙的大手擦干，有点儿疼，又有点儿窝心。

程晋山睡醒的时候，嗓子干得快要冒烟。他下意识收紧怀抱，鼻尖被细软的发丝蹭得发痒。凤目睁开，困惑地对准焦距，发现女人温顺地躺在怀里，和自己捆在一起，他立刻手忙脚乱地撕扯薄纱。

这一折腾，项嘉的睫毛轻轻颤动，从好梦中醒了过来。她难得听话，一动不动，等他解开轻纱，感觉到那件纱衣转而缠上她的手腕。她"前科累累"，彻底消磨掉他的信任。所以，他打算实施惩罚，将人二十四小时拴在身边。

项嘉一副改过自新的姿态，语气也比前两天好上不少："别这样，我暂时不跑了还不行吗？""暂时"两个字说得巧妙，既表达配合态度，又不至因反差太大引起他的怀疑。

可惜，七窍玲珑心，碰上愣轴一根筋。程晋山不由分说地将纱衣的另一头紧紧绑在自己右臂，连打了七八个死结。打完结才想起要换衣服，又费劲巴拉一个个解开。到最后一个结的时候，连手带牙都搞不定，偏偏赶上尿急，只能拉下面子，牵着项嘉进卫生间。

项嘉识趣地偏过脸，程晋山很不自在，炸着毛吼她："不许偷看！不许动歪脑筋！"他被她耍出应激障碍，疑神疑鬼，草木皆兵。

程晋山解决完个人问题，开始鞭挞项嘉的良心。

"咱俩认识也挺长时间了吧？我身体有多壮实，你心里最清楚，不是我吹，从小到大就没生过病！"他也学着她冷笑，还挺传神，"现在被你折腾成这样，三天感冒两天发烧，你就不会过意不去吗？"他昨晚烧得厉害，不知道控诉抱怨的话已经说了一箩筐，聒噪得项嘉耳朵都生出茧子。

项嘉敷衍地点点头："我看你还没全好，再买点儿药吃吃吧。"

程晋山见她安分许多，不好揪着人不依不饶，点过药，又叫了份外卖。最近他一直提心吊胆，没睡过囫囵觉，如今终于缓了一口气，开始不停打瞌睡。项嘉破天荒提出帮他处理肩膀伤口，脓包挑破，痛感更加尖锐鲜明，程晋山充英雄，咬着牙一声没叫。

老用纱巾拴着人也不是个办法，程晋山终于学聪明，买了一对情侣手链，中间有拉环，可以随时扣在一起，款式也低调。项嘉似乎也累得够呛，老老实实和他待在一起，没事看看手机，补补睡眠，没有再折腾。虽然她还是不爱搭理他，可这样平静的相处，已经让程晋山暗地里高兴不已。

两天过去，伤病养得差不多，程晋山又变得生龙活虎。项嘉不喜欢在一个地方多待，他就顺着她的意思，坐短途汽车到处转悠。

正值小龙虾上市的季节，程晋山拒绝中间商赚差价，带项嘉七拐八拐，走进一家价格亲民的农家乐。两人手腕连在一起，一个提桶，一个抄着渔网，蹲在小龙虾塘旁边，凝神观察龙虾藏身的位置。

"我告诉你，这塘子脏得很，千万不能往里跳。"程晋山警惕性不减，提前给项嘉打预防针，"老板和员工都离这儿不远，喊一嗓子就过来。到时候弄一身臭味儿，寒碜不寒碜？"

项嘉晃晃左手，带得程晋山的手也跟着晃："我也不想救你第二次。"

程晋山脸皮挂不住，粗声粗气地说道："我水性很好，上次是腿抽筋，纯属意外！"他从腿抽筋拉扯到睡眠不足，再牵连出项嘉不让他省心这件事上，老调重弹，没完没了。

项嘉对他"嘘"了一声，指了指脚下潜伏的龙虾。到底是村子里长大的孩子，程晋山算当之无愧的捕虾好手，不到半个小时就捞了几十只上来。他将龙虾倒进大盆里，捏着硬壳，翻过来仔细刷洗干净，项嘉在旁边摘虾头、去虾尾，两人合作得还挺默契。

老板娘过来倒茶，笑道："小心别扎着手。你们俩感情可真好，结婚了没呀？"

项嘉装作没听见，程晋山倒挺高兴，龇出满口白牙，"嘿嘿"一乐："没呢，这不正追着嘛。她什么时候点头，我俩什么时候办喜事！"

收拾好的小龙虾先入油锅，外壳炸得通红捞出。另起锅烧油，葱、姜、蒜末爆香，加入炸过的小龙虾，调味炖煮片刻，再加蒜末，撒把香菜，香气扑鼻。程晋山不怎么熟练地剥了一只龙虾，献宝似的送到项嘉面前的碟子里，得意扬扬："尝尝好吃不？"

项嘉很给面子地夹进嘴里，又教他龙虾怎么剥更快捷——将虾钳虾脚去除，捏紧尾部，拉直虾身，牙齿叼着顶部露出来的虾肉，用力一拽，整段虾肉就完整脱出。

吃饱喝足，两人在农家乐的客房中休息。程晋山先去洗澡，洗两分钟探出头瞧瞧项嘉，满脑袋都是白色泡沫，看起来傻里傻气的。项嘉坐在窗边，看着外面渐渐暗下去的天色，看着不远处孤零零的灯光映照下同样孤零零的铁轨。

快要淘汰掉的轨道，一天只有两三趟火车经过。老板娘说，夜里十二点有一趟，噪声会大一些，所以房价给他们打八折。

程晋山洗完澡出来，看见项嘉堪称温柔地盯着他，惊得差点儿跳起来。

"程晋山，过来。"她招手叫他。

"干吗？"程晋山嘟囔着，双脚却听话地向她走去。

"把灯关上……"她的语气放轻，软得像仅在夜里开放的优美昙花，给他带来受宠若惊的飘飘然之感。

程晋山依言按下开关，他吃软不吃硬，这会儿脾气也变好不少，嗅着她身上传来的细微香气，低声问："怎么了？"

一只手摸上他块垒分明的腹肌，他紧张得一缩肚子，肌肉更明显。

光洁的额头跟着贴上来,前所未有的依恋姿态令他心脏停跳一秒。

她轻轻蹭他,像只收起利爪向主人献媚的猫儿,每一个字都裹了蜜:"程晋山……我想抱一下……"她吹了口气,等着他的回应,"你给不给抱?"

脑子还没转过弯,他的嘴巴先没出息地给出答案:"给抱。"

她的手很软很嫩,若有若无地撩拨着他。程晋山怕痒,不适应地一会儿猛吸气,一会儿长吐气,喉咙"咕噜咕噜"的。

"有人这么抱过你没有?"她闲聊一样问他,声调软软的,像浸着水。

"没……"程晋山诚实地回答。他壮着胆子揉了揉她柔顺的长发,见她并不抗拒,将散落在颊边的碎发理到耳后,说着天真的话:"项嘉,跟我在一起吧,老子保证一辈子对你好。"

这么大点儿的人,动不动"老子""老子",透出不知天高地厚的张狂。也可能是他隐约意识到两人之间的鸿沟,迫切盼望变得成熟又可靠,打心眼里渴望拥有足够的力量保护她。

项嘉没有回答,脑袋紧贴着他,依赖地轻轻叹气。明明没做什么,程晋山的脸却越来越红,呼吸也变得不畅。

"我总做噩梦……"她表露出点儿敞开心扉的迹象,语气轻柔又脆弱,"今晚抱着我,好不好?"

程晋山很想亲她,正努力隐忍着,她竟主动凑过来。她的唇瓣没有碰到他的,却擦过滚烫的耳根,透出前所未有的亲昵。程晋山隐约觉得,被她碰触过的地方,统统盖上独一无二的印章,一路烙进血肉。

他拥着项嘉躺下,她柔顺地靠在他怀里,仰起头,借着昏暗的月色,看清他亮到夺目的眼睛。她想,突破这一步,他将永远无法忘记她。等她衰败腐朽,或者灰飞烟灭,他也会一直记得她的样子。

这对她,是单薄却有效的安慰。对他而言,却自私又残忍。说来奇怪,她最恶劣、最任性的一面,她平静外表下的黑暗失控,全都暴露给了他。虽说不信鬼神,可她想,如果真的有前世今生,他上辈子一定欠她很多。

"困了吗?"她懒懒地问,声音困倦,像是快要睡着。

"嗯。"程晋山出了不少汗,打了个哈欠,"明天带你爬山……得多带几瓶水，运动鞋是不是也该换一双……"他说着日常琐事，声音越来越低，最终抵着她发顶进入梦乡。

他的睡眠质量很好，没多久就发出轻微的呼噜声。项嘉耐心地等了一会儿，确定他已经睡熟，轻手轻脚爬起。她看着他出众又富有个性的脸，轻轻叹了口气，无声无息出门。

游魂一样地在黑暗中行走几百米，她看见零星的灯光。地方偏僻，铁轨两边象征性地竖起半人高的围栏。项嘉轻松翻过去，踩上硌脚的小石子，刚刚躺下，还没来得及松一口气，眼角余光瞟见黑影出现。

他套着干净的白T恤，穿着浅蓝色牛仔裤，单手一撑便翻了过来，三两步走到她身边。项嘉仰着头，程晋山低着头。四目相对，他忽然弯下腰，往她嘴里塞了一颗糖。

小时候逢年过节才能吃到的黑糖话梅，带着焦香味道的黑糖中间裹了颗酸酸的话梅。糖果渐渐化开，味蕾泡在甜汁里，时间太久未免乏味。这时，舌头从话梅凹凸不平的表面滑过，被酸咸激得一哆嗦，恢复几分敏锐。

程晋山嘴里也含着一颗，一侧脸颊微鼓，像只仓鼠。仓鼠和她并排躺下，没有发火，也没有质问，而是语气平静地控诉："每次都是这一招，会不会换点儿别的？"

"打一巴掌给个甜枣儿，也就我次次都上钩。"他冷哼一声，牵住她的手。他渐渐学聪明，掌握了对付她的办法，到底好还是不好？单纯变得复杂，鲁莽变得谨慎，这个过程多痛苦，只有当事人知道。

项嘉安静地看着天空，远离大城市，空气变得洁净，夜空压得很低，一颗颗星星闪闪发亮，像空中垂落的珠帘。她和他幕天席地，被无尽的黑暗包裹，这一瞬，好像抛弃所有禁锢，忘却来处与归途，变得纯粹又平和。

项嘉扭过头，盯着程晋山如山峦一般起伏的侧脸。她已经听见火车隐隐的轰鸣声，感觉到地面微微的颤动。她突然想到，自己习惯了孤单，也几乎忘记，在一切噩运降临之前，最害怕的，就是孤单。

程晋山说出煞风景的话："你是不是已经开始相信，我会一直陪着你？"

　　薄唇微微上翘，他腾出一只手，轻轻碰触她长长的睫毛，感知细微的颤抖。项嘉抿紧嘴唇，一言不发。他又道："你平时不是挺爱干净的吗？那你知不知道，铁轨上面全是——"

　　"闭嘴。"项嘉终于忍不住，出言打断他。

　　难得看她吃瘪，程晋山自觉扳回一局，轻笑出声。他越笑声音越大，差点儿笑到脱力，终于在车灯靠近时，弯腰抱起她。

　　没关系，他还有使不完的力气。

酸·爱如荆棘

第五卷
CHAPTER 05

项嘉差不多歇了逃跑的心,程晋山严防死守,和她拴成连体婴,又摸清她所有套路,再折腾也是白费力气。那就保持冷淡态度,不拒绝,不回应,等他知难而退。剃头挑子一头热,天长日久,他总有受不了的时候。

第二天是个阴天,温度适宜,很适合爬山。程晋山给项嘉买了一双新运动鞋,破包背上几瓶水、两袋零食、一盒面包,带着她上山。一进山里,绿树成荫,立刻凉爽不少。

几个年轻驴友经过,往项嘉脸上瞥了两眼,找借口和程晋山攀谈。程晋山当着他们的面,将情侣手链的拉环扣在一起,紧紧握住项嘉的手。项嘉略挣了挣,没拗过他,将遮阳帽压低,扭头认真欣赏美景。对方讪讪地加快速度越过去。

程晋山爱出汗,刚刚爬到半山腰,后背已经湿透。空地上建了个休息处,几个小吃店连成一排,太阳伞下坐满游客。

"歇会儿。"程晋山找到空位,连忙拽着项嘉跑过去。他拿出矿泉水"咕咚咕咚"灌下大半瓶,脱掉T恤擦汗,转过身的时候,背上小麦色的肌肤浸满汗珠,好像在闪闪发光。

依他的性格，光着膀子满山乱跑最自在，可顾忌着项嘉教过的"礼貌"和"教养"，还是老老实实从背包里掏出备用T恤，套在身上。

"吃薯条不？"他撕开一包番茄味薯条，递到项嘉面前。酸酸甜甜的番茄粉粘在指腹，他习惯性舔干净，又抓了一把塞进嘴里。

"不吃。"项嘉摇摇头，用纸巾擦脸上的汗，扭头看向邻桌，七八岁的小姑娘正抱着冰粉吃得美滋滋。

她只看了这么一眼，程晋山就财大气粗地说道："等着，我给你买！"

冰粉的原材料便宜得很，两三块一包，买来倒进开水里，快速搅拌融化，放进冰箱冷藏，变成一大锅。往一次性碗里盛半碗冰粉，用长刀划成小块，浇上红糖水、芝麻、花生碎、山楂糕、葡萄干，再加几块水果，卖出去十五块钱，血赚。

程晋山把冰粉端过来，一边看着项嘉吃，一边嘀嘀咕咕骂卖家黑心。项嘉小口吃了半碗，将剩下的部分推给他。

"吃这么少？"程晋山劝了几句，见她不肯再吃，也不嫌弃，高高兴兴地把冰粉连同糖汁一同灌进肚子。

山顶其实没什么好看，一座仿古的山神庙，供着几尊泥塑像，充满山寨气息，门票还不便宜。项嘉不想进去，在门口的凉亭处吹了一会儿风，被程晋山拉着许愿。许愿树倒有些年头，树冠庞大，枝叶茂盛，上面用红绳挂满木牌，随着微风摇晃，乍一看十分壮观。

"我没有什么愿望。"项嘉心如枯井，冷漠拒绝。

"那我帮你许。"程晋山买了两块木牌，背着她神神秘秘地写了几个字，伸长手臂挂到高高的树梢上。生怕系不结实，他加固又加固，还掏出手机拍了几张照片。

项嘉想，他许的那一个，十有八九是希望和她修成正果、恩恩爱爱，绝对不可能实现。而他替自己许的是什么内容，她猜不出，也不感兴趣。

下山之后，两个人找地方住宿。正值旅游旺季，连跑几个宾馆都没空房，最后一家只剩下一间，还是情侣主题。程晋山见项嘉神色疲惫，也没再挑，爽快付钱。

灯光是桃红色，双人床是硕大的心形，卫生间还有双人浴缸。趁项嘉洗澡的工夫，程晋山打开空调，躺到床上，意外发现天花板上贴了面大大的镜子。

项嘉裹着浴巾出来，换程晋山洗。他洗得快，几分钟冲完，看见项嘉已经缩进了被子里。程晋山竭力保持镇定，坐在床沿抠手机分散注意力。

"晚上想吃什么？"他清清嗓子，和她商量，"荤一点儿，还是清淡点儿？"回答他的，是细细的呼吸声。程晋山眼皮一跳，扭头看见项嘉露在外面的小脸红扑扑的，克制住逃跑的冲动，犹豫片刻，侧躺在她身后，张开手臂抱住她。

"难受吗？"他轻轻吻她细软的头发，一只手慢慢搭上她的腰肢，他的手心很热。

项嘉声音喑哑："不关你事。"

程晋山眼神微暗，却没有发脾气，努力劝说："怎么不关我事？你的事就是我的事。"

他学着取悦她，掩下所有的惊异与兴奋，竭力保持冷静，试着接受全部的她。虽然他还无法想象，真正的、完整的她，到底是什么样子。

项嘉拒绝承认他能给她快乐，眼睛湿漉漉地瞪着他，里面腾着团能把一切都燃烧殆尽的野火，违心地全盘否定他的努力："你太笨了，让我很扫兴。"

程晋山不知所措地僵住，缓了十几秒，艰难道歉："对不起，我……"

项嘉忽然挑起眉毛，提着更加无礼的要求，她很确定，他不会答应，说不定还会被她气走，再也不肯回来。凸起的喉结不住滚动，他死死盯着她看，眼里翻滚浓烈情绪，分不出是愤怒、惊讶还是慌张。

项嘉险些败下阵来，她强撑着和他对视，嘴角泛起讥讽的笑容："说得那么好听，呵呵……"

程晋山忽然用力掀起被子，项嘉心里一慌，条件反射地抓住被角，问："干吗？"

"帮你啊。"

她惊惶不安地，看着他对自己俯首称臣；他义无反顾地，向冷漠的

爱人顶礼膜拜。

其实再怎么粗线条,程晋山也知道,项嘉心里瞧不上他。这很正常,她像受伤后落在臭水沟的白天鹅,读过很多书,长得又漂亮,就连林叔都看得出,她的气质和普通人不一样。而他自己,不是癞蛤蟆,就是丑小鸭。

他一直惊惶又被动地跟着她跑,直到现在,才隐约找到了一点儿主动权。他不在乎她的过往,只在乎现在和未来。

等到一切平息,短暂松动的心门再度合紧,项嘉冷漠地推开他,生怕他自作多情,提醒道:"我一点儿都不喜欢你。"

程晋山软中带硬地回她:"我知道,是我一厢情愿。"

项嘉被他噎住,沉默半晌,得寸进尺:"你要做好心理准备,这样的事,以后说不定会经常发生。"

"没问题。"程晋山抱不到她,起来点夜宵,"饿了,吃点儿什么不?"

半个小时后,项嘉拿着热腾腾的红糖锅盔,边吃边想——这样和他混下去,长胖十斤不是梦。胖点儿好,不只能提高安全系数,还能降低程晋山对她的兴趣。

程晋山点了三种口味——霉干菜鲜肉、麻辣牛肉和红糖。面团发酵至松软状态,分成小剂子,包进不同的馅,再用擀面杖擀成薄薄的一张饼。两面粘上白芝麻,放进烤箱烤到干香酥脆,吃起来直掉渣儿。

吃完饭,重新刷过牙,两人准备休息。也不知道什么毛病,他总想抱着她,项嘉烦躁地又推又踹,困到极点,还是被他得逞。迷迷糊糊中,他蜻蜓点水地亲了亲她的耳朵。太黏人,她不喜欢。

不过,被程晋山抱着睡的时候,项嘉很少做噩梦,这也算他的一点儿用处。

这个夏天好像格外漫长,毒辣的日头、冰镇过的无籽西瓜和榴梿一样令人又爱又恨的咸蛋黄雪糕,还有无休无止的蝉鸣……许多具体的意象构成对夏天的记忆,悄无声息存在脑海里,等着某一天被相似的场景所唤醒。

程晋山和项嘉总在路上，人生难得有这么一段漫无目的的惬意时光，可他却没有心情好好享受，不是在提心吊胆，就是在手忙脚乱地学着照顾女人。

开往风景区的公交车路段颠簸，偏偏司机是个急脾气，开得如同在漂移。有人昏昏沉沉，快要吐出来；有大妈看不过去，跑到前门和司机吵架；还有打工人在大声吐槽公司的一堆破事……车上乱成一锅粥。

程晋山坐在最后排，怀里搂着项嘉。遮阳帽将女人的大半张面孔盖住，凌乱的发丝中，露出有些发红的耳朵尖。空调对着头顶直吹，他体贴地往她身上披了件薄外套，一直盖到大腿。

"又难受了吗？"他低头和她"咬耳朵"，看起来和热恋中的男女一样亲密。

项嘉轻轻点头，脑袋在他怀里蹭了蹭。

"再忍忍。"程晋山的耳朵也跟着红了，声音沙哑，带出几分后悔，"早知道不带你出来玩了。"

公交车终于到达终点站，程晋山牵着她往下走，今天来的是一座湿地公园。

"渴不渴？"程晋山看见门口有家奶茶店，生意还挺好，张口问道。

项嘉心不在焉地点头。旅游景点的物价奇高，程晋山掂量掂量钱包，只买了一杯杨枝甘露。黄白相间的颜色很好看，拿在手里冰冰凉凉。

他戳开吸管递到她嘴边，便拉着她在公园里乱逛。工作日游客不多，公园很大，高大的水杉林立，笔直的树干直冲云端，羽毛一样排列的叶子青翠欲滴，带来几许清凉。

说实话，和程晋山在一起，项嘉觉得很舒服。没什么心理负担，也不需要说好听话奉承他，想要就要，不想要就不要，一切全听本心。

两个人并肩坐在草地上，她抱紧饮料，喝依然冰冷的果汁。吸管戳到最里面，吸出香气浓郁的杧果、有嚼劲儿的西米和微微发苦的西柚粒。紧接着是酸奶，有效中和甜味。再往上是加了杧果泥和椰浆的奶昔，仔细品品，还能感受到细小的冰沙。

一阵风吹过，凉爽袭来。项嘉迷迷糊糊地靠着程晋山睡着，再醒来

时，发现她放松地躺在他腿上。两人站起身，由于长期保持同一个姿势，程晋山的腿麻得失去知觉，一瘸一拐地蹦了几步，嘴里小声叫唤着，项嘉的脸色变得有些难看。

"累了吗？要不咱们回去？"程晋山低声下气哄她，"是不是觉得这儿没意思？别生气啊，明天找个好玩的地方。"

项嘉不是觉得无聊，她是气自己任他牵着鼻子走，节节败退，丧失主动权，还对他越来越依赖。这样下去，和她的计划南辕北辙，她要等到什么时候才能甩掉他？项嘉恼羞成怒，决定做点儿更过分的吓唬吓唬他。

两人打车回去，项嘉拐到对面的小公园，她指着开得正盛的绣球花，提出无理要求："我想要那个。"

"我去花卉市场买。"程晋山还没理解她的真正意图，随口回应。

"就要那株。"项嘉挑衅般地看向他，"把花挖出来，送给我。"

程晋山看看不远处值岗的保安，觉得有些牙疼，转念一想，道："要不打个赌？"

项嘉问："你想怎么样？"

"以夜里十二点为限，如果我拿到花，可以对你做一件事，而你不能拒绝。"他的眼睛直勾勾地盯着她，令她一时间不敢直视。

项嘉犹豫片刻，笃定他做不到，点头道："行。"

程晋山带着她踩过点，回去休息了会儿，直到夜深人静，才再次钻进小公园。

月光破开云层，照亮程晋山的脸庞和身躯。虽然不喜异性，项嘉却不得不承认，他和污秽贪婪的存在不同，从身到心都无比洁净。

程晋山鬼鬼祟祟地蹲在茂盛的花木前，掏出一把铲子，"吭哧吭哧"挖起土来。项嘉耍诈，故意大声咳嗽，惊动保安。

没几分钟，身后灯光闪烁，有人厉声喝道："谁在那儿？出来！"

"快跑！"她用力推了程晋山一把，手腕被他握住，还没来得及反应，便被他带着冲了出去。

耳边风声呼啸，肩膀被野生野长的枝杈抽打，头发也完全散开，项嘉跑得上气不接下气，终于撞进程晋山怀里。

他搂着她躲进灌木丛的最深处，鼻子嗅到的全是清苦的草木香气。温热的手指抵住她的嘴唇，两个人紧贴在一起，大气也不敢出。

直到四处巡视的保安人员远去，项嘉才松了口气，看了一眼手机，恶劣地说道："程晋山，十二点了，你输了。"

程晋山没计较她背刺的事，从身后变戏法一般掏出一簇淡紫色的绣球花，眼睛亮晶晶的：是你输了才对。"

他偷换概念的一招玩得巧妙，项嘉无言以对，半晌道："你想做什么就做吧。"

她对他那么过分，现在到了承受怒火的时候。

宽大的手掌从肩部上移，捧住她的脸。程晋山坏坏一笑，在她受惊地颤动睫毛的时候——将无比温柔的一个吻，轻轻印在她的眉心。

兔子和野狗度过了一段混乱的日子。项嘉按照原定计划，无所不用其极地折辱程晋山，摧残他的心灵，践踏他的尊严。然而，她并不如自己预想中的洒脱自如。

愧疚如影随形，阴霾蠢蠢欲动，她没有爬出深渊，却将程晋山拖向晦暗危险的临界线。她生命中的前三十年，从未体验过这种任性。而程晋山在用实际行动告诉她，无论她呈现出什么样子，他都能全盘接受。

当然，程晋山也没那么被动。他和她不断拉扯，借一个又一个"牺牲"讨价还价，获得拥抱她的机会，不动声色地一步步拉近距离。

更多时候，项嘉被低落的情绪俘获，整日整夜瘫坐着，连动一动手指的力气都没有。这时，程晋山会寸步不离地守在她身边，他轻轻亲吻她的脸颊，把她当作没有自理能力的孩子，陪着她进入一个又一个漫长的梦境。

她做噩梦，他会及时叫醒她；她在空茫又孤寂的世界中流泪，他用温热的指腹，一点一点揩抹干净。走向永远偏离计划，两个人都在悄悄失控。

或许，形容二人关系更准确的词汇，应该叫"驯养"。她规训他的

行为，重塑他的认知，令他持续保持期待。期待很痛苦，不知道她什么时候允许亲近，不知道她什么时候抛弃离开，心始终悬着吊着，不停地煎熬着；期待又很快乐，听到她的脚步声，就会激动得摇尾巴，她稍微亲昵一点儿，他就会把片刻温情藏在记忆里，慢慢回味一整天。

与此同时，他也在影响她。

当你知道有个人将你记挂在心里，会为你的离开而一蹶不振、郁郁寡欢时，解脱这件事，就变得没那么轻松。鲜活的生命和你绑定在一起，你可以轻易地影响他，可以决定带他进入天堂，还是堕入地狱。

权利伴随责任，一旦接受这段关系，就得对他负责。比肤浅情爱更特殊的感情悄悄滋生，一个懵懵懂懂，一个有苦难言。

项嘉走了好一会儿的神，直到程晋山连续叫唤好几声，才将目光转回他身上。

好不容易哄得她心情好了些，程晋山提议道："出去吃顿夜宵？"

见他膝盖破了皮，项嘉翻出创可贴，招手唤他过去。创可贴印满卡通柴犬和骨头，粘在修长有力的腿间，可笑又可爱。

夜深人静，项嘉没戴帽子，跟着他走出宾馆。不远处拐角就有个小吃街，生意不算好，但有几家店铺还亮着灯。

程晋山买了二十块钱鸭锁骨，十五块钱鸭脖子。两个人都喜欢吃甜辣味，鸭锁骨在热水里焯过，放足辣椒、白糖、料酒、大料翻炒，加水慢炖收汁，再晾一个晚上。滋味浸透，又香又有嚼劲儿，辣味渐渐泛上来，吃得嘴唇都红红的，好像上了瘾，根本停不下来。

程晋山嘴馋，还想吃点儿别的，指指旁边的烧烤摊，对项嘉道："你买几串烤面筋，我去对面买奶茶。"

等烤面筋的工夫，项嘉被人拍了拍肩膀。是一个打扮得挺精致的年轻女生，跟她打听去火车站的路线。项嘉正好知道，跟她比画了几下，见女生有些不明白，打算带她去公交站牌。她对程晋山做了个手势，和女生并肩往另一头的大路上走去。

经过一个拉面馆，里面突然钻出三个凶神恶煞的男人，抓着项嘉往里抬，那个女生还给他们打掩护。一切在电光石火间发生，仗着夜色掩护，很难被发觉，但架不住程晋山不放心项嘉，一直盯着她的动向。

"放开她！"他大叫一声，连奶茶都顾不上拿，撒丫子追过去。

拉面馆有小门，几人挟持项嘉往后巷跑。伙计抄起板凳抡在程晋山肩上，只听一声闷响，程晋山上挑的凤眼隐隐发红。他心急如焚，抢走板凳砸向伙计。

项嘉假装昏迷，乘人不备从壮汉肩头滑下，朝程晋山跑去，个子最高的那人却揪住了她的衣领。

程晋山抓住项嘉的手，使劲儿往后推了一把，让她往巷子的另一头跑："你先走，找人帮忙。"

项嘉急急点头，也不和他磨叽，撒腿就跑。几个汉子骂骂咧咧着将程晋山围住，程晋山和他们周旋半晌，脸挨了一巴掌，胳膊被重重砸了几下。运动鞋踩在他脸上时，他的脑子里只有一个念头——项嘉怎么还没来？不会是借机甩掉他逃走了吧？

警车鸣笛声响起，壮汉们急匆匆想要逃跑。想起项嘉藏着掖着的秘密，程晋山强撑着爬起，扶着墙根一瘸一拐往前走。

他在前方不远处找到项嘉。她甚至没跑出这条小巷，便撞见一个中年男人。闻到男人身上的臭味，她哇地吐了一地。见到这场景，程晋山脑子"嗡"的一声，本以为已经脱力，却不知从哪升起一股劲头跑了过去，拎起男人就要揍他。

"程晋山……程晋山……"项嘉又干呕几声，从后面抱住他的腰，"我们走吧……"

她小声抽泣，唤回他的理智："我害怕……带我走……"

不知不觉，她的眼泪爬得到处都是，自厌情绪再度上涌。所谓的美貌，带来无穷无尽的灾厄，她只会拖他后腿。总有一天，他会感到厌烦。

程晋山剧烈喘息着转过身，将沾满污泥的T恤脱下，套在她身上。项嘉扶着程晋山往回走，他的脸色很阴沉，整段路一句话都没有说。

身为"单细胞生物"，一根肠子通到底，就算这段时间被项嘉折腾得够呛，他也没觉得有什么。可这会儿，他忽然想到——他好像对项嘉的漂亮没有准确的认知；一个手无缚鸡之力的漂亮女人，在鱼龙混杂的环境里会遇到什么样的困境，他也一无所知。

他怀抱满腔热忱喜欢着项嘉，觉得就算她做过和虞雅一样的工作也没什么关系。可如果……她不是自愿的呢？还有，她折腾他的时候，熟练至极。那么，她是不是……被别人更过分地欺负过呢？

项嘉本就沉溺在情绪里，见程晋山一言不发、浑身是伤，更加陷入胡思乱想中。她想说——现在知道我是个大麻烦了吧？要不把我丢下吧？省心又省事，再不用遭受无妄之灾。而这不正是她想要的吗？可为什么，眼泪停不下来呢？

两人回到宾馆，程晋山一屁股坐在床上。项嘉打湿毛巾，帮他擦拭脸上的脏污，见他疼得嘶了口气，她的手指也跟着微微颤抖。

他忽然握住她的手，定定地看着她的眼睛，低声问："项嘉，你以前也遇到过类似的事吗？都是怎么保护自己的？"

项嘉一哆嗦，下意识转开目光，含糊其词："没有……怎么会呢？今天只是运气不好……"

可程晋山已经脑补出很多辛酸的遭遇，心口像被刀尖狠狠戳了几十个小洞似的，疼得透不过气。偏偏他笨嘴拙舌，根本不知道怎么表达，才能在不触及旧日伤疤的前提下，有效地安慰她。

他沉默半晌，强打起精神揉了揉项嘉的手背，问："你有没有受伤？"

项嘉轻轻摇头。

"去冲个澡。"看她哭得跟只小花猫一样，身上也脏兮兮的，他又心疼又愧疚，"我没伤到筋骨，自己处理就行。"

等项嘉进了卫生间，他的脸上才流露出痛苦的神色，咬着后槽牙将受伤的胳膊抬起，轻轻活动两下。动作艰难地处理好伤处，又吞了几片活血化瘀的药，程晋山躺在床上发呆。

没多久，项嘉洗完澡出来，难得地主动靠在他身边，面对着他。可他没有抬手拥抱她，他心里藏着事，再说，胳膊实在疼得抬不起来。

项嘉的心直直坠落下去，她甚至后悔自己表露出这种依恋的姿态。她翻身坐起，爬到里侧，脊背挺得很直，动作发僵。程晋山不明所以，下意识扶了她一把。

"渴不渴？喝水吗？"他想起那两杯没来得及拿的奶茶，有些可惜。

项嘉背对着他躺好，声线又硬又冷："不喝。"

程晋山伸手关灯："睡吧，晚安。"项嘉没理他。

住的宾馆挺贵，天天在外面胡吃海喝，钱包也见底。程晋山和项嘉商量好，打算找个风景不错、物价便宜的地方短租套房子，住上几个月。他查了很久的攻略，选中一座还没被过度开发的水乡小镇。

临出门时，项嘉又摸出那瓶颜色暗黄的粉底液。看着她将小脸抹成蜡黄，程晋山才反应过来，劈手夺过："不用这个。"

他渐渐能够理解她当初遮掩真面目的原因，却斩钉截铁地说道："不是你的错，没必要躲躲藏藏。"

项嘉嗫嚅几下，最终语气冷淡地说："你确定吗？下次可不一定有这么好运气。以后受伤，别怪到我头上。"

程晋山一阵牙疼，嘟囔道："呸呸呸！我真是谢谢你。就不会说句好听话？"

项嘉说完，自己也觉后悔，又拉不下面子，低头生闷气。

她坐在大巴车最后排，被空调的冷风吹着，有些昏昏欲睡。

路过服务区，程晋山下车上厕所，没多久塞给她一个热乎乎的一次性饭盒，手里还捧着碗鸭血粉丝汤，没事人一样："先吃点儿东西垫垫。"他是真抠门，饭盒里装着四个生煎包和鸭血粉丝汤，加在一起，也只够一人份。

"这边东西太贵了，等到地方带你吃大餐。"程晋山觉得钱要用在刀刃上，跷起二郎腿，示意她快吃，"都是你的，我不饿。"他一边说，一边肚子咕咕作响，仰头欣赏行李架上的大包小包。

项嘉用一次性筷子夹起生煎包，咬开个小口，吹散热气，斯文地吸啜里面的肉汁。生煎和蒸出来的包子不同，肉馅里除了加水，还要加皮冻，皮冻加热融化，汤汁全部包裹在面皮中。包子底部煎成金黄色，加水焖熟，再撒上芝麻和葱花提香，吃起来别有风味。

程晋山偷偷看她，她的吃相也好看，不说话的时候带着种天然的乖

巧，看起来赏心悦目。他将鸭血粉丝汤的盖子打开，挑了一筷子粉丝，送到项嘉嘴边："尝尝。"项嘉低垂睫毛，接受他的投喂。

前面的小情侣咬耳朵说悄悄话，女生娇蛮地推搡男生："你看看人家，多会疼女朋友！"

程晋山有些得意，隐形尾巴翘得老高，小声问她："我对你好吧？"

项嘉装作没听见，擦擦嘴角："我吃饱了。"她只吃了一半，剩下的一半留给他。

"吃这么少？"程晋山不客气地一口一个生煎包，将粉丝汤的汤底喝了个精光。

目的地的小镇颇具古韵，清澈的河水上零零星星散布几条手摇船，两边的老建筑鳞次栉比，青砖上爬满苔藓和藤蔓。身着旗袍的女人在茶楼上唱着小曲儿，温婉缠绵。沿着青石铺成的长街慢慢逛过去，既有匠心独运的非遗工艺品店，又有充满现代色彩的咖啡厅。各种元素杂糅在一起，有种奇异的和谐。

"喜欢这儿吗？"程晋山壮着胆子牵住她的手，仔细观察她的表情。

项嘉慢慢点头，半响才说道："喜欢。"

穿过大街小巷，往居民区走一走，周遭立刻安静许多。平房、小楼，还有新翻修的小别墅……有别于大城市的规整，这里的建筑呈现出一种随心所欲的自由。藤蔓从院子里爬上墙头，粉色白色的蔷薇花成为天然点缀，在夏风中微微点头。

"像不像咱们那儿？"程晋山捏捏项嘉手心，忽然有些想念城中村。不知不觉中，那个小小的出租屋已经成为他心中的故乡。

"比咱们那儿好看。"项嘉难得收拢浑身尖刺，语气平静地答他的话，看来她是真的喜欢这儿。

程晋山来了精神，为了省中介费，向坐在门口的大爷打听出租信息。他们连续看了三四家，终于相中一处小院。

房子有点儿旧，家具也是老式的，架不住带了个小花园，打理得井井有条，一大丛半人高的向日葵中间还固定了一架秋千。上下两层都是巴掌大的地方，一层做厨房和客厅，二层用来休息，面积加起来不到一百平，有点儿像大都市中的 LOFT。

房东阿姨急着出国看女儿，价格挺公道，一千二百块钱一个月。程晋山听不太懂方言，和阿姨叽里呱啦还了半天的价，急出一脑袋汗。

阿姨比画着指指隔壁，大概意思是——邻居家也是一样的布局，住了对来度蜜月的小夫妻，一个月要一千五呢，不能再便宜了。

没还下来价格，程晋山总觉得有点儿吃亏，扭头看项嘉："你觉得呢？"

项嘉抿抿唇，口是心非地说道："要不然算了，再看看别的。"眼睛却悄悄欣赏着长势喜人的向日葵，又盯着快要挂果的葡萄藤看了好几眼。

程晋山咬咬牙："就这儿了。"他掏出手机，先交了三个月的房租。

签完合同，程晋山把行李箱提上楼，没一会儿大惊小怪地趴在阳台叫："项嘉，快上来！卫生间还有个洗衣机！"

要安定下来，有很多琐事要处理。两人顺着当地人的指引，找到一个和"佳好"规模差不多的市场，买了不少生活用品。

程晋山把卧室里里外外打扫了一遍，跑到楼下收拾客厅。项嘉把双人床铺好，拍拍松软的枕头，打开空调，躺在床上吹冷风。她迷迷糊糊睡着，被程晋山叫醒时，发现外面的天已经黑透。

"带你出去吃顿好的，吃完再睡。"程晋山见她睡得头发乱乱的、脸颊红红的，很可爱，没忍住低头亲亲她的脸。

项嘉听话地坐起身，两脚踩到地上，下一刻被他捧着，穿上新买的凉鞋。

家常菜馆门面不起眼，生意却红火，程晋山点了一道肥肠臭豆腐煲，一道地三鲜，要了个凉菜拼盘，出去转了一圈，回来时手里拎着两罐冰啤酒。

"喝点儿不？"他拽开拉环，递到项嘉面前，表情兴冲冲的，"庆祝咱们乔迁之喜！"他还知道去旁边的便利店买，又节省两块钱。

项嘉已经很久不沾酒了，这会儿不想扫他的兴，很给面子地浅啜一口。

砂锅端上来，顶上刚泼过一层油，还带着"滋啦"的响声。肥肠和臭豆腐浸在浓稠的酱汁中，赤的赤，黑的黑，散发出独特香味，令人上头。这菜挑食客，有人不吃下水，有人对臭豆腐接受无能，注定错过醇厚风味。好在程晋山和项嘉口味相似，百无禁忌。

程晋山饿得心里发慌，忙不迭伸出筷子夹了块肥肠，牙齿嚼两下，香得舌头都要吞下去："这个好吃！"

他往项嘉盘子里夹了一堆，又要了一小盆米饭。鱼米之乡，米饭管饱。他像饿死鬼投胎一样往嘴里拼命扒拉饭，两颊塞得鼓鼓的，像只囤食的仓鼠，模样有些滑稽。

项嘉看了他一眼，也不知道是不是故意，举起易拉罐，和他碰了一下。程晋山愣了愣，手忙脚乱地回碰，"咕咚咕咚"咽下一大口，差点儿被呛住。

"谢谢。"她轻声道，这是在为前两天晚上他的挺身而出表达谢意。

"那……那有什么？"见惯她的冷脸，冷不丁看见个好脸色，程晋山有些受宠若惊，舌头也变得不利索，"你是我媳……是我喜欢的女人，保护你不是应该的吗？"

项嘉没答话，喝了几口啤酒，专心吃菜。一朝被蛇咬，十年怕井绳，程晋山仔细咂摸咂摸，总怕她的好态度中暗藏陷阱。于是，吃完饭后，他又把人"拴"在身边。

两个人散步回家，撞见新邻居。男的长得挺帅，是男神水准，女人很清秀，小夫妻紧紧依偎在一起。没多久，旁边楼上就传出动静，让程晋山浑身不自在。

洗漱完，他一边帮项嘉吹头发，一边不老实地捏捏她的耳垂，挠挠她的胳膊。在关灯准备休息之后，程晋山掀开毯子，还没做什么，便被项嘉推开。

她将毯子收回去，裹成只蚕蛹，小声道："不要了……"

之前许多个夜晚的亲密，像是他单方面做的一场荒诞迷梦。程晋山心里一慌，抱紧她问道："怎么了？"

她僵着身子，克制住倚靠进他怀抱的冲动，编了个借口："热，别抱我，不喜欢。"

他慢慢放开手，炽热的目光直直盯着她的背，像要把毯子灼穿。项嘉咬咬嘴唇，忽然觉得有点儿委屈——需要他抱的时候他不抱，现在想抱，她偏不让抱。

"……行。"程晋山轻轻摸摸她软软的头发，"晚安。"

小夫妻折腾了小半夜，他这边却辗转难眠，形成鲜明对比。

第二天早上，程晋山趁项嘉还睡着，出门买早餐。碰见男邻居，他客气地点点头，打了个招呼："早啊。"

那男人却别有深意地瞄了瞄他，嘴角翘了翘，似乎想笑："早。"

程晋山最讨厌被人看不起，他脑子一转，走上前攀谈："哥们儿，打听个事儿，这附近哪有超市？我去给我媳妇儿买卫生巾。"

男人目光中流露出了然，给他指出去超市的路。尾巴重新抖起来，机智啊程晋山。

没几天，向日葵就舒展金灿灿的花瓣，热烈绽放。项嘉穿着条长及脚踝的棉麻裙子，坐在秋千上，有一搭没一搭地轻晃。

程晋山趿拉着人字拖走来，弯腰用手比了比向日葵的果盘大小，高兴地说道："能结不少瓜子儿。"相比起观赏功能，他显然更看重实用价值。

项嘉盯着他发了会儿呆，跟着她折腾这么久，他整个人沉淀不少，绷着脸不说话的时候，还挺能唬人。

"咱们俩出去买菜吧？以后多在家里吃，营养又健康。"程晋山提议道。他没好意思说出口的是，刚才在屋子里数了半天的钱，再这么天天下馆子，撑不过一个月。自己开火做饭，能省不少。

"嗯。"项嘉踮着脚下地，戴上遮阳帽，和他并肩往外走。

她似乎状态正常了些，大部分时间安静地躲在自己的小世界里，没什么攻击性。可谁也不知道，这种平静能保持多久。

因为交通不便，这里的商业化进程缓慢，菜市场保留了淳朴实在的民风，地摊要价也很公道。红彤彤的西红柿刚摘下，光滑的表面带着露水，八毛钱一斤，程晋山一口气买了十斤。

"回去炒菜炖汤，还能切块拌白糖吃。"程晋山奉行白糖拌一切，单手拎着塑料袋，腾出一只手紧紧拽着项嘉。

每每有陌生异性经过，项嘉的身体就微微发僵。他对她的肢体语言已经很熟悉，走出没几步就调换位置，把她护在右边。

"想不想喝汤？"他看项嘉没精打采，知道她不想做饭，于是选择自己唯一擅长的炖汤，"买点儿排骨？"

"买蘑菇吧。"连续吃了几天大鱼大肉，项嘉觉得有点儿发腻，指指地摊上肥肥大大的平菇，"做番茄菌菇汤。"

程晋山蹲下身，挑了几种菇，跟老板讨价还价，又顺了把小葱。

"还差什么？"他低头翻翻手机里的菜谱，又觉得不如直接问项嘉。

"番茄酱，鸡蛋。"项嘉回答。

两人又来到干货摊，八角、花椒、蚝油、酱油，还有晒干的红枣……不一会儿，程晋山就买了一堆。回到家，已经是上午十一点半。他系上新买的围裙，在项嘉的指导下，手忙脚乱地将蛋液用小火煎熟，切成细丝，放在一旁备用。

小火将番茄酱炒出红油，加入切块的新鲜番茄，炒到变软出水，加水，煮沸后倒入焯过水的菌菇什锦，小火慢炖。等番茄的酸甜和菌菇的鲜香完全融为一体，加盐调味，加鸡蛋丝，再撒把翠绿的葱花做点缀，一道开胃解暑的汤大功告成。

另外拌一盘剁椒皮蛋，炒把水灵灵的小白菜，再蒸半锅米饭，摆在桌上，就算他们的开火饭。程晋山尝了一口汤，美得眯起眼睛，连干三大碗饭，项嘉也吃了不少。

午后，天色变得阴沉，不多时下起连绵细雨。项嘉躺在床上，看着窗外细密的雨丝，心也像蒙上一层阴云，闷闷的，很想哭，好在温热的怀抱及时贴过来。

程晋山困倦地打了个哈欠，声音微哑："睡会儿，等雨停了，带你去河边看夜景。"

项嘉转过头，看见他已经睡熟。他的睫毛好长，所有的桀骜不驯收进躯壳,看着单纯又无害。也不知道梦到什么,他"嘿嘿"笑了两声,撤回一只手抓抓肚皮。傻里傻气,永远不会对她亮出獠牙,这种认知让项嘉莫名安心。

她伸出手,慢慢探向他带笑的俊脸,在快要碰到时,忽然回神,触电般缩回去。漂亮的眼睛里水雾氤氲,充斥着许多复杂的感情。她最终闭上眼,额头轻轻抵着他的胸膛,在越来越大的雨声中,进入深沉梦乡。

下过雨的小镇变得湿漉漉,小孩子们尖叫着踩过水洼,踏碎无数个月亮。程晋山和几个学生交涉片刻,拼了一条手摇船,当先跳上去,转身拉项嘉。

小船摇摇晃晃,在潋滟的河水中慢吞吞前进,两岸悬挂着的大红灯笼,因着夜色越来越浓,显得越来越亮。

船娘擅长唱乡音小调,不过需要额外收费。程晋山和学生们商量几句,一致认为收费太贵,拒绝附加服务。这也就算了,他还从手机里搜出相似的音频,公放出来烘托气氛,把船娘气得脸色发青。

他们在另一头的小桥上岸,沿着长街慢慢往回走。看见有人现场开蚌,一口气开出十几颗珍珠,程晋山兴致勃勃:"咱们要不要也开一个?开出的珍珠给你做手链。"

项嘉摇头,残忍道出真相:"那是托儿,珍珠是提前塞进去的,你去开,最多开出两三颗。"还是歪瓜裂枣,不值钱。

程晋山摸摸鼻子,吐槽道:"套路真多。"

夜里,洗完澡,他坐在床上,态度挺严肃:"项嘉,我跟你商量个事儿。"

"嗯。"项嘉点头,"你说。"

"钱快花完了,我打算找份工作。"他说着,见她跟着坐下,挪过来给她按摩肩膀,力道很合适。

项嘉愣了愣,说道:"行啊。"

她心里却不知是什么滋味儿,知道他手里的钱不多,天天陪着她根

本不是长久之计。可是……他难道不明白，一旦放松看管，她就会想办法继续之前未完成的事吗？还是说——他终于腻了烦了，打算借这个由头，让她自生自灭。

明明应该觉得轻松，可看着他没心没肺的样子，她又觉得碍眼。既然不能持之以恒，当初何必坏她好事？

第二天早上，程晋山非拖着项嘉陪他去面试。

"你又不是小孩子。"项嘉一夜没睡好，脸色不太好看，表情也不耐烦，"没必要吧？再说，给别人的印象也不好。"

"那你在外头等我。"程晋山好说歹说，最后带她来到一家正在招人的水果店，项嘉在玻璃门外等他。

她不知道的是，他和店长没聊两句，就问了个奇葩问题——"工资低点儿也无所谓，不过，我能不能带我老婆一起上班？"

不要求学历和技术的普通工作很多，可项嘉不明白，为什么程晋山连续找了五六天都没碰到一个合适的。

"是不是要的工资太高？"她轻声问道。他有工作经验，长得年轻帅气，又有一把子好力气，没道理处处碰壁。

"跟那没关系。"程晋山低头扒拉米饭，情绪完全不受影响，"两千块钱还高？"

"下午还有个面试，睡完午觉再去。"见项嘉搁下筷子，他把剩下的菜汤倒进碗里，搅拌均匀，三两下吃个精光。

最近总是下雨。天像漏了似的，从早下到晚，间或休息一会儿，也闷热得令人喘不过气。后背总是汗津津的，一天要换好几次衣服。

下午两点多，项嘉被程晋山叫醒。

"我不想去，"她用毯子蒙住脸，困得眼睛都睁不开，"你自己去吧。"

"说好了的……"程晋山见她不肯配合，眼神发暗，伸一只手进去。

她不太配合，但也没表现出抗拒。程晋山搞不懂她这段时间以来的冷淡，急于用这种方式重新回到战局。

"你要迟到了。"大半个小时后，她看看手机上的时间，道出事实。

"没事，我发个微信说一声。"程晋山在一边擦汗。汗珠从后颈坠落，一路下滑到腰际。项嘉伸手接住，抹到他的腰窝，又戳戳他的腰。

程晋山心里高兴，连带着眉眼也舒展开，握住她的手，声音里含着笑意："再招我，我就真不去面试了。"

项嘉忙不迭将手抽回，起身换衣服。外面还在下雨，程晋山秉承直男审美，给她买了把折叠伞，透明伞面印满粉色樱花。他还贴心地备了雨鞋套，蹲下身给她套上，自己却满不在乎地蹚进水里。

项嘉为刚才的松动感到后悔，企图再次拉开距离："我不喜欢刚才那样。"

"真的不喜欢？"程晋山摆明了不信，挑着神气的眉毛低头看她，"还是有别的原因？"他从来都看不懂项嘉，但他有灵敏的直觉，她应该是喜欢的。

"……没有。"项嘉有些狼狈，扭过头看向街边的玻璃橱窗，语气生硬，"就是不喜欢。"

她编出个蹩脚的理由："女人……女人都是这样的，这段时间想，过一段时间又不想。"

浓眉渐渐皱起，程晋山分不出她说得是真是假，犹豫了会儿，点头答应："那行，你什么时候想，随时开口。"拉开点儿距离，从长远来看，说不定是好事，能让她看清他的真心。

"那——那还玩那种游戏吗？"程晋山摸摸鼻子，耳朵尖有些发红，"就你老和我玩的那种，就那种……打赌的游戏。"

他一说，项嘉就想起他凶猛又可爱的样子，眼神里藏着慌张，却不会违背她任何一个荒唐的命令，让她好想摸摸他的头。她握紧双手，指甲划拉得手心发痒，沉默片刻，还是克制地拒绝了他："也不玩了。"

程晋山有些失望——也不是多喜欢那种奇奇怪怪的游戏，只因为玩伴是她。而且，他能感觉出来，那种时候她的负面情绪多多少少能释放一些，心情也会变好。

"行啊。"他牵着她的手过马路，接下来再也没放开，"都听你的。"

他答应得爽快，又让项嘉变得不开心，他说要出去找工作时的异样情绪又泛上来。她也说不清楚，到底想要怎样。如果他死缠烂打，她会答应吗?当然不会。可他痛快退让,又让她觉得——什么喜欢得非她不可的浓烈感情,也不过如此。

总有一天,他会把好奇的目光转移到别人身上,他会发现,别的女人比她有趣、可爱、天真、干净,也能给予相等的、甚至更多的正面回馈。

出乎意料,这场迟到的面试竟然十分顺利。

小区门口的便利店,规模不大,但既有各类商品,又供应包子、茶叶蛋、关东煮和快餐。前任店员急着回老家结婚,老板再三确定程晋山可以立刻上班,又会操作收银机,便对他带家属上班的事睁一只眼闭一只眼。一个月工资三千块,比他预计的还多一千块。

便利店带一长排吧台,对面是一家挺文艺的书店,门前种满花草,窗景不错,挺适合项嘉坐,也方便他盯人。程晋山喜出望外,拉着项嘉进来感受环境。项嘉满头雾水,弄明白他的用意,神情变得怔怔的。

"程晋山,你……"这几天的恍惚演变成酸涩,她表情复杂地看着他,半晌憋出一句话,"你脑子有毛病吗?"她又不是离不开爸爸妈妈的小朋友,谁会带成年人一起上班啊?

程晋山"啧"了一声,自动忽略她的人身攻击,兴冲冲道:"我问过了,白班是早上九点到下午三点,晚班是三点到晚上九点,我和另外一个同事轮换。这样挺好,还能腾出时间陪你出去玩。"

找到新工作,应该好好庆祝。项嘉难得有心情下厨,买了一斤五花肉,交代程晋山剁成馅。程晋山很有动力,剁得案板"笃笃"响。

肉馅加盐、蚝油、生抽、老抽、胡椒粉、料酒、白糖、葱姜末,沿顺时针搅拌上劲儿,打入一个鸡蛋,再加一勺食用油。挑肉厚一些的长青椒,切掉头部,把辣椒籽抠出洗净,用筷子将肉馅塞进去,封口处蘸少许淀粉,避免肉馅外溢。

盐、白糖、料酒、生抽、水调出料汁。起油锅,小火将青椒煎出虎皮,把料汁倒进去,慢炖十分钟,不时推动青椒保证均匀入味。等到汤汁黏稠,这道青椒酿肉就可以盛出来享用。

程晋山放开肚皮,一口气吃了十几个,被辣得直灌凉茶。他打开电风扇，开到最高档，对着高速运转的扇叶瞭舌头，傻气又好笑。

项嘉没忍住，掏出手机，对着他拍了张照片。"咔嚓"一声，音效忘关，两个人大眼瞪小眼。项嘉压住逃跑的冲动，若无其事地将手机转向开满向日葵的小花园，"咔嚓"又照一张。

第二天早上，程晋山带着"准老婆"走马上任。简单交接之后，程晋山很快上手。

顾客一波波地来，有时忙碌，有时清闲。等早上这波人散得差不多，他腾出时间，往吧台角落看了一眼，见项嘉无聊地趴在桌子上发呆，他擦了把汗，开始准备关东煮。

他们来的时候吃过早饭，等到十点多钟，程晋山挑了几串关东煮给项嘉当点心。甜不辣是标配，鱼肉、海鲜和面粉混成甜咸风味，撒尿牛丸的名字不好听，却很形象，张嘴咬破一个小口，浓郁的肉汁立刻迸出来。再来几串鱼豆腐、鱼丸、鹌鹑蛋，最后配海带结解腻，程晋山加了两种酱料，送到项嘉面前。

"明天把充电器拿来，再给你下载几个游戏。"店里有 Wi-Fi，无论玩手机，还是看视频，都很方便。

"不用。"项嘉揉揉眼睛，拿起串鱼丸吃了一颗，指指外面，"我想出去转转。"

"不行。"程晋山不肯答应，"等我忙完，咱俩一起。"

项嘉本来也没抱多大希望，不过，与最开始的抵触和抗拒不同，现在的她，心境已经悄悄发生转变。她知道程晋山是真心实意地紧张，虽然不肯承认，但她竟有些受用这种关心。这不是个好兆头。

吃完关东煮，项嘉拿出手机看电影。两人都不舍得充会员，也觉得没那个必要。她看的是老电影，男人远走他乡，满面霜灰，女人颠沛流离，香消玉殒，充满怅惘与无奈。爱恨仇欲，到最后都化作一声叹息。

中午，又一波客流量上来。在格子间坐了一上午的女白领们结伴而来，各拿一盒轻食，边吃边吐槽无良上司；妈妈带着放学的孩子过来买牛奶，小男孩指着奥特曼卡片，和妈妈讨价还价；宅男手提购物篮洗劫零食区，装了半篮子膨化食品，又连拿五六瓶冰可乐，间隙往项

嘉坐的位置好奇地看了看。

人在屋子里还戴帽子，确实有点儿奇怪。可世界上怪人那么多，倒也不算特别稀罕。

程晋山抽了个空，跑到隔壁沙县小吃，给项嘉买了一份蒸饺、一道茶树菇排骨汤。他自己只买了份最便宜的葱油拌面，勉强垫了个三分饱。

"咱们以后可以带饭过来吃，有微波炉也方便。"他看着项嘉小口喝汤，轻轻摸摸她头发，发现发尾太长，已经开始分叉，"下午带你剪头发。"

吃完饭，项嘉边晒太阳边睡午觉，程晋山却闲不下来，将店里的商品余量盘了一遍，按老板给的手机号码联系供货商。

下午三点，同事过来交接。是个和程晋山差不多大的年轻男孩子，没什么心眼。看见项嘉的脸，他夸张地"哇"了一声，看向程晋山时，眼里充满崇拜，迫不及待地想找他取经。项嘉不自在地走到门外等程晋山。

几分钟后，他出来牵住她的手："他没什么恶意，别生气。"

项嘉"嗯"了一声。

"去书店看看？"他发现项嘉白天往对面看了好几次，打算借几本书给她解解闷儿，项嘉果然没有拒绝。

书店比想象中大很多，除去地面部分，还有相当宽敞的地下一层。分区很规整，进门是畅销书，左边是小说、漫画，右边是实用功能很强的考试用书，负一楼则包罗万象，还有单独辟出来的一块阅读区，摆满桌椅和绿植。阅读区旁边是个小小的咖啡店，咖啡豆的酸苦气息在空气中悄悄弥漫。

"这地方不错。"程晋山去收银台办了张借书卡，塞进项嘉手里，"借几本书，明天带到店里看。"

项嘉也喜欢这里，挑了两本感兴趣的小说，抬头看见程晋山正盯着对面书架上的题库发愣，也跟着怔了怔。因为她，他好不容易安定下来的正常生活全部停摆，学习计划也无限期搁浅。

"要不要……"她欲言又止，难过的情绪又泛上来。等上头期度过，他总有一天会后悔。

程晋山回答得很快:"等你好起来再说。"

真的……会好起来吗？项嘉亦步亦趋地跟着程晋山来到地下，漫无目的四处翻看。抱着小说看了小半本，她抬起头，发现对面坐着的程晋山看得比她还认真。有些好奇地推高书脊，看清书名，她哭笑不得——《挖掘机入门与实践》。

程晋山有些不好意思，小声道:"好看，我要借这本。"没有男孩子能拒绝挖掘机。

生活就这样暂时步入正轨，两人二十四小时捆绑在一起，同进同出。

下班之后，他们或是在书店看书，或是去菜市场买菜，有时候租一辆共享单车，项嘉沿着崎岖不平的青砖慢慢往前骑，程晋山在后面跟着跑。遇到台阶，公主下车，骑士毫不费力地扛起单车，"噔噔噔"搬到对面。

半个月后，鉴于项嘉情绪稳定，程晋山暂时放松对她的看管。说放松也有限，只给了她独自前往书店的特权。他仔细探查过，书店只有一个出入口，窗户都加了防盗栏，也没卫生间，不存在她从眼皮子底下偷溜的可能性。

"要是在书店出什么事，人家会追究我的连带责任。"程晋山还是不放心，再三警告项嘉，"我是穷光蛋，可没什么钱赔他们，逼急了只能跟你一起走。"

项嘉被他唠叨得耳朵起了茧子，敷衍点头:"好。"

"半个小时回一次短信，一个小时通一次电话。"程晋山耳提面命，将人送到书店门口，"要是不接，我立刻冲进去。"

项嘉叹了口气，宽他的心:"不会的。"

她照旧选了最偏僻的角落，坐下来看书。很悲伤的文字，特别具有代入感，看了没多久，项嘉就皱起好看的眉毛，眼红红的要哭，一包茉莉香味的纸巾递到她面前。

身材高瘦的男孩子在旁边落座，戴着棒球帽，从T恤到牛仔裤，再到运动鞋，都收拾得很干净。他望过来，眼睛里盛着关切，拿捏得恰到好处，不惹人讨厌。

　　一只手挡住嘴唇，他压低了声音，轻声问了句："姐姐，我观察你好久了，你男朋友……是不是控制狂啊？"

　　他的声音清润悦耳，非常好听。眼睛是内双，左眼角有一颗小小的泪痣。鼻梁高挺，嘴唇红润，皮肤很白，看起来元气满满，和程晋山是完全不同的类型。

　　项嘉错愕，摇头道："不，他不是。"

　　少年一脸不信："我都看出来了，姐姐还在帮他说话。"

　　乔今在阅读区旁边的咖啡店打工，早就注意到这对奇怪的情侣。男生总是寸步不离，对女人保护得过了头，有人不小心碰到她，还要龇牙咧嘴放狠话。女人则很安静，躲在角落看一些情感细腻的书籍，每到固定时间，她就温驯地任由男生牵回家。

　　乔今从没见她笑过，也是，天天对着那么位一言难尽的男朋友，谁能笑得出来？没看她难得自己来一回，坐着坐着，就哭起来了吗？

　　"他真的不是。"项嘉试图解开误会，还没说完，手机屏幕就亮了起来。那边一口气发来七八条微信，紧接着电话也打了过来。

　　乔今皱着眉说道："姐姐，单方面忍耐，不会换来好结果。控制欲太强是种病，我建议你带他看看心理医生。"

　　说着，看见有顾客来，他起身去做咖啡，指指那边的柜台："我叫乔今，每天都在，如果有需要帮忙的地方，随时找我。"

　　陌生异性拉开距离，令项嘉悄悄松了口气。她接通电话，小声问："怎么了？"

　　"你要吓死我？打电话为什么不接？"程晋山的咆哮声从里面传来，引起路人侧目，"老子差点儿撤下店面冲过去找你！"

　　"我在看书。"项嘉轻声解释，看起来确实像个受气包，"你忙你的……"

　　脸颊不小心碰到扬声器，将程晋山粗声粗气的话语外放："给老子老实点儿，老子还想多活几年！"

　　项嘉手忙脚乱挂断，回过头和乔今的眼神对上。他一边磨咖啡豆，一边充满同情地对她摇头。得,这下是彻底洗不清了。

承人好意,项嘉偶尔也照顾乔今生意,买杯咖啡来喝。听他说是朋友开的店,朋友出资,他出技术和力气,除去基本工资,年底还能对账分红,也算是位小老板。一来二去,两人渐渐熟悉。

乔今锲而不舍地劝她,哀其不幸,怒其不争。程晋山在场的时候,他又变得少言寡语,冷着脸往项嘉的奶茶里猛加珍珠,在程晋山的咖啡里加了大半杯冰块。

"这什么玩意儿?"程晋山发现吸管戳不进去,使劲儿一晃,冰块多得压根晃不动,"怎么做生意的?"

"就这么做生意,爱喝不喝。"乔今见他凶相毕露,心里有点儿犯怵,却觉得输人不输阵,跟着提高音量。

"你——"程晋山将杯子往柜台上一摔,被项嘉及时拉住。

"好了,在书店里小点儿声。"她抱歉地对乔今点点头,拽着程晋山坐回去,小声解释乔今的敌意从何而来。

程晋山听得脸色青一阵白一阵,想拍桌子,又强行忍住,气得失去表情管理能力:"我控制你?我把你当我们家姑奶奶供!我要有那本事,至于天天提心吊胆、担惊受怕?"

项嘉看他一眼:"你不乐意?"

"……乐意。"程晋山立刻变乖巧,过了会儿还是咽不下这口气,"不行,我得找他说道说道。"

"小心越描越黑,毕竟——我们现在的相处模式,确实有点儿奇怪。"项嘉喝了一半咖啡,见他被面前那杯苦得五官抽搐,将自己这杯推过去。

"关心你有什么问题?"程晋山依然不能理解乔今的脑回路,顺手接过咖啡喝了两口,满嘴珍珠爆出浓郁焦糖味,他茅塞顿开,"老子明白了,他对你有意思!"

项嘉心里一颤,脸色跟着变白。也不是没可能,程晋山提醒得对,她点点头:"我知道了,以后跟他保持距离。"

连着好几天,项嘉再没买过咖啡。

乔今堵住她,表情有点儿委屈:"姐姐,你最近怎么不理我?是生我气了吗？"

"没有。"项嘉后退半步，不耐烦地抱紧怀里的书，"我还有事，麻烦让一下。"

"是因为我劝你离开他吗？"乔今撇撇嘴，长长的眼睫毛在泪痣附近刷出阴影，"他有什么好？让姐姐这么死心塌地。"

"他特别好。"项嘉觉得这话有几分绿茶的意思，听着刺耳，忍不住反驳，"你不了解他，但我了解。"

"……姐姐是不是误会我了？"乔今一时语塞，他敏锐地察觉到她的疏离和敌意，尝试解释，"我对你没什么企图就是……就是一个人太孤独，觉得你很亲切，想和你做朋友。"这话听着更怪。

"你可以交同性朋友。"项嘉低头看了眼手机，"我不和异性做朋友。"再有三分钟不出去，程晋山就要冲进来咬人了。

她话说得这样直接，让乔今一时下不来台。他挣扎片刻，咬咬牙道："姐姐，我给你看样东西。"

他从柜台后面拿出双肩包，是每天背的那个，做贼一样左右看了看，拉开半边拉链，小声道："你……你看一眼就明白，我为什么想和你做朋友。"

项嘉狐疑地看着他，她扭过头，看到身后就是摄像头，不远处还有顾客。确定光天化日之下，他不敢对自己做什么，这才微微点头。

乔今紧张地捏紧书包，涩声道："要是觉得接受不了，拜托你别叫，也别骂我。"他似乎遭遇过类似的难堪处境，有些心理障碍，却勇敢地将书包扯开，向她的方向递了递。

项嘉倾身，往包里看去——书包里的东西并不算奇怪，都是常用的化妆品以及一些假发片。她若有所思，表情镇定地重新打量乔今。有喉结，个头虽然比不上程晋山，也差不太多，是男人没错。

"对化妆感兴趣？"烦躁渐渐退去，她的态度温和了许多，为了照顾他的隐私，特意压低声音。

见她接受能力良好，乔今大大松了口气，拉着项嘉去隐蔽处说话。

乔今从小就喜欢研究各种服装造型，看到电视节目里，因妆造改变而"脱胎换骨"的素人们，眼睛都在发光，打心眼里向往能够成为那样化腐朽为神奇的造型师。然而，在小县城，"化妆""造型"被默认为是女孩子才会感兴趣的事情，他偷偷买来化妆品，因为找不到合适的模特，在家里拿自己练手，被家人发现后，遭到他们的强烈反对。乔今只好假装放弃，等他磕磕绊绊考上高中，因为交不到谈得来的朋友，性格越来越自闭，好不容易认识了个性格不错的女生，鼓足勇气分享秘密，却被对方当成变态，闹得人尽皆知。

乔今破釜沉舟，坐上朝南的火车，从此再也没有回头。换了个地方生活，他到处打工，拼命赚钱买化妆品，还自学了服装设计。为了实现自己的梦想，他需要很多很多钱。

现在乔今的性格渐渐变得阳光开朗，对未来也充满期待，只是他再不敢把真实想法分享给别人。但是，也不知道为什么，他第一眼见到项嘉，就觉得投缘。或许是因为，她身上也藏着许多秘密，拥有相近的气场，令他感到亲切。

短暂的惊讶之后，项嘉记下他的联系方式，迫于程晋山的夺命连环Call，急匆匆离开："明天再聊。"

她对乔今印象不坏，也不想辜负对方的这份信任，或许她真的能帮上他不少忙。

这晚，程晋山锲而不舍地说乔今坏话："今天他有没有骚扰你？那小子肯定居心不良，你可得防着他点儿！一有不对劲儿，立马告诉我，知不知道？"

项嘉的态度却来了个一百八十度大转弯，反过来替对方说话："没有的事，是你误会了，他人挺好的。"

程晋山愣了愣，脸色立刻难看下来，在心里大骂乔今绿茶。

接下来的日子里，乔今和项嘉越来越熟悉，时不时向她请教化妆技巧，有什么新的收获，也会激动地和项嘉分享。项嘉不遗余力地提供帮助，有时候还会给他科普造型师可能遇到的各种麻烦，教他怎么得体地处理突发状况。

她的语气温和而有力量，不夸大其词，也不粉饰太平，将一直遮挡在乔今面前的迷雾驱散，使他的双眼变得清明，目光变得长远。乔今考虑了很久，最终还是选择听从自己的心。

书包里的装备还没有备齐，他请求项嘉陪他一起逛街，再买顶假发，挑几件剪裁独特的衣服，俨然已经把她当作了自己的姐姐。

突破程晋山的严防死守，不是件容易的事。项嘉在书店的员工更衣室换上宽大的T恤，戴着乔今的棒球帽，两个人偷偷溜出去。

"控制欲这么强，姐姐居然受得了，该不会给你下降头了吧？"乔今锲而不舍地说程晋山坏话。

"他不是控制我，是关心我。"项嘉带乔今走进不远处的商场。

晚上，项嘉正在看电视，收到乔今发来的短信，从文字里也能看出他的激动——我刚刚化了妆，穿着自己设计的衣服出去走了一圈，紧张得浑身都是汗，好多人夸我好看，还有人问我衣服是在哪里买的。

项嘉简短回道：晚上注意安全。

"跟谁发短信呢？"程晋山忽然出现在身后，吓了她一跳。

"没……没谁。"项嘉莫名心虚，将手机倒扣在沙发上。

程晋山绷着脸，盯着手机看了半天。她到底在跟谁联系？表情怎么那么放松？要是知道她的手机密码就好了……程晋山被自己的念头吓了一跳，他怎么真的有点儿像控制狂？都怪乔今那张乌鸦嘴。

"吃什么？我去准备。"他转移话题，心里已经打翻了一缸醋。

"你不是买鱼了吗？吃酸菜鱼吧。"项嘉回答。

酸死自己拉倒，程晋山臭着脸，跑到厨房收拾食材。鱼片反复淘洗后，加盐、白胡椒粉、蛋清、淀粉，抓拌均匀腌制。酸菜冲洗后切成细丝，焯水备用，再洗一碗黄豆芽。

项嘉系上围裙，放油炒香葱、姜、蒜，下入鱼头、鱼尾和鱼骨，大火翻炒，加入酸菜再炒一分钟，倒入滚水，下黄豆芽，中火煮到汤色变白，加盐，把锅里的东西捞出，铺在大海碗的底部，这时候再把鱼片放入汤中小火焖煮。最后把鱼汤浇在碗里，烧热油爆香花椒和干辣椒，"滋啦"

一声冒出青烟，鲜香酸辣，十足够劲儿。

程晋山把大部分鱼片都夹到项嘉碗里，就着酸菜扒拉两碗饭，酸得眉眼抽搐。

夜里，他抱着项嘉，死乞白赖亲了两口。半睡半醒间，蒙眬感觉到项嘉又在抱着手机打字，他不高兴地伸手抢手机："快睡觉，夜里玩手机伤眼睛。"

项嘉果然老实下来，枕着他胳膊当枕头，调整了个舒服的姿势。

睡到半夜，忽然停电。程晋山很快热醒，往项嘉后背摸了一把，发现全是汗。他骂了一声，穿上大裤衩跑出去转悠一圈，是大范围停电，周围黑漆漆的一片。

程晋山最怕热，暴躁地打电话投诉供电部门，又跑老远买了把老式蒲扇。他回到屋里时，项嘉也被热醒了，换了条睡裙，正坐在凉席上犯困。

程晋山打了个哈欠，把人按回去："问过了，最早得明天早上来电，你先睡。"

他"呼呼呼"手动操作，将扇子摇得像个电风扇，带来阵阵凉风。项嘉怔了怔，不知怎么，眼睛有些发酸。她贴着他，嗅着他身上传来的隐隐汗味儿，竟然很快进入梦乡。

程晋山左右手轮换，连续扇了三四个小时。眼看天色发白，他终于撑不住，脑袋一歪，抵着项嘉发顶昏睡过去。

相处的时间久了，项嘉渐渐发现，乔今骨子里很活泼，很符合她曾经对弟弟妹妹的幻想。他常常托着脸坐在她旁边嘀嘀咕咕，说些对未来的向往。

"就算他不是控制狂。"乔今仍然锲而不舍地说着程晋山的坏话，"我也觉得他配不上你。"

项嘉怔了怔，苦笑一声："你有没有想过……可能是我配不上他呢？"

人有时候就是这么奇怪，对亲近的人冷漠，却和陌生人讲心里话。

朝夕相处了这么多日子，如果说她对程晋山毫无感觉，对他那么多掏心掏肺的付出无动于衷，未免太不诚实。事实上，从没人像他对自己这么好过，单纯热忱，不抱目的，不计后果。

世故的人，总是很容易被天真打动。可她越心动，就越害怕。就像她劝过虞雅的道理一样，"无欲则刚"。只有不抱希望、没有所求，才不至将自己置于难堪境地，不必承担被对方弃如敝屣的后果，才能永远不会受伤。

而且，她和程晋山，无论从哪一种角度衡量，都不合适。她是深不见底的黑暗，是堕落，是疯狂，是绝望，是常人难以想象的痛苦；他是不染尘垢的洁白，是无知，是天真，是痴妄，是明知不可而为的孤勇。

光与夜怎么爱恋？掺杂着自厌、自卑、怀疑、恐惧的感情，这么不纯粹又不美丽的一团混沌，也可以称之为爱情吗？

这一年多以来，项嘉常常觉得，自己已经失去了五感，逐步变成一个阴森恐怖的黑洞。在平静的外表下，涌动着不安分的因子，随时可能爆发。总有一天，她将裹挟着可怕的摧毁欲，吞噬程晋山给予的那么可贵的感情，吞噬生命中稀薄的温暖，毁灭一切。所以，她不敢迈出那一步。

她害怕主动倾吐不堪的过往，含着泪抬起头时，却撞见他嫌恶的眼神；她害怕不定时到来又不受她控制的低谷期，会快速消耗掉他的耐心，听到那张说过情话的嘴里吐出恶言恶语；她更害怕如影随形的梦魇化为实质，拖累他陷入更大的麻烦。

她都不知道该怎么生存下去，又哪里来的力气，学习怎么爱一个人呢？

项嘉替乔今挑选化妆品，教他怎么根据每个人的面部特点化妆。她有一双巧手，游刃有余地推匀粉底，在恰当位置刷上高光和阴影，突出特质，掩盖缺点。

乔今认真地学习着，时不时低头在本子上做笔记。他换上设计得有些另类的衣服，和项嘉并肩走进商场，发现自己的担心和紧张都是多余的，大多数人的目光都凝聚在项嘉脸上，偶尔有人过来搭讪，要的也是项嘉的联系方式。

"姐姐，你长得这么好看，真该化化妆，闪瞎他们的狗眼！"乔今不理解为什么项嘉化妆的手法那么熟稔，却总素面朝天。

项嘉兴致不高，压低帽檐，和他一起吃了顿简餐，便急着回便利店。

夏天快要过去，程晋山租了一艘小船，带项嘉去湖里摘莲蓬。

划着船桨在湖边打了几个转儿，他很快掌握技巧，往荷叶深处驶去。半人高的荷叶有雨伞大小，大半荷花已经凋谢，小部分红红白白的花瓣散落在深碧浅碧的背景之中，像一幅淡雅素丽的油画。

程晋山摘了朵大个儿的莲蓬，剥开嚼两口，甘甜青涩，转手递给项嘉："尝尝，味道还行。"

没多久，项嘉就装了满满一塑料袋的莲蓬，怀里还抱着几枝荷花。她低头闻闻馥郁香气，再抬头看看他小麦色的脸庞，神情有些恍惚。

"热不热？"程晋山蹲下身用手给项嘉扇风，"脸怎么这么红？可别中暑了！"

"我没事。"项嘉拉他坐下休息，一只手探入微凉的湖水，拨出粼粼波光。夕阳逐渐将水面染红，这幅油画的色调变得温柔又寂寥，天地间仿佛只剩下她和他两个人。如果是真的，那该有多好？项嘉靠在程晋山肩头，慢慢闭上眼睛。

程晋山的呼吸跟着放轻，有一搭没一搭地抚摸她的长发。这么难得的宁静时光，他偏偏要说煞风景的话："我明天就要发工资了，你想要什么？"

项嘉重新睁开眼睛，挺直脊背："……我饿了，回去吧。"

"说啊，你想要什么？"程晋山追问着，站起身把小船往回划，"只要不是太贵，都给你买。"

项嘉有点儿生气，将脸偏过去，看向渐渐暗下去的天色，再看看被船桨拨弄得微微点头的荷叶。片刻之后，她的唇角又勾起一个微不可察的弧度。

他们在岸边的小饭馆里吃饭。

新鲜的鸡头米已经上市,这东西也叫芡实,外形像莲子,烹饪方法却不大相同。一碗酒酿混三碗清水煮开,加冰糖调味,放入新鲜鸡头米,煮三十秒,保留独特香气和Q弹口感,紧接着打入蛋液,快速搅散。勾薄芡,加枸杞,立刻盛出,就是一道香甜可口的甜汤。有个很形象的说法,用来形容鸡头米的口感,"韧起起"。

饭吃到一半,项嘉忽然开口:"给我买条手链吧。"她顿了顿,补充道,"银的就行,不要太贵。"

她难得开口要点儿什么,也是想给自己留个念想。万一有一天,他们因为各种不可控的原因分开……有个信物,至少可以证明,这段温柔安静的岁月,真的在她贫瘠可怜的生命里存在过。

"行啊。"程晋山立刻答应,他财大气粗,充满暴发户气质,"买买买,明天就买!"

她不知道,有枚曾经花掉他全部积蓄的金戒指,已经在裤子口袋里藏了很久。

挑手链的时候,程晋山在不停提意见。

"这条太细,又不是买不起粗的,戴出去让人家笑话我抠门儿!

"干脆买个手镯得了!看这个多宽、多沉,上面还印着莲花……

"带小桃心的也挺好,排一串儿!欸,这小钻是真的假的?"

项嘉没有理会他的直男审美,最终选中一条细细的银手链。六枚方方正正的小银块连在一起,精致又空灵,充满几何美学。

程晋山一边掏钱,一边嘟嘟囔囔:"才一百多块钱……可别说是我送的,丢不起这人……"说归说,他还是迫不及待地给项嘉戴上。

她虽然吃胖了点儿,手腕却不见粗,拇指与食指可以轻松圈住。白皙的肌肤上青筋若隐若现,脆弱到他下意识屏住呼吸。

将接口处扣好,他轻轻拨拉两下,心里挺高兴:"是好看嘿!"

项嘉也盯着看了一会儿,轻声道:"谢谢。"她收过很多昂贵的礼物,这大概是其中最便宜的一件,但她最喜欢。

直到夏天彻底过去,程晋山才突然发现——他在前线冲锋陷阵,敌人却深入后方水晶，直接偷家了。

这天下午，过来换班的小刘提前了半个小时，程晋山拎上刚烤好的烤肠，快步走向对面的书店。工作日的书店顾客很少，地下一层更是空空荡荡，他脚步轻快地走向阅读区，却撞见出乎意料的一幕。

项嘉和乔今肩并肩坐在一起，很亲近。两人穿着颜色相近的 T 恤，乍一看很像情侣装。眼角带着泪痣的白净少年比画着说些什么，嘴角噙着笑意。项嘉安静听着，时不时微微点头。干净的玻璃窗透进一束金色阳光，越过他的发梢，照在她漂亮的脸上。

郎才女貌，养眼至极。

程晋山眼前一黑，辛辛苦苦培育出来的大白菜，长得水灵灵，眼看到了丰收季，却被别家的猪拱了。他抓紧手里的烤肠，打算冲过去，一股脑儿砸在乔今头上。

刚走两步，他的脚尖又调了个弯儿。高大的身躯蹲在花架后面，脑袋上挡了盆绿萝，勉强遮挡行迹。深藏在骨子里的自卑渐渐浮上来，程晋山想起项嘉说过的那句话——"我一点儿都不喜欢你"。

除了每天像伺候姑奶奶一样伺候她，他没讨来一句准话，没争到什么名分。他哪里来的立场和底气，跑到她面前兴师问罪？

再说，项嘉一向吃软不吃硬。他压不住心里那股火，说话肯定夹枪带棒，根本斗不过绿茶心机男，说不定还会把她推得更远。

程晋山憋屈地蹲在地上画圈儿，他知道现在的姑娘都喜欢小奶狗，知道乔今比他可爱，比他知情识趣，比他会讨人喜欢。可项嘉用完就丢，也真是没良心。

心里醋得要死，调整了半个小时，好不容易装作无事人，等乔今离开，他才像往常一样出现。

"今天没什么事吧？"他往咖啡店的方向努努嘴，"那小子骚扰你没？"

"没有。"项嘉像往常一样哄他，程晋山心中暗骂一声。

两人和往常一样去菜市场买菜，程晋山心里不舒服，看见绿色就觉得是在嘲讽他，又跟鱼摊的活王八互瞪了半天，嘴里骂骂咧咧的。

项嘉今天做麻婆豆腐。豆腐切块，放进滚水中焯烫，捞出来后泡在淡盐水里，避免粘连，也利于定型。五花肉剁成肉末煸炒片刻，加入红油豆瓣酱，倒入开水，再次煮沸后下豆腐块，加蚝油、生抽、老抽、盐、白糖调味。勾芡之后，撒一把翠绿的小葱，就可以关火了。

这么下饭的菜，程晋山却没有胃口。对着一粒米播弄半天，他试探道："老在书店待着，也挺无聊的吧？旁边还有家网吧，明天给你办个会员？"

项嘉果断拒绝："网吧烟味大，难闻。"

"那就开个包间。"程晋山皱起浓眉，为了隔开她和乔今的距离，也顾不上省钱，"你喜欢看书，电子版不也一样？看累了还能玩会儿游戏，刷刷电影。"

项嘉低头吃饭，用沉默表达抗拒。片刻之后，程晋山败下阵来："算了算了，你喜欢在哪儿，就在哪儿。"

网吧就安全了吗？毛头小子不是更多？根本防不胜防。这事的根源还在他自己，他得想办法抓住她的心。

晚上，程晋山把自己洗得干干净净，夺过项嘉手里的书。他跪坐在她身侧，大着胆子用双臂困住她。温暖的灯光下，拉长的影子和穿着睡裙的身影重叠。

项嘉有些紧张，又有些困惑，愣愣地看着他。俊脸逐渐放大，干燥的嘴唇蹭蹭她的脸。没人引导，他一直没什么长进，总是像小狗一样，热情又急躁。可今天不太一样，他很温柔，像在品尝什么可口的糖果……不，用巧克力来比拟，或许更为恰当。

项嘉感觉，自己从固体化成了液体，下一刻就要沦陷。充满疼惜和爱怜的温柔，震颤到她整颗心都在颤抖。她调动最后的自制力，将脸转向窗户。如果没有猜错，这还是他的初吻，她不配拥有。

璀璨如星的眼眸微微黯淡，程晋山却没有强求。他拉开距离，从床头柜拿起一套纸牌。有些扎手的脑袋在她颈窝处蹭了几下，他低声发出邀约："要不要玩会儿真心话大冒险？提什么要求都可以。"再过分的都可以。

他之前看过几部恋爱番剧，那时候不能理解，为什么倒霉催的男二，明明知道女友已经和男主这样那样，还要装作若无其事，甚至做出更卑微的举动，讨好女友，挽留女友，一点儿骨气都没有。可这会儿，他忽然能够共情——不是没有血性，只是太过在乎。

然而，项嘉缓缓摇头，拒绝了他的邀请，她已经无法心安理得地欺负他。程晋山心里"咯噔"一声，他想发火，想冷笑，与此同时，又没出息地想哭。真就腻了呗？

自打定居到这里，两个人亲密的次数屈指可数。程晋山蠢得相信了项嘉，完全没想到她已经开始搜寻新目标了。如果这都不能吸引她的注意力，他还能做什么？乔今又是怎么讨好她的？

程晋山束手无策，将纸牌扔到一边，靠着她发愣。她现在还肯让他靠，再过几天，会不会提出分开休息？可他很喜欢抱着她，他不想再睡沙发，更不想打地铺。

察觉到程晋山低落的情绪，今晚三番两次拒绝他，项嘉有些过意不去："别压着我，好沉。"

她偏了偏白净的脸，轻轻把他扒拉下来，两个人面对面侧躺。温热的呼吸扑在他脸上，他眼睛一眨不眨地盯着她看，专注又可怜，像只受了天大委屈的大狗狗。项嘉把手伸过去，一下一下慢慢摸他的头，表现出罕见的温柔。

程晋山有点儿受宠若惊，与此同时，又控制不住地想，她是不是已经做了对不起他的事，因为愧疚才给出补偿？

快乐变得不快乐，他完全不在状态，抓住她的手放在胸口蹭了蹭："睡吧。"

他也拒绝了她。项嘉的心思比他更重，也不知道胡思乱想了些什么，她熬到后半夜才睡着。

第二天，程晋山请同事顶班，偷偷跟踪项嘉。

发现项嘉换了套衣服，和乔今熟门熟路地溜出来，他恨得咬牙切齿。乔今知道她什么心理状态吗？万一有个闪失，他找谁要人？

两人走进商场，逛了一个多小时。平心而论，乔今是比他有眼光，挑的几条裙子都挺好看。问题是,那些裙子不是露背就是露腿,项嘉平时穿衣服那么保守,怎么可能看得上?

这么想着,程晋山竟看见项嘉点点头,抱着裙子走进了试衣间。不一会儿,乔今也跟了进去了。程晋山大惊失色,往里冲了两步,又刹住车。他蹲在角落,把头发挠成鸡窝。

还是一样的顾虑,他最多算她捡来的小宠物,主人在外面喂养野猫野狗,就算心里再气,又有什么资格发火?

程晋山脑补出许多糟糕的画面,恼得指甲在墙壁上乱抓。话说回来,项嘉不是最讨厌和异性有接触吗?他还以为只有他是特别的,原来还是看脸。

好在,没过几分钟,项嘉和乔今就走了出来。两人表情正常,也没什么不对劲儿。项嘉把挑中的裙子放在收银台,乔今自然地结账,接过购物袋,奔向下一个化妆品店,把程晋山看得目瞪口呆。他们的关系已经好到这种地步了吗……

程晋山跟了大半天,下午又看着项嘉撒谎,别提多闹心。她还要火上浇油,提议道:"明天中秋节,乔今一个人在外面挺孤单的,咱们邀请他来家里吃顿饭吧?"

程晋山捂住心口,太阳穴"突突"乱跳。他的表情变得阴沉,眼睛里也没什么温度,令项嘉觉得有些陌生:"我要是不同意呢?"

"不同意就算了。"项嘉淡淡回答。

其实,是乔今听说她会做饭,想上门蹭顿饭吃。不过,她提出这个建议,多多少少也藏了点儿试探程晋山的小心思。她想看他吃醋,想让他表现出强烈的在意。虽然她不知道,如果他真的吃醋,自己又能做些什么,来回馈这一份热烈又珍贵的心意。

可程晋山缓了缓,竟然松了口:"跟你开玩笑的,怎么会不同意?你的朋友就是我朋友,随时欢迎。"

他在心里默念——要冷静,要大度,要让乔今见识见识他的宽阔胸襟,知难而退。但项嘉怔了怔,变成同款阴沉脸色。

今年的中秋节来得早，比国庆提前二十多天。既是传统节日，又有客人上门，自然要好好准备。

程晋山担起采购重任，狠狠心大出血，买了三个刚上市的软籽石榴。十块钱一个，真就贵到离谱。活鱼活虾必不可少，买块卤好的酱牛肉，再割两斤五花肉，搭配把空心菜，就算齐活儿。

往年吃的是广式月饼，今年换换口味，他买了几盒苏式月饼。馅料都大差不差，关键在于饼皮。苏式月饼看着简洁朴素，皮没有经过模具处理，略显单调，真尝起来，才发现层层起酥，暗藏乾坤。

项嘉各种口味都挑了一盒，玫瑰果仁、黑芝麻椒盐、红豆细沙、八宝五仁、火腿猪油，一样四个，简装成圆筒状。

程晋山在旁边阴阳怪气："真就雨露均沾呗？"

"什么？"项嘉微微皱眉，发现他对自己态度变差了。这才逛了多久，就不耐烦了吗？

"没什么。"程晋山强行咽下一口恶气，指指远处快要见底的那个格子，"蛋黄的也拿一个，你不是喜欢吃吗？"

项嘉难得有兴致，做了满满一大桌菜，趁着天气还不算凉，摆在院子里的葡萄藤下。

乔今带两瓶干红葡萄酒到场，说是从朋友那儿要来的，品质不错，给项嘉喝着玩。席间，他嘴巴像抹了蜜，不停夸项嘉厨艺好，又叽叽喳喳说起最近票房不错的电影，对程晋山视而不见。

程晋山闷头喝酒，红酒喝完又拎出一箱啤酒，非要和乔今拼酒量。乔今察觉出他的敌意，不想发生什么不愉快，害姐姐在中间为难，任凭他怎么激，就是不肯喝。程晋山越看乔今越不顺眼，只觉绿云罩顶，就着圆圆黄黄的月亮，把自己灌得烂醉。

吃完饭，乔今体贴地刷干净碗，指指趴在桌上睡觉的程晋山："姐姐，要不要我帮你把他弄进去？"

"不用。"项嘉摇摇头，把他送到门外。

她回过身叫程晋山："程晋山，进屋睡。"

连叫好几声，程晋山的眼睛才勉强睁开一条缝。英气的眉毛皱得死

紧,他吃力地将焦距对准项嘉的脸,忽然撇撇嘴,烦躁地说道:"项嘉,你没有心。"吃着碗里看着锅里,真是个坏女人。

项嘉一愣,准备去扶他的手瞬间变得冰凉。他终于受不了她的疏离冷漠,开始抱怨了吗?

程晋山醒来的时候,觉得头痛欲裂,浑身酸疼。他发现自己躺在冰冷的地板砖上,被子一半压在身下,另一半搭在沙发上,枕头被踢得老远,也不知道自己是什么时候掉下来的。

不对,他怎么会睡沙发?程晋山一个激灵,试图想起昨晚喝醉酒后发生的事,大脑却一片空白。他没发酒疯,没干什么奇奇怪怪的事吧?心里正打鼓,他抬头看见项嘉从楼上下来。

她面无表情,手里抱着两本书,问:"去上班吗?"不像生气的样子。

程晋山悄悄松了口气,挠挠头爬起来,打哈哈道:"我怎么在这儿睡了一夜?"

"你说睡沙发更舒服,还说以后都要睡楼下。"项嘉面不改色地撒谎,进一步拉开距离,"我已经帮你把换洗的衣服收拾好了,有空自己搬下来。"

这是要分开休息,程晋山早有预感,却没想到这一天来得这么快。他脸色一变,脱口而出:"不可能!我怎么会说这种话?"

项嘉没理他,转身就走。程晋山急得跳脚,胡乱洗了把脸,匆匆追过去。

他起得晚,刚到便利店就开始忙。一口气忙到十一点多,好不容易喘口气,还没来得及思索和项嘉的事,有个浅绿色的影子闪进店里,轻轻拍了拍柜台。

女生是熟客,在小区附近工作,年纪不大,性格挺活泼。最近这半个月,她每天都往便利店跑两三次,也不知道怎么有那么多东西要买。

"小哥哥,早上好呀。"女生眼睛亮晶晶地看着他,说话声音挺嗲。

程晋山点点头,公事公办:"买点儿什么?"

"不买东西就不能找你吗?"她噘了噘嘴巴,又露出小酒窝,"我叫许蔓,你叫什么?"

程晋山自报家门,看见供货商过来,急急忙忙打发她:"我还有事,麻烦让让。"

许蔓笑吟吟地和他挥手:"行,改天有空再聊!"

下午快换班的时候,她又跑过来。

"同事带的梅花糕,太多了,吃不完,分给你们几个。"她提前装好两个袋子,递给程晋山和另一个员工小刘,又提出加他微信,"明天早上给我留两个玉米呀,要嫩一点儿的,煮好了告诉我一声。"

这个要求不过分,程晋山吃人嘴软,通过了好友请求。

许蔓前脚刚走,后脚,小刘就捣捣程晋山的胳膊,挤眉弄眼地说:"兄弟,桃花运挺旺啊!"

"别胡说,人家没那意思。"程晋山不以为然,"再说,我有媳妇儿!"

他拎着还热乎的梅花糕去书店找项嘉,低头闻闻味儿,分别是豆沙馅和紫薯馅。将项嘉爱吃的紫薯馅递给她,程晋山低头咬了口软糯糯的小元宵,含着葡萄干想心事。

梅花糕是本地经典小吃,蜂窝状的模具连同铁盖在炉子上烧热,刷一遍油,倒入事先调好的面浆,缓缓转动,让面浆均匀黏在壁上,形成微微焦黄的外壳。在每个孔内加入不同馅料、白砂糖、猪板油丁,上面再浇一层面浆,撒上小元宵、红绿丝、葡萄干、小颗红枣,加盖烧熟。

项嘉觉得挺特别,轻声问道:"哪里买的?"

"啊?"换作平常,他肯定实话实说,可这段时间两个人相处得不大愉快,又有乔今虎视眈眈,他怕她多想,于是胡乱搪塞过去,"路边小摊买的。"

这天晚上,他蔫头耷脑地提着行李箱下楼。

今天睡沙发,明天就有可能被她扫地出门,形势对他很不利。程晋山又委屈又生气,后半夜再度滚到地上,抱着茶几腿做噩梦。

第二天,或许是着了凉,他的嗓子有点儿发炎,不停咳嗽。

许蔓进门,含情脉脉地盯着他看:"我家的下水管道坏了,不能洗漱怪麻烦的。程晋山,你晚上要是有空,能帮忙过去看看吗?"她大胆出击。

"坏了找水电工，我又不会修水管。"程晋山觉得她这个请求莫名其妙，直接拒绝。

"……好吧。"许蔓的笑容有些僵。

没想到，她的恢复能力极强，下午三点，又跑来纠缠。

"明天是我生日，喊了好几个朋友到家里玩，一起来不？"她眨眨眼睛，表情天真烂漫，"不需要送礼物，人来就好。"

好巧不巧，书店举办主题活动，顾客猛然增多，项嘉觉得不舒服，提前过来找他。她站在便利店门口，盯着他们的互动，眸光凝固。

程晋山看见项嘉，心里没来由地一慌，态度也变暴躁："不去，我和你又不熟。"

"我做饭很好吃的。"许蔓有些受伤，却不依不饶，非要找回场子，"到时候给你们烤比萨和牛排吃，另外，我还订了个大蛋糕！"

"真的不去，我明天没时间。"程晋山很想借项嘉当挡箭牌，又怕她不高兴，只好沉下脸，简单粗暴地拒绝。

"那好吧。"许蔓咬咬嘴唇，推给他一包胖大海，"你喉咙是不是不舒服呀？可以试试这个，还有还有，昨天给你带的梅花糕好吃吗？我问了店面地址，下次还给你带！"她摆摆手离开，留下个棘手无比的烂摊子。

程晋山硬着头皮看向项嘉，试图解释："项嘉，我不是故意骗你的，我也没想到她会这么烦人……"

"挺有本事，这么快就开后宫了啊？"项嘉冷笑一声，收拢的刺瞬间炸起，眼睛里充满鄙夷，"还在我面前装深情，装可怜，奥斯卡没给你颁奖，真是一大损失。"

程晋山一脸错愕。

项嘉出门往家走，脚步飞快。想起昨天吃下的那个梅花糕，她觉得胃里翻江倒海，连连干呕。亏她还惦记着他，特意去药店买了两盒西瓜霜含片，揣在口袋里。

这段时间自己的心动、犹豫、害怕、酸楚……种种情绪变成一场天大的笑话，刮得脸颊生疼，她不该相信他的。

"项嘉！项嘉！"程晋山很快追上来，用力抓住她的胳膊，"你别激动，咱们回家好好说。"

项嘉不肯说话，抬起手臂重重甩了他一巴掌。"啪"的一声，动静很大，周围行人纷纷投来异样眼光。

程晋山脸上挂不住，却不肯放手，加重语气："项嘉，我和她根本没什么，我只喜欢你，真的。"

项嘉恨恨地瞪着他，眼里烧着一团火焰。真奇怪，明明已经空洞得只剩下躯壳，怎么还能聚起这么多能量，发出这么亮的光？难道非要把自己烧成灰烬才罢休吗？

"恶心！"前所未有的异样情绪扯断最后那根弦，她丧失理智，嗓门又高又亮，带着歇斯底里的疯狂，"程晋山，你真让我恶心！"

她浑身激动得直发抖，带得程晋山也跟着抖。那团火很快被泪水浇灭，只剩零星的微光，伤人的话一句接一句："我不喜欢你，我讨厌你，再也不想看到你！"

程晋山脸色惨白，唇角撇出冰冷的弧度。他的情绪也变得不稳定，多日来积攒的负面感情渐渐喷发："你这叫什么？只许州官放火，不许百姓点灯？"

抓着她手臂的手越握越紧，他将她拉到身边，相距不过咫尺，露出凶狠"獠牙"："你能勾三搭四、左拥右抱，我跟别的女生正常说句话都不行？"

项嘉难以置信地睁大眼睛："谁勾三搭四？谁左拥右抱？程晋山，明明是你撒谎，现在还倒打一耙？"

程晋山本来就不是好脾气的人，这些日子忍着让着，方才给人温柔的假象，现在被她一激，说话立刻难听起来。他冷笑着，老鹰抓小鸡一样把她紧紧钳制在怀里，带着人往家走，说道："我撒谎？我撒谎是怕你多想。可你呢？项嘉，你拍着良心说说，这段时间你对我撒了多少谎？"

"真当我是冤大头呗？"眼看来到家门口，他堵住逃跑通道，将人推进院子,"项嘉,我告诉你,任何人的忍耐都是有限度的。逼急了我,管你难不难受,先把乔今收拾一顿再说!"

项嘉不明白为什么会扯到乔今头上,情绪失控地对程晋山又咬又打,挣出一身的汗。她披头散发,满脸是泪,嘶声叫道:"程晋山你浑蛋!你根本不知道我……"

她曾被人百般欺辱,打着"喜爱"的幌子摧残。她一无所有,只剩最后的这一点儿真心,还没想好要不要交付给他,看见那个女孩子热烈大方地献殷勤,立刻生出自惭形秽之感,重新缩进壳里。

你根本不知道,朝夕相处的每一天,我要用尽所有定力,才能克制着自己不投入你怀里。你也不会理解,一颗残破不堪的心,每分每秒都在酸甜苦涩的情绪里浸泡,却没有勇气主动迈出那一步。

项嘉说不下去,见大门被他牢牢把着,扭头往屋里跑。

"项嘉你给我站住!"程晋山立刻追上去,从背后搂住她,"说不过就想跑?你真没种!"

"我就是没种!"项嘉又往他胳膊上使劲儿咬了一口,疼得他嗷嗷直叫,她也腮帮生疼。她挣扎着下地,转过身用力推他一把,口不择言地说道:"我知道你心里是怎么想的!觉得我脾气大,我难伺候,没有人家可爱,也没人家体贴!"

"我真是瞎了眼,居然觉得你好。"她将口袋里的西瓜霜含片掏出来,劈头盖脸砸到他身上,"找你的胖大海去!吃你的梅花糕去!"

项嘉本来就没安全感,好不容易把程晋山放在心上,遭到打击,难免反应过度,疯狂吃醋。他凭什么这么不负责任,让她动心,让她愧疚,转头就撇下她,和别的女人说说笑笑。

所有的敏感、多疑全部涌上来,她恨恨地瞪着他,跺跺脚:"早该知道你是什么货色——"

程晋山气急反笑:"你非要撕破脸,咱们今儿个就好好说道说道。我问你,我刚才和许蔓聊了什么不该聊的话题吗?我动没动她一根手指?说句客套话都不行吗?"

"不行!就是不行!"项嘉哇地哭了出来,肩膀剧烈抽动,上气不接下气。她当然知道自己吹毛求疵，无理取闹，状态像个疯子，可她就是控制不住情绪。

事已至此，她干脆自暴自弃，破罐破摔："你知道她的名字，她还要做菜给你吃！今天只是我偶然撞见，谁知道你以前有没有碰过她，有没有做过更亲密的事？"

"真就双标呗？"程晋山被她气得脸红脖子粗，绕着院子来回走了三四圈，还是忍不住把内心的老陈醋倒了出来。

"那你跟乔今呢？老子不说，不代表老子傻。你不是最讨厌异性碰你吗？凭什么乔今特殊？你俩背着我偷偷摸摸逛商场，在里面都干吗来着？"他说着，抬脚猛踹新买的小木桌，"他亲你没有？抱你没有？你还把人领到家里，光明正大给我戴绿帽子，戴得挺开心啊？嗯？"

项嘉数次张口，想和他解释清楚。她想告诉他，一切不是他以为的那样，她把乔今当弟弟，跟乔今逛街，也只是给他当模特，提供一些指导意见。

可她忽然心灰意冷，她本来就配不上他，本来就没信心。她不断消耗他的耐心，终于把一切闹到无可挽回的地步。借这个契机逼他离开，从长远来看，说不定对他是件好事。

项嘉抿了抿唇，硬下心肠："你算什么东西？凭什么管我？"

"对，对，我算什么东西？"程晋山越笑越冷，眼神里充满恼怒与失望，"乔今多好啊，多合你心意，你俩好好过日子去吧，老子不伺候了！"恶语伤人，他受够了她忽冷忽热的样子，再也不想管她，扭头就走。

项嘉听见摔门时"砰"的一声巨响，在院子里怔怔地站了好半天。她强提着虚软无力的步伐，走进屋子里，趴在沙发上大哭一场。

天色再度暗下去，她失去了她的太阳。

昏昏沉沉地睡了一觉，眼睛肿得像核桃，项嘉摸黑坐在客厅，发了会儿呆，走到厨房。粗枝大叶的程晋山在这方面格外谨慎，利器用完就锁进柜子里，钥匙随身携带。

或者，出门随便找条河好了。项嘉推开门，忽然发现院子里那盏小

小的壁灯亮着，灯下蹲了个黑乎乎的影子。她转过头，和程晋山四目相对。

他从地上捡起药盒，掰开一颗粉红色的药片，慢慢放进嘴里。糖衣融化，弥漫独特芳香，辛凉气息滋润喉咙，带来苦涩又清甜的矛盾味道。他将药片垫在舌下，开口叫她："项嘉。"

项嘉不知道他在这里蹲了多久，垂着眼皮，好半天问道："你怎么……又回来了？"

"怕你想不开。"程晋山将浸满药味的口水咽下去，那股凉意越发刺激，干哑的嗓子却好受不少，"怕我一赌气，以后再也见不到你。"

他说得平静，语气里却透出难言的卑微，项嘉只是低头看着脚尖。

程晋山梗着脖子，保持着那一点儿摇摇欲坠的自尊心："欸，我问你，你和乔今发展到哪一步了？"

哭肿的眼睛泛起火辣辣的痛楚，鼻子也酸得难受，项嘉咬咬嘴唇，终于诚实一回："什么都没有，我们只是朋友。"

他不管事实是什么样子，她说，他就信。修长的身躯站起，程晋山跺跺发麻的腿，一步步走向她。

两个人的关系里，项嘉总占据主导地位，这会儿她却没来由地犯怵，往后退了一步。她眼神闪躲，不敢看他。理智渐渐回笼，想起发疯时说的那些话，她只觉窘迫。

"下午你闹那一出，是不是吃醋啊？"他弯下腰，视线和她平行，心平气和地问道。关键时刻，他的脑子变灵光了。

项嘉的脸蓦然涨红，呆呆地看着他，一句话也答不上来，聪明的人这会儿变成傻瓜。所有的烦躁和愤怒一扫而空，程晋山闷笑一声。即使背着光，项嘉也能看清他雪亮的白牙。她意识到什么，慌慌张张后退，想要逃跑。下一刻便被他拦腰抱起，扛在肩上。

"让你胡思乱想，让你疑神疑鬼。"他拍了下她的屁股，力道不重，却让项嘉差点儿叫出声，"我今天就给你好好上一课，让你知道知道我的脾气。"

程晋山扛着项嘉往楼上走，走到一半，项嘉才从当机的状态中回神，慌张挣扎起来。左脚不慎踢到栏杆，她小声叫痛，立刻被程晋山握住脚背。

"别乱动。"他顺手把她脚上的鞋子脱下，将她放到椅子上。高大的身躯结结实实压过来，也不过就是一瞬间的事。

项嘉从没这么慌过，手脚不听使唤，还没碰到他，便被两只有力的手抓住，紧紧按在两侧。她惶惶然地看着他的俊颜放大，吓得连忙偏过头，将滚烫的耳朵尖送上去。程晋山轻轻亲了一下，又蹭蹭她的脖子，往上亲红肿的眼睛。

她听见他的咕哝声："怎么肿成这样？"明明是在描述事实，却莫名令项嘉羞耻。

"都……都怪你……"她将责任推到他身上，连自己都没察觉，语气软化许多，有点儿撒娇的意思。

"好，都怪我。"程晋山调整姿势，手臂撑住椅背，减轻施加在她身上的重量。

"看着我。"他腾出一只手，打开电灯开关，昏黄的灯光温柔地包裹住交叠在一起的两个人影，"给我亲亲。"

项嘉心里一哆嗦，那种事态发展超出控制的危险不断刺激神经。她捂住嘴唇，轻声拒绝："不行……"大大的眼睛却无法从他身上移开。

不知道从什么时候起，他身上的鲁莽和青涩渐渐消失，代之以恰到好处的锐气与成熟。最干净，最坦诚，又最可贵，最热烈。生活在阴沟里的人，很难抗拒这种明亮的吸引。可希望总伴随恐惧——他的热情能维持多久呢？就算是太阳，也有烧完的时候吧？

"再不让我亲，我就去亲别人。"他凑在她耳朵旁边吓唬她。

"你敢？"项嘉立刻瞪他，捂着嘴的五指微微张开。

程晋山笑出声，温热的气息钻进她耳朵里，凉凉的吻淹没了她。西瓜霜含片早就化干净，可凉意还在，甜中带苦。项嘉想，她这辈子都忘不掉了。忘不掉这个吻，更忘不掉他。

不知不觉间，她开始回应他的热情。她教过他许多道理，许多安身立命的技巧，如今又教他怎么亲吻。等她意识到自己的失态，想要后撤时,已经来不及。

他是位聪明的学生,不只有样学样,还能举一反三。

呼吸混在一起,心脏乱成鼓点。项嘉死死搂着他的脖颈,像洪水之灾中没有赶上诺亚方舟的可怜人,用尽所有力气,抱住仅有的一根浮木。程晋山也紧紧抱着她的腰,恨不得将人揉进骨血,将创世之初,残忍的神取走的那一根肋骨,再度装回胸腔。

"这是什么?"他摸到凹凸不平的疤痕,表情微愣,眼神里出现疑惑。

项嘉找回几分清明,在他的禁锢中吃力地翻了个身,主动给他看后腰丑陋的伤疤,看她无数黑暗秘密中的一个。

"很难看吧?"她扬起嘴角,依然不是正常的笑,带着浓重的苦涩。

"怎么弄的?"长长的一大片,像不祥的诅咒。他认真看着,像是怕弄疼她一样,很轻很轻地抚摸。

"那里原来是个文身。"时隔近两年,项嘉依然没有勇气回忆那段可怕的过往,她深深吸气,只用寥寥几句概括惨痛经历,"我很讨厌,剜了下来。"

文身刺得太深,无法用常规手段完全清除,项嘉还记得,她当时痛得咬着毛巾在地上打滚,还因为伤口感染发了几回高烧。

身后是漫长的沉默,项嘉心中满是悲凉。她在做什么白日梦?任何正常男人,都不可能接受真实的她,脏污不堪、伤痕累累的她。

不知道过了多久,可能十分钟,也可能项嘉的时间观念暂时错乱,实际只有十几秒。程晋山俯下身,往早就愈合的伤口上轻轻吹气。无数个吻叠在一起,仿佛希冀能够穿越时空,对抗命运,温柔而有力地安慰那个受苦的女人,成为她的止痛药。

他从背后抱紧她,像坚硬的核桃壳,包住易碎的果仁。项嘉再度哭起来,她习惯用倔强掩盖自己的脆弱,习惯孤单,习惯冷漠,习惯口是心非。她不敢承认——不是不喜欢他的拥抱,是怕他紧紧抱过,又放开手。

"愿不愿意让我亲?想不想跟我在一起?"他再度问她,这次的口气和刚才不同,没那么霸道,充满温柔与尊重,将选择权交给她。被她耍出心理阴影,他又补充道:"我说的可不是一天两天,答应的话,就得在一起一辈子。"

项嘉扭过头看他,眼底满是泪水,嘴角咧开,露出个不大自然的笑,可这回是真的笑,她声如蚊蚋:"想……"

程晋山神情一松,将人翻回来。

院子里的葡萄已经成熟,颗粒不大,口感弹润,酸酸甜甜,饱含水分。程晋山问过房东,葡萄的品种叫作"玫瑰香"。现在,他抱着项嘉,恍惚中觉得项嘉身上也散发着同样的诱人香气。

项嘉刚开始还挺配合,慢慢的,四肢有些僵硬,漂亮的眼睛变得迷茫,细看发现里面还藏着惊惧,像是回忆起了不好的经历。

程晋山很快察觉到不对,他附耳问她:"怎么了?难受吗?"

"不难受……"项嘉拉过枕头,把脸埋进去,像是在逃避什么,"没事……"

她没体会过正常的爱,不知道怎样愉悦地回应他的热情。她害怕自己会控制不住尖叫,疯狂踢打,害怕做出什么伤他心的举动。虽然她说不出口,但她是真的喜欢他,不想让他难过。

程晋山隐约猜到些什么,却不敢多问。有些脓疮,必须忍痛挑破才能好。也有一些,稍微碰一碰,都会让人痛不欲生。

他看着她,她真的很好看。原谅他说不出多么华丽的形容词,也不清楚别人眼里的她是什么样子,他就是觉得她什么都好,哪里都好看,就算把自己气得吐血,也还是舍不得让她伤心。

程晋山下定决心,他和她掉了个个儿:"你来。"

他伸长手臂,找到床头柜上的睡眠眼罩——她睡眠不好,他特地在网上买的,遮光效果很好。他的头围比项嘉大不少,戴上有点儿勒,世界瞬间陷入黑暗。项嘉抿了抿嘴唇,又想哭了。

"嘉嘉……"他试着叫得亲昵一点儿,声音很温柔,"别怕,你自己来。"

"只要你高兴,怎么着都行。"

苦·坦诚相待

第六卷
CHAPTER 06

关系有所突破之后,项嘉的心理状态比之前稳定了些。

以大多数人的眼光看,程晋山过于黏人,恨不得一天二十四小时和她绑在一起,动不动就要亲亲抱抱。可项嘉喜欢这种黏人,他需要她、迷恋她,她能够不费吹灰之力地让他失控,这个认知给她带来足够的安全感。

当然,项嘉也在失控。她学着主导他,与此同时,又不可避免地被他占有。两人一次比一次亲密,每一秒都比上一秒更熟悉。感情迅速升温,带来飘飘欲仙的不真实感,她和他乐此不疲地探索着新鲜领域。

有时候,项嘉也会陷入悲观情绪中。她担忧眼前的幸福强烈却短暂,巅峰期过后,一切归于平淡。接着是乏味,最后渐渐厌烦。她害怕全心全意付出之后,被最信任的人从背后捅上一刀,失去所有力气。

有句话怎么说来着——你被什么打动,就会被什么要了命。

黑漆漆的眼睛专注地盯着程晋山,她亲眼见证少年到成熟男人的蜕变,亲手完成兼具温柔与残忍的塑造。

"程晋山……"她主动凑上前。

"嗯?"程晋山正处于浑身精力使不完的年纪,生龙活虎地回应她,

"怎么了？"

"是不是饿了啊？"他搂她坐在腿上，表情关心，"待会儿带你出去吃。"

项嘉无力地摇摇头，深深地看着他，模样柔弱又可爱，说出的话却欠收拾："要是有一天，你觉得后悔，不想继续下去……记得告诉我一声。"

"你要干吗？"程晋山斜着眼睛瞪她，觉得自己身为男人的尊严受到挑衅，"告诉你，不可能有那么一天！你给我老老实实待着！"

他凶巴巴地吼她："惯得你！天天气我吓唬我！"

项嘉抿了抿嘴唇，伏在他怀里。她还是不太敢将心完全交给他，但她是真的喜欢和他在一起。

等到程晋山忙完，已经是夜里十一点多，他歇了会儿，拍了拍她："走，带你出去吃饭。"

"我不饿。"项嘉懒得动弹，滚了半圈，裹紧被子，"再说，楼下的饭馆肯定已经关门了。"被子里全是他的味道，项嘉将下半张脸掩进去，偷偷吸了一口，莫名觉得很喜欢。

程晋山"啧"了一声，也没勉强："那也不能不吃，我去给你煮碗面。"

由于经常练习，他的厨艺大有长进，十几分钟后端出一碗方便面，没用本身配的蔬菜包，加了番茄和娃娃菜，还卧了个完整的荷包蛋。

确实是惯得厉害，他在床上支了个小折叠桌，筷子挑起面条吹凉，亲手喂到"姑奶奶"嘴里。一口面配一口菜，荷包蛋还被分成小块，生怕烫着她。吃完饭，他又给她端洗脚水。

项嘉不大好意思："又不是没长手，我自己来。"

"我宠我自己媳妇儿，跟你有什么关系？"程晋山故作生气，还没说完自己先笑了，握着她的脚按进热水里，不遗余力地向她证明自己会是个好丈夫，"你要是愿意嫁给我，我宝贝你一辈子。"保管养得白白胖胖，伺候得妥妥当当。

项嘉眼睛里闪着微光，低头看着他宽大有力的手掌，沉默很久，没有回答。

乔今上门拜访，他今天画的彩妆令没有见过世面的程晋山震惊了一下。

他没见过男人化妆，也看不惯对方穿得花里胡哨，慌得眼睛不知道该往哪儿看，一会儿挠头一会儿挠脖子，好半天憋出一句："挺……挺好。"

他没说什么难听话，令乔今大大松一口气，腰杆自信地挺直了些，看他也顺眼不少。其实程晋山还是不能理解，但他听项嘉的话，懂得维持基本教养。等乔今去厕所的时候，他讪讪地跟项嘉道了歉，又就自己撒谎的事郑重认错。

项嘉也有点儿不好意思，轻声道："是我小题大做，说了很多过分的话。"

聊了一会儿天，项嘉开始准备做饭，程晋山自觉挤进厨房打下手。

项嘉将里脊肉切成均匀的厚片，加盐和料酒腌制，两面挂糊，入油锅炸，表面定型后捞出来，大火复炸。除去外焦里嫩的里脊，最关键的灵魂在于酱汁。等比例的糖和醋搅拌均匀，加入少许食盐。番茄酱调出的并不正宗，只有白糖和白醋才能碰撞出不可复制的独特口味。锅里留油，加入葱丝、姜丝、胡萝卜丝、蒜末炒香，倒入糖醋汁，烧出小小的泡泡。倒入炸好的肉片，快速翻炒，关火出锅。

一道锅包肉，几乎让程晋山和乔今抢破头，剁椒皮蛋和芹菜炒肉也很受欢迎。

吃完饭，乔今又打包带走半份鸡块，高高兴兴地邀请项嘉："姐姐，晚上要不要去酒吧玩会儿？我请你喝酒。"

项嘉看看明显变得焦躁的程晋山，摇了摇头："我不想去，你自己注意安全。"

乔今刚走，程晋山就抱着项嘉唠叨："还是少跟他玩，免得被他带坏。"酒吧不知道有多少坏男人虎视眈眈，他可得看牢她。

"不会的，我不喜欢那种场合。"项嘉用手推也推不开他，眼中出现笑意，"别闹，天还没黑。"

"我把窗帘拉上。"程晋山蹿出几步，"唰唰"两声，小小的房子陷入黑暗。如果不是生活所迫，必须努力赚钱，他真想从早到晚都这么紧紧地抱着她，哪里都不去，什么人都不见。

"明天陪我去买彩票。"他把她按在沙发上，边亲边做发财梦，"要是中个几百万，什么好吃的好玩的都给你买，天天陪着你。"

项嘉忍不住笑，搂着他开心了很久。

这是项嘉有生以来，最开心的一段日子。原来，和喜欢的人一起，做什么都不痛苦。她不再频繁去书店，常常在便利店的吧台角落坐着，有时候还会给程晋山打下手。

程晋山一天恨不得看她八百遍，心里高兴，举手投足都带着那股劲儿，他咧着白牙向许蔓介绍自己的"准老婆"，把女孩子气得有苦说不出，连笑容都变牵强。只要项嘉满意，他才懒得管别人怎么想。

值白班的时候，一下班，程晋山就带着项嘉四处闲逛。满城金桂飘香，那股香气馥郁浓烈，却不招人反感。他摘了一小把，撒进项嘉卫衣后面的帽子里，从后面搂住她，深吸一口："好香。"

项嘉买了一小包干桂花、两斤小芋头，回家做桂花糖芋苗。

小芋头上锅蒸熟后去皮，晾一晾，对半切开放进锅里，加水和红糖，小火煮一会儿，芋头渐渐变得红润鲜亮。藕粉用凉开水冲开，慢慢倒进锅中，边倒边搅拌，等糖水变得黏稠，放入干桂花。

项嘉煮了小半锅，程晋山很喜欢喝，饭前一碗，饭中两碗，临睡前又一碗。甜食吃得太多，又不仔细刷牙，没多久他就害牙疼。牙疼起来要人命，连最喜欢做的事都提不起他的精神。

项嘉拖着他去牙科诊所，他满脸抗拒："不去！我吃几天消炎药就能好！"

"等蛀虫钻到最里面，就不是补牙能够解决的了，说不定要拔牙。"她没想到他怕医生，忍着笑意吓唬他，"你知道牙是怎么拔的吗？电钻对着牙龈钻出个窟窿，要是牙根长得太结实，还要用凿子和钳子……"

程晋山被她吓出一脑门汗，老老实实跟着踏进诊所。好在坏得不严重，上牙一颗，下牙两颗，清理干净，补一补就好。

"啊——"他将嘴巴张得很大,生怕机器伤到舌头,右手紧紧抓着项嘉的手,用眼神求她别走。项嘉安慰地回握住他的手,眸色沉静又温柔。

补完牙很长一段时间,程晋山都不敢再碰甜食。好巧不巧,唐梨问过他们住址,寄过来一大袋点心,还有包秘制甜鸭。

"干吗这么愁眉苦脸?你不是最喜欢吃甜的吗?"唐梨和程晋山视频,背景依然是那间出租屋,怀里抱着熟睡的婴儿。

程晋山捂着腮帮子,回头恨恨地看了一眼正在吃点心的项嘉,开始讲述自己最近的不幸遭遇。唐梨不厚道地笑了半天,冲他挤眉弄眼,小声问起他和项嘉的进展。程晋山立马嘚瑟起来,眉毛恨不得挑到天上。

唐梨替他高兴,大胆地扯嗓子叫道:"项嘉姐!项嘉姐!"

程晋山有些忐忑地看向项嘉,商量道:"是唐梨,要不要跟她聊两句?"

"项嘉姐,我跟你说,我就看不惯程晋山跩得二五八万的样子!多捧他一段时间,让他好好追追你!"唐梨唯恐天下不乱,支着儿坑他。

程晋山骂了一声,手忙脚乱挂断视频,发文字痛斥友军无良。

轮到程晋山值晚班,两个人就早早起来,手挽手去菜市场买菜。项嘉教程晋山一些基本的生活技巧,比如,早上的肉最新鲜,也有更多挑选余地;什么季节应该吃什么菜;哪些水果好看不好吃,哪些则正好相反。

程晋山对学习做菜抱有很高热情,认真记下项嘉教的每一个步骤。总有一天,他要把所有家务全接过来。女人就该好吃好喝地养着,离油烟远点儿,不碰冷水,不干体力活,才能老得慢一点儿。

当然,程晋山还藏着私心。把她养得越胖越懒,越依赖自己,越不容易跟别的野男人跑。

有时候下大雨,不适合出门,程晋山会抱着项嘉,说起以前的事——他的便宜爹,他的狠心娘,寄人篱下的辛酸经历,野生野长的艰难生活。那时候他什么都不懂,如果没有遇到她,不知道会变成什么样子,总之不可能过上现在这种神仙也不换的好日子。

项嘉听得入了神，同病相怜，她知道他克制又平静的只言片语之下，藏了多少苦痛。每一桩每一件，单拎出来，都足够将人压垮。也亏得他是"单细胞生物"，不怎么多愁善感，揣着一腔热血，携着赤子天真，瞎打误撞，挣出一条生路。

她有时候真羡慕他身上的乐观和鲁莽。没他管着、带动着、感染着，她无论如何都撑不到现在。

"所以，你的存在怎么会没意义？"他绕了好大一圈，原来是在含蓄地激发她的求生意志，"媳妇儿，你对我特别重要，没你真不行。"

这是项嘉听过的，最朴素也最真诚的情话。她"嗯"了一声，眼眶有些酸，为了掩饰自己的异样，故意逗他："你不是说，有好几个姐姐对你很照顾，你也很喜欢她们吗？有没有可能，你只是把我当姐姐呢？"

"那能一样吗？"程晋山立刻急了眼，"我又不傻，能分不清什么是感激，什么是心动吗？"对温暖的本能向往只是最基础的情感需求，可对她的感觉却复杂千万倍，既悸动，又心疼。

他开始在她脸上乱亲："我会这么亲姐姐吗？会这么抱姐姐吗？"说着说着，他还发现"姐姐"这一称呼的妙用，边笑边说，"姐姐要不要疼疼弟弟？"

项嘉的耳朵尖不由自主变红，骂了一声："流氓……"

秋天和春天一样短暂，一场秋雨一场寒，枫叶变红没多久，就洋洋洒洒飘落一地，织成厚厚的地毯。脚踩上去，发出"咔嚓"的响动，是叶片破碎的声音。

环卫工人变得忙碌，程晋山也忙得脚不沾地。便利店的客人总是那么多，项嘉也没完没了地缠着他。当然，他喜欢她的依赖。

偶尔的休息日，两个人从早到晚都窝在屋子里，项嘉像八爪鱼死死攀在他身旁，懒得动弹。程晋山隐隐约约感觉到，她把自己当成续命的药。他心疼她，毫无底线地纵容她。

"程晋山……"漂亮如琉璃的眼睛痴痴地看着他，令他浑身发热，她嘟起嘴巴,"我困……"

"白天睡得太多,晚上该睡不着了。"程晋山热烘烘地暖着她微冷的身子,"出去转转,给你买几件厚衣服。"

气温已经降到十度,项嘉没什么衣服穿,也不注意形象,常常借他的厚卫衣凑合。她也不想出去,但被他哄着劝着,好不容易才出了门。商场秋装正做促销,程晋山左挑右选,给项嘉买了两件基础款的毛衣,又拽着她试大衣。

大衣太贵,项嘉连连摇头,指着旁边打两折的黑色棉服,说道:"我喜欢那个。"

"我又不是买不起。"程晋山皱着眉劝她。虽然一件大衣差不多是他半个月的工资,但媳妇儿穿得光鲜,当老公的脸上也有光。

项嘉抱着棉服不放,固执道:"就要这件。"程晋山拿她没辙,利索付钱。

他带她看电影,路过四楼的高档西餐厅,听见里面传来悦耳的钢琴曲。音符像月光一样流淌,忧伤又隽永,程晋山虽然没什么音乐细胞,还是听得入了神。项嘉的脸色却渐渐变得苍白,好像想起了什么不好的过往。她也会弹钢琴,或许比餐厅里的表演人员还强那么一点儿。考过级、拿过奖,赢得无数掌声,又怎么样?到最后,全部变成讨好人的技艺。

"喜欢听吗?"程晋山搂住项嘉,掂量掂量这家餐厅的消费水平,狠狠心,咬咬牙,"看完电影,咱俩也进去享受享受。"

项嘉立刻摇头,表现出强烈抗拒:"不喜欢。"

这晚,她盯着自己纤细白嫩的双手发呆。没多久,又将目光转移到左手腕的疤痕上,从轻轻蹭动,到拼命揉搓,像是上面沾了什么不干净的东西,怎么都弄不下来。

程晋山很快发现她的异常,他冲过来制住她渐趋狂乱的动作,什么都没问,只是抱紧她:"嘉嘉,我在呢,没事啊,乖。"

连续唤了好几遍,她才回过神,将脸埋在他肩头,一声不吭,温热的泪水烫得他皮肤生疼。

项嘉的状态又变得不好,她裹着厚厚的围巾,对着便利店透明的窗户发呆,一坐就是大半天,像个没有生气的娃娃。程晋山也跟着紧张,所有松散的筋骨收拢,脑子里的弦绷起,如临大敌。

他还不能表现出这种紧张,怕她有负担,怕她自怨自艾,怕她后悔向他迈出那一步。他竭力表现出举重若轻的素质,没事人一样和她商量:"宝贝儿,咱们晚上吃火锅好不好?馋了,想吃肉。"

木木的眼珠子好一会儿才慢慢转动,项嘉仿佛从地狱回到人间,她吃力地回答:"……好。"

为了同时吃到两种口味,程晋山还花三十块钱买了个鸳鸯锅。进了超市,他绞尽脑汁和项嘉搭话,不停问问题——

"锅底多炖点儿肉呗!吃排骨还是牛肉?"

"这两个牌子的芝麻酱有什么区别?为什么价格差这么多?"

购物车里渐渐堆满各类食材,他们选了番茄和牛油底料,一酸一辣,完美搭配。排骨浸泡一个小时,焯水去除血沫,另烧一锅水,加花椒、八角、新鲜西红柿、红枣、桂圆干和料酒,清炖一个半小时。等待的间隙,慢慢收拾配菜。

准备食材的过程烦琐又治愈:冬瓜削皮,切成均匀的薄片;土豆和红薯容易煮烂,可以切得厚一点儿;青菜和金针菇洗干净,凑个什锦拼盘……将杂乱无章的肉和菜整理装盘,忙并充实着。等排骨煮得差不多,连肉带汤倒进鸳鸯锅里,加入不同的火锅底料。

汤汁很快沸腾,程晋山夹起一大筷子牛肉卷,放在牛油锅底里搅拌,眼巴巴等肉熟。乌鸡卷涮番茄锅,舀半碗汤品品,滋味很开胃。鸭掌要煮好一会儿才能入味,鸭肠却只需煮上十几秒。丸子争先恐后地漂起来,像一只只小船。

项嘉被辣得鼻子通红,不停吸气。她打开冰箱,找出两罐冰啤酒,给自己开了一罐。

程晋山见她喝得猛,伸手阻止:"太凉了,我给你拿果汁。"

"我想喝。"项嘉推开他,"咕咚咕咚"灌下去半罐,继续吃菜。

啤酒喝完,还有红酒,混着喝容易醉,程晋山不敢硬拦,只能和她抢着喝。

喝到最后，项嘉脱掉外套，眯着眼睛看他："程晋山，要不要……"

他咽了咽口水，摇摇头："你喝醉了，好好休息。"

她不太清醒，心情又不好，就算是正儿八经的男女朋友，这时候做点儿什么，他也觉得是在欺负她。来日方长，他才不会乘人之危。

就是这么平平静静的一句话，忽然戳中项嘉泪腺。她伏在餐桌上，抽抽噎噎哭起来。

"好好的哭什么？我又哪里惹着你了？"程晋山最怕她哭，连忙蹲到她腿边哄。

项嘉张开手臂抱住他，抱得很紧，她附在他耳畔轻声问："程晋山，你想不想知道……我以前的事啊？"

她到底还是把这句话说了出来，就像魔鬼附体，他越喜欢她、越珍惜她，她就越不安。她也想鼓起勇气，回报给他一点儿坦诚。

其实，她怕得厉害。人是经不起考验的，等他知道了她的秘密，还会对她这么好吗？她挣扎了很久。迷恋伴随怀疑，快乐紧跟疼痛。她第一次知道，爱情原来是这么折磨人的东西。

可骨子里病态的一面蠢蠢欲动，她又很想看看，他到底有多爱她。他的那份真诚又热烈的感情，够不够支撑他接受全部的她。

此时此刻，问出这句话的项嘉，紧张得浑身都在发抖。她没有醉，她的酒量很好，意识也很清醒。她带着哭腔道："我……我只说这一次……"以后她肯定也没有勇气再提。

程晋山深吸一口气："我想知道。"

许多疑问压在心里很久，像块沉重的大石头，他很诚实地回答她的问题，与此同时，将人抱到沙发上，轻轻擦掉她脸上的泪水。

他打开所有的灯，倒了杯热水给她，握住她紧紧蜷缩在一起的手，用力掰开，专注地看着她的眼睛："你愿意说，我就认真听。什么时候不想说了，咱们就上楼睡觉。"

他知道她要说的，是一段可怕的往事。他尽力营造充满安全感的环境，尽力让她觉得，再可怕也已经过去，他不会大惊小怪，更不会嫌弃她、厌恶她。主动权在她手里，想说就说，想停就停。他喜欢她，这一点永远不可能改变。

项嘉定了定神，断断续续地讲起过去。她带他走入——浓得化不开的黑暗里。

在没有爱的家庭中长大的孩子，不会觉得父母有错，只会觉得自己有错，一定是她做得不够好，不值得被爱。

可项嘉真的已经很努力，她配合妈妈拍摄了很多写真，赚来不少钱。女人交了位比她小几岁的时髦男朋友，暂时消停下来，痛快享受人生。在同学们的排挤之下，项嘉的性格变得孤僻，学习却越来越拼命。

任由女人将自己打扮成洋娃娃，她说着天真稚气的话："妈妈，等我考上重点大学，找到好工作，一定会赚很多很多钱，给你买很多很多漂亮衣服和首饰。"

女人翘起猩红的嘴唇，把她搂进怀里，亲亲热热地夸奖："我们家宝贝最孝顺、最听话，妈妈最爱你。"

穿着花衬衫的叔叔却在旁边出主意："那有什么好？不如进娱乐圈。囡囡长这么漂亮，以后说不定能当大明星，让你妈妈躺人民币上睡觉！"

女人眼睛一亮，觉得这是个好主意。

项嘉懵懂地听从妈妈安排，练钢琴，学跳舞，能说一口流利的英语。单薄脆弱的小船，在寒风中滴溜溜地打着转儿，从人生的这一个漩涡，流向下一片险滩。

她变得越来越美，走在路上都会被星探纠缠，妈妈的手包里塞满了名片。项嘉本能地意识到这种美丽附带的危险，不喜欢去人多的地方，不爱交际。

可妈妈说这样不行，混这个圈子的哪个不是八面玲珑？女人带着她见各种奇奇怪怪的人，在饭局中多坐一会儿，每一个毛孔都浸满烟味和酒味，回到家要洗很久的澡，才能把自己变干净。

十八岁那年，妈妈替她报名参加一个选秀节目。项嘉凭借漂亮外表和专业舞蹈，一路晋级。穿着裁剪得宜的演出服站在后台，她有些难

过地想——如果比赛顺利,以后大概是没机会继续读书了。可出道能赚钱,能让妈妈开心。妈妈开心,她就开心。

项嘉深吸一口气,走上舞台。她天生就该吃这碗饭,轻而易举抓住所有人的目光,光芒四射,无人能及。但她不知道,那个女人利欲熏心,根本没有底线。

半决赛的庆功宴结束后,项嘉被妈妈送到本地的商业巨擘面前,那人也是这个综艺节目幕后最大的投资方。可若是能博得投资方的欢心,成为对方的女朋友,却是实打实的荣华富贵。

女人果断倒戈,对她的愿望和努力视而不见,肆无忌惮地摧毁她的人生。项嘉不肯,蜷缩成一小团,哭得肝肠寸断。

"乖乖和我在一起,我不会亏待你的,你妈妈那边已经同意了,还收了一些礼物。"男人叫秦颂章,充满上位者的气场,他给她看转账记录,连续好几笔,加起来是天文数字,"等三年之后,如果你想走,我可以给你自由。"

项嘉不死心,拼命拨打妈妈电话,一直无人接听。直到很多天后,她被迫搬进秦颂章买的别墅,看着多到夸张的用人走来走去,这才接到女人发来的视频请求。

女人在海边度假,不但毫无愧疚之色,反而开始邀功:"秦先生对你不错吧?我不会害你吧?"

项嘉气得直发抖,她将手机重重摔到对面的墙上,放声大哭。

身份上的差距,注定这是一段不平等的关系,可木已成舟,不管她愿意还是不愿意,到底还是成了金丝雀。

秦颂章出手阔绰,用人们对她毕恭毕敬,早晚准时端来两份顶级血燕,盛在精致的小瓷盅里,说是可以美容养颜。

可她看着色泽鲜亮的补汤,只觉得是在讽刺自己。就算她拼尽全力,咳出鲜血,殚精竭虑搭建一座巢穴,在那个女人的眼里,也比不上亮闪闪沉甸甸的黄金鸟笼吧?

项嘉令秦颂章想起自己的初恋——一个文艺又忧郁的少女。两个人相识于少时,有说不完的共同语言,也憧憬过不富足却温馨的美满家庭。可他为了攀附权贵，把她丢在褪色的过往中。千帆过尽，回过头来，永远觉得第一个最好。

秦颂章渐渐待项嘉不一样，名贵的珠宝首饰堆成一座山，衣帽间挂满当季的高定礼服和限量手袋。知道她想读书，他高薪聘请好几位退休教授，单独给她一人授课。

可项嘉并不领情。她学会喝酒，常常将自己灌得半醉，坐在飘窗上，冷冷地盯着他笑，眼睛里充满恨意，也不知道是恨他，恨残忍的女人，还是恨无能的自己，恨无常的命运。

秦颂章的青眼有加，很快引起他家里长辈的注意。借着过年，秦颂章的母亲邀请项嘉去吃团圆饭，打算探探她的根底。项嘉在饭桌上自顾自地喝酒，谁的话也不理，冰冷又傲慢。这样冷漠的美人，立刻吸引了秦颂章已经成年儿子的注意。项嘉被老太太奚落没规矩的时候，那位青年才俊绅士地岔开话题，替她解围。

项嘉天真地生出一点儿感激之情，可谁能想到，一旦支开众人，他就立刻摘下面具，露出无耻的真面目呢？项嘉拼命抵抗，调出通讯录，打算向秦颂章求救。可男人狞笑着：“你打啊，看看他们是信我，还是信你。”

之后，年轻男人常常造访别墅，在用人面前演一些虚伪戏码。用人们惯会看人下菜碟，知道秦颂章即将退休，眼前这人是秦家未来的掌舵人，一个个变聋变哑，对项嘉的遭遇视而不见。

他送给她包装得很漂亮的葡萄酒，说是云岭山庄窖藏的陈年冰酒，还说这酒很像她，外表冰冷，内里却甘甜绵长。说着赞美的话，可他的眼神是放肆的。项嘉悲哀地意识到，这么对比下来，秦颂章对她还算不错。

她不停地下坠，再下坠，好像永远看不到尽头。

不过，三年之期将至。她已经打算好，到时候，她要和那个不配做母亲的女人断绝关系，离开这里，忘记所有不堪过往。如果幸运，一切还能重新开始。

好不容易熬到那一天，她罕见地主动去找秦颂章，小心翼翼提出请求，对他赠予的一切毫不留恋："所有的衣服和首饰都放在原位，没有任何损坏，谢谢您这段时间对我的照顾。"

可男人只是好脾气地笑了笑，当她在闹脾气，递给她一份合同："你妈妈建议我们继续交往。"

项嘉难以置信地盯着眼前轻飘飘的几页纸，最后一页印着那个女人鲜红的指印。她对秦颂章破口大骂，用尽自己知道的恶毒词汇，像个不折不扣的泼妇。她满世界搜寻母亲的下落，终于在一个地下赌场找到她。

女人穿着皮草，熟练地推出摞成高楼的筹码，一掷千金。谈笑之间，她如此轻松地将女儿的尊严换来的东西放在牌桌上赌。赢了自然欢喜，输了也不过一声叹息。至于项嘉的感受，她不知道，也不在意。

脑子里有根弦忽然崩断，项嘉冲过去，将满桌的筹码推倒，含着泪和她对视。

她还没哭，女人先哭起来，叫道："你恼什么？你气什么？我把你拉扯大，享享清福怎么了？"女人又看向赌桌，显然是走火入魔，"再说，我赌输了钱，还被高利贷找上门，实在没办法呀！你别添乱……"

"你不是我妈妈。"项嘉忽然说道，迎着女人震惊的眼神，她又重复一句，"你不是我妈妈，我没有你这样的妈妈。"

回到别墅，连哭了半夜，那位青年才俊又溜了进来。项嘉看不到脱身的希望，再也不肯隐忍，趁对方不备，往他脸上狠狠挠了一记。秦颂章恰好撞见这一幕，勃然大怒，听信儿子的一面之词，认定是项嘉不安分。

项嘉连连冷笑："那我还反抗什么？逻辑说得通吗？"

"那是……是你听到车响，心里害怕，才翻脸挠我的！"年轻男人狡辩着，慌慌张张看向父亲。

"真是上梁不正下梁歪。"项嘉吃吃笑起来，眼神中的鄙夷和不屑，竟令见惯风浪的秦颂章一时不敢直视。

无论真相如何，这都是丑闻。秦颂章狠狠心，将脏水全泼到项嘉头上，把她介绍给朋友，让她在各种各样的宴会上穿梭交际。自那以后，他心狠手辣地从她身上榨取利益，罔顾她的尊严。

项嘉的人生，就是不断被打碎的过程。她性情坚韧，虽然逃不出泥潭，却咬着牙将自己一点点拼凑回来，从未对任何人屈服。可是，裂缝越来越多，心志被不断消磨，她终于到了撑不住的时候。更残忍的是，白白遭了一回罪，她被救了回来。

项嘉的精神状态变得越来越差，她没日没夜地抽烟、喝酒。她发现，只要她愿意，美貌会变成所向披靡的利器，只要轻轻勾一勾手指，就能令公子哥们神魂颠倒。

没多久，沈家刚刚回国的小少爷对她展开热烈追求。沈易泽是标准的纨绔子弟，专在追女人方面下功夫，解决了秦颂章那边的麻烦，却没碰她一根手指头。他像模像样地带她看电影、吃西餐、赏夜景，做很多普通情侣会做的事。

遍体鳞伤的项嘉抓住这一点儿微弱的温暖，犹疑又期待地看着他，眼睛雾蒙蒙一片，痴痴地问："你是真的喜欢我吗？有多喜欢？"

沈易泽信誓旦旦："我会娶你。"

其实，项嘉没那么天真，她知道她配不上他显赫的家世。可是，哪怕只给她提供一片挡雨的屋檐，让她获得片刻喘息之机，她也会发自内心地感恩。跟沈易泽在一起之后，项嘉对他生出稀薄的期待。他有一堆毛病，可心性还算单纯。

"如果有一天……你不再喜欢我，我们可以和平分手吗？"她胆战心惊地索要一个没什么实际意义的保证。

他摸摸她漂亮的脸，眼睛里满是迷恋，笑道："不会的，我会喜欢你一辈子。"

一辈子？项嘉对这个期限没有任何概念。她才活了二十多年，已经觉得无比漫长。

他给她优渥稳定的生活，她回报惊颤又真挚的感情。缺爱环境中长大的人，大多数都是讨好型人格。项嘉的缺陷型人格在沈易泽面前无限放大，她纵容他，祈盼能让这段爱情的保鲜期久一点儿，再久一点儿。

好日子仅仅过了半年，沈易泽的哥哥——沈家说一不二的掌权人沈易清，注意到她的存在。沈易清疼爱弟弟，早就规划好他的人生道路，不允许他犯糊涂。

沈易清见到项嘉的时候，她正在厨房煲汤。她不太擅长烹饪，为了照顾好沈易泽，照着菜谱认真学做饭。长发松松绾起，身上穿着条简约白裙，没有任何多余的装饰，却已经艳光四射，令人移不开眼——怪不得。

项嘉看到陌生男人，心里有些发慌。沈易清自报家门，见她手足无措，可怜又可爱，不知怎么改了主意，说了两句便开始动手动脚。项嘉大惊失色，撞翻砂锅，整条手臂被滚水烫伤。

"哥……"沈易泽闻讯赶来，虽然畏惧哥哥，却压不住内心的醋意，"你……你放开她。"

沈易清冷冷瞥他一眼，打定主意教弟弟规矩，让他认清楚项嘉是什么身份。而沈易泽明知道项嘉很痛苦，却不敢违逆哥哥，他害怕哥哥断了他的经济来源，害怕不能再大手大脚地花钱。他避开项嘉含着泪水的眼睛，低头屈服。项嘉不再跟沈易泽说话，转而开始亲近沈易清。沈易泽醋意大生，对她纠缠不放。

几个月后，有了一个好消息。

项嘉在管家的陪同下去私人医院产检，回来之后，在楼梯口叫住沈易泽。她已经很久不理会他，这时候却表现出罕见的和颜悦色，还有点儿俏皮："易泽，我请大夫做了亲子鉴定，你猜这孩子是谁的？"

沈易泽仿佛回到了和她热恋时的美好时光，噙着笑问："是我的？"

"是你哥哥的呢。"漂亮的脸蛋上笑容加深，项嘉低头轻轻摸了摸肚子，无视男人骤然变黑的脸色，她自顾自说下去，"你哥哥很高兴，叮嘱我以后不可以再跟你胡闹，免得伤到宝宝。"

沈易泽死死盯着女人的笑脸，听到她嘴里隐隐约约说了几个词——"嫂子""侄子"……他猛然伸出手，将项嘉从高高的楼梯上推了下去。

她怀着孕，还那么瘦，"咕咚"滚下去，摔得人事不知。用人们乱成一团，惊慌呼喊着叫救护车。沈易泽不管项嘉死活，冲到哥哥公司算账。

项嘉醒来的时候,孩子已经没了,医生说她此生再也无法生育,可她并不后悔。听说沈易泽对哥哥大打出手,场面闹得很难看,项嘉不忘给他最后一击。她发了条微信——"骗你的,孩子是你的。"

沈易泽大受刺激。沈易清焦头烂额,忙着照顾弟弟,没空收拾项嘉,负责看管的用人们渐渐懈怠。项嘉终于找了个空隙,偷偷逃了出来,她第一次呼吸到自由的空气。

为了避免被找到,项嘉一路躲躲藏藏,专往偏僻的地方走。带的现金不多,跑了半个月,她又冷又饿,昏倒在堆满积雪的田埂上。高烧袭来,噩梦缠身,她在梦里不停流眼泪,感觉到一只粗糙又温暖的大手不厌其烦地揩掉泪水,扶着她起来,灌下苦药。

项嘉恢复意识时,看见一位白发苍苍的老奶奶。木头和红砖垒起来的小房子很破,帘子漏风,屋子中间烧着老式的小炉子,炭火味呛人,和她以前住过的别墅没得比。

老奶奶慈祥地笑着,满脸皱纹,牙齿只剩几颗,用她听不懂的方言说着什么,两手配合着比画。项嘉变成惊弓之鸟,哭着央求老奶奶收留她,抓住馒头狼吞虎咽。

奶奶姓何,也是位苦命的女人,十八九岁嫁到这里,男人对她很不好。好不容易熬死了男人,几个儿女飞出村子,奔往大城市,逢年过节都不回来。

"你留下来,给我做个伴吧。"奶奶笑呵呵地说着,脸上既刻着风霜,又有岁月磨灭不掉的开朗。

项嘉的生活,终于暂时安定下来。她身体没养好,脸上缺乏血色,又着了凉,整夜整夜地咳嗽。奶奶赶集买了两只雪梨,从黑木箱子的角落里取出个蓝布包,一层一层揭开,里面珍藏着十几颗川贝,听说还是她之前生病的时候攒下来的。

家境如此窘迫,老人却把项嘉当自家孩子一样疼爱,将川贝捣成粉,装进挖去果核的雪梨中,加几块冰糖,上锅小火慢蒸。蒸够半个小时,热腾腾地端出来,掀开盖子,苦涩的川贝和冰糖混合在一起,浸入梨肉,整个吃下,咳嗽立竿见影好起来。

项嘉渐渐能听懂老人的方言，吞吞吐吐地说起以前的经历。她很怕奶奶会劝她回去和那个女人和好，可老人宽和又悲悯地看着她，叹了很久的气，轻声说了句——"好孩子，不是你的错，你的福气啊，在后头！"项嘉泪如泉涌。

在小村庄过的那三年，是她一生中少得可怜的平静时光。物质生活贫困，吃的都是粗茶淡饭，可她不需要讨好，不需要卑微地期待获得喜欢，她终于可以无拘无束地做自己。

有时候，项嘉想起之前那些事，还是会浮现不好的念头。可她害怕给奶奶添麻烦，奶奶收留了她，对她这么好，她不能恩将仇报。为了找点儿事情做，项嘉开始跟着奶奶学做饭。她天生聪明，又愿意钻研，很快做得像模像样。

村里有几个闲汉，见她来历不明，又长得漂亮，半夜用石块砸门，隔着窗户说些不干不净的话。项嘉紧张地缩进被子里，奶奶却火冒三丈，拄着拐杖走出去，对着混账们骂了半宿。

这个夜晚，项嘉哭一会儿，停一会儿，断断续续地讲了两三个小时，终于告一段落。她趴在程晋山腿上，眼泪将他的裤子打得湿透，不敢抬头看他的表情。

在整个倾诉过程中，程晋山一句话都没有说，始终安静认真地听着。太安静了，不符合他的性格。

沉默很久，项嘉带着哭腔唤："程晋山……"她比任何时候都慌张，都害怕。

他给了她那么多实实在在的关心和保护，和那些华而不实、动机不纯的讨好截然不同。她知道自己情绪不稳定，给他惹了很多麻烦，将来还会带来更多困扰。

她知道她不该把黑暗的过往一股脑儿倒给他，强迫他给出积极回应。

此时此刻，项嘉悲观地想——如果他接受不了，也没关系。无非是一切回到原点，她还有另一条路可以走呢。可他温热的手捧住她的脸，把她掰了过去。不知什么时候起，他也满脸是泪，项嘉看得怔住。

他俯下身，给她温柔的吻，一点一点把那些咸涩的泪水擦干净，他哑着嗓子问："讲完了吗？奶奶住在哪儿？我请几天假，我们一起去看看她。"

他早该想到的，一个抑郁的人，怎么会有那么多耐心、那么玲珑的心思，做那么多花样翻新又好吃的菜呢？

她是在告别，更是在求救啊。无数无声的、浸透血泪的求援，被他忽略。他什么都不知道，还觉得现状很好，觉得她莫名其妙。

项嘉吃力地消化完他寥寥几句里隐含的意思，忽然伸出双臂用力抱紧他，抽抽噎噎哭起来。

"还……还没……但我讲不下去了……"所有的勇气已经耗尽，她精疲力竭，累得眼皮都睁不开，"奶奶……已经过世了……我现在只有你……"还好有你。

其实，时间线对不上。除去村子里住的那三年，还有三四年不知道发生了什么。可程晋山说到做到，她不想说，他也不问，打横将人抱到楼上，端热水给她洗脸洗脚。

项嘉哭得累了，没多久就沉沉睡过去。程晋山的心疼得厉害，寸步不离地守着她，睁着黑漆漆的眼睛，一整夜都没合眼。

第二天早上，项嘉睁开眼睛，看到收拾好的行李箱。程晋山叼着支没有点燃的烟，下巴冒出片青青的胡茬，站在衣柜前叠衣服。心脏被什么攥住，项嘉一瞬间从天堂跌回地狱。

"你……你要走了吗？"眼泪好像已经流干，她抱紧膝盖蜷缩在床头，声音怯怯的，不敢说挽留的话。

"嗯，出去一趟。"程晋山将项嘉秋冬穿的厚衣服整理好，转过身交代了，"我也蒸了个川贝雪梨，第一次做，不知道味道好不好，焖在锅里，你待会儿记得吃。"

项嘉点点头，机械又呆板地说："谢谢。"

"我留了两千块钱现金，都放在床头柜抽屉里，想吃什么自己买。"向来粗枝大叶的程晋山，一旦涉及她就事无巨细，琐碎得过了头，"我跟乔今打过招呼,让他多照顾你,记住,晚上别单独行动,不安全。"

项嘉偏过脸,好半晌才干涩地回:"好。"

程晋山走到她跟前,弯腰摸她睡得乱糟糟的头发。项嘉眼睛疼得厉害,她拼命克制住投入他怀中撒娇撒泼求他不要走的冲动,极力维持最后的尊严。

可他摸了好一会儿,却说道:"把你妈的地址给我。"他很不想用这个称呼,那个垃圾不配。

项嘉愣了愣,没反应过来:"什么?"

程晋山脸上露出狞笑,和她初次见到他时如出一辙:"我要给你讨回公道。"

那些人是他这辈子也够不着的大人物,他没办法为她一一出气,是他无能。可这一切不幸的源头,总该偿还回来。

项嘉难以置信地望着他,他也一眨不眨地盯着她,两人大眼瞪小眼。过了好久,项嘉才又哭又笑地说:"死了,她也死了。"

多少年过去,贪财又狡诈的女人已经离开人世。活着的人们,大多也已经将她抛到脑后。时间是最无情、也最强大的东西。

程晋山松了口气,与此同时,又有点儿沮丧:"便宜她了。"

项嘉扑到他怀里,无尾熊一样抱紧他。她难得用这么无赖又任性的口气,几乎嚷出来:"程晋山,我不许你走!"

哪儿都不许去,既然接管了她,就得负责一生一世。

敞开心扉之后,项嘉比以前多了几分温度,变得黏人了些。程晋山又心疼又高兴,恨不得把她宠到天上。

"今天下雨,要不别出门,在家里休息?"他从背后搂着她,"中午我给你订外卖,下午买菜回来,咱们在家吃。"

适当的倾诉和发泄对心理有好处,项嘉打了个长长的哈欠,温顺点头:"好,等你回来。"

"想吃什么?"他看看时间,伸手过来抱她。

项嘉翻过身趴在床上,程晋山立刻急眼,边呵痒边威胁:"快点儿,让我好好抱一会儿！"

项嘉边躲边笑，拿他说过的话堵他："你之前不是说，觉得我不好看吗？怎么现在抱个没完没了？"

"哎哟！"程晋山挑挑眉，似笑非笑，"跟我算旧账呢？"

他斟酌着措辞夸她，既不敢过分强调美貌，引起她的抗拒，又得正正好搔在痒处："那时候你没把我看在眼里，我不得反套路，想方设法引起你的注意？"

"我老婆是天底下最好看，心地最善良的女人。"他将人捞进怀里，用刚长出来的胡茬在她脸上乱蹭，"真不想上班，你说我怎么就没有一夜暴富的命？"

然而班还是得上，程晋山边上班边开小差，发几条微信，打一个电话，生怕项嘉出状况，他开始后悔没有带她一起上班。电话没打通，他急得脑门出汗，理完货就打算往外冲。

这个当口，项嘉裹着厚厚的外套走进来。她提着一个不锈钢饭盒，没精打采地说道："我做了西红柿鸡蛋面，当早饭和午饭一起吃吧。"

程晋山愣了愣，傻笑个不停。不只他不放心老婆，老婆也离不开他呢。

或许是心结渐渐解开，项嘉总是犯困。

睡眠是有效的疗愈方式，程晋山买的新抱枕刚到，忙不迭撕开包装，给她垫在桌上。蓬松又柔软的猫爪，托住女人精致光洁的脸。她沉沉睡去，程晋山在心里大呼可爱，忍不住从各种角度抓拍。

下了班，他们手牵手去菜市场买菜。

项嘉说想吃辣，那就奢侈一回，做盆毛血旺。整块的牛油火锅底料、鸭血、毛肚、黄鳝、午餐肉、黄豆芽等各类食材采购完毕，两个人又在卖花的小摊上停留。鲜切花养不了几天，价格也不便宜，不够经济实惠。

"要不买盆水仙？"程晋山见项嘉感兴趣，积极出主意，"这盆红花也不错，过年看着多喜庆？"

项嘉最终挑了几颗风信子的种球，又买了配套的玻璃瓶，打算水培。

"想不想再养条狗？或者养只猫？"程晋山绞尽脑汁唤起项嘉对生活的热情，"热热闹闹的，多好玩？"

项嘉犹豫片刻，摇了摇头："挺麻烦的，不要。"

她觉得她和程晋山的关系还不够稳定，万一他哪天改变主意，宠物什么的都会变成累赘。程晋山也没勉强，买了几个球形彩灯，说是要挂在院子里做装饰。

回到家已经是下午四点半，程晋山冲进厨房准备食材，时不时扯高嗓门问个问题，项嘉则在客厅种花。

风信子要用灭菌灵泡一会儿，剥掉干瘪的外皮，才能养好。玻璃瓶装满水，加几滴营养液，将种球的根部泡进去，放在黑暗的柜子里，促进生根。七八天后，根须长得足够长，再拿出来晒太阳，两三天换一次水，很快就会长叶开花。

她洗干净手，来到厨房。程晋山殷勤地过来给她系围裙，站在旁边观摩学习。

锅里加油，爆香葱、姜、蒜、花椒、干辣椒，加入牛油底料翻炒。等牛油完全融化，倒入鸡汤，煮沸之后，加入鸭血、毛肚、黄鳝、午餐肉，略煮几分钟，生抽、料酒、糖、盐调味调色。盆底铺上烫好的嫩莴笋、黄豆芽、豆皮，将煮好的菜和汤倒进去，另烧热油泼在顶上。撒葱花、香菜、熟芝麻，一盆辛辣红亮的毛血旺大功告成。

程晋山边看边在手机里记，等她做好，闻着香浓气味，口水都要流出来。他连吃好几碗米饭，抹抹嘴打了个饱嗝儿，恋恋不舍地看着红彤彤的汤汁："吃完别倒，我明天早上用这个汤下面条。"

项嘉无语地看他一眼，手下留情，给他留了好几块黄鳝和午餐肉。

洗漱过后，项嘉躺在床上玩手机。程晋山走过来亲她，忽然问了句："你是不是嫌我吃得多啊？"

说实话，以前挺嫌弃的，可现在关系已经变得不一样，项嘉不但不嫌弃，还有点儿自责，以为是自己表情管理得不够好，让他产生误解。

"没有啊……"话音戛然而止，一只大手已经趁机伸过来。

她瞪着他，听到他厚着脸皮说道："我吃得多，干的活也多啊……"

他不遗余力地挥洒汗水，折腾得项嘉腰酸背疼。

第二天早上，程晋山果然用毛血旺的剩汤下面条，却给她买了新鲜的豆浆和包子。再省不能委屈媳妇儿，他深刻贯彻这个原则。

吃完饭，项嘉犹豫片刻，问道："程晋山，你明天能请一天假吗？"

"应该可以，怎么了？"程晋山看向她，目光中流露出疑惑。

"明天……是奶奶的忌日。"项嘉低着头，情绪有些低落，"我想带你去看看她。"

"好。"程晋山立刻答应，"把地址发给我，我上班的时候查查路线，看看怎么去方便。"

他是行动派，马不停蹄地规划起来："得买点儿香烛纸钱，还有供品……"第一次见媳妇娘家人，不能马虎。

项嘉眼角酸涩，她走过去抱住他，双手箍得很紧，在外套上勒出痕迹。

"一天够不够？"程晋山滔滔不绝说了半晌，低头亲她一口，"要不请两天吧？我还想看看你生活过的地方。"

项嘉立刻摇头，反应有些激烈："不，不用！"

"我们今天晚上过去，明天晚上回来，一天时间就够。"她好像在害怕什么，将脑袋埋进他怀里，身子有些抖，"回来以后，好好过日子。"

程晋山出门上班，项嘉留在家里打扫卫生。她心不在焉，缝衣服的时候不慎扎破了手。

其实，奶奶下葬的时候，她只是远远地磕了几个头，这会儿再讲究什么规矩礼仪，有些多此一举，奶奶也不会在乎这些虚礼。

她回去的主要目的，是试探。看看暗中还有没有盯着她的眼睛。或许只是她心思太重，多思多虑，可这个猜测总要验证，她不能在恐惧中过一辈子。

这样安慰着自己，项嘉提心吊胆地踏上行程。村子离这儿不近，晚上八点的大巴车，第二天早上六点才到地方。

她在路边排队，买了一盒牛肉锅贴。这家锅贴很大，是普通饺子的

三倍。

　　面皮折成小船，包裹浸满汤汁的肉馅。黑铁打造的大锅，里外排满锅贴。锅底烧热，淋油，半煎半炸，推拉旋转，没多久，锅贴变成金黄色。吃的时候，要先咬上一小口，将过于充沛的汁水吸出，接着慢慢品尝外皮的酥脆和肉馅的鲜香。

　　一见面，程晋山就迫不及待地捏出一只，被里面的肉汤烫得直叫唤。

　　"你慢点儿吃。"项嘉还买了刚烤好的蛋挞，本来打算路上吃，见他肚子饿，打开纸盒递过去。程晋山吃得满嘴是油，又亲她一口。

　　"你看看还缺什么不？"怕村子里买东西不方便，程晋山提前准备好瓜果点心，还买了香烛、纸钱和一大包金元宝。"够多了。"项嘉微微笑着，掏出纸巾帮他把脸擦干净。

　　大巴车上人不多，程晋山准备充分，带着充电宝，用起手机有恃无恐。和项嘉头挨着头看了部搞笑电影，他没心没肺，乐得哈哈笑，项嘉却心事重重，频频走神。

　　"困了吗？"车里灯光熄灭，程晋山站起身，从背包里翻出件备用外套，当枕头垫在自己座位上，让项嘉躺着睡觉。他挪到后排的空位上，隔着靠背眼巴巴看着她，眼睛亮晶晶的。

　　项嘉睡了会儿，迷迷糊糊睁开眼，看见程晋山蹲在她头边的过道上，正从包里翻零食吃。麻辣味的小米锅巴，他怕吵着她，含几片在嘴里，等泡软了才无声无息咽下去。

　　扭过头发现被她抓个正着，他有点儿不好意思，凑过来亲亲她的额头，小声道："我守着你呢，快睡吧。"项嘉摸摸他的脸，又睡过去。

　　大巴车挺准时，六点刚过，就停在路边。程晋山大包小包地带着项嘉下车，顺着大路走了二三里地，拐到一条羊肠小道上。秋玉米已经成熟，并肩站着，像一排排神气的哨兵。勤劳的农人们三三两两下地，四周渐渐热闹起来。

　　项嘉不喜欢人多的地方，可今天除外。浓郁的烟火气将心底的不安一点一点驱散。她极目远眺，看见田地另一头，矗立着蓝白相间的两层建筑，是派出所。就算噩梦真的缠上来，她也有办法应对。

把心放回肚子里,项嘉有些吃力地辨识着去往坟地的路线,终于找到树龄逾百年的大松树。两年前的大雨天,她跪在这里向奶奶的坟墓磕头,紧接着仓皇逃离。

"就是那儿。"项嘉指了指灰白色的墓碑。

程晋山走过去,毫不含糊地双膝跪地,磕了三个响头,口中说道:"奶奶好,我是您的孙女婿程晋山,今天过来拜祭您,给您送点儿钱花。"

他边放上供品边念叨:"您老人家泉下有知,一定保佑我和嘉嘉平平安安、白头到老,要是再让我中个彩票,那就更完美了……"

项嘉跪在他身边,看着老人慈祥的照片,眼睛被渐渐烧起来的火苗烫得发热,熏得发酸,忍不住掉起眼泪。

"不哭不哭。"程晋山连忙给她擦眼泪,"都过去了,咱不哭啊!以后我一定加倍对你好!"

"这样,咱让奶奶做个见证,我程晋山要是敢做对不起项嘉的事,必定天打雷劈,不得好死!"他见她眼泪收不住,开始赌咒发誓。

"别胡说八道。"项嘉破涕为笑,推他一把。

程晋山"嘿嘿"一笑,有一瞬想把口袋里的金戒指掏出来,来个激情求婚,又觉得在坟地里不太好,强行忍下。

烧完纸,项嘉带程晋山去看自己住过三年的房子。老人过世后,院子彻底荒废,砖墙塌掉半边,里面长满荒草。程晋山身手灵活地翻下墙,接项嘉过去。房门锁着,项嘉从院子角落挖了一抔土,装在盒子里带回去,做个念想。

"我在那个房间住。"她给程晋山指指朝阳的一间房,"奶奶说我身体不好,得经常晒太阳,把最好的房间给了我。"

"她看我总哭,找了一堆没用完的作业本,让我把不开心的事都写进去,当作发泄,写完帮我一本一本烧掉。"她苦笑着,自己都忘记当年写了些什么,"你别说,奶奶没读过书,却比很多心理医生都厉害,这招对我管用。"

"后来……又发生了一些事……"她的记忆出现混乱,表情也僵冷很多,"在'佳好'上班以后,我好像也写过两本……不记得烧没烧……"

"等回去以后，我帮你烧。"程晋山认真记下，牵着她的手往回走。

路过一个小水沟，他忽然从地上捡了几个扁扁的石块，对项嘉道："媳妇儿，看着！"

项嘉闻声回头，见他弯下腰，用力将石块飞出去。小小的石头在平静的水面上跳跃，奔向远方。

"我的最高纪录是十二下，厉害吧？"农村孩子有很多在大城市施展不开的拿手本事，他得意扬扬地炫耀着，将项嘉内心的惆怅驱散干净。

项嘉忍不住笑，跟着试了试，石头只跳了一下就没入水中。

"我教你。"程晋山搂着她，手把手教学。两人玩了半天，还捡了几块白白圆圆的鹅卵石带回去做纪念。

坐上回去的大巴车，凌晨两点迈进家门，什么变故都没有发生。

项嘉冲了个澡，看着欢快流向下水道的透明水流，感觉那些如同附骨之疽的污秽正在渐渐离开身体，她又变成干干净净的一个人。

她坐在凳子上，享受着吹风机送出的热风，和程晋山商量着下个休息日去哪里玩。她想，终于可以好好松一口气了。

一周之后，项嘉带上程晋山，和乔今一起吃饭。就在路边的海鲜大排档，活鱼活螃蟹现挑现杀，兼卖烧烤，生意十分火爆。正值吃螃蟹的季节，黄肥膏白，价格也算公道。

项嘉点了三只，她担心程晋山吃不惯，又点了一盘香辣蟹钳、一盆十三香小龙虾。螃蟹端上来，程晋山果然报以怀疑目光。

"这玩意儿有什么可吃的？"他笨手笨脚地拨拉螃蟹腿，跟着项嘉有样学样掀开盖子，戳戳两排"小扇子"，"这是啥？"

"螃蟹的肺。"项嘉把不能吃的部位去除，拆成小块，教程晋山怎么吃。

程晋山咂巴嘴，不太感兴趣，转头去吃蟹钳。蟹钳挺新鲜，大厨用刀背敲过硬壳，既入味又好剥。秘制的酱料、葱、姜、蒜、小米辣，配上米酒和啤酒，再加生抽、盐、糖调味。蟹钳配小龙虾，再啃几口烧烤，程晋山吃得不亦乐乎。

乔今送了他们两张演唱会的门票，说演唱会不准确，歌手咖位很小，风格小众，场馆也不大，算是小型歌友会。

"朋友给我的，我晚上有事去不了，你俩去吧。"

程晋山接过票，随口问了句："有什么事啊？"

乔今的脸红了红，没说话，项嘉在桌子底下踩了程晋山一脚。

程晋山后知后觉，还要大嘴巴说出来："哦哦哦！约会？"

项嘉将烤鸡翅塞到他嘴里，没好气地横他一眼。程晋山"嘿嘿"笑出声，将鸡翅啃干净，连骨头都唆了一遍。

吃完饭，两人和乔今告别，手牵手往举办歌友会的体育场走。看见有卖桂花糯米藕的，程晋山捣捣项嘉："你还记不记得，咱俩刚认识的时候，我抢了你一碗糯米藕？"

项嘉瞪他："当然记得，八块钱一份，你跟饿死鬼投胎一样，连口汤都没给我留。"

程晋山一乐："你等着！"他跑过去，没几分钟抱了碗糯米藕回来。

"喏，赔给你。"胳肢窝里还夹着袋糖炒栗子，热乎乎的，散发出蜂蜜的香气，"还有栗子，趁热吃。"

项嘉和他坐在路边的台阶上，看着渐渐亮起的霓虹灯火、川流不息的人群，耳朵灌满商贩行人的说话声，你一口我一口吃着栗子。

她忽然问道："程晋山，你嫌不嫌我胖啊？"他有点儿大男子主义，应该希望自己的女人漂漂亮亮，走到哪儿都给他长脸。

"胖点儿手感好。"程晋山说着，凑过来和她咬耳朵。

项嘉的脸涨得通红，"呸"他一口："你要不要脸？"

程晋山不以为耻反以为荣："要脸啊，怎么不要？我说话够克制的了，等你真成了我媳妇儿，更流氓的还多着呢！"末了，他终于补了句正经话："宝贝儿，你什么样我都喜欢。不用考虑那么多，就做你自己。"

项嘉沉默了会儿，带着鼻音"嗯"了声。明明认识还不到一年，她怎么感觉，他们已经在一起很久了？大约和他相处的每一分每一秒，都具备鲜活的底色和丰富的内容，轻而易举碾压苍白过往，彰显出无比强烈的存在感。

这是项嘉看过的规模最小的演唱会，也是她看得最认真的一次。程晋山没什么音乐细胞，却跟着观众瞎起哄，还抓着她的手一起拍巴掌欢呼，很适合做气氛组。

唱到伤感的情歌时，项嘉靠在程晋山肩上悄悄落泪。这一刻，有无数汹涌的情绪在胸口翻滚激越，成为她身体不能承受之重，催促着她向他说点儿什么。比如，我喜欢你。

"程晋山……"她泪眼蒙眬地看着他英挺的侧脸，语调哽咽。

"欸，怎么哭了？"程晋山替她揩掉眼泪，情话说得无比自然，"老公喜欢你，老公爱你，老公一直陪着你啊！"

他知道她缺乏安全感，因此不断调整相处模式，不遗余力地宽慰她、关心她，恨不得一天表白八百次。可她……就连简简单单的四个字，都说不出口。

看完演唱会，观众一窝蜂散场，挤在门口打车。

"我们往那边走走吧？"项嘉指指左手边，看起来也有不少车辆经过，"那边应该好打一些。"

程晋山看见有黑车坐地起价，犹豫了一下，听从她的建议："行啊。"

走出三四百米，他们发现那条路比想象中远。行人越来越少，两边都是施工到半截的建筑工地，高高的塔吊在地上刷出瘦长鬼影，路灯明明灭灭、频繁闪烁。

项嘉紧张地靠近程晋山，主动抓住他的手。

"怎么？害怕？"程晋山保护欲上来，笑着搂住她，"别怕，就算有劫道的过来，我也能保护你。"

他开始吹牛："你不知道我打架多厉害吧？在老家的时候，我一挑十……"说着说着，他忽然想起自己被大汉按在地上摩擦的丢脸场景。而项嘉，恰好是当时的见证人。脸上讪讪的，他挠挠头，打算转移话题。

就在这时，一个黑衣男人从对面走来，个子很高，比程晋山还高那么点儿，动作透着说不出的利落。和项嘉擦肩而过时，有东西"哗啦"落地，是一枚打火机。项嘉下意识捡起，递给对方时，眼神交会，她的脸色在一刹那变得雪白。

男人瞳仁漆黑，定定地看着她，唇角冰冷勾起，声音很平："谢谢。"

项嘉怔怔地看着他，呼吸停跳，手脚僵冷，几乎站不住。他很快离开，而她左顾右盼，神思不属，总觉得暗处潜伏着无数蠢蠢欲动的黑影，随时都会扑过来。

"怎么了？"程晋山摸到她手心的冷汗，担心地扶住她。

"没……没事。"项嘉抿了抿唇，在一瞬间做出决断。她本来不是多么勇敢的人，怎么一旦想要保护什么人，又好像拥有了一点儿力量。

"程晋山，我的手链好像丢了。"她摸摸衣袖，将戴在手腕上的银链子塞到里面，表现出苦恼的样子，"看完演唱会出来的时候还在的……"

"什么？"程晋山立刻着急起来，"我回去找找！"

他走出两步又折回来："你跟我一起！"

"我有点儿累，想休息会儿。"项嘉指指路边横放的木材堆，"坐这里等你好不好？"

程晋山不疑有他，点头道："行，那你别乱跑！"

"程晋山！"项嘉见他跑远，忽然忍不住叫出声。

"嗯？"程晋山转过身，一边回应她一边倒退，"有事给我打电话，最多两三分钟，我马上回来！"

项嘉忍住眼泪，哑声道："不急，慢慢找……"她坐在腐烂发霉的木头上，任由黑暗再次将自己完全笼罩。

男人去而复返，身后跟着五六名下属，清一色的黑衣黑裤，人高马大，面容冷峻，程晋山完全不是对手。项嘉将自己蜷成一小团，抱住双膝，脑袋埋进手臂里，她不想面对残酷的现实。

男人机械地开口，不带一丝温度："南小姐，先生让我们接您回去。"

辣·同生共死

第七卷
CHAPTER 07

项嘉被他们拖上车，塞进车后座。

领头的男人就坐在旁边，打电话简短汇报："先生，接到人了，预计明天上午十点赶回去。"

她费尽心思逃跑，为了隐姓埋名，吃过无数苦头。被抓回去，却只需要11个小时。

黑色的车融入夜色，像一头矫健敏捷的兽，很快开上高速。离程晋山越来越远，项嘉一想到他会疯了似的找她，会着急会害怕，就觉得心如刀割。

"南小姐，请把手机给我。"这男人叫卫七，算是老相识，对她还算客气，"不要让我们难做。"

"我……"项嘉尝试着开口，才发现声音哑得厉害，好像一瞬间丧失所有力气。她咳嗽两声，努力争取："我想打个电话，跟他说一声。"

语气顿了顿，她苦笑道："就说，我是自愿回去的，让他死心。"至少，该有个像样的告别。

遇到今晚这样的情况，她只能离开他。报警来不及，而卫七选择先跟她打个照面，是在逼她做选择——是配合他们，老老实实跟着走，还是激烈抵抗,把程晋山搭进去。程晋山打不过他们,以卵击石,毫无意义。

可这样卑微的请求,也被卫七无情拒绝。

"南小姐,您是聪明人,应该明白,失踪比告别对他更好。"听他的意思,已经跟踪了她很长一段时间,"万一他察觉出不对,跟着找过去,会有什么样的后果,您比我们更清楚。"

项嘉沉默片刻,眼泪顺着脸颊流下。她接受他的建议,将手机交出去。卫七没有擅自翻看,而是直接关机,装进防水袋里妥善保管。

项嘉把头靠着车窗,看着路边飞速闪过的昏黄路灯,有一瞬很想拉开车门跳下去。可是——程晋山该怎么办呢?多讽刺啊。她刚刚想放下黑暗的过往,命运又逼迫她面对更可怕的事。

项嘉问卫七:"你们是从哪天跟上我的?给奶奶上坟那天吗?"

"不,比那更早,大概两三个月前就查到了您的行踪。"这是个相对安全的话题,卫七客气地回答,"您很谨慎,轻易不去人少的地方,不方便动手,我们还跟丢了两回。到后来决定兵分两路,一队继续跟踪,另一队在老人家的坟墓附近蹲守。"

"为什么那天没出手?"项嘉越听,越觉得绝望死死扼住喉咙,没有一点儿逃脱的可能。

"本来是这么打算的。"卫七犹豫了一下,斟酌着措辞,避免刺激她,"可先生说……让您再高兴几天。"

项嘉连连冷笑,不是良心发现,而是享受这种将她玩弄于股掌之间的乐趣吧。

直到早上,项嘉都没有合过眼。汽车需要加油,在服务区停下。卫七亲自看着项嘉,就连她上厕所都要跟到门口,寸步不离。手下去便利店买早餐,带回一大袋包子和粥。

卫七闻了闻包子的馅料,低声呵斥:"南小姐不能吃辣,去看看有没有清淡些的口味,没有的话,面包也行。"

为了保存体力,项嘉强撑着用一次性勺子喝了两口粥。

黑米、白米、薏米混在一起,葡萄干泡得白白胖胖,花生、红豆、

红枣让粥呈现出好看的深红色,最上面还漂着鲜亮的枸杞。用料这么足,放的糖也不少,可到了项嘉嘴里,全部变成钻心的苦涩。她边吃边哭,眼泪掉进粥里,更加难以下咽。

卫七表面客气,心肠是很硬的,自顾自说着接下来的事情:"先生在外地,回来还有个会,晚上才有时间见您。住的还是原来那座别墅,管家也没换,申姨会安排好您的衣食住行。"

到了熟悉又陌生的地方,车沿着长长的林荫道开进车库,项嘉发现,那个人又多了几辆豪车,有时候就是这样没天理。

坐电梯上去,所有认识或不认识的用人都戴着一样的面具,对她表面客气有礼,内心嗤之以鼻。申姨和两年前一样严厉,挑剔地盯着她看了又看,皱着眉在差不多有两居室大小的衣帽间里挑选适合她的衣服。这可不容易,她比那时候胖上不少,随便一打量就知道套不上去。

申姨竭力找出件宽松的长裙,声音尖厉,难掩对她的嫌弃:"先洗个澡,把身上的角质层去除干净,赶在先生回来前做个头发……"

"不用,我就穿这身。"项嘉拢紧程晋山买的黑色棉服,好像在徒劳地挽住最后一点儿温暖,"你忙你的,不用管我。"

申姨欲言又止,见她执迷不悟,终于放弃,警告了句:"你比我更了解先生,应该知道,激怒他没有好下场。"

可就算哄他开心,又有什么用呢?继续摇尾乞怜,苟且偷生吗?那样没有尊严的日子,她一天都过不下去。

项嘉想尝试着告诉他,自己已经不够漂亮,不够年轻。他咽不下那口气,想让她付出些沉重的代价,也没关系,只要留条命在,就有希望回到程晋山身边。

她坐在客厅,一直等到晚上九点,男人终于回来。

三十多岁的成熟人士,兼具儒雅与狠辣两种矛盾特质。十成资本,十成运道,再加十成本事,年纪轻轻便可翻手为云,覆手为雨。

他摘掉眼镜,脱下西装外套交给申姨,目光随意地滑向项嘉,像在看客厅一盆新添的花。充满锋利感的薄唇勾起,他无声地笑着,拿起镶嵌蛇形纹饰的手杖,在华美的金色地毯上敲击两下,富有磁性的男音说道："欢迎回来，我的新娘。"

申姨说得没错，项嘉更了解卫昇，她听得出这个称呼里暗藏的讽刺，她看得懂他每一个细微的肢体语言。比如，在地毯上敲击的那两下，是之前经常下达的命令之一，也是给她的最后一个机会。

项嘉用尽所有意志力，抵挡着屈服求饶的冲动，因恐惧而心悸，胃里翻江倒海，几欲作呕。冰冷的水再次上涨，将她彻底淹没，后背已经消失的伤痕重新出现，痛感鲜明，还有无数个看不见的针眼形成的新鲜刺青，被水一泡，疼得钻心。

她强撑着挺直腰杆，颤着声叫了句："卫先生。"

总是被压迫的弱势方，柔弱到不堪一击的食草动物，竟然有胆量直视他，企图和他坐在一张桌子上谈判，这令卫昇有些惊讶。不过，仔细想想也不奇怪。敢在两年前单枪匹马逃跑，说明一切顺从都是假象，她并未被彻底驯化。

常年打鹰，被鹰啄了眼，卫昇将那场兴师动众的盛大婚礼视作奇耻大辱。

"我刚才的称呼，不够准确。"他眯着眼打量她走形的身材，笑容越来越冷，"你早就失去了做新娘的资格。"他竟为这么个女人昏了头，认真考虑和她结婚，还给她营造拿得出手的身份背景，可惜——

"上不了台面。"他简单粗暴地对两年前的逃婚事件做出归结。

项嘉发现，他一点儿也没改变。在这样傲慢又轻辱的眼神注视下，她想要的平等对话，根本无法进行下去。她就这么顶着无形的压力，竭力平静又完整地表达出自己的想法。

"我今年已经三十岁，又胖又丑，想必更加入不了卫先生的法眼。"项嘉始终悬着一颗心，说话又轻又快，姿态也适当放低，"逃婚的事，是我不识抬举，想怎么罚，您说了算。"

"至于……您帮她还的那笔赌债，按理说，钱都是她欠下的，我没拿到一分，可您想必咽不下这口气。"她声线有些抖，"可我受过不少罪，您看看我的付出值多少钱，还差多少钱，我想办法尽快还给您。"

旁边站着的保镖和用人看着卫昇越来越难看的脸色，吓得大气也不敢出。

"你算什么东西？"手杖横过来，力道很重。卫昇觉得眼前这个灰头土脸的女人格外陌生，最不能容忍的是，她人站在这里，心里却还在妄想脱离他的掌控。

他收回所有耐心，话也变得难听："谁不知道你是什么货色，什么出身？现在还敢胆大包天地跟我谈条件？"

项嘉听出他不想善了，心直直沉下去。

"想还，可以。"他看了眼腕表，神情归于冷淡，"明天晚上，我请几个朋友过来，替我好好招待他们。"

以前，他带她去过几次小型聚会，理所当然地炫耀过女伴的美丽。可他很喜欢她，独占欲又过于强烈，从来没有答应过任何过分请求。现在，情况已然不同，他要动用非常手段震慑她，看到只在她眼中出现的、绝望又美丽的泪光。

项嘉听懂他的意思，如坠冰窟。

项嘉的住处安排在一楼走廊尽头，和申姨的房间面对面。

庭院中有响亮的狗叫声响起，似乎是嗅到了她的味道，叫声越来越近，最后停在门口。项嘉打开门，看见高大威猛的深灰色狼犬。忠诚又凶狠的"洛克"，完美融合了德国牧羊犬和喀尔巴阡狼的血统，时隔这么久，竟然还记得她。

毛茸茸又沉甸甸的爪子拍在项嘉腰间，她觉得它是这别墅里唯一顺眼的生物，轻轻拍拍洛克的头，又弯腰抱抱它。畜生比人单纯很多，洛克热情地糊了她一脸口水，拼命摇晃尾巴，表达欢迎。

书房中，从监控镜头中看到这一幕的卫昇，神情变得越加不善。他手头放着一沓资料，详细记录着项嘉这两年的一举一动。可他没有心情，也没有时间翻看。

不过是一个心血来潮喜欢过的女人，差距悬殊，他没把她放在平等的地位看过，这两年经历过什么，根本无关紧要，重新捏在手里就行。因此，他完全忽视了程晋山的存在。

第二天晚上,项嘉孤身一人站在会客厅。

半个小时后,卫昇的朋友会陆续走进来,端着戏弄表情。这一幕如此熟悉,令她想起刚刚见到卫昇的时候。

那一年冬天,奶奶生了很严重的病,反反复复总不见好。儿女们打过两回钱,见这是个无底洞,渐渐冷淡下来。奶奶不再跑医院拿药,有一天干完农活昏倒在田地里,被乡亲们抬回家后,咳出几口血。

好不容易找到遮风挡雨的地方,眼看又要坍塌,项嘉怕得厉害。她整夜都没有合眼,给老人喂水喂药,屏息凝神听着微弱缓慢的呼吸,一颗心越悬越高。

第二天早上,她下定决心,拿出身边仅剩的一张银行卡。里面有那个女人心情好时赏赐的零花钱,她一分都没花,日积月累,数目不小,足够拿来救命。取钱要冒一定风险,但她没有别的路可走。

项嘉非常谨慎,乔装打扮后坐上前往县城的公交车,步行大半天,选择一个毫不起眼的自动取款机,提出一笔钱。她带着浑身冷汗回去,送奶奶进医院接受手术。

手术很顺利,一周后,奶奶已经能够下床走动。这时,护士再次通知缴费。术后的康复过程也需要持续吃药调养,还有日常生活开支,桩桩件件都要花钱。

项嘉咬咬牙,打算再取一笔钱。这次她跑得更远,几乎出省,选的取款机更隐蔽。可她不知道,她那位名义上的母亲,已经联合别人,布下天罗地网。

被几个黑衣人劫进小巷的时候,手提袋里的钱撒了一地,项嘉以为是沈家兄弟寻仇,顾不上害怕,本能地呼喊:"我的钱!我的钱!"那是给奶奶续命的钱。

有人从车后座跑出,裹着一身的高级香水味,高跟鞋踩在红钞票上,对保镖们颐指气使:"捡起来分一分,算是你们的辛苦钱。"

项嘉看清她的脸,只觉天旋地转。她满脸是泪地瞪着女人,女人不甘示弱地回瞪,声音尖厉:"你差点儿害死我知不知道?"

沈家兄弟找不到她,只能拿女人出气。女人走投无路,再次打起她的主意。

当时，女人挤在车后座，一边抓牢项嘉，一边骂她不省心："沈家那么有钱，嫁进去给他们家生孩子有什么不好？非要瞎折腾，把我也搭进去，真是上辈子欠了你的债！"

项嘉挣扎着踢她踹她，狠命往玻璃上撞。女人连忙护住她的脸，叫道："你给我老实一点儿！你别激动，先听我说——卫先生手眼通天，年纪不大，长得也好，要是入了他的法眼，咱们就能把沈家踩在脚底下！"

项嘉被众人带进别墅，严加看管。傍晚时分，卫昇牵着洛克走进来，高大的身形隐匿在阴影中，只有一双眼眸闪烁着饶有兴味的光。他看着她含泪的眼，赞叹了句——"这么漂亮，待在村子里多浪费？"

就这么轻飘飘的一句话，将她从人间，再次拖向深渊。

卫昇的喜欢是居高临下的，在发现项嘉并没有如愿接受他的讨好和追求后，他显现出了本性里面残暴冷酷的一面。卫昇在她身上花费过很多心思和时间，给她逃离的希望，紧接着又一遍遍摧毁她的幻想，践踏她的尊严，打碎她的幻想。

等到挣扎的光芒彻底熄灭，她的眼里只剩畏惧，卫昇以为，终于到了厌弃的时候，可他比想象中更加贪婪。他开始隐隐期待，那双眼睛里还能出现点儿别的什么，比如，崇拜和爱意。可他不知道——她在演戏。

卫昇逐渐透露出和项嘉建立婚姻关系的打算，项嘉先是难以置信，战战兢兢地拒绝："不，我配不上您。"

他和颜悦色地拥她入怀，问道："说心里话，想不想嫁给我？"

这很僭越，也很疯狂。可他已爬到随心所欲的位置，不再需要通过婚姻换取利益，任性一点也不算什么大事。

项嘉怯怯地看着他，不敢回答。

"心南。"那时候项嘉还用本名，他温柔的嗓音中带着压迫力，无形催促，"想不想？"

"想……"她软软地说着，胆战心惊地靠向他的胸膛，两条挂着伤痕的手臂头一次越矩地攀上他的肩膀,"真的……可以吗?求您,别拿这种事骗我……"

他请来业内数一数二的刺青师,在她腰后烙刻专属于自己的印记。被锁链捆缚的堕落天使,心口刺着他的名字。

项嘉痛得很厉害,却不肯用麻药,她紧紧抓着他的手,流着幸福的眼泪:"我想把这一刻……永远记在脑子里……"

心机深沉的卫昇,竟然被她的高超演技骗过去。他放松对她的看管,着手为她营造配得上自己的身份。项嘉的谈吐和教养都过得去,注册个像模像样的公司,挂在她母亲名下,并不算麻烦。

她欢喜地感谢他,借机和女人重归于好。卫昇也表示过讶异,可她低眉顺眼地说:"到底是我妈妈,把我养到这么大不容易……"

她甚至怯生生地跟他要钱,数目不大,却害怕得绷紧脊背:"妈妈赌习惯了,现在无事可做,看着很可怜……"

他不屑她的软弱,却喜欢这种依赖。他不知道,她背地里暗示母亲用那笔资金做本钱,创立自己的公司。

那个贪婪的女人哪里懂得生意上的门道,将所有的钱都投了进去,还跟银行贷款,甚至还动了些投资歪门邪道的坏心思,直夸她孝顺:"我的宝贝可算开窍了!等你成了卫太太,咱俩肯定有享不完的福!"

卫昇听到消息,问她道:"给的钱不够你们花吗?"

"给她找点儿事情做,省得总盯着我,打些歪主意。"项嘉笑吟吟地把玩着男人修长的指节。

卫昇脸色微寒,颔首道:"也好。"

然而,项嘉在婚礼当天逃出去,毫不犹豫地将女人架在火上。卫昇势必迁怒于她;那么多贷款,足够她焦头烂额;查处的时候,拔出萝卜带出泥,还会发现她涉及的那些违规经营。而项嘉自己,不会在同一个地方摔倒第二次。

听说,没过多久,女人便贫困潦倒,病痛缠身,死在一个破破烂烂的小旅馆里。

项嘉一路躲躲藏藏,来到旧时的小村庄。奶奶旧病复发,已到弥留

之际。

老人回光返照，看到憔悴不堪的项嘉，老泪纵横："孩子，这几年你去哪儿了啊？我到处找你……"项嘉扑在她怀里，哭得肝肠寸断。

"奶奶……我跟您一起走。咱们一起走，到了那边，我照顾您……"

老人似乎明白了什么，慈爱地抚摸着她柔嫩的脸，叹道："别说傻话，你还小呢。"

"至少……至少过了三十岁吧……"奶奶的希冀令项嘉无法拒绝，"是不是有人在找你？快走，我不需要你照顾……"

项嘉一步三回头地离开病房，绕着村子徘徊许久。奶奶下葬那日下着暴雨，她失魂落魄地跟着送丧队伍走到坟地，在松树底下遥遥磕了几个头，继续逃亡。

她尝试着重新开始，在不起眼的城中村租了个小房子，亲手将后腰的文身剜除，可她落下一有异性接近就想呕吐的后遗症。她绝望地发现，她被卫昇彻底打碎，再怎么努力，也拼不起来了。

如今，颠颠倒倒，竟然又回到这里。男人怀恨在心，做出什么丧心病狂的事都不稀奇。可项嘉的灵魂已经千疮百孔，提不起力气演戏，更无法忍受陷入耻辱境地。

项嘉沉默许久，敲了敲门，对门外看守的人说道："我要见卫先生。"

十分钟之后，卫昇气定神闲地走来，准备欣赏女人惊惧慌张的表情，聆听她声泪俱下的忏悔。将门反手关上，卫昇冷淡地看了眼手表，走到沙发处坐下，问："我的时间不多，你还有什么话说？"

"卫先生，您能不能……再给我个机会？"她颤着声线，哆哆嗦嗦站起来，慢慢走到他身后，似乎打算给他按摩，"我知道错了……"

卫昇的脸上浮现不屑的神情："不是不能商量，但结婚的事，不用再想。"他已经犯过一次糊涂，不会再犯错了。

"还有——"话没说完，他忽然被扼住喉咙。

卫昇憋得脸红脖子粗，摸索着抓住项嘉的手臂，将柔软的身子整个儿掀到前面，重重摔在坚硬的茶几上。项嘉痛叫一声，手下松了劲，失去先机。

卫昇如同暴怒的野兽扑上来，掐住纤细的脖颈，表情狰狞，喝道："找死？竟然敢对我动手？"

项嘉透不过气，指甲徒劳地在结实的手臂上抓出血痕。她应该开心才对，没能拉他垫背是有点儿遗憾，可是这样也比被侮辱轻松。

视野变得模糊，过往像走马灯飞速闪过。那么多苍白又可怜的回忆，敌不过程晋山一个傻乎乎的笑脸。他是她遇见过的、少之又少的鲜活的人。项嘉无声流泪，眼睛里终于出现卫昇想看到的害怕和央求。

"你还知道怕？"卫昇冷哼一声，卸去力道。

他也不是非抛弃她不可，不过是想让她服个软。他没想到，她竟有胆子对自己下手。好在她还知道怕，只要怕，一切都好说。

卫昇不知道，项嘉并不害怕自己会怎么样。她怕的是，就这么不负责任地离开，程晋山该怎么活。

他摸摸残留勒痕的脖子，恼怒又兴奋，哑声道："原来，这才是你的真面目。"他养了一只会咬人的兔子，还总是被她温顺的外表迷惑。不过，越能折腾，驯服的过程就越能带来成就感。

"看来，我们要重新定制适合你的课程。"他挥挥手，对闻讯冲进来的保镖们发号施令，"把她带下去，关起来。"

他不得不承认，无论从身体条件、学识素质评判，还是从忍耐力和心智考量，项嘉都是极品中的极品。这么多优点叠加起来，甚至能让他适度容忍她外表的缺陷。

同一时间，程晋山短促地叫了一声，从可怕的噩梦中惊醒。他正坐在回城中村的火车上，距离他弄丢项嘉，已经过去 48 个小时。

前天夜里，他也就离开两三分钟，赶回去时，项嘉已经不见踪影。电话打不通，他当时就急了眼，在两边的建筑工地里找了大半夜，边找边大声喊项嘉的名字。每走过一栋楼，心就往下沉一寸。

明知道她精神状态不稳定，他怎么还那么大意，把她一个人留在那儿？前胸后背都是冷汗，他又悔又急，拿脑袋往冰冷的毛坯墙上磕了两下，勉强稳住阵脚，给乔今打电话求援。

乔今赶来，听他语无伦次地说完前因后果，又不了解项嘉情况，问

道:"你为什么觉得她是自己跑的?有没有可能遇到坏人?"

"对,对……有可能!"程晋山想起项嘉差点儿被拐的遭遇,哆嗦着用手掏出手机,打电话报警。

对方问起项嘉的个人信息,刚报完名字,他的脸色就变了变,补充道:"这个应该不是她的真实姓名……"口口声声让项嘉当媳妇儿,到这个紧要关头,程晋山才迟钝地意识到,他连她的身份证都没见过。

警察当他恶作剧,充满怀疑地又问了几句,但也耐心说会帮忙留意。

挂完电话,程晋山无措地蹲在路边,把头发挠成鸡窝,慌得带出哭腔:"我脑子里装的都是屎吗?找什么手链啊,再买一条不就行了?"他又道,"要是我没省那一百块钱,打黑车回去,她也不会丢。我抠什么门?我真的……"

"程晋山你别慌,先回忆回忆,你俩分开的时候,项嘉姐有没有什么异常?"乔今拉他起来,又把工地仔仔细细搜寻了一遍。

程晋山在脑子里回放当时的每一个细节,喃喃道:"她说累,走不动,还说不着急,让我慢慢找……"

他忽然想起什么,皱眉道:"不对,项嘉很怕黑,也害怕自己一个人,她怎么会说让我慢慢找……"是打算故意支开他吗?可是,晚上吃饭的时候不还好好的吗?

程晋山又报了几次警,自己也扩大了搜索范围。

第二天,警察打来电话,说在护城河下游发现一具女尸,让他去认尸。他一屁股坐在地上,哭得鼻涕眼泪一大把,号得像只受伤的野狗,扶都扶不起来。

"程晋山你到底怎么回事?还没见到尸体,怎么就觉得一定是项嘉姐?"乔今也急,又觉得他的反应不对劲儿,实在拖不动沉重的身躯,抬脚踹他,"项嘉姐好端端的怎么会想不开?"

"她的状态一直不好,你不知道!"程晋山边哭边扇自己巴掌,"我天天说喜欢她,连个人都看不住,我就是个废物!"他钻起牛角尖,忽然觉得跟着项嘉一起下黄泉也是个不错的选择,强撑着爬起身,打算先处理完她的身后事。

到了现场，掀开白布，女尸已经腐烂，但还是能看出，并不是项嘉。程晋山又活过来，站在河边茫然四顾，不知道下一步该干什么。

项嘉失踪的那条路没监控，乔今拿主意，锁定两边路口的超市和商店，挨家挨户拜访，求人帮忙调监控。死角太多，夜里来来往往的车辆也不少，他收集了一大堆监控视频，窝在咖啡店逐帧观察。

程晋山往派出所跑了好几趟，毫无线索。他坐在乔今旁边发愣，不吃饭也不睡觉。乔今一劝，他就魔怔似的说："你说我们家项嘉现在吃得上饭吗？她晚上睡哪儿？"他心里清楚，无论项嘉是主动离开，还是被坏人劫走，都凶多吉少。

一天两夜没合眼，第三天，程晋山在他和项嘉走过的地方乱晃。人在身边的时候，还没有意识到，已经喜欢到了这种地步。看不到她，什么都不对劲儿。阳光是冷的，天地是灰的，不知道饿也不知道渴，变成彻头彻尾的行尸走肉。

明明前几天还在一起打水漂，她还主动打开心扉，说起一些从前的事，一切都在好起来……程晋山的脚步忽然顿住。

"日记……"对不上的时间线，后腰的刺青，老人的过世，躲躲藏藏的奇怪行为……桩桩件件渐渐串联到一起，他的眼睛里陡然亮起摄人的光："日记！"

他像疯狗一样冲进书店，叫道："我回去一趟！有发现立刻给我打电话！"

他很后悔过于在意项嘉的感受，在她吞吞吐吐谈起过去的时候，没有打破砂锅问到底。如果没有猜错，她的失踪和后来三四年的经历有关。她又遇到了什么不幸？为什么要隐姓埋名？是不是在躲什么人？是那个人带走她的吗？她说让他"慢慢找"，是不是怕他和对方起冲突，想保他平安？

程晋山的脑子从没这么灵光过。没错，项嘉也喜欢他，答应跟他过一辈子，不可能不告而别，不负责任地丢下他。她肯定在某个地方惊惧不安，等着他去拯救，他不能在这个时候倒下。

程晋山搭乘晚上十一点的火车，回去找项嘉的日记。为了补充体力，

他狠狠心买了份高价盒饭。酸辣绿豆芽里面放的干辣椒太多，辣得他直哈气，味道也不怎么样。吃完米饭，灌下大半瓶矿泉水，饿了两天的肠胃开始难受。

他忽略了这些不适，往后一靠，强迫自己入睡，睡着没多久就做了个噩梦。

梦境无比真实。他回到千里潜逃的黑暗时分，阴错阳差，没有走进那栋小破楼，没有遇到项嘉，而是拐向另一个方向。命运从此转折，变成漆黑一片。

没有温暖的人间灯火，没有憨厚和善的干爸干妈，没有牙尖嘴利的唐梨和温柔忧伤的许攸宁，没有人来人往的鱼摊，没有堆积如山的习题册……

他如一开始盼望的那样，刀口舔血，泯灭人性，花天酒地，最终潦草仓促地冻死在一场风雪中。无人缅怀，无人在意，什么都没有剩下。

程晋山叫了一声，从噩梦中惊醒。他再也睡不着，反复翻看手机里偷拍的照片，眼角变得湿润，不停用手擦拭。

他不能没有项嘉。

凌晨五点钟，程晋山冲进出租屋。房间不大，唐梨早在他的催促中里里外外翻找过几遍，却一无所获。

"会不会根本……没日记？"见他六神无主，眼睛里全是血丝，她迟疑着说完这句话，到底不忍心，继续帮忙找。

床头暗格、床底、衣柜……连沙发垫子都被拆开看过一遍，弄得满地狼藉。程晋山喘着粗气坐在地上，眼神木愣愣，吃力地在脑海里回忆着所有能藏日记的地方。

"我去给你买早饭。"唐梨安慰地拍拍他肩膀。

日头渐渐升高，阳光透过窗户照进来，滤去温度与颜色，只剩下寒冷。他回来得急，连换洗衣服都没带，这会儿才觉得冷，搓了搓胳膊，找出套黑色棉服。这还是刚认识项嘉的时候，她替他讨价还价，以九十块钱拿下的那套。

程晋山忽然想起,开春时,项嘉整理出一大包衣服,说要拿去捐赠。那么节省的一个人,连最贵的羽绒服都没留,可见当时念头坚定。林婶知道了这事,笑着说不如送给她老家的亲戚,还让他用三轮车运过去。有没有可能……夹在厚衣服里面,项嘉自己都忘了呢?

程晋山穿上衣服,洗把脸就往外跑,他边跑边打电话:"妈,你在家吗?当时项嘉收拾出来的那包厚衣服,还在你那儿吗?好好好,在就好,先别动,我马上过去!"

林婶听说他不声不响地回来,又惊又喜:"山子快来,正好有事跟你说!"

原来,开发商看中"佳好"所在的那块地,打算拆迁,正和各家商户商议赔偿款。林叔林婶临近退休,身体又不太好,有心直接休养。老两口商量好,拿出一半的钱给程晋山买套新房,再看看做点儿什么小生意,把他留在身边。

程晋山买的彩票没中奖,一夜暴富的美梦却通过这种方式成真。他蹲在地上扒拉着编织袋,耳朵灌满林婶的唠叨,脸上毫无喜色。直到从一条厚厚的毛毯里抖落出两个记事本,神情才骤然一松。

他迫不及待地翻开本子,看到整页整页潦草的字迹。写下这些文字时,项嘉的状态应该极不稳定,大段大段梦游似的呓语,理解起来非常吃力。大部分纸张皱皱巴巴,浸满泪水又风干,墨迹糊成一团。

"妈,项嘉丢了你知道吗?我现在没心情考虑这些,找到她再说!"程晋山抱着笔记本往里屋走,找到个光线好的地方,皱着眉头提取其中的线索。他越读越压抑,中间停下来缓了好几次,勉强稳住情绪。

林婶将林叔叫回家,两个人在客厅商量着什么,断断续续传来杂音。

翻到第一本日记的中间,程晋山终于找到关键信息:"卫……昇?"

她换成红颜色的笔,颤抖着写出这个名字,上面打着大大的叉号。用得力道过猛,纸张都被划破,足见这个人的特殊。他坐下来,给乔今打电话。

"对方可能姓卫,在一个叫'云墅'的地方。"程晋山也知道给出的信息太模糊,翻来覆去寻找蛛丝马迹,"应该是别墅,至少三层楼,里

面养了条狗……还有，项嘉提到过'安宁医院的心理医生'……"

心脏泛起锐利痛感，程晋山深吸口气，往后翻了两页，说道："还有华新第一附属医院，没说在哪个城市，你看能不能查到……"

项嘉写：从医院三楼跳下，逃跑失败……

程晋山心里直哆嗦，听到乔今在那边喊道："查到了！医院在 A 市。刚好，我把监控中拍到的所有车牌号整理了一遍，A 市的话……确实有两辆黑色的车经过！等等，姓卫的话……"

几分钟后，他拿到别墅地址，与此同时，对卫昇的身份地位有了初步认知。

比之前欺负过项嘉的男人更加位高权重，如果人生是局游戏，那卫昇完全够得上最终关卡 BOSS 的级别。而他这样的小人物，也就刚出新手村。

"虽然不知道项嘉姐为什么会惹上那样的人，但是，程晋山，我劝你一句——"乔今在电话里苦口婆心地劝他，"别犯傻，你单枪匹马过去，不但救不出项嘉姐，还会把自己搭进去。"

"项嘉姐把你支开，就是怕你出事，你不能辜负了她的一片好意！"

"那你说，我还能怎么办？"程晋山将所有的信息记在纸上，眼睛直勾勾看着，把它们死死刻在脑子里。现阶段报警，贸贸然打草惊蛇，对方只会把项嘉藏得更隐蔽。

"乔今，我知道你是为我好。"对方一时卡了壳，他却在瞬间拿定主意，"你再帮我几个忙……"他交代清楚，转身往外走，撞见两位老人在门外偷听。

林婶表情讪讪的，拉着他不肯放手："山子，吃完饭再去忙，你看看你都成什么样了？胡子也不刮，头发也不剪，眼睛红成这样，不会一晚上没睡吧？"

程晋山看了看火车班次，勉强坐在餐桌前，哑声道："妈，别费事，我随便吃点儿什么垫巴垫巴就行，还得赶下午的火车。"

林婶"欸"了一声，进厨房忙活。泡干净的猪肝捞出切片，加盐、糖、生抽、料酒、淀粉腌制片刻。木耳泡发，胡萝卜切片，青椒切块，备好葱姜蒜，再煮一大锅米饭。锅里多倒些油，下猪肝翻炒至变色捞出。底油爆香葱姜蒜，倒入胡萝卜和青椒，炒至半熟加入猪肝，蚝油、生抽、盐调味，加小半碗水焖一下，即可装盘。

香嫩鲜咸的熘肝尖十分下饭，林婶知道程晋山的饭量，找出最大的海碗，装满压实，端到他面前。

程晋山闷头扒饭，听见林婶委婉地劝："山子，你也别把情况想得太坏，没准儿项嘉是闹脾气跑出来的大小姐，现在忽然想通，回家享福去了呢。"

"那姑娘说话做事都不像普通人，说不定家里挺有钱的。咱们老百姓过日子，讲究一个门当户对，妈知道你现在拐不过这个弯，可你仔细想想，就算勉强娶进家，你俩能有共同语言吗？她能跟你过一辈子吗？"

"说得难听点儿，就是癞蛤蟆别总想着吃天鹅肉。最好死了找项嘉的心思，留在这儿继承家产，缓过这口气，听从长辈介绍，找个热情爽朗的普通姑娘，过上老婆孩子热炕头的好日子，不好吗？怎么就非得不自量力，捞一捞深渊里的月亮？"

"妈，她不是大小姐。"程晋山觉得熘过的肝尖香得发苦，自己的心也被切成薄片，丢进大火热油里爆炒，接着说："她比我还可怜，我不能不管她。"

他将筷子搁下，说着说着就抹起眼泪："要是没有她，我这会儿指不定在哪儿漂着，没家没工作，也遇不上你们。做人不能没良心吧？"

他把话说到这份上，林婶不好往下接，扭头瞪了林叔一眼。林叔眉心的"川"字越聚越高，他咳嗽两声，终于把话挑明："刚才你打电话的时候，我和你妈听见几句。项嘉就算不是大小姐，也招惹了惹不起的人，对不对？"

程晋山将头垂下，一言不发。

老人严厉的语气中透出几分沉痛："前头那孩子怎么没的，你也知道。我和你妈都喜欢你，把你当亲儿子疼，要什么给什么，从来不干涉你的自由。可你忍心让我们白发人……再送一次黑发人吗？"

林婶看向儿子的黑白遗照，悲从中来，小声哭泣着，央求道："山子，你就听一回我们的话吧？就当从来没有项嘉这么个人，难受一阵，全都忘了……"

是人就免不了分个远近亲疏，程晋山理解两位老人的好意。事实上，一路走来，他有很多次回头的机会。在天台拉住项嘉的时候，从铁轨上抱起她的时候，吵架时负气离开的时候……当然，还有现在这生死攸关的时刻。

俗话都说，不听老人言，吃亏在眼前。他总做大富大贵的美梦，如今成为拆迁户，离那一步也不算远。如果没有被项嘉教化过，如果他还是原来那个肤浅又冲动的人，从此躺平，该有多快乐？

可惜，对于如今的他而言，没有项嘉，再多财富也毫无意义，他还是决定一条道走到黑。他的性子竟然比项嘉还倔，不见棺材不掉泪，撞破南墙不回头。当然，如果没有这点倔劲儿，他也追不到项嘉。

程晋山将米饭扒拉完，跪在地上重重磕了三个响头。

"要是回不来，那是我的命，我认。"看似渐渐被磨平棱角的人，重新展露锐利锋芒，每个字都咬得很重，掷地有声，"要是侥幸回来，我和我媳妇儿一起给爸妈养老送终。"

勇士执意深入虎穴，营救他饱受摧残的灰姑娘。

卫昇房间的窗帘隔光性很好，不开灯的时候，大白天也透不进一点儿光亮。项嘉安静地伏在黑暗中，混淆时间与空间，做着大段大段的噩梦。

梦里面的她，在人生的不同状态间随机切换，变的是模样，不变的是浓得化不开的痛苦与绝望。从坠入深渊的失重感中惊醒时，项嘉常常产生可怕的错觉——有没有可能，在外面过的那两年，包括和程晋山的相识与相爱，才是虚无的美梦？她一直住在这个阴暗的房间，从未逃出卫昇的手掌心。

为了避免被极致的黑暗吞噬，项嘉不得不一遍遍亲吻细细的银手链，在脑海中反复强化记忆程晋山的模样。她花了多大的力气，才在程晋山的支撑下站起来,却被卫昇不费吹灰之力打回原形。

她不愿回到没有尊严的日子,也不想死,至少——不死在这个污糟地方。她只能这么消极地拖延着,等一个不可能等来的人。然而,就算他真的赶过来,又能怎么样?一切不过演变成一场更加可怕的噩梦。

不知道过了多久,有人打开房门,轻轻走进来,是申姨。她穿着得体的制服套装,充满鄙夷地看着项嘉,却维持着良好的职业素养,说道:"南小姐,我需要给你收拾一下。动作快点儿,先生在书房等你。"

申姨用软尺在她身上测量,在旁边的平板电脑上做记录,女人用目光谴责她的放纵和怠懒:"你比两年前胖了二十多斤。从今天开始,必须严格控制饮食,早晚各锻炼一个小时。"

"头发和皮肤需要好好护理,抗衰也要提上日程,我已经替你预约过医美机构,下周二请医生定一套整体的改善方案……"对方苛刻地拈动着她的干枯发梢,连连摇头。

项嘉已经不算年轻,时间在脸庞和身体上无情地留下痕迹。可在卫昇眼里,这点儿小麻烦根本不算什么。只要他喜欢,多的是先进的仪器和手段,可以帮她重返青春,找回美貌。

她一句话都没有说,洗了个澡,吹干头发。用人端上低脂健康的轻食,请她用餐。项嘉饿得厉害,大口吞咽鸡肉,险些被噎住。

申姨更加不满,训斥道:"你之前吃饭不是这样的,最基本的教养都忘了吗?"

那时候的她五官精致、吃相优雅,说是大小姐也有人信。

项嘉冷笑一声,我行我素。申姨表情僵硬,勉强忍耐了几分钟,将这块"滚刀肉"送进书房。

卫昇正坐在书桌前看书,示意申姨退下,他将审视的目光定在项嘉身上,沉思了好一会儿,命令道:"过来,让我好好看看。"

他已经重新燃起对她的兴趣,为了掩饰这种兴奋,端好应有的气场,他甚至选择去别的住所过夜。他需要将两年前的相处模式完全推翻,想方设法消磨她的心性,从细微反应里找到她的弱点。

卫昇发现,自己对项嘉的了解并不多,根本不知道她心里在想什么。

就像现在,预料的抗拒并没有出现,她表现得很配合。卫昇很快注意到她后腰那片狰狞的伤疤,他留下的印记,已经消失无踪。

瞳孔猛然收缩,他的脸色变得难看,沉声问道:"就这么讨厌我?"心里恨他入骨,却跟他玩一些小把戏,骗得他信以为真,当初真是严重低估了她的本事。

项嘉竭力克制着自己,没有对他恶语相向。她不想激怒他,又不可能迎合他,只能拧巴地杵在那里,有点儿破罐破摔的意思。

卫昇没有发怒,反而走到她身后,堪称温柔地抚摸着疤痕,激起她本能的战栗。享受着她藏在骨子里的惧怕,衣冠楚楚的男人从背后拥住项嘉,提议道:"这么难看的疤痕,大概去不干净。我请文身师过来,设计个更大更漂亮的图案,将伤疤完全遮住,你说怎么样?"

项嘉不知道从哪儿找到一股勇气,猛然转过身,用力推开他。她"哇"的一声,将刚刚吃下去的食物吐了他一身。各种食材搅和在一起,混合胃酸,散发出难闻的酸臭气味。

卫昇的脸色变得铁青,刚刚浮出水面的兴致化为乌有。项嘉把胃吐干净,还在不停干呕,带着泪水的眸子嫌恶地瞪着他,不说话比说话还要气人。

"好,好,你很好……"卫昇气极反笑,将西装外套脱下,用湿巾反复擦拭双手。

卫七忽然拨来内线电话,卫昇听对方说了几句,意外地看了项嘉一眼:"把监控画面切过来。"

他打开投影仪,一个光线明亮的房间出现在对面的墙壁上。一张桌子、两把椅子,穿着黑色棉服的年轻男人坐在里面等待。他似有所觉,抬头看了眼头顶的摄像头,和这边来了个对视。刚打理好的板寸衬得人精神又帅气,不是程晋山又是谁?

项嘉呆呆地看着程晋山的脸,好半天才回过神。她失去所有血色,即使努力掩饰,肩膀还是剧烈发抖。

另一头,卫七推开门,走进房间。他装作不认识程晋山的样子,接过对方手里的简历,翻看一遍,掀起眼皮问道:"之前做过保镖吗?"

"做过两年保安。"程晋山规规矩矩坐着,两条腿并拢,像个乖巧学生,他憨憨一笑,土气又老实,"我刚进城,在网上看到咱们这儿管吃管住,还给交五险一金,就想过来试试。工资少点儿也没事,跟着大哥们多见见世面,积累积累经验。"

卫昇饶有兴致地观察着项嘉的反应,问道:"你说,要不要录用他?"他在试探——这个愣头愣脑找过来的傻小子对她是否重要。

回答"不要",有维护的嫌疑;回答"要",等于把程晋山拖进浑水,置于险境。项嘉沉默片刻,进退两难,哪个都没有选。

大脑飞速转动,她竭力保持镇定,淡淡道:"我认识他。"这是卫昇已经知道的信息,她顿了顿又往下说,"应该是专程过来找我的。"她不能表现得太在意,又不能一味装傻。

她的坦诚和直接令卫昇有些意外,男人挑了挑眉,问道:"你俩什么关系?"

那么土气,要学历没学历,要本事没本事,根本上不得台面。对卫昇而言,别说把对方当什么威胁,就连多看一眼,都是种抬举。

"他喜欢我,一直在追我。"项嘉着意将程晋山往追求者的形象上引导,低垂眼皮,"我没答应。"这个回答合情合理,也能满足卫昇的好奇心。

要是让卫昇知道,她和程晋山在一起,难保不会做出什么丧心病狂的事。她很想念程晋山,但她更想保护他。

"挺有本事,竟然能找到这里,也挺痴情。"他又把话题绕了回来,继续试探,"要不把他留下,给你做个伴?"

项嘉苦笑一声:"我觉得没有太大必要。他没什么脑子,万一看见我,只会大吵大闹,给您添麻烦……"

"可也挺有趣的,不是吗?"卫昇决心已定,玩味地观察着她的反应。

她心里一沉,不敢再接话。

程晋山没有想到,面试会这么顺利。当天下午,他就接到了第二天入职的通知。

"你以为你是谁?热血战斗动漫的主角吗?你就是个炮灰!"跟过

来的乔今把他骂得狗血淋头，跳脚指责他行事鲁莽，"就算项嘉姐真在那栋别墅，就算你真的顺利找到她，又能怎么样？买一送一吗？我可以帮你，但我不想给你收尸！"

程晋山忙着收拾换洗衣服，一脸初生牛犊不怕虎的刚勇，一句话堵回所有规劝："管不了那么多，进去看看情况再说。我等不起，项嘉更等不起。"

他知道这一趟凶多吉少，可每耽搁一秒，项嘉就多痛苦一秒。他没时间也没本事搞那些天衣无缝的策略，走什么卧薪尝胆的励志路线。他一向行动比脑子快，打算先动起来，再见招拆招。

面试之前，他不知道那些人是什么时候盯上项嘉的，会不会认出他，心里直打鼓。如果他们没认出来，他借机混进去，找机会带项嘉逃跑，乔今在外头接应，这个方法最快速最有效。如果他们认出自己，那就再想别的办法。

程晋山将充电器塞进背包，对安静下来的乔今道："我拿你当兄弟，信得过你。

"咱俩保持联系，一发现什么线索，我就第一时间告诉你，也算留个备份。"见乔今要哭，他不自在地挠挠头，抽抽鼻子，"要是突然失联，记得替我报警。咱是走正规渠道入职的，有劳动法保护不是？"

万一真有什么不测，也算有个合理原因，请警察出动调查。

入职的前几天很顺利，程晋山负责跟着一个叫卫九的保镖在室外巡逻，趁机快速熟悉别墅布局。

卫昇拥有的财富超出他想象，仅这么一栋别墅，就配备两个游泳池、一个高尔夫球场，车库停满豪车。保镖和用人在集体餐厅吃饭，伙食不是一般的好，还是自助形式。

程晋山端着餐盘，夹两个麻薯面包、两个茶叶蛋、一张葱油饼，端碗重庆小面，再配一罐可乐，就算今天的早饭。麻薯的香气很浓郁，大大小小的气孔中藏着很多黑芝麻，口感富有韧劲儿，吃了还想吃。

他一边吃一边套话，可惜卫九像个哑巴，问十句也换不来一句回答。

这时，卫七从身后拍拍他肩膀，道："吃完饭来搭把手，搬几件东西。"

"好！"程晋山立刻答应，将大半个面包一股脑儿塞进嘴里，脸颊鼓得像只仓鼠。

风卷残云般填饱肚子，他跟着卫七来到地下室，看见货车里装着不少纸箱，大小不一，不知道里面是什么东西。搬箱子的时候，程晋山"不小心"摔了一跤，里面跌出个精致的黑色小皮箱。

"对不起，对不起！"他手忙脚乱地弯腰去捡，乘人不备拨开搭扣，满箱子用途不明的奇怪用具，看一眼就觉得很压抑，程晋山心里一跳。

"小心点儿，都是给南小姐定制的东西，弄坏了扣你工资。"卫七在旁边不阴不阳地提醒了句。

南小姐？是项嘉吗？程晋山应了声，将箱子装好，运进货梯。

还有个箱子，出奇的大。四个保镖勉强搬起，像抬了具棺材。

"你们跟着上去，抬到最南边的房间，问问申姨放在什么位置。"卫七吩咐道，其中就有程晋山。

一切顺利得过了头，再单细胞，也意识到不对劲儿。别墅内部保密级别很高，更别提卫昇所住的二楼。他这样还在试用期的保镖，根本没有权限进入。卫七像是……在故意给他创造机会似的。程晋山不安地扶稳箱子，手心渗出紧张的汗水。

二楼房间很多，在年长女人的示意下，他们走进一个阴森森的房间，用人们正在拆箱，将各种各样的用具挂在墙上……这场景莫名让他回忆起血迹斑斑的屠宰场。

轻而易举看到这么多秘密，他意识到自己十有八九已经暴露。不过，就算明知是陷阱，还是得咬着牙往里跳。等姓卫的把非常手段用在项嘉身上，再做什么都晚了。

他往房间里又看了一眼，把布局记在脑子里，跟着众人下楼继续搬东西。他不知道，就在房间对面，仅仅一门之隔，卫昇正和项嘉欣赏他的一举一动。

"他对你很上心啊。"男人沉声道。

项嘉的脸色很难看。

卫昇试探道："不高兴？"

项嘉适时挣开他,站在书桌旁,不肯往笔记本上的监控画面再看一眼。她神情冷淡,甚至有几分厌烦:"我不想看他像个傻子一样到处打探,也知道他没本事把我救出去。卫先生,猫捉老鼠的游戏,跟我一个人玩还不够吗?何必把不相干的人牵扯进来?"

"真的是不相干的人吗?"卫昇笑容变冷,眼神更冷,看得项嘉轻轻打了个哆嗦。

他从抽屉里取出一部手机,翻开相册,点开一张照片。照片里的程晋山对着电风扇晾舌头,模样傻里傻气,却非常阳光。

项嘉愣了愣,眼睛变得湿润。她抿抿唇,违心地说道:"他这样很蠢,随手拍了一张,有什么问题吗?"

"哦。"卫昇在屏幕上滑动几下,调出一段短视频。连项嘉都忘记,自己拍过这么段视频。

程晋山咧着嘴大笑,露出雪亮牙齿,边笑边抱着她转圈。夜风呼啸,吹乱她的长发,有几缕调皮地蹭到他脸上。

她举着手机拍摄,被他转得头晕,嗔道:"快放我下来!别亲……讨厌……"语气自然地撒着娇,声音像浸满蜜糖。

项嘉浑身僵冷,一言不发。

"这叫单方面喜欢?"卫昇笑了一声,听得她脊背直冒寒气。

他身躯往后靠,两手交叉,冷漠地盯着她,得出个令他很不愉快的结论:"项心南,你又骗我。"

这晚,卫七给干体力活的几个保镖开小灶,让厨师做了一大桌菜。

程晋山总觉得,包间里的气氛透着诡异,饭菜也过于丰盛。大鱼大肉、海鲜燕窝,从没见过的高档洋酒,还有成条成条的好烟,像在吃——断头饭。这个念头一浮起,程晋山不由自主打了个激灵。

也亏得他心大,见左右两边都被人高马大的"同事"把着,不好脱身,干脆放开肚皮吃起来。他不喜欢吃螃蟹,架不住东西金贵,连壳带肉嚼两口吐出去,反正浪费的不是他的钱。

就着蒜蓉将鲍鱼扒拉干净,程晋山抹抹嘴巴,看上卫九面前的鱼翅："兄弟，这东西你要不吃给我？"他旁若无人地将精致的小瓷碗端过来，三两口吃完，打了个响亮的饱嗝儿。

吃这么多好东西，保守估计也值上千块钱。他前面十来年挨饿受冻，肚子吃了不少亏，这回吃够本，死也能做个饱死鬼。

程晋山站起身，两边的保镖如临大敌，也跟着站起。

"兄弟让让，撒泡尿。"他觉得这场鸿门宴有些兴师动众，咧咧嘴，拣根牙签剔剔牙，"酒给我留着啊，待会儿跟大厨说说，再上点水果拼盘，解解腻。"

他吊儿郎当往外走，卫七带人跟进卫生间，忽然开口："先生要见你。"

卫七心里对项嘉有点儿说不清道不明的情愫，因此暗中观察了程晋山好几天。刚开始不屑又鄙夷，只觉得这人鲁莽得可笑，今晚却对他大有改观。至少，这种临危不乱的心理素质，不是人人都能具备的。

程晋山"哦"了声，甚至隐隐松了口气。早了结早解脱，不管这个解脱，是对他和项嘉而言，还是只有项嘉一个。就算卫昇不发话，他也打算今晚动手，沿着窗户爬到二楼找找机会。

"现在吗？"他提提裤腰，将皮带收紧，"我手机快没电了，回屋拿个充电宝。"

"不需要。"卫七将手伸出，态度不容拒绝，"手机可以先交给我保管。"连跟乔今打招呼的机会都不给他留。

程晋山撇撇嘴，老老实实将手机交出去。

将他带往白天布置好的房间，走到楼梯拐角时，卫七犹豫了下，破天荒提醒道："南小姐不是我们能够肖想的人，人要有自知之明……"言下之意就是，行事收敛些，态度恭顺些。

可程晋山一脸固执，迅速反驳："她不是什么南小姐，她是我老婆。"

真是疯了，即将同处一室的三个人中，大概没一个正常人。卫七摇摇头，轻轻叩门，紧接着和七八名保镖分列两侧，等候吩咐。一同等待的，还有饿了两顿的洛克。成年猎犬脾气不好，暴躁地在走廊走来走去，龇着獠牙，口水"滴答"落下。

推开房门，程晋山扣好制服纽扣，理了理领口，大踏步走进去。天色已晚，窗帘被严严实实拉着，暗红色的灯光妖异又危险。正对面靠墙的位置摆着个至少80寸的落地电视，项嘉低着头站在一边。

他的目光第一时间锁定在项嘉身上，才几天没见，她瘦了很多，穿着条黑色薄纱裙，衬得肤白如雪。她脚上踩着双小细跟，脚背细细的带子上镶着碎钻，十根圆润可爱的脚趾紧紧蜷缩着。

程晋山第一次看见项嘉化妆，很淡很淡的妆容，配着清清冷冷的脸、孤独又脆弱的气质，再加上玲珑有致的身材，构成矛盾却致命的杀伤力，太漂亮了。

程晋山下意识屏住呼吸，贪婪地盯着她猛看。激动、愤怒、愧疚、心疼等诸多情绪搅和在一起，喉咙竟然哽住。他花了多少心思，好不容易养出来的肉，就这么没了！他含在嘴里怕化了，捧在手里怕摔了的宝贝，这几天吃了多少苦，受了多少罪？

"嘉嘉……"程晋山终于颤着声开口，"是我，老公来救你了。"

项嘉闭上双眼，流出两行清泪。她没有表现出同样的激动，反而转过脸，哑声说出绝情的话："你不该来，来了也没用。我从来没有真正喜欢过你，也不需要你的拯救。"

"媳妇儿？"程晋山意识到不对劲，"说什么傻话？有人威胁你？"

眼角余光瞥见卫昇自暗处走出，程晋山明白过来，立刻暴走，撸起袖子冲过去。或许因为喝多了酒，脚步有些虚浮，还没碰到卫昇，便被男人揍了一拳。

卫昇是养尊处优的人，但出于兴趣练过拳击，由于不知道他的深浅，这一记毫不留情，用了全力。高高瘦瘦的人像风筝一样飞出两三米远，撞上床腿，发出"砰"的一声巨响。程晋山疼得扯着嗓子直叫唤，弓起腰背。

比想象中还弱，令人发笑。发现程晋山是只彻头彻尾的三脚猫，卫昇眼中的轻蔑之意更浓。连手下都不用叫，靠他自己，就能彻底碾灭毛头小子的气焰。

项嘉被这一幕吓住，本能地伸手去扶，却被卫昇喝住。

"别忘了你答应过我什么。"他冷声提醒。

项嘉怔怔地看着近在咫尺的程晋山。不知道是不是伤得太重,他连话都说不出,糊着满脸的血看过来,模样狼狈又可怜。只有一双眼睛,依旧明亮如星。

卫昇说得对,匹夫无罪,怀璧其罪。她这样的人,只会给程晋山带来无穷无尽的灾厄。卫昇还说,她这么会骗人,不如配合他演一出戏。如果演得令他满意,让程晋山彻底死心,说不定可以给对方留条活路。她没有别的选择。

项嘉重新垂下头,避开程晋山炽热的目光,向卫昇屈服。

卫昇将项嘉从背后搂在怀里,面向程晋山,居高临下地看着死狗一样的他:"告诉他,你真正喜欢的是谁?"

程晋山喘着粗气,难以置信地瞪着柔顺的女人,瞪着她涂了酒红色口红的嘴唇。

项嘉闭着眼睛,最终还是狠下心,哑声回答:"是您,只有您。"

卫昇的脸上,泛起胜利者的微笑。可这还不够,他打开电视,示意程晋山转头看。屏幕很亮,程晋山眼睛花了几秒钟才完全适应。

程晋山看见年轻的项嘉跪在玄关处的地上,长发盘起,发间点缀几串莹白的珍珠,精致的眉目中蕴含淡淡哀愁,模样比现在更漂亮。镜头渐渐转到后背,她纤细的腰身上,烙着快要死去的天使。

"别看……"项嘉出现崩溃的征兆,哆嗦着身子,开口乞求。

"程晋山,别看……"最不堪最痛苦、竭尽全力也无法说出口的过往被卫昇无情撕开,她的声音嘶哑得瘆人,伸手抢夺电视遥控器,却被卫昇牢牢箍在怀里。

程晋山回过神,听话地紧紧闭上眼睛。项嘉抖得像片寒风中的落叶,拒绝面对过去,却被卫昇捏住下巴,无法转头。

"看你那时候多听话,多可爱?"卫昇脸上流露出怀念之色。

"你有种冲我来,欺负女人算什么本事?"程晋山终于从剧痛中缓过一口气,挣扎着坐直,伸手去捞项嘉,"我告诉你,老子一点儿都不在意这些!真正该死的是你们这群人渣!"

打不过卫昇，只能发挥嘴上功力，程晋山刻意往对方的痛脚上踩，竭尽所能吸引火力："你看不出她有多难受，多痛苦吗？你管害怕叫喜欢？管侮辱叫疼爱？我看你脑子多多少少有点毛病，应该早点儿去看看心理医生！"

卫昇勃然大怒，在项嘉的惊叫声中，提起程晋山衣领，将他重重撞向墙壁。墙上挂满器具，程晋山的脸被利器擦出一道血线，胳膊疼得抬不起来。

这一下撞得不轻，程晋山滑坐在地，输人不输阵，看着卫昇冷笑："说不过就动手，心虚啊？心里很清楚她一点儿也不喜欢你吧？老子告诉你，她喜欢的是我，你跟我比差得远！"

雨点般的拳头砸向面门和胸口，发出令人头皮发麻的钝响。卫昇平时是个相当理性的人，可雄兽争夺雌兽时，潜伏于本能中的原始冲动显现出来，好胜心在这一刻无限放大，他急于用这种暴力的方式，强调所有权。在他眼里，程晋山就像一条死狗，拿什么和他争？项嘉瞎了眼，才会对这种垃圾货色心动。

男人间的争斗成为单方面的碾压，项嘉扑过来阻止卫昇，被他一把推开。

"滚开！"干净笔挺的衬衣变得凌乱，卫昇喘着粗气，恶狠狠瞪了项嘉一眼，"想让他活命，就拿出该有的诚意。"

"别动她！"程晋山喊出声，不知道从哪儿来的一股力气，跳起来还手。

两个人扭打片刻，还是卫昇占了上风。他制住程晋山，几皮鞭抽破后背衣料，血溅得到处都是。

程晋山喘着粗气，不服输地梗着脖子叫板："少拿我威胁她！有种打死我！"

看着他的惨状，压垮项嘉的最后一根稻草落下，她哭着坐在地上。她了解卫昇，他从头到尾只是在耍他们，像以前玩过无数次的手段一样，给她希望，又在最后一刻夺走。就算她听话，他也不会放过程晋山。

既然如此，又何必隐藏心意，让亲者痛、仇者快呢？她就是喜欢程晋山。他为了自己犯傻，毫不犹豫地冲进来，她既心疼又自责。但不可否认的是，在她心底最阴暗的角落里，又觉得幸福。她好想抱他，能够再见一面，也是一种圆满。

项嘉放弃最后一丝幻想，竟然觉得轻松了些。她膝行着爬过去，抱着躺在血里的爱人，替他挡住痛彻骨髓的鞭打。程晋山硬撑着翻了个身，把她护在怀里，脸上挑衅般地泛起胜利者的笑容。

"程晋山，对不起……"项嘉贪婪地汲取着他身上的温暖，泪水和鲜血混在一起，手臂与手臂亲密纠缠，"可能没办法……让你回去了……"

亲眼看见她忤逆自己，卫昇脸色铁青。他怒极反笑，偏偏不肯让项嘉殉情的想法实现："不如我成全你们，把你们关在一起？不过，作为代价，他的眼睛或者耳朵，必须留下一样。"

项嘉忍无可忍，忽然发难，扑上去咬住卫昇的腿。她这一口用了全力，卫昇痛得大叫，鞭子横过，将柔弱的女人吊起。他绞紧鞭绳，手臂暴出青筋，勒得项嘉呼吸困难。

与此同时，程晋山拖着伤痕累累的身躯，摇摇晃晃地站起。他向卫昇冲来，两只手钳住绞杀女人的胳膊。本该失去行动能力的人，这一刻却爆发出惊人的力量，强大的冲击力令卫昇不由自主地后退。

他错愕地睁大眼睛，还没来得及将项嘉甩开，质地上乘的皮鞋踩到黏腻鲜血，脚下一滑，失去平衡。作恶多端的男人倒退几步，仰面栽倒，恰好撞到墙上凸起的钢钉，如此意外又仓促地结束了他嚣张残酷的一生。

或许在最后一刻，卫昇仍在困惑，自己占尽先机，怎么会在阴沟里翻船，交待在这么个微不足道的小人物手里？

程晋山将吓傻的项嘉拽起，搂进怀里安抚。他白着脸，心脏跳得飞快："怎……怎么死了？谁知道他会摔倒？"

屋子里的动静忽然消失，卫七等人冲进来，看着卫昇的尸体面面相觑，一时间不知道该做什么反应。

程晋山关掉电视，拿着卫昇的手机主动打电话自首，对众人说

道:"我报过警了,警察马上就到。"

洛克嗅到血腥味,眼睛直冒绿光。往程晋山身上瞄了几眼,见他和项嘉紧紧挨在一起,模样不太好惹,柿子拣软地捏,小步跑到卫昇面前,毫无心理负担地撕扯起来。

有人惊呼着想要拽开它,项嘉还没从惊变中回神,茫然地顺着声音看去。一双温热的手覆上她的双眼,程晋山附在她耳边,小声道:"没什么好看的。"

任何污秽的东西,都会脏了她干净漂亮的眼睛。

有些偶然背后,藏着必然。比如,卫昇意外殒命是偶然,但栽在程晋山手里,是必然。

程晋山摸了摸领口的纽扣,扶项嘉坐在角落休息。他冲着她没心没肺地笑,眼睛亮晶晶,像只等待主人夸奖的大狗狗。

项嘉又是感动又是焦急,推他一把,小声道:"你还笑?"

"我这算正当防卫吧?"程晋山指指地上,"我又不知道他会摔倒,还点儿背,正好摔到钉子上面。"

"可你又没有证据!"房间是新布置的,还没来得及安装摄像头,事发时只有三个人在场,就算她能为他做证,可整个别墅的下人都会偏向卫昇。

"怎么没证据?"程晋山得意扬扬地挑挑眉,将纽扣抠下,给她看其中暗藏的乾坤,竟然是一个微型摄像机。

"乔今帮我买的,花了我好多钱。"他露出个牙疼的表情,转而又释然,"不过花得值!还带实时传输功能,乔今那儿有备份。"这等于上了双重保险,让项嘉目瞪口呆。

"怎么?真当我没脑子?"程晋山眨眨眼。

远低于平时水平的身手,被卫昇单方面殴打的狼狈,浑身是伤还要强撑着挑衅的张狂……种种异常联系在一起,令项嘉得出一个惊人的结论——他并非冲动行事,而是有备而来。

程晋山凑得近了些,从后腰摸出个细长的东西,塞进项嘉手里。他隐约听见警车鸣笛,收起嗫嚅表情,言简意赅地陈述自己的计划:"本来想先麻痹他,再找机会的,我还做了很多准备。那会儿他忽然勒住你,我心里一慌,也顾不上那么多了。"

项嘉摸了摸那东西的轮廓,顶端有刷毛,下半段变得尖锐,是把磨尖的牙刷。她忽然想起,两人看过一部很老的电影,男主角蹲在监狱的卫生间,把普普通通的牙刷磨尖,靠这个解决了好几个杀手。

他是真的打算……或者说,他带着简单粗暴却有效的策略而来,从一开始,就做好和对方同归于尽的最坏打算。

出了这样的意外,应该感谢上天眷顾。项嘉和程晋山身世凄惨,从小到大都没遇到过什么顺心事,这会儿却不约而同地觉得幸运——没准所有的好运气,都用在刚才生死存亡的一瞬间。

不过,就算依旧走霉运,项嘉也相信程晋山会不计一切,替她解决掉所有梦魇。野狗就是野狗,咬人的时候,一点儿也不含糊。他这样平庸的、渺小的无名之辈,也敢在太岁头上动土,拔一拔恶蛟身上的逆鳞。

"值得吗?"项嘉不由热泪盈眶,既为他的心意感动,又为惊险的冲突后怕,"你知不知道,就算有证据,这种情况也有可能被判定为防卫过当,要坐牢的。"

"值得啊,我接受任何法律制裁,也相信法律的公平。"程晋山摸摸裤子口袋,表情有些犹豫,耳根还渐渐变红,"再说,我喜欢你,当然要保护好你。"

年少时,他看过很多热血电影,梦想做个快意恩仇的大英雄。而今,他只想做她一个人的英雄。程晋山终于下定决心,从口袋里摸出一枚金戒指,金光闪闪,晃花项嘉的眼。他颤抖着手给她戴上去,见上面沾了血,又小心地擦了擦。

"媳妇儿,等这一切结束,咱俩就结婚,好不好?"他单膝跪在她面前,抬起头时,撞见满脸的泪。情绪变得激动,他也跟着闪烁泪花,咧嘴笑道:"忘了告诉你,我现在也算拆迁户了,跟着我不说大富大贵,肯定饿不着。等我以后赚了钱,全都交给你,你让我往东,我绝不往西!"

项嘉没忍住，抱着他大哭起来。

遇见他时，她苟延残喘，毫无求生意志。可他非要愣头愣脑地搅和进来，强行钻进她脓血交织、满是碎骨的身体里，替她撑起人的形状，拽着她活下去。这个过程，痛的是她；最不容易的，却是他。

由于原生家庭的负累和长年累月的摧残，项嘉多疑又自卑，总是本能地将自己封闭起来。直到这一刻，她才敢放心地、毫无保留地把心放到他的手上。

悬于深渊的双足踏上坚实的平地，垂死的天使重获新生。

程晋山看不得她哭，狠狠地亲过来。她却比他还要热情，两手死死搂住脖颈，泪水奔涌，怎么都止不住。

程晋山喘着气交代："出去之后，有乔今和唐梨他们照顾你，我爸妈也会帮忙，别跟他们客气。"他想起她无人安抚的空虚，顿了顿，竭力装作大度，又控制不住咬牙切齿地说，"要是……要是实在觉得寂寞，找个人消遣消遣也行，别走心，还有……千万别让我知道。"

项嘉哭笑不得，往他胸口捶了一下。不慎牵动伤口，他低嘶了声，又亲她一口，语气凶巴巴地说："好好活着，等我出来。你要是敢想不开，我就敢不顾一切地陪你。"

"我知道。"项嘉抽噎着点头，"我不会找别人，更不会做傻事，你放心。"

她何德何能，遇见这么个傻里傻气又拥有赤子之心的人？她不能辜负他的一片真心。

警察很快赶来，问清前因后果，将程晋山带走。

在项嘉的指证下，卫昇及其手下的犯罪证据被翻找出来，一一整理归档，囚禁在地下室、还没来得及转移的受害者们终于重见天日。别墅所有人员被控制，接受调查。

第二天下午，做完笔录的项嘉在乔今的陪同下走进宾馆休息。她能做的已经做了，乔今也提供了包括案发现场视频在内的完整证据链，接下来就是咨询律师，等待结果。

乔今取完快递回来，看见项嘉抱着程晋山的外套，正在发呆。

"他给你买的零食。"将快递箱撂到角落另外两个大箱子上，乔今找裁纸刀拆封，"进别墅工作之前他就说怕你忘了他，买了几大箱零食，让我盯着你一天吃一包。"这也是个拼命刷存在感的好方法。

项嘉接过一包奥利奥饼干，撕开包装，慢慢放到嘴里。外层的巧克力味又甜又苦，一口咬碎，夹心渐渐融化。是白桃乌龙口味，甜丝丝的水蜜桃和清苦的乌龙茶形成绝佳搭配，不管饼干、奶茶还是牙膏，这个组合都不会踩雷。

她吃着吃着，内心五味杂陈，小声哭了起来。

卫昇的案件，在 A 市掀起轩然大波。昔日为卫昇等人充当保护伞的黑恶势力在扫黑除恶的斗争中得到清算，相关涉案人员也无一逃脱，全部落入法网。

道貌岸然的"恶狼"们犯下的罪行，堪称罄竹难书。所幸天理昭昭，如今终于能够还受害者们一个公道。

为数不多的几个朋友群策群力——乔今提前预支咖啡店的分红，垫付律师费；唐梨和许攸宁发动大学时的人际关系，请数家权威媒体对卫昇的非法作为进行深度报道；虞雅则一天一个电话关心，还给项嘉寄来不少日常用品。

他们都知道，程晋山不出来，项嘉哪儿都不会去。案件的调查过程至少需要几个月，乔今在看守所附近租了套房子，帮项嘉暂时安顿下来。

三天后，项嘉拿到了程晋山的手机，密码是她的生日。她点开相册，看见里面几乎全是她的照片。各种直男的偷拍角度，有几张丑到项嘉自己都认不出。

她往前翻了很久，看见程晋山挂在许愿树上的两个木牌的照片。她当时猜得不对，两个愿望一模一样——"希望我们家项嘉平平安安，长命百岁"。项嘉的眼泪涌了出来。

程晋山不在身边，她的睡眠质量又变得不好。项嘉抱着他的外套勉强入睡，醒来后，接到了林婶的电话。两位老人赶火车过来，风尘仆仆，头发又白了好些。

项嘉硬着头皮在火车站口接人，准备好面对他们的指责。没想到，林婶握住她的手，轻轻拍了两下，叹气道："好孩子，不怪你。"

他们在经济实惠的酱肉烙馍店吃饭，京酱肉丝配着切得细细的黄瓜条和葱丝，孜然羊肉鲜香软嫩，地皮菜炒鸡蛋色香味俱全，夹进软薄的面饼里卷成筒状，吃起来别有风味。

林叔问起案情，项嘉一五一十地回答着，看见林婶从包里掏出条叠得整整齐齐的驼色围巾。

"我自己打的，暖和。"林婶亲手给她戴上，端详着，眯起眼笑了笑，"你皮肤白，这颜色好看。"

项嘉怔怔地摸着暖和的毛线，道谢的时候有些哽咽，这是拿她当儿媳妇待的意思。

知道程晋山惹的麻烦不算太大，林叔和林婶都松了口气。林叔身上带着老一辈人的古板和拘谨，不好跟项嘉说太多话，却暗地里捣了捣林婶的胳膊。

林婶埋怨道："不用你提醒，我记着呢！"她按规矩拿出个厚厚的红包，给项嘉当见面礼。

项嘉红着脸推拒："不，这不合适……"

"怎么不合适？"林婶眼尖，摸摸她手上的戒指，故作凶悍，"戒指都收了，你还想跑？我得替我们家山子拴住你！"

当陪客的乔今忍不住笑出声，附和道："就是，项嘉姐你就收了吧，也让叔叔和婶子心里踏实点儿。"

项嘉收下红包，到了晚上，珍而重之地放进盒子里。她没想过自己还能过上正常人的生活，还能和人组成家庭，获得公公婆婆的认可，因此觉得这红包具有非同一般的纪念意义。

送走老人之后，项嘉雷打不动，每天都去看守所。程晋山还处在调查期，只有律师和直系亲属才能探视，她看不到他，心里牵肠挂肚，觉得度日如年。

拥有大段的空闲时间后，项嘉整个人从惶惶不安的紧绷情绪中慢慢抽离，她开始认真思考自己和程晋山的关系。她给了他遮风避雨的简陋场所，传授给他很多知识，教他如何谋生与做人，又成为他的启蒙导师，一点一点把他变成更好的人。而他回报给她的，比这些更加珍贵，更加难得。

前面的三十年，项嘉在无边无际的深渊绝境里挣扎，她做梦也不敢奢望，幸运会降临在自己身上。而程晋山，就是那个奇妙到不可思议的神迹。

他挽救她的生命，无微不至地照顾她，不计回报地爱她，甚至不惜铤而走险，豁出一切保护她。那么多用不完的精力和热情，那么旺盛的生命力，毫无保留地献给她，像初升的太阳一样，热烘烘地暖着她冰冷的心灵和身体。

项嘉想，她需要源源不断地从他的爱情中汲取养分——没有他的搀扶，她无法站起；没有他的亲吻，伤痕总是隐隐作痛。他会成为她生命中最重要的存在，成为等同于氧气的、不可或缺的存活条件。

项嘉为这个认知感到心惊，可那样超出常规、无比亲密的相处模式，又充满致命诱惑。靠对方的爱意活下去，成为彼此的寄生藤，同生共死。从此以后，没有任何阻力可以将他们分开。

她想，要得到什么，必须先付出什么。她决定胆战心惊却义无反顾地交出她的信任。

五个月后，尘埃落定。

卫昇涉嫌绑架，非法限制人身自由，再加上当时正在行凶，严重危及项嘉的生命，而程晋山为了阻止这种暴力犯罪进行防卫，属于正当防卫中的特殊防卫。按照有关规定，这种情况下不负刑事责任。

与卫昇相关的黑恶势力，要为他们这么多年的非法作为，付出相应代价。多家权威媒体对此进行了系列报道，当地警务部门雷霆执法，肃清不正之风，庞大的黑暗帝国至此彻底倒塌。

漫长的冬天终于过去，程晋山出来那天，是个春暖花开的好日子。

项嘉难得穿了条裙子，长长的白色袖子爬满翠绿藤蔓，伞状裙摆上

开着星星点点的小花。她吃不好睡不香，瘦了很多。

细软的长发绾起，细心画好眉毛，涂上豆沙色的口红，女为悦己者容，她现在才明白这句话。有些紧张地理了理袖口后，她又摸摸耳垂上的绿金色蝴蝶耳钉。

大门被缓缓推开，程晋山穿着项嘉送来的新衣服，白色长袖上同样爬着细细的绿藤，和她这套是情侣款。又高又瘦的男人留着短短的板寸，挑着神气的眉毛，大步流星走来，旁若无人地抱起项嘉，往她脸上狠狠亲了一口。

在朋友们的起哄声中，他咧开嘴，拒绝他们的接风宴邀请，拽着项嘉往出租车后排钻："有正事要忙，明天再吃，我请客！"

项嘉的脸唰的红透。

两年后，程晋山和项嘉还住在原来的出租屋里，唐梨和许攸宁也没挪地方，两家依然是邻居。

眼看房价越来越高，程晋山咬咬牙，在林叔林婶楼下买了套二手房。住得近方便照顾，又保持一定距离，避免婆媳矛盾。只是陡然背负三十年房贷，程晋山觉得肩膀上的压力大了许多。

最近的事情多得离谱：二手房需要进行简单装修；他和项嘉在小区门口看中家商铺，打算租下来开个小面馆，正跟房东谈租金；再有两个月他就要参加成人高考，基础还没打牢……

说到成人高考，程晋山就来气。同样是中途辍学的差生，乔今仗着比他多上两年学，没少在他面前嘚瑟。

一大早，程晋山从市场采购回来，手里提着大包小包，迎面撞上出来遛娃的唐梨。小女孩长得特别像许攸宁，粉雕玉琢，活泼可爱，奶声奶气喊着"叔叔"，伸手要程晋山抱。

"哎哟，叔叔抱抱！"程晋山将一大兜苹果搁在地上，单手抱起悦悦，边逗她边和唐梨说话，"中午来家里一起吃饭，嘉嘉跟你们说过了吧？"

"说过了。"唐梨一边帮他拎东西，一边讨教如何哄长辈高兴。

许攸宁起诉离婚，拿到孩子的抚养权之后，她那边的家人渐渐不再过多干预。唐梨这边，老两口听说了消息，亲自过来视察。

唐梨愁眉苦脸，昔日的老师变成学生："你说怎么办？"

"没什么好办法。"程晋山颠了颠悦悦，逗得小女孩咯咯笑，"让咱们家悦悦多刷刷好感，多叫几声'爷爷奶奶'，老人都喜欢孩子，总得给点儿面子。"

如今的厨房，是程晋山的天下。炒菜炖汤得心应手，煎卤烹炸样样来得。炒好糖色，将焯过水的排骨倒进去翻炒，他擦了擦额头的汗，往项嘉脸上亲了一口。

项嘉被他养得丰腴了些，正在专注地做玫瑰馅饼。

将可食用的玫瑰花瓣捣碎，加红糖和蜂蜜做成玫瑰花酱，保留馥郁香气。面粉加清水搅成絮状，揉成光滑的面团，再分成小剂子，挨个擀扁。将玫瑰馅包进去，压成饼状，两面抹油，沾上白芝麻，放进平底锅中用小火慢慢烙熟。吃的时候从中间掰开，裹着玫瑰花的红糖缓慢流出，趁热吸一口，喷香扑鼻，甜而不腻。

将该炖该蒸的都安排进锅，蔬菜和肉切好，凉菜拌上，程晋山洗洗手，过来抱项嘉。身后的墙上挂着结婚照——她穿着白裙子，他穿着白衬衣，一个美一个傻，很有夫妻相。

程晋山出来没多久，项嘉就去派出所改了名字，紧接着两人就领了证。林叔林婶尊重项嘉意愿，没有大办，只邀请了关系特别好的亲友庆祝，却给小两口出了一笔旅游经费，权当旅行结婚。

不多时，传来敲门声，程晋山亲了项嘉一口："我去开门。"

来的是乔今和他的朋友，程晋山安排他们坐沙发上嗑瓜子。又过了会儿，虞雅和万金元带着浩浩，拎着冰啤酒进来。虞雅比原来胖了很多，眉宇间的愁苦之气消失不见，肚子高高隆起，怀了万金元的小崽子。唐梨和许攸宁最后才到。

"悦悦刚睡着，让我爸妈帮忙看着。"唐梨对程晋山悄悄竖大拇指，表示他的计策管用，"宁宁姐公司发了几张漂流的票，要不咱们下周末一起出去玩？"

三五个朋友，凑一桌热闹，酌两杯小酒，聊几句闲话，是最平凡也

最温馨的人间烟火。

一场风波，就这么有惊无险地过去。项嘉终于能够踏踏实实地站在日光底下，还原自己干干净净的样子。

她还没有完全恢复，程晋山托许攸宁联系了位靠谱的女心理医生，每个月定时带她过去接受心理疏导。或许治愈痛苦的过往需要花费一生那么长的时间，但她在积极努力地活下去。乐观点儿想，没准真的可以和程晋山白头到老呢。

而外表大大咧咧的程晋山，从看守所出来之后，出现了明显的创伤后应激障碍。他比她更害怕走夜路，一看不到她就紧张，疑神疑鬼。数不清有多少次，他从噩梦中惊醒，慌慌张张地紧紧抱住她，力道大得快要把她骨头勒断。

有时候，项嘉很想问他——如果一开始就知道，爱上她之后需要面临什么样的困难和折磨，他还会有勇气走下去吗？可她又觉得，没必要问出口。他给出的答案，一定是肯定的。

勇敢和执着，是他身上最耀眼的闪光点。

一个月后，程晋山和项嘉的小面馆顺利开张。

面馆的名字是程晋山起的，却和项嘉密切相关——向嘉面馆。是她的名字，是他"心向往之"的剖白，是"想家"的谐音，也有个好寓意，一切都在向更好的方向发展。

面馆面向平头百姓，经济又实惠，主打手工捞面，十块钱一碗。面自己加，卤子自己盛，量大管饱，还有免费咸菜，很受周围农民工的欢迎。

程晋山赶早跑菜市场买肉买菜，煮一大锅面条，做一大桶炸酱、鸡蛋卤，往那儿一摆，省事又省心。他不让项嘉干重活，将人安排在柜台当老板娘，自己倒忙得像陀螺。

项嘉坐在柜台后面数钱记账，看见自家男人煮面，热出一身的汗。她走过去帮他擦汗，被他逮着亲了好几口。

熟客都夸夫妻俩恩爱，还说程晋山知道疼老婆。程晋山和客人聊得热火朝天，十句有八句在夸老婆好，说自己有福气。

项嘉自问算讨好型人格，嫁给程晋山之后总想着哄他高兴，对他百依百顺。可程晋山更想讨好她，把她当菩萨一样供着，当宝贝一样捧着，竟然没有给她留下多少发挥的余地。

生意越来越红火，程晋山打算晚上再干点儿烧烤。他跑出去买煤炭，路上打了七八个电话，黏人得要命，没多久汗淋漓地跑回来，从身后摸出把鲜艳欲滴的红玫瑰，表情挺不自在，耳根还有点儿红："路上看见这花挺好看，送你，咱们也玩一回浪漫。"

他的表情又害羞又贱，闹得项嘉也跟着脸红。她将玫瑰花接过来，小心修剪枝叶，插进玻璃瓶里养着，摆在柜台最显眼的位置。但凡有客人夸花开得好，她都要开心地笑一笑，眼底闪着碎光。小小的店面因为这几枝娇嫩的玫瑰变得亮堂，空气中全是醉人的花香。

天色渐晚，程晋山在门口生火，弄得满手是灰。项嘉痴痴地看着他，忽然说了句："程晋山，遇见你真好。"

男人加炭的动作顿了顿，扭过头和她对视，表情呆愣愣。

项嘉抿抿唇，曾经以为怎么也说不出口的话，自然而然冒了出来："我好喜欢你。"眼里含着泪水，唇角却高高翘起，她学着他的直白坦诚，强调了一遍，"好喜欢好喜欢你。"

程晋山定格成雕像，半天没反应。

这当口，有客人进来，说道："老板，两碗炸酱面，再炒一个芹菜香干，一个回锅肉。"程晋山回过神，应了一声，闷头钻进厨房。

等了半天，都没上菜。项嘉进屋去催，看见程晋山正蹲在角落抹眼泪。

"怎么了？"她跟着蹲下去，轻轻抚摸他的后背。

"老子高兴不行吗？"程晋山扯着嗓子号了声，情绪更激动，将脑袋埋在她颈窝，肩膀直抽抽。

项嘉笑了会儿，也跟着掉眼泪，和他紧紧抱在一起。

奶奶说得对——她的福气，在后头呢。

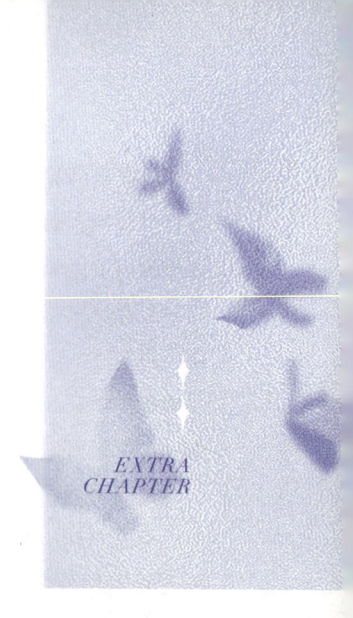

甜·番外卷
寻常烟火
CHUGUIYIYUN

生日礼物

程晋山从看守所出来没几天,就赶上项嘉三十一岁的生日。这天一大早,项嘉被程晋山支出去。

"跟宁宁姐她们一起逛街,买几套新衣服,这是命令。"男人故作霸道,绷不到两秒,便主动上交钱包,俯身亲亲她,"下周咱俩去领证,得穿好看点儿。"

项嘉猜出他要准备惊喜,假装不记得今天是什么日子,乖乖跟着许攸宁和唐梨出门。

快到中午的时候,程晋山发来微信,喊她回去吃饭。项嘉推开门,果不其然看到飘满天花板的粉色气球、欢快闪烁的小彩灯、散落的玫瑰花瓣,还有成堆的礼物盒。

程晋山冷不丁蹦出来,往她头上撒了一大把金纸,抱着人喊:"老婆,生日快乐!"

这情景又俗气又窝心,令项嘉眼角发酸。她搂住他的腰,踮起脚亲他:"谢谢你,程晋山。"

带回来的几个购物袋里，大部分是给他置办的新衣服、新运动鞋，只有一条裙子和两件长袖是她的。程晋山高高兴兴接过去试穿，同时催促她拆礼物。他从网上学的花招，给她准备了从一岁到三十岁，一年一份，总共三十份礼物。

项嘉拆开第一个礼物，发现是拨浪鼓，哭笑不得："我都多大了？又乱花钱。"

"多大也要补。"程晋山不赞同，"我挑了好久呢，看这图案多好看。等以后谁家生孩子，还可以当礼物送，总有用得上的时候。"

项嘉逐渐发现拆盲盒的乐趣，陆续拆出亮闪闪的水晶发卡、兔子玩偶、旋转木马八音盒、春夏秋冬装饰画……东西都不贵重，胜在用心。

项嘉将礼物分门别类放好，数了两遍，发现不对。她向程晋山伸出手，故作娇蛮："今年的礼物呢？"

"等会儿再给你。"程晋山神秘一笑，变出个八寸的十拼千层蛋糕，"先吃饭。"

满满一桌子菜，全是项嘉爱吃的。蛋糕也集结多种口味，抹茶、红丝绒、提拉米苏、奥利奥、柠果……他贯彻一个中心思想——将所有能想到的他认为好的东西，一股脑儿塞给项嘉。

主食是一碗长寿面。又细又长的面条卧在高汤里，绿油油的青菜、红彤彤的西红柿、圆圆的荷包蛋做配菜，加醋和香油，闻起来就好吃。项嘉先开始还笑，吃着吃着，眼泪落进面汤。

"不好吃？"程晋山一脸紧张。

项嘉摇摇头，抽抽鼻子，小声道："很好吃。"在他炽热的目光注视下，她终于说出内心的真实想法，"从没人这么用心地给我庆祝过生日。"

"那有什么？"付出得到肯定，程晋山高兴地抖抖腿，"以后老子每年都给你过！"

他往她碗里夹菜，牛肉和排骨堆成小山："快吃，吃饱了还有其他活动。"

吃完后，程晋山神秘兮兮地将项嘉推进卧室，他带上房门，在外面倒腾。几分钟后，他扯高嗓门喊："老婆，开门收礼物！"

项嘉好奇地打开门,看见一个超大的纸箱。她打开箱子,看见程晋山蹲在里面。他的脖子上系着大大的蝴蝶结,一双黑漆漆的眼睛充满喜悦地盯着她。

项嘉心跳加速,眼睁睁看着"大狗子"从纸箱里扑出,他的手搭在她身上,热情地对着她的脸亲了好几口。她边躲边笑:"你又发疯,别闹……"

"喜不喜欢这个礼物?喜不喜欢?喜不喜欢?"程晋山按着她,亲个没完没了。

温存到吃晚饭的时间,两人坐到沙发上,一边吃蛋糕,一边看电影。

"待会儿出去走走?"夏天的黑夜来得晚,程晋山看看外面的天色,摸摸项嘉柔软的头发,"买个西瓜吃。"

项嘉依言换好衣服,他们穿着情侣款拖鞋,手牵手下楼。

夜市很热闹,买杏仁茶的顾客排起长龙,加满蒜蓉的生蚝在大火上烤,螺蛳粉和臭豆腐摊位挨得很近,极具刺激性的气味强强联合,形成魔法攻击……

项嘉觉得嘴里太甜,指指招牌,说是想吃炒粉。几分钟后,程晋山捧着个热气腾腾的一次性饭盒过来,在街边一口一口喂给她吃。

瓜农开卡车过来,车里装满又大又圆的无籽西瓜。程晋山装模作样拍打几个听听响声,到最后选了最圆的那个,让老板现场切两半分装。西瓜红红的沙瓤又面又甜,一半用勺子挖着吃,另一半放进冰箱冷藏。

趁着天色还没黑透,他们慢慢往家走。眼看行人少了些,程晋山忽然抢先两步,蹲在她前面,说道:"老婆,上来,我背你回去。"

项嘉顺从地趴在他背上,两个装西瓜的塑料袋在他脖颈两边晃荡。她嗅了嗅他身上隐隐的汗味,只觉得安心,软声问道:"为什么要背我?"

"背着心里踏实。"程晋山"嘿嘿"一笑,脚步迈得又快又稳。

穿过昏暗的街道,前方有明亮的灯火。

年年有余

临近年关，程晋山担起置办年货的重任。

五花肉必不可少，鸡鸭牛肉和排骨也要多买几斤，坚果、蜜饯、猪肉脯是消耗量很大的零食，再称些蜜枣和干枣，自己家一份，孝敬二老一份。

程晋山将年货搁在林叔林婶那儿，从羽绒服口袋里摸出两个大红包，不忘替项嘉说好话："嘉嘉包的，算是我俩的一点儿心意，爸妈别嫌少。"

林婶不肯收，在玄关处拉扯半天，非要退给他一半。

"那不行！要这点儿事都办不好，回头嘉嘉不让我进家门！"程晋山又开始贫嘴，捞了把瓜子，边吃边往外走，"妈，别送了，外头挺冷的，晚上我和嘉嘉过来吃饭。"

买的二手房已经装修好，正在散味。程晋山顶着漫天风雪，缩着膀子跑回家，站在门口直跺脚。

"冻死我了！"拎着年货的手快要冻僵，他将袋子提到厨房，往手心哈气。项嘉走过来给他暖手，厚厚的针织衫外面系着围裙，头发束成个低马尾，看起来特别温柔。

程晋山低头亲她两口，问道："忙什么呢？放着我收拾。"

"闲着也是闲着。"项嘉轻轻抱抱他，从袋子里拿出几大块猪板油，不吝夸奖，"成色不错，多少钱一斤？"

"六块，今年猪价便宜。"程晋山弯腰收拾垃圾，"中午随便吃点儿吧？晚上去爸妈那儿再好好吃。"

他下楼扔垃圾，项嘉开始熬猪油。这活儿说麻烦不麻烦，倒很考验耐心。猪板油切成小块，冷水焯出血沫，捞出另外加水煮。等水分完全蒸发，锅里开始出油，转成中小火不停翻动。白白的板油慢慢蜷缩，变成焦黄色的油渣，浸在香喷喷的油里。这时候再下入葱段和姜片，炸出香味，和油渣一起捞出。

炼好的猪油倒进坛子里保存，等八九个小时，猪油就会凝固成胶冻状,变得雪白,可以储存很久。无论用来炒菜,还是做甜品,都能调配出不一样的风味。

项嘉将油渣倒进刚蒸好的热米饭中,加了点儿生抽一拌,当中午的主食。家里新添了个空气炸锅,炸什么都很方便,她还做了几个蛋挞、两对奥尔良鸡翅,一并端到餐桌上。

过了好一会儿,程晋山才上来。他没进屋,鬼鬼祟祟地站在门口,探进来个脑袋:"嘉嘉,你过来一下。"

"怎么了?"项嘉解下围裙走过去,看见程晋山错开位置,身后探出个脏兮兮、毛茸茸的小脑袋——一条流浪狗。个头大概到人的膝盖,瘦得皮包骨头,毛发沾满污泥,看不出本来颜色,眼睛倒黑漆漆的,看起来挺通人性。

"正在扒拉垃圾桶,可能闻到我身上有肉味,跟着就上来了,赶都赶不走。"说话间,程晋山回头瞅了好几眼,显然有点儿想养,"外面那么冷,要是不管它,冻死怎么办?"

项嘉犹豫两秒,轻声道:"进来吧。"

她找出个一次性塑料盒,将程晋山的拌饭分出来一半。刚放到地上,那条狗就扑上来猛吃,边吃边"呜呜"叫唤,显然是饿得厉害。项嘉看着,忽然笑起来。

"你笑什么?"程晋山挖起一大勺米饭塞进嘴里,还没咽肚就急着吃下一口,"这个真香,好吃。"

项嘉指着流浪狗:"看它的吃相,像不像你刚来的时候?"

程晋山愣了愣,看看狗,又看看她,磨磨发痒的牙根:"我看你是欠收拾。"

项嘉笑着躲开他的突袭,约法三章道:"狗是你捡回来的,以后主要你来照顾。"

"没问题!"

男人的共同喜好就那几种:车吧,程晋山买不起;女人呢,有项嘉一个就够;狗嘛,倒花不了几个钱。程晋山抬脚轻踢流浪狗的后背,"咱给它起个名吧,叫'发财'怎么样?"

他的狗，当然他说了算。小流浪狗在垃圾堆里刨食，在天桥底下过夜，这一天慧眼识"主"，不只拥有了自己的家，还获得一个代表主人梦想的名字。

吃过饭，项嘉和程晋山挤进卫生间，给发财洗澡。程晋山图省事，见毛发全部粘连在一起，打算几剪子"快刀斩乱麻"，被项嘉骂了一顿。她挤了几大团沐浴露，耐心地一点一点搓洗。发财也挺听话，温顺地趴在地上，将脑袋搭在她脚上，任由他们摆弄。

三十分钟后，脱胎换骨的帅气土狗闪亮登场。背上的毛是浅黄色，肚子上渐渐过渡为纯白，四肢瘦长，耳朵精神地支棱起来。

项嘉找出几件旧衣服，在客厅角落铺了个暖和的小窝。程晋山搂着她往卧室走，看见发财没眼色地打算跟进来，一脚将门带上。发财绕着房门转了两圈，趴进软乎乎的窝里，没多久就发出均匀的呼噜声。

土狗好养活，早晚牵着出去遛两圈，白天拴在面馆门口，还能保护项嘉。除了吃得多点儿，没什么大毛病。自家开店，剩饭剩菜管饱，没那么多讲究，不需要买狗粮。

这天，项嘉团购了四个体检套餐，带着老人和程晋山去医院做常规检查。大毛病没有，小毛病一堆，林叔林婶年纪越来越大，高血压、高血糖都要注意，就连项嘉也查出轻度脂肪肝。

第二天早上，她跟着程晋山早起，一起去菜市场买菜兼遛狗。早些年身体受了不少罪，这两年又重油嗜甜，很不健康，从现在开始，项嘉打算积极锻炼身体，养生惜命，她想活得久一点儿。

大年三十晚上，在林叔林婶家吃过丰盛的年夜饭，小两口牵着发财往家走。项嘉左手放在程晋山口袋里，被他焐得热乎乎，右手抱着杯红枣奶茶。

"总喝奶茶不好，从明天起，不许给我买。"明明是她自制力薄弱，却反过来埋怨程晋山纵容，女人白里透红的脸上，透着几分之前没有的鲜活。

程晋山"嘿嘿"笑着回答："明年的事，明年再说。"路边的绿化带上还有不少积雪，他抓一把团成雪球，不舍得砸项嘉，眯了眯眼，精准投中发财脑袋,把小土狗气得"嗷嗷"叫。

临睡前,项嘉往蒸锅里放了两个白白胖胖的大馒头。

"蒸蒸日上,年年有余。"程晋山从后面抱过来,说着吉祥话,亲亲她的脸颊。

窗外突然炸开灿烂烟花,白红金紫,星落如雨。或许是梦到被一大堆肉骨头包围,发财摇了摇尾巴,在这个辞旧迎新的时刻睡得香甜。

在烟花盛放得最耀眼的时候,程晋山认真盯着项嘉的眼睛,笑着说出后半句:"白头偕老,生死不离。"

出轨疑云

　　林叔林婶住的房子太老旧，程晋山打算帮他们翻新一遍。因为工程量太大，他怕甲醛对老两口不好，做主让他们暂时搬到自己散好味的新家。可到底不是正经八百的儿子儿媳妇，林婶怕项嘉有意见，进门的时候，有些不好意思。

　　项嘉正在炒菜，桌上已经摆了好几道凉菜，她从厨房探出头和老人打招呼："爸，妈，快坐，再等几分钟就吃饭。"

　　程晋山将大包小包的行李扛进次卧，不忘宽二老的心："嘉嘉昨天就把褥子毯子晒了一遍，空调还找人重新洗过，还差什么你们随时跟我说！"

　　林叔林婶脸上都露出笑意，踏踏实实住下。老人闲不住，林叔主动接过遛狗的活儿，林婶则将所有的家务活揽在手里，生怕项嘉累着。

　　最近，程晋山趁着年中大促，在网上买了项嘉一直很想要的烤箱，菜谱的丰富程度自然提高不少。项嘉琢磨着学会做曲奇饼干、奶油泡芙，还烤了不同口味的比萨，送给朋友们尝鲜。

　　"嘉嘉，你有衣服要洗没有？"这天午后，林婶在阳台摆弄洗衣机。

　　"没有。"项嘉将热腾腾的烤羊排端出来，忽然想起什么，"妈，您等等，程晋山好像有条裤子要洗。"

　　林婶接过牛仔裤，下意识掏了掏裤兜，摸出张小卡片，像是不正经酒店门缝里常塞的那种。她又摸摸另一边口袋，发现张发票，底下标着"巴黎之吻情侣酒店"。开票日期是五天前，住宿费三百多块，可不便宜。

　　林婶揣着心事，等到半夜，做贼似的拿给林叔看，如临大敌："你说，山子是不是出轨啦？"

　　"帮朋友订的房吧？"林叔没当回事，"山子不是那样的人。"

　　林婶放心不下，耳朵贴着墙听了好半天，主卧那边都没动静，皱眉道："年纪轻轻的，怎么这么安分？"

　　她不知道，墙壁那头，项嘉第三次推开程晋山，嗔道："你老实点儿。"

"我忍不住！"程晋山急得乱亲她，"咱们小声点儿，他们听不见！"

第二天，林婶主动提出替项嘉去面馆收银，让她在家休息。看着程晋山前前后后忙活，她试探道："山子，你和嘉嘉结婚快三年了吧？"

"三年多了。"程晋山将最后一道菜端过去，站在柜台旁边喝水，"上周过的结婚纪念日。"

"时间过得真快啊。"林婶继续试探，"你最近……身体挺好的吧？"

她跟老姐妹要了个补肾的偏方，要是他那方面不行，说不定用得上。

"挺好的啊！"程晋山有些莫名其妙，拍拍胸脯，"好得很！就是最近有点儿上火。"

正是血气方刚的年纪，身体又没问题，却把温柔漂亮的媳妇儿冷落在旁边不管。作孽哟！林婶愁眉苦脸，唉声叹气。

晚上九点钟关店，程晋山锁好门，带着林婶往家走。

"瞅瞅你现在，考试也考过了，店也开了，赚点儿小钱，拾掇得干干净净，多体面。"林婶话里有话，迂回地敲打他，"可做人啊，不能丧良心，更不能喜新厌旧。要是没嘉嘉，哪有现在的你，你说是不是？"

程晋山一脸理所当然："对啊，嘉嘉是我的福星，也是咱们家的宝贝，我心里都知道，也对她挺好的啊！"

林婶狠狠皱眉："我觉得不够好。"

一夜过去，程晋山起了个大早，给林叔林婶买了豆腐脑和鸡蛋油条，把项嘉喜欢吃的煎饼果子一路送到床上。

"我洗完脸再吃。"项嘉揉揉眼睛，穿着拖鞋起来洗漱。

程晋山一直追到卫生间门口，语气带笑："咱妈说了，我对你不够好，那我还不再上点儿心，把你当咱们家姑奶奶供着？"

项嘉"呸"他一口，洗干净脸，接过煎饼。她看出林婶状态不对，找了个合适的时机，主动问道："妈，您最近怎么了？有心事吗？"

林婶欲言又止，想了又想，终于开口："嘉嘉，你有没有觉得，山子最近不太对劲儿？"

"没有啊。"项嘉和程晋山朝夕相处，兼之心细如发，并没有发现任何异常，闻言立刻摇头，"妈，您怎么会这么问？"

"真的没有？"林婶吞吞吐吐，"你好好想想，他真的没什么不正常的地方？"

项嘉见林婶表情严肃，脸色渐渐变白，开始疑神疑鬼。

"他干了什么？"项嘉本来就不是多有安全感的人，事关程晋山，更是阵脚大乱，她重复一遍，"他干了什么？"语气中已经带了哭腔。

"你别着急，别着急！"林婶没想到她反应这么大，也跟着慌起来，"妈也不确定，就是随口问问。"

项嘉一秒钟都不肯等，抖着手拨通程晋山电话，边喊边哭："程晋山，你给我回来！"

程晋山吓得屁滚尿流，连店都不管，一路狂奔回家。弄清前因后果，他哭笑不得，拿着发票给项嘉看："老婆先别哭，你忘了吗？上周咱俩一起去的那儿！"

他又跟林婶解释："不是我俩结婚纪念日吗，搞了个仪式，出去住了一晚。妈你有什么直接问我不完了吗？吓唬嘉嘉干吗？"

弄明白自己闹了个大乌龙，林婶表情讪讪的，跟着他一起哄项嘉。项嘉恨不得钻进地缝里，夜里气不过，把程晋山赶到另一头睡。

"别碰我！"他在床那边也不老实，轻轻挠她脚心，项嘉痒得厉害，蹬脚踹他，"都怪你！"

"对对对，都怪我。"程晋山觍着脸凑过来抱住她，还不知死活地瞎乐，"媳妇儿醋劲真大，心里肯定很在意我。"

"都是你出的馊主意，害他们误会。"项嘉觉得脸热，是他说有了婚姻关系做保障，不再需要遮遮掩掩，非要拖着她去新开的酒店。

"谁没有年轻过，他们能理解。"程晋山摸摸她，哄她放宽心，"往好处想，妈多关心你？我要真敢有什么花花肠子，看他们俩不打断我的腿。"

项嘉被他逗笑，想扯开咸猪手，反被他按着亲了两口。

歪主意一个接一个，他贴着她耳朵小声道："今天晚上咱们去阳台，玻璃门一拉，保证一点儿声音都没有……"

平行世界：偶像出逃

六月十五日，是现象级国民偶像项嘉的生日。她还未满三十岁，已经出道十四年了。当年，她在火爆全国的选秀节目中，以唱跳俱佳的出色表现和精致动人的外表，毫无悬念地斩获第一名，起点不可谓不高。

然而，她的星路，却并非一帆风顺，先是被爆出耍大牌的负面新闻，紧接着又被人诟病演技不精。后来在形势不利的时候，因为得罪高层，她被公司雪藏三年。

出乎所有人意料的是，项嘉竟韬光养晦，磨炼演技，三年后凭借口碑电影中女配角的过人表现，东山再起。看着电影屏幕中，奴隶出身的婢女仰着不施脂粉的脸，一边吐血，一边露出偏执又凄绝的笑容，乞求狠心舍弃她的主子能再回头看她一眼，无数观众受到震撼，牢牢记住了演员的名字。

项嘉在娱乐圈摸爬滚打，吃过许多暗亏，却始终坚持自己的底线。她心里明白，只有经得起时间考验，拿得出过硬作品，才能在血雨腥风的名利场站稳脚跟。

名气越来越大，钱越赚越多，昔日懵懂的少女，在这个过程中，被迫学会许多自保的方法，终于能够游刃有余地和一群老狐狸周旋。然而，一直笼罩着她的阴影——那个嘴甜心苦、毫无底线的女人，还在乐此不疲地掌控着她，就像吸血的蚂蟥、附着的藤壶，带给她无穷无尽的痛苦。

生日这天，项嘉依然无法休息：刚签下的广告代言，需要配合拍摄；经纪人组织了小型生日会，必须平易近人地和粉丝互动；晚上还有个慈善晚宴，投资商点名让她主持……

直到夜里十一点半，项嘉方才精疲力竭地回到独居的高端公寓。明早还有飞机要赶，不巧的是，家里的褪黑素已经吃完。她打开外卖软件下了一单，等了很久才有骑手接单。

不是没考虑过和贪得无厌的女人断绝母女关系，可老练的经纪人劝说她，现在正值事业上升期，贸然这样做，绝对弊大于利。

或许是项嘉掩饰得好，没人知道，她已经对汲汲营营的生活感到厌倦，她在思考急流勇退的可行性。摆脱无处不在的狗仔，打破公司精心制定的人设桎梏，失去所有利用价值。这样的话，是不是可以离自由近一些，再近一些？

门铃响起，打断她的思路。项嘉从猫眼往外看了看，门口站着个高高瘦瘦的男孩子，戴着黑色棒球帽，面容桀骜又稚嫩，手里提着药店纸袋："你好，你点的药。"

项嘉保持对陌生人的警惕，轻声道："放门口就行，谢谢。"

一分钟后，她打开门，捡起地上的纸袋。"叮咚"，右手边的电梯门打开，外卖小哥去而复返。他被她的美丽震慑，愣了十几秒才回过神，说道："忘了告诉你，药店的人说，褪黑素不能经常吃，容易引起睡眠功能紊乱。"

他顿了顿，表现出不令人反感的热心："你要是睡不着，可以试试喝一杯热牛奶，再用热水泡泡脚。"

项嘉点点头，微笑道："谢谢。"

她接了部大成本制作的电影，剧组离公寓很近，下半年便打算长住在这边。点的外卖多了，渐渐找出规律——晚上十一点以后，接单骑手变少，十次有八次是那位热心小哥。他文化水平不高，说话很愣，却莫名令项嘉感觉亲切。

"你是大明星吧？我今天去修电动车的时候，在电视上看见你了。"男孩子还拍了照片，拿手机给她看，"你古装比现代装好看。"挺不会聊天，但很真实。

项嘉莞尔，开玩笑道："要不要签名？"

对方眼睛一亮，立刻点头："要！"他摸遍裤兜，找出张超市小票，把背面翻过来，让她在空白地方签名。

也不知道触动哪根筋，项嘉边签边笑。他看得呆住，好半晌才搓搓发热的后颈，捏着小票逃跑。项嘉不知道的是，男孩子走出高端小区，给同伴打了个电话。

"是她，我确定。"他跃跃欲试，眼睛里闪着兴奋的光，"她家装修得特豪华，我今天进去蹭了杯水，看见梳妆台上全是珠宝，看着值不少钱！"

"有保险箱吗？"对方比他更有经验，"山子，你跟她搞好关系，看看她家最值钱的东西都放在哪儿。"

"没问题，包在我身上！"

挂完电话，程晋山掸掸手里的小票，心里美滋滋地想——大明星的签名，转手也能卖钱吧？撞到头肥羊，这波怎么算都不吃亏。

随着两人越来越熟，项嘉和程晋山交换了联系方式，项嘉不再通过平台下单，而是直接微信转账托他帮忙跑腿。项嘉出手大方，时不时还送个小礼物——品牌方赞助的香水、活动现场发放的伴手礼、进口糖果……

程晋山把它们拿回家拍好照，挂到二手软件上卖，赚了不少额外收入。拿人的手短，再见面时，他就多嘴提醒了句："别总吃外卖，自己做多健康？"也就是老天爷赏饭吃，她这么重辣嗜甜，作息还不规律，脸上竟然没有一颗痘痘，身材也没走形。

项嘉笑着摇头："我不会做饭，你会吗？"

程晋山想，这是个拉近关系的好机会，便冲动地夸下海口："当然，我会煮面，还会做你们女生都喜欢吃的……那个叫什么来着，哦，对，轻食！"当晚，他抱着书店买来的一本《低脂轻食家常菜》，临时抱佛脚，钻研到凌晨两点。

项嘉家的厨房很干净，各类家电一应俱全。程晋山手足无措地杵了半天，一拍脑袋："对，先买菜！"

项嘉心血来潮："我跟你一起去超市吧。"

她似乎不常逛超市，表现出小孩子才有的兴奋，每经过一个货架，都要停留很久，拿着感兴趣的商品看来看去。程晋山耐着性子陪她慢慢逛，觉得大明星有点儿可怜。她好像没什么朋友，也没娱乐活动，忙完工作就一个人窝在家里。

不久后她家还要被他们偷空，真惨。稀薄的同情心发作，程晋山提议道："要不我再带你逛逛花卉市场？"

项嘉的眼睛立刻闪闪发光。

花卉市场闷热潮湿，一半是绿植，一半是宠物。项嘉见到猫猫狗狗就挪不动步子，隔着玻璃橱窗和里面刚满月的阿拉斯加犬打招呼，幼稚地对着它们"汪汪"叫。

"要不买一只？"程晋山指着最神气的小狗，提议道。

项嘉犹豫片刻，缓缓摇头："我没时间照顾。"

"我帮你啊。"程晋山顺嘴接话，"反正我也没什么事，每天帮你遛。"

中午，项嘉抱着那只帅气小奶狗回到家中。她表现得过于紧张，对程晋山交代个没完："我待会儿给你录个指纹，你每天早晚各牵它出去遛一回。再给你开个监控系统的权限，我不在家的时候，你帮忙看着点儿，如果有不对劲儿的地方，随时联系我。"

程晋山因这份信任而心虚，迂回试探道："怎么这么说？你们这小区治安不是挺好的吗？能有什么不对劲儿？"

项嘉苦笑一声，含糊道："我妈不同意我养狗，知道了要生气的。"其实，不是不同意，而是一旦发现她有软肋，便会借此拿捏她、压榨她。

"你都多大了？"程晋山难掩惊讶，"你妈是控制狂吧？"心里对她的同情，又多了一分。

毫无悬念地，他做的轻食严重翻车。好在项嘉并不是多么难伺候的人，她就着油醋汁吃了几口水煮生菜，还礼貌地夸赞道："手艺不错。"

程晋山看着煎得焦黑的鸡胸肉，自己都觉得脸红。

项嘉了解过外卖员的平均收入，提出用两倍的价格长期雇佣他。

"我一个月有半个月在这边住，你每天帮忙遛狗，照顾一下花草，我在的时候陪我说说话，偶尔做顿饭。"屏幕里艳光四射的女人这会儿素颜朝天，眉目间透出难言的疲惫，连声音都沙哑两分，"可以吗？"

这么好的工作，打着灯笼也找不着。程晋山一口答应，甚至对精心制定的"暴富"计划打起退堂鼓。回出租屋的时候，他挣扎了一路，想出个好办法——先动手，再装作若无其事的样子回来，以雇员的身份送安慰。

然而，另外两个同伙显然不受他控制。

"绑架？"程晋山听完他们的计划，立刻急了眼，"我们原先可不是这么说的！她是大明星，风险太大，不行，我不同意！"

"二比一，少数服从多数。"接话的人是他的同乡，非常了解他的心理，"山子，你不一直想出人头地吗？你仔细算算，她那公寓里的东西，最多能值几个钱？最值钱的是她！"

另一人是他在工地认识的工友，为人粗俗，说话自然也没什么顾忌："我在网上查过，她接一部剧的片酬至少在这个数！"他比了比手势，脸上流露出愤恨，"撑死胆大的，饿死胆小的。不是说那女明星特别漂亮吗？咱们可以顺便……"

"你说什么？"程晋山听懂他的言外之意，脸色变得难看，"不、不行，我不做欺负女人的事。"

"那你就在一边放风！"工友眼睛里闪过一抹不屑，"就这么说定了啊！下周二晚上，照计划行动！"

程晋山连续做了好几个晚上的噩梦，梦里要么是计划败露，被抓进去吃牢饭；要么是同伙们做坏事的时候，项嘉拼死抵抗；还有一回，他和他们打了起来，后脑勺挨了一闷棍……

项嘉看出他没什么精神，关心地问道："你最近怎么了？遇到什么不顺心的事了吗？"

程晋山直勾勾地盯着她看。这个女人真的不错，没什么架子，脾气好，无论是对衣冠楚楚的追求者，还是他这样在社会底层摸爬滚打的普通人，都能一视同仁。他看过她演的电视剧，总觉得这双格外漂亮的眼睛里，藏着许多故事。

"我……"他吞吞吐吐，答不出来。

"稍等一下。"项嘉站起身，从酒柜中取出一瓶看起来就很贵的洋酒，弯腰递给他，"赞助商拿来的。我不喝酒，你可以带回去自己喝，或者送给朋友。"

程晋山正需要酒精壮胆，立刻用牙齿咬开盖子，"咕咚咕咚"喝了几大口。他灌得猛，把项嘉吓了一跳。

"你慢点儿。"她散着长发，穿着条简约的白裙子，干干净净站在那里，像致力于拯救污浊灵魂的天使。

程晋山第一次体会到自惭形秽的感觉。他打了个酒嗝儿，心一横，说道："你这么信任我，有没有想过，我可能是坏人？"

项嘉眨了眨眼。当然想过，她又不是涉世未深的小姑娘，这一路吃过太多亏，已经习惯对人保持戒心。无缘无故的热情非常可疑，不为财色所动，更是超出常理。

她递过去的这瓶酒，口感偏甜，度数却很高，目的就是撬开他的嘴。可她没想到，心怀愧疚的程晋山，竟招认得这么痛快。

"我们盯了你小半年，觉得就这公寓最好下手。"年轻的男孩子又喝了两口酒，一五一十地把计划说给她听，"你说你也是，为什么不雇两个保镖？再不济雇个做饭阿姨，遇到什么事也能搭把手。怎么一点儿自我保护意识都没有？"

无端挨了一顿数落，项嘉哭笑不得，轻声问道："你们打算干什么？谋财还是谋色？"

"都谋。"醉意上来，眼前变得模糊，他稀里糊涂地向她倾诉自己尚未泯灭的良知，"我本来只想偷几条项链，换个几万块钱……要是警察没有怀疑到我身上，回过头还给你遛狗做饭……可他们说，要绑架你，还要欺负你，呸，真不是人干的事儿……"

"你就没想过……"项嘉忽然露出个颠倒众生的笑容，在他身边坐下，压低语调，不负责任地蛊惑，"撇开他们，自己独吞？"

"什么？"程晋山愣愣地歪着头，没有听懂。

项嘉耐心地帮他算账："你看啊，为了这个计划，你付出了这么多时间和精力，跑前跑后照顾我，还承担着随时被人发现的危险，可他们做了什么？"

程晋山回过神，一拍大腿，声量放高："对啊！他们俩就知道缩在后面捡便宜，拿我当冤大头！"

"所以，你根本没必要和他们合作。"项嘉继续怂恿，"不过，绑架倒是个好主意。"

"哪里好？"程晋山狠狠皱眉，嘴里嘟嘟囔囔，"我在网上查过，绑架和偷窃的性质不一样。"还不算是完全的法盲，不过，这两个可都不是遵纪守法的好公民应该做的。

"你想啊，我和你这么熟悉，就算戴上头套，也认得出你。"项嘉有些紧张地舔舔嘴唇，哄着他继续喝酒，"到时候，你前脚抢东西，我后脚就报警。"

"你……你就不能不报？"程晋山有些不高兴。

"不能。"项嘉忍着笑意，表情无比正经，"我的钱也不是大风刮来的，为什么要吃这个哑巴亏？"

"有道理……"程晋山被她说动，认真思索，"那我……那我就带着你一起走……不对，这也不是办法呀，总不能带你一辈子！"

"怎么不能？"项嘉说得特别理直气壮，"钱都在我手里，花完了就管我要。我要是不听话，你就拿出劫匪的本事，胁迫我……"

"老子不欺负女人。"程晋山撇撇嘴，却不得不承认这是个一劳永逸的好办法，"你……你让老子好好想想……"

没多久，他倒在沙发上呼呼大睡，发出响亮的鼾声。而项嘉则满心雀跃地动手收拾行李，兴奋到后半夜才睡着。

第二天上午，程晋山头痛欲裂地醒过来，回忆起昨晚的事，表情诡异。怎么想都觉得，那不像正常人做得出来的事。是梦吗？是梦吧。

项嘉遛狗回来，对他笑了笑："醒啦？"

"嗯。我……我喝醉之后，有没有说过什么奇怪的话？"程晋山心里直打鼓，壮着胆子试探她，他挠着头胡乱掰扯，"我想象力特别丰富，没事就在脑子里排戏演戏，像是化身奥特曼拯救世界啊，变成江洋大盗劫富济贫啊，有一回还和外星人打了一个晚上……你说好笑不好笑，哈哈哈……"

他在这边尬笑，见项嘉眼神古怪地盯着他，虚汗都要下来。不知道撑了多久，女人的回答令他吊在半空的心踏踏实实落下："没有，你酒品不错，喝多了倒头就睡，连梦话都没说。"

程晋山大大松一口气，紧接着，他认真考虑起一人独吞的可行性。

在项嘉的公寓里磨蹭了一整天，等到天色黑透，他终于咬咬牙，准备行动。拿剪刀抵住项嘉后腰，程晋山压低声音，竭力表现得凶狠："打劫，不、不许动。"

项嘉听话得一动不动，脸上适时表现出惊讶和恐惧。沉重的负罪感袭来，程晋山不自在地抓住她纤细的手臂，用绳子反绑在她身后，开始拿东西。他手忙脚乱地收拾着贵重物品，将珠宝首饰装进她新买的包里，又从卧室拖出一个大号行李箱。

打开箱子后，程晋山发现里面整齐地摆满漂亮衣服，还有全套洗护用品。他愣了愣，觉得不用再收拾，拉着往外走，一不留神被小肉球绊倒。他低下头，看看已经养熟了的小狗崽，拎着后颈皮，打算一起带走，最后将监控数据一并清除。

出门不适合再绑着人，程晋山给项嘉披了件外套，一手状似亲密地揽着她的腰，另一手拉着行李箱，背着大包小包，胳膊里还夹了条狗，简直像搬家的。

"配合点儿，我不想伤害你。"程晋山低声警告。

项嘉十分配合，声线因害怕而微微颤抖："我们这是要去哪儿？我可以开车……"

"你当我傻？"程晋山一拧眉，端出几分悍匪气场，"咱们坐黑车！"

他白天联系好的大货车刚拉过煤，车斗里全是黑乎乎的煤渣。托着女人爬上去，把狗和行李箱递给她后，程晋山利索地翻身而上。

"乖乖听话，别想着逃跑。"好歹是熟人，突然撕破脸，程晋山觉得挺不好意思，连看都不敢看她，"只要你老老实实给钱，我保证不欺负你。"

项嘉表面唯唯诺诺，听见引擎启动的刺耳轰鸣声，心里骤然一松。她本以为，经历过那么多浮浮沉沉，心灵已经沧桑如老妪。然而，在疯狂出逃的这个瞬间，她却惊喜地发现，自己还很年轻。

在路上颠簸了近一个小时，程晋山才想起没收手机。

"把手机给我！"他推推快要靠在行李箱上睡着的项嘉，神情紧张兮兮。

项嘉打了个哈欠，将手机交出去，看着他关机，提醒道："你的手机最好也关掉，万一同伙发现不对劲儿，追过来就麻烦了。"

程晋山觉得她说得有道理，利索失联。他怕她趁自己睡着时逃跑，折腾半天，将两个人的手腕紧紧捆在一起。这个过程中，他不小心碰到她的手背，只觉温热滑腻，像刚做好的豆腐脑似的，心脏不受控制地乱跳。

或许是姿势不舒服，项嘉睡得很不安稳，来回调整位置，到后来直接滚到他腿上。程晋山浑身僵硬，叫道："喂！你快起来！"

长长的头发铺满大腿，车厢顶部的缝隙中漏下一线月光，恰好洒在白皙如玉的侧脸上。造物主对她格外偏爱，这种美丽惊心动魄，一切无礼与粗俗都得为其让道。程晋山失去说话的能力，怔怔地看着她在怀里沉沉睡去。

第二天下午，他们在群山环绕的小村庄下车。

程晋山在这里当过一年学徒，对环境还算熟悉，带着项嘉左绕右绕，走进一家破旧的招待所。最好的房间才一百块钱，有电视。有热水，有独立的卫生间。基本条件过关，但采光不好，里面闷热又潮湿。

项嘉新奇地左看右看，问道："为什么不去好点儿的酒店住？"她觉得实在没必要替她省钱。

"你以为我不想？"程晋山也觉得委屈了她，耐着脾气解释，"大酒店都有监控，还要登记咱们俩的身份证，不安全。"

基本习得生活常识，项嘉连连点头："有道理。"看起来，他的社会生存经验很丰富。与他同行，果然是个明智的决定。

伺候姑奶奶已经成为习惯，程晋山买来热饭热菜，还带了两瓶项嘉喜欢喝的酸奶。空调开得很足，等她洗完澡，他带着小狗一起进去，边冲澡边玩水，玩闹了半天。

天气预报预测明天有雨，这会儿已经非常闷热。程晋山只穿了条地摊买来的大裤衩给狗吹毛,没过几分钟,线条流畅的脊背上渗出汗水,泛起莹润的光泽。项嘉目不转睛地欣赏着,被他逮了个正着,她也没有表现出慌乱的样子,神情坦然,唇角微翘。

"你……你看什么?"程晋山有些不自在,可T恤已经洗干净晾在卫生间,这时候再拿浴巾遮挡,又显得扭捏。再说,他又不是大姑娘,还怕她看?

"没什么,随便看看。"项嘉发现他的身材不错,肩宽腰窄,四肢修长,和男模也差不了多少。最重要的是,随便看两眼他就脸红,还要梗着脖子装作无所谓,实在很有趣。

两人各躺一张床,小狗趴在项嘉脚边睡。后半夜下起大雨,雨水"噼里啪啦"打在窗外的芭蕉树上,热闹又寂寥。不再需要褪黑素,项嘉枕着这雨声就睡得格外香甜。

山里的草木吸饱水分,多余的便顺着天然形成的河道往下游流淌。项嘉像个兴奋的小女孩,起了个大早,催着程晋山进山。她沿着颜色各异的鹅卵石,跌跌撞撞往河对岸走,一不留神陷进淤泥,发出咯咯的笑声。

程晋山从小在村子里长大,并不理解这种激动的心情,却莫名觉得眼前这一幕赏心悦目。好像只要她展颜而笑,整个世界都亮了起来。

他追过去,伸手把她从淤泥里拔出来,问道:"没事吧?"

限量版的运动鞋已经湿透,沾满污泥,项嘉找了个树桩坐下,把鞋袜脱掉,白白嫩嫩的脚丫伸展出来。程晋山偷偷看了几眼,认命地叹口气,把脚上穿着的山寨球鞋让给她。他的鞋大好几个码,项嘉把鞋带收到最紧,才能勉强保持不掉。

项嘉穿着来回走了两步,问道:"那你怎么办?"

"我皮糙肉厚,光脚也没事。"程晋山说着,弯腰卷起裤腿,走在前面为她开道。

项嘉不常运动,走到半山腰就气喘吁吁,坐在大石头上休息。他教她打水漂,她表现出浓厚的兴趣,连着扔了几十块石子,接过超市买的便宜面包,吃得很香。大明星这么好养活,还这么听话,实在出乎程晋山意料。松了一口气的同时，他又有点儿心疼。

第二次进山的时候，他的准备充分许多，买好雨靴、登山杖，还带了个防潮野餐垫，直接变成度假。项嘉兴致盎然地探索大自然，跟着程晋山学习如何分辨野菜，还采了半袋子野果。下山路上，她在一棵大树下发现蘑菇，还撞见蚂蚁搬家，蹲在那儿研究了好半天。

程晋山的目光总是不知不觉被她吸引，觉得她做什么都可爱。他不敢放纵这种微妙的感情继续发展，艰难地想起正事——那些珠宝首饰还没换成钱。

"明天带你去城里转转。"临睡前，程晋山一边喂狗，一边抬头对项嘉道。

项嘉还没玩够，问道："还回来吗？"

"不回。"他打算顺道再取些钱，为了避免暴露行踪，只能换个地方，"城里也很好玩的。"

坐了一个多小时的城际公交，来到邻近的城市，程晋山直奔典当行。项嘉察觉到他的意图，抱着装满首饰的背包不肯撒手，表情有些委屈："都是我刚买的，还没戴几次……"

女人对闪闪发光的小东西没什么抵抗力，见她这么不舍得，程晋山变得犹豫。

"你看啊，咱在路上吃的、喝的、用的、住的，全都得花钱，对不对？"他在心里不停强调这不是度假，这才坚定立场，"你不是说从没去过游乐场吗？换了钱，我下午就带你去！"

闻言，项嘉的眼睛亮了亮。她还是没放开背包，却从精致的手包里取出张银行卡，塞给程晋山："密码是我生日，先取几万拿着花。"

程晋山感受到财大气粗的魅力，这辈子都没见过这么多钱，他紧张地攥着银行卡，取完钱出来，又死死护着裤兜。钱是人家出的，提的条件当然应该无条件满足。

游乐场？买通票！什么过山车跳楼机，豁出命也陪她玩；吃夜市？没问题！烧烤炒凉粉杏仁茶，再长队也愿意排；看电影？来两场！惊悚悬疑片恐怖片，多吓人都不闭眼；去酒吧？当然……去酒吧！

程晋山蓦然瞪起眼："去酒吧干吗？"

两人身处车水马龙的酒吧街，不远处是一家复古酒吧，光影暧昧，歌声迷离，半醉的男女倚靠着玻璃窗亲密相拥。仿佛叛逆期汹涌来袭的青春少女，项嘉目光灼灼，神情雀跃，轻启红唇，吐出两个字——"猎艳。"

震惊程晋山一整年。

"不是，猎什么艳啊？"程晋山企图带"中二少女"离开，不惜危言耸听，"你别看电视里瞎演，以为在这儿能撞见什么艳遇！实话告诉你，逛酒吧的男的没几个好东西！"

项嘉不但没被他的话吓倒，甚至还有点儿想笑："这都什么年代啦，你怎么还这么封建？我就是好奇，想进去看看。"

程晋山堵着门不肯让道，压低声音道："你别忘了，你是大明星！万一被人认出来……"他忽然回过神，目光浮现怀疑，"你是不是故意往人多的地方钻？"

"我没有……"项嘉哭笑不得，想了想将遮阳帽戴上，挽住他的胳膊，"既然这么不放心，那你陪我一起进去。"

女人温热的身体贴得这么近，他甚至能闻到她身上传来的香味，舌头立刻被猫叼走，四肢僵硬，险些同手同脚。

程晋山在酒吧当过保安，知道点儿行情，一看酒水单，就跟项嘉吐槽："黑店，卖这么贵，怎么不去抢？"虽说钱都是项嘉赚来的，装进他裤兜，就变成了自己的，但这么大手大脚地花出去，实在肉疼。

项嘉嫌烦，找借口支开他："刚才吃得有点儿腻，点个果盘吧？"

"你疯了？这里果盘多贵啊！等着，我去后头街上买！"程晋山抠抠搜搜地点了两杯果酒，站起身往外跑，嘴里还念叨着项嘉喜欢吃的水果种类。

身边骤然安静下来，项嘉轻松地吐出一口气。她想趁着还年轻，还漂亮，做些从没做过的、刺激的事。她将帽檐向上推了推，露出半张完美无瑕的脸。没多久，就有男人上前搭话，知情识趣，很懂分寸。

项嘉接过对方递的酒,和他谈笑几句,犹豫着要不要放纵一回。是的,她还没谈过恋爱。追她的人很多,可她除了配合公司炒炒绯闻,连正式的约会都没体验过。她好像不知道怎么谈恋爱,与纯粹的真心无缘,也不知道如何去爱。

还没下定决心,一兜冰镇过的荔枝挡在她和男人中间。

"吃。"程晋山神情不善,盯着男人猛看,另一只手托着盒切成小块的西瓜,"吃完回家。"男人见名花有主,有些尴尬,转而物色别人。

项嘉用叉子戳起一块西瓜,"咔嚓"咬两口,又甜又冰又脆,她满足地眯起眼睛:"好吃。"

程晋山压低声音,咬牙切齿:"你到底想干什么?"

项嘉连喝两杯酒,这会儿有些醉意,歪着头饶有兴致地观赏着他,意识到他长得实在不错。皮相好,身材佳,性格鲁直,心眼儿却不坏。她心中的理想玩伴,好像远在天边,近在眼前呢。

"找男人啊。"项嘉做出副身经百战的模样,厚着脸皮回答。

程晋山被她噎住,面孔渐渐涨红,也不知道是在生气,还是嫌她不知羞耻。

水果吃得差不多,护花使者强行带她离开。项嘉耍赖,推说走不动,趴在程晋山背上要他背。程晋山一个头两个大,憋着气背她往宾馆走。

刚一进屋,等急了的小肉球就扑上来扒拉他的腿。

"球球饿了吧?等着。"名字是项嘉取的,和小狗的形象很吻合,他轻轻抬脚将小家伙推到一边,把项嘉放在床上。

"渴……"项嘉踢掉高跟鞋,哑着嗓子使唤他,"程晋山,我要喝水。"

"马上啊。"程晋山拧开一瓶矿泉水,搂她坐起,一口一口喂下去,然后马不停蹄地找狗粮喂狗。他洗洗脸,也不知道为什么,觉得有些燥。再出来时,他不敢往项嘉身上看,心慌意乱地给她盖被子,却被她不识好歹地踢开。

"热……你干吗?"她不高兴地噘起嘴巴,还往他大腿不轻不重地踹了两脚,"烦人,坏我好事。"

"找男人算什么好事?你还挺骄傲是吗?"作风保守的程晋山忍无

可忍，被她最后这句激出火气，"长这么漂亮，平白无故给他们占便宜，你图什么？"

项嘉不但不生气，还笑起来，斜着眼看他："你也觉得我漂亮？"

程晋山的耳根红了红，磕巴道："废，废话。"

"各取所需啊。"她装成老司机，在他的雷点上疯狂蹦跶，"干吗这么生气？"

程晋山的脑子里"嗡"的一声，他冲动接话道："那你看我行不行？"

说出这句话，他立刻回过神，恨不得找个地缝钻进去。真是猪油蒙心，怎么能说出这样的疯话？要是她嘲笑他，不留情面地拒绝他，以后还怎么相处？

可预料中的冷言冷语并没有到来。项嘉唇角噙着笑，若有所思地打量他，那双妩媚含情的眼睛好像具有透视能力，已经穿过表皮和血肉，看清他的内心。

在程晋山夺门而逃的前一秒，她伸出手轻轻拉住他的胳膊。明明也没用什么力气，可他却本能地配合着向她倾倒，两手支在身体两侧，莽莽撞撞地扑上去。嘴唇磕碰，痛得两个人同时低呼。

项嘉摇头叹息，白皙的手绕到他脑后，摸了摸硬到扎手的板寸，随即亲了亲他薄薄的上唇，她好歹是经常拍感情戏的人。程晋山大脑空白，呼吸粗重，有样学样回吻，动作急躁，态度热情。

空有理论知识的项嘉，差点儿露馅。幸好程晋山比她还菜，单纯好骗。她装作很有经验的样子，不肯承认自己是和他一样的菜鸡，总觉得三十岁还没谈过男朋友，是件很丢脸的事。

两个人在小旅馆腻歪了好几天，几乎没出门，一天三顿订外卖。项嘉发现，小狼狗的滋味，实在是妙不可言。她放纵地享受着眼前的快乐，不负责任，不计后果。

可程晋山的想法却比她复杂，他偷偷摸摸看新闻，发现项嘉失踪的事，根本没有被曝光。没有人找他们，倒有几家媒体报道她耍大牌，说她缺席众星云集的慈善晚宴，连万众瞩目的最佳女主角颁奖仪式，都没有参加。

程晋山内心的负罪感越来越重。他蛮横无理地斩断她众星捧月的灿烂前程，将人绑到身边受苦。他终于良心发现，吞吞吐吐地对项嘉道："要不……我送你回去吧？"

继续躲着，好像会给她带来越来越棘手的麻烦。听说她的片酬很高，那么，相应地，因违反合约而需要支付的违约金，从他的角度来看，简直是天价。这段时间相处的副作用出现——无论是她的钱，还是他的钱，他都心疼得滴血。

项嘉正套着他的涂鸦T恤，开足空调，窝在被子里看电视。闻言，握着遥控器的手无意识地胡乱按了几个按钮，她沉默片刻，答道："行啊。"语气有些低落。

程晋山坐在她身边，低声下气道："这段时间是我不对，不过，你回去之后，能不能不找我麻烦啊？花掉的钱，我会想办法尽快还给你。"

项嘉的表情有些古怪，问道："怎么还？你又打算'绑架'谁？"

程晋山的脸因羞愧和尴尬而涨红，梗着脖子道："我、我又不是没别的本事！"

"嗯？"项嘉歪歪头，从上往下打量两眼，目光饱含深意，"对，是还有别的本事。"

程晋山觉得自己被她调戏，孑毛跳起，"你你你"了半天，鼻子里哼出一口气："我会送外卖，还能送快递，一个月少说也赚七八千块。"

其实，他心里还有点儿想让她负责。可大男人拉不下这个脸，更不能像小姑娘一样哭哭啼啼，求她给个名分。而且，仔细想想，他压根儿配不上她。人家是天上的云，他是臭水沟里的泥，蹭一蹭都掉价，凭什么一直粘在她身上。

还没别扭完，项嘉就给他安排了别的差事："给我当保镖好不好？"她似笑非笑，语带揶揄，"贴身保护我的安全，免得我被其他劫匪盯上，劫财又劫色。"

祸是程晋山闯出来的，他根本说不出拒绝的话。连工资也没谈，以身抵债，任劳任怨，什么时候姑奶奶肯放人，什么时候再谈自由。

第二天，程晋山跟着项嘉回到一切开始的地方。他吃惊地发现，经纪人并未把她的失踪当回事，一见面就劈头盖脸地问她闹够了没有。而项嘉面色冷静，放出重磅炸弹——她打算在事业如日中天的时候，宣布退出娱乐圈。

会议室吵翻天，那种咄咄逼人的阵势，程晋山看见都害怕。然而，无论他们怎么说怎么求，项嘉都油盐不进，只是有条有理地交代接下来的善后事宜。

原来，这一切在她的计划之内，她在离开那天就做好了安排。

是临时起意，却也凑上好时机——为了腾出充足的时间和精力，准备那部群星云集的重要电影，经纪人已将其他活动尽量减少，那时正值空档期。因此，失踪大半个月，损失都在可控范围之内。项嘉的钱不是大风刮来的，更何况，隐退之后中断收入来源，每一分都得省着花。

"还没杀青的戏和签过合同的广告，我还是会配合拍摄，不过，时间需要和对方协调，尽量往前排。"项嘉眸色沉静，态度坚定，"电影还没签约，来得及换人，我找个合适的机会，当面向林导致歉。"

别人抢破头也争不来的好机会，她说不要就不要。嘴皮子说破，见她不为所动，经纪人如同困兽在会议室绕了几圈，沉声道："你根本没体验过普通人的生活，等到光环消失，你确定你受得了巨大的落差吗？"

项嘉微笑道："我已经知道那是什么样的生活。我受得了，也很喜欢。"

她回过头，看了程晋山一眼。程晋山正盯着她，劝她的话刚到嘴边，就被这充斥着欢欣的眼神堵了回去。到底做过枕边人，程晋山看得出，她是发自内心地渴望离开这个大染缸。

项嘉将宣布隐退的日子定在圣诞节，所有行程都得往前赶，程晋山作为她的贴身保镖，一天二十四小时随行在侧，很快切身体会到她的不容易。

明明已经那么瘦，还要节食。她做什么都认真，抱着台本背得滚瓜烂熟，还要拿他当陪练，反复揣摩，力求完美到无懈可击。高铁、飞机连轴转，待人接物分毫不错，像个上满发条的漂亮娃娃，一整天根

本没有松懈的时候。她习惯将一切情绪藏在心底，却在和他独处时泄露端倪，表现出柔软脆弱的一面。

程晋山还没有蠢到家，一个多月下来，渐渐回过味。她早知道他居心叵测，知道他和同伙定下的计划，这才将计就计，试试能不能适应普通人的生活？他顶着恶名，到最后却被她占了清白，冤大头也不是这么个当法。

程晋山藏不住心事，挑没人的场合，恶声恶气问她："咱俩到底算什么关系？你忽悠我啊？"

说"忽悠"都算好听的，明明是她哄他骗他，利用他压榨他。干两份工，拿一份钱，要么说资本家的本质是剥削呢。

闻言，项嘉怔了怔，倒没第一时间反驳。确实，严格意义上来说，是她欺骗了程晋山。她利用他的单纯，贪恋他的鲜活，借他的契机，迈出对自己而言至关重要的一步。

可她还没想好，隐退之后，要怎么处理和他之间的关系。在一起容易，走一辈子却难。两个人在成长环境、生活习惯、道德观念等方面存在巨大差异，磨合可是个麻烦事。

她把问题抛回去："你希望我们是什么关系？"

程晋山涨红脸，大言不惭道："我想让你给我当媳妇儿！"因为有前科，他怕她误会自己动机不纯，急慌慌补了句，"我可以签婚前协议！"

他这么直接，出乎项嘉意料，她也跟着微微红了脸，说道："让我考虑考虑。"

还没等项嘉考虑清楚，程晋山就捅了个大娄子。

歇斯底里的中年女人冲进公司大吵大闹，他不明就里，将对方拦在门外。争执越演越烈，女人口不择言，说了很多辱骂项嘉的话，还想往里冲，程晋山情急之中推了她一把。女人脚上踩着恨天高，没稳住，摔了一跤，被送进医院。

项嘉赶过去的时候，程晋山站在病房门口，蔫头耷脑的，像个做错事的小学生，连声量都降低好几度："我……我不知道她是你妈……"

就算为了体面,也该扮演好心急如焚的女儿,可项嘉却忍不住"扑哧"一笑,夸道:"干得好。"

程晋山一脸错愕,还以为她在说反话,表情更加局促。

和女人很不愉快地谈好买断这一场母女情分的价格,精疲力竭的项嘉回到家,喝了两杯红酒,首次吐露过往。她说得克制,对很多惊心动魄的经历一笔带过,偶尔还能挤出个苦笑。

程晋山却听得心如刀绞,到最后愤愤道:"天底下还有这样的妈?早知道不帮她叫救护车。"

项嘉垂下长睫,看着温暖的灯光里,男人高瘦的身影渐渐靠近,和她的影子重叠。他的手搭在她肩上,传来源源不断的热意,袖口不知何时沾上她的气味,像被她完全标记的所有物。

这一刻,她忽然觉得,有个人陪伴不是件坏事。她要想方设法摆脱那个女人带来的负面影响,大大方方活在阳光下。偶尔也该冒着受伤的风险,尝试着信任一个人。

项嘉渐渐开始管教程晋山,温水煮青蛙似的改造他。

"衬衣不舒服,活动不开。"程晋山嘴上抱怨着,双手却下意识解开纽扣,将衬衣套在身上,美滋滋地照起镜子,"得花不少钱吧?我就是天生的穷命,地摊货和高档货穿不出区别。"

"好看。"项嘉帮他整理衣领,顺势环住窄瘦的腰,"还给你买了长裤和皮鞋,试试合不合适?"

她不许他抖腿,纠正他吃饭狼吞虎咽的毛病。

程晋山故作凶恶,指着项嘉道:"你以为你是谁?凭什么管我?老子告诉你,要不是看你长得漂亮,又有双大长腿,老子才不听你的!"

这么说着,人却双腿乖乖并拢,坐成小学生的样子,夹菜的动作也放慢不少。他看着项嘉忍俊不禁,眉眼弯弯,跟着"嘿嘿"笑出声。

喜欢一个人,就会有冲动了解她的全部。程晋山不知怎么查到几年前的花边新闻,指着唇红齿白的男明星,阴阳怪气道:"他比我帅吧?品位也比我好吧?"

事实是这么个事实,可高情商的项嘉却乖觉地闪避:"不知道,不

了解。公司安排的炒作，借位拍了张照片，连话都没说一句。"她犹豫片刻，借此机会将话挑明，"程晋山，我没谈过恋爱，也没和别人这么亲密过。你是第一个，也是目前为止，唯一一个。"

"我……我早猜出来了。"程晋山愣了愣，挠挠头，搓搓脖子，不自在地将脸扭到一边。他顿了顿，又说道："你，你也是老子的第一个，老子的初吻都是你的。"

一切安排妥当，项嘉开始准备告别演唱会。喜悦发自内心，轻而易举带动程晋山的情绪，他跟着她欢喜，为她鞍前马后，不遗余力。

"那两个人被抓了。"赶往演唱会现场的路上，程晋山看出项嘉有些紧张，主动握住她的手，找话题分散注意力，"入室抢劫。"他的命运曾和他们同轨，却在遇见她后，离奇地拐了个弯。

项嘉点点头，并不意外。

程晋山问："隐退之后，打算去哪儿？"

"找个消费水平不高的二线城市，买套房子，带院子的最好，我们可以种花，再安一架秋千。"项嘉翘翘唇角，说出非常具体化的场景，"没事出去逛逛街，看看电影，买买菜，遛遛狗。想想就觉得很幸福。"她说的实在是十分容易实现的愿望。

程晋山有些心疼，握紧她的手，道："我陪你，等一切安顿好后，我还去送外卖。"

"为什么？"项嘉疑惑地转头看他，"我有钱啊。"

"那是你的钱，不是我的。"事关男人的自尊心，程晋山寸步不让，"赚钱养老婆，天经地义。"

天空飘下雪花，气温骤降，偌大的场馆却座无虚席，人声鼎沸。程晋山在靠近舞台的 VIP 区域落座，见证这场无比盛大的告别仪式。

不得不承认，有些人天生适合舞台。再精致华美的演出服，都无法掩盖她身上耀眼夺目的光芒。而她轻声吟唱的歌谣，是他贫瘠苍白的二十年里从未听过的天籁。

气氛被带动，推向一个又一个高潮。他下意识地跟着狂热的粉丝们呐喊、鼓掌、欢呼，直到微凉的液体淌在手背上，才发现自己莫名其妙地掉了眼泪。

唱完最后一首歌，项嘉头戴花冠，身穿洁白的衣裙，浅浅笑着，向每一个喜欢过她、支持过她的观众告别。她将话筒轻轻放在地上，深深鞠躬，在无数人撕心裂肺的痛哭和叫喊声中，含泪微笑。如水的灯光也舍不得她离开，久久地照耀着那一道姣美的身影。

程晋山坐在台下，眼睛一眨不眨地盯着她看，心脏被难言的满足所淹没。他没有按设想中的那样成为传奇盗贼，然而，世界上最皎洁、最美好的月亮，却主动落到他手上。

他的来处

买过新房，程晋山打算把户口迁过来。小面馆交给林叔林婶帮忙照看，他带着项嘉坐上回老家的火车。路程不近，狠狠心买了卧铺，将项嘉安顿好，程晋山跑到车厢另一头接热水。

在火车上吃泡面，好像比别的场景更加有食欲。他用泡面附赠的叉子将火腿肠切成小块，一并焖在碗里，上面盖了本小说。没多久，浓浓的香味就散发出来。

"你吃红烧还是香辣？"最近酸菜味的泡面爆出负面新闻，他没敢买，挑了别的口味。

"香辣。"项嘉靠在他肩上蹭了蹭，柔顺的发丝落在他指间，带着阳光的热度。

掐着时间掀开盖子，程晋山挑了一叉子面条，灵活卷动几圈，吹到可以入口的程度，送到项嘉嘴边，哄孩子一样道："啊——"

项嘉边笑边吃，和他闲话家常："下车找地方买烟酒，再买点儿水果吧。你叔叔婶婶家的孩子多大？有没有孙子辈？"

程晋山皱着眉，往她嘴里喂了块火腿肠，态度有些烦躁："不用给他们买东西。"

"我知道他们对你不好。"项嘉摸摸他手背安抚，"可这是最基本的礼数。再说，迁户口还需要他们配合。"

程晋山被她说服，下车之后，带着人转了两趟公交，在村东头的小卖部买了两条烟、两瓶酒，又搬了一箱桂圆、一箱纯牛奶。

项嘉好奇地打量他的故乡，这里比她生活过的村子更破旧，高低错落的房屋像一只只老掉牙的动物，有气无力地趴卧在道路两侧，屋前石阶上坐着头发花白的老人，或是晒太阳，或是在做着活计。

往西走了五六分钟，他们停在一栋两层小楼前面。程晋山敲了半天门，一个富态精明的中年女人露出半张脸。她警惕地打量许久未见的侄子，见他们两个衣着体面，手里还拿着东西，这才露出点儿笑模样："这不是山子吗？哪阵风把你给吹来了？"

项嘉跟着程晋山喊"婶子",走进院子,看见右边圈里养着几只羊和猪,草木味和臭味混在一起,有些难闻。他们在客厅落座,由于担心程晋山和对方吵起来,项嘉主动担起外交职责,和女人客套了几句。

"他叔在地里干活呢,我打个电话叫他回来。"女人摸不清项嘉底细,客客气气地倒水让瓜子,边寒暄边打探,"山子长大不少,刚开始我都没敢认!这是在哪儿发达了吧?瞧瞧穿得多精神!"

"地摊货,看着质量还不错吧?"程晋山掸掸裤腿,张嘴说瞎话,"混得还行,也就欠了几十万的债,好在我和我媳妇都年轻,慢慢还呗!总有还得清的时候,婶子您说是不是?"

女人脸上的笑容蓦然僵住,怀疑他俩是来借钱的,懒得做面子功夫,打电话催男人回家。等到弄清楚二人此行是为了迁户口,而迁户口是因为在城里买了房,再想修复关系已经来不及。

拿着户口本,急匆匆奔赴派出所,办完手续,程晋山松了口气。连午饭都不肯留在叔叔家吃,他自己进去还了户口本,拽着项嘉离开,脚步迈得飞快。

"山子?"有人在身后不确定地叫。

程晋山回过头,脸上浮现讶异:"青青姐?"是发廊街关照过他的姐姐之一。

女人热情地将他们带进理发店,笑道:"这几年管得严,政府还有教我们手艺的,现在改做正经生意,也能混口饭吃。"她意识到说漏了嘴,不安地看了项嘉一眼,见对方没有表露出嫌恶的意思,这才放下心,态度又热烈几分。

理发店的生意不好不坏,她给最后一位客人刮完胡子,洗干净手,留他们吃饺子。白菜猪肉的馅已经准备好,项嘉帮忙揉面、擀皮、包饺子,灵巧的手一握一捏,包得又好又快。

女人连声夸赞:"山子真是有福气,找了个这么能干的媳妇儿!还这么漂亮!小琴姐要是知道,肯定替你高兴!"

程晋山咧咧嘴,脸上流露几分感慨:"要是大家都在就好了。"

填饱肚子,和女人告别,程晋山一搂项嘉,露出几分年少时的痞

气:"走,哥哥带你打游戏!"

游戏厅还在,他发挥过硬本事,给项嘉抓了好几个娃娃,又带着她打拳皇、开赛车。项嘉听着他大呼小叫,自己也跟着紧张,两人锦鲤附体,看着推币机"丁零当啷"推出一大堆游戏币,兴奋地抱在一起。

玩到天黑,程晋山带着项嘉找地方吃饭。

"订明天早上的车票回去吧。"他把肉丝夹到项嘉碗里,忽然开口道。

"要不再留两天?"项嘉看出他情绪不佳,柔声劝解,"我还想看看你的学校和打过工的地方。"

"没什么好看的。"回溯过往,他越来越清晰地认识到在这里生活的十几年乏善可陈。遇到她之前,一切苍白又绝望;遇到她之后,人生好像才真正开始。

"没意思。"程晋山的语气有些落寞,"以后……再也不回来了。"人都说"叶落归根",可故乡不像故乡,没了根的他好像突然失去了一个支点,不知道该怎么维持平衡。

"你还有我。"项嘉温柔又悲悯地看着他的眼睛,主动握住他的手。为了哄他,她难得亲昵地叫了声:"老公,你还有我。"

程晋山心里一动,她说得没错,不必留恋来处,只需挂念归处。

有她的地方,就是故乡。

玫瑰与狗

在一个贫瘠的星球上，有一座年久失修的玻璃花房。玻璃破了好几个洞，挡不住肆虐的狂风；泥土又干又硬，无法提供太多营养；就连太阳，也被花房上方的大树遮挡，只吝啬地施舍几缕光线。

然而，就是在这样恶劣的条件下，在破破烂烂的玻璃花房中，诞生了一朵七彩玫瑰。这朵玫瑰是如此娇嫩，如此美丽，它颤巍巍地绽开花苞，伸展七种颜色的花瓣，好奇打量这个对它而言完全陌生的世界。

"你比彩虹还要美丽！"懒惰的园丁发现了它的存在，惊讶地赞叹道。

玫瑰害羞地用绿叶挡住半边面孔，轻声说："谢谢。"

看来，玫瑰不只有彩虹一样斑斓的外表，还有露水一样纯洁的心灵。

园丁每天只给玫瑰浇一点点水，口中却说道："在我们的这个星球，水是比金子还要昂贵的宝贝，而我愿意为你付出一切！"园丁抚摸着它柔嫩的花瓣，目光真挚，"我是那么爱你！世界上再不会有人，比我对你更好！"

单纯的玫瑰信以为真，依恋地蹭着园丁的手。它还太幼小，没有见过外面的世界，不知道在距离花房仅仅二百米的地方，就有一条清澈的溪流在歌唱，更不明白，挂在嘴边的爱，大多数都是假的。

很久以后玫瑰才懂得，真正的爱，需要用心去感受。

总之，为了回报园丁的付出，玫瑰答应参加一年一度的宇宙花卉选美比赛，它忍着疼痛由园丁剪去尖刺，摘掉多余的绿叶，每天都要在牛奶中浸泡一个小时。园丁不知道，它讨厌牛奶的味道。

娇艳的七彩玫瑰毫无悬念赢得冠军，替园丁赚取丰厚奖金。它开心地站在狭小的花盆里，等着园丁接她回家，却从礼仪小姐口中得知，园丁将它卖给了有钱的狮子，已经乘坐飞船离开。

狮子是多么凶恶又残暴的动物啊！狮子不顾玫瑰发白的脸，将它连

根拔起，叼在嘴里带回自己广袤又荒凉的星球。七种颜色的花瓣被利爪撕碎，碾出晶莹如泪的花汁，叶片散落一地，遍体鳞伤的玫瑰躺在冰冷的地上，奄奄一息。

它不明白，为什么纯洁无瑕的心会遭遇无情的摧残，为什么发自内心的善意，换不来同等的回馈。这没有道理。

植物是不能没有土的，为了活命，玫瑰只好逃跑。它避开狮子的监视，乘着风飘进太空，像一叶无根的浮萍，像一株漫无目的的蒲公英。它边飞边哭，泪水在真空中变成大小不等的漂亮圆球，像一个个精雕细琢的艺术品。

它哭累了，降落在一个比故乡更小、更贫瘠的星球上，昏倒在臭水沟旁。一条饥饿的狗路过，在玫瑰脸上嗅来嗅去，发现她不能吃，失望地叹了口气。土狗走出很远，似乎抵御不了花香的诱惑，又拐回来，将玫瑰带回窝里。

玫瑰醒来的时候，看到毛发肮脏的狗蹲在她对面，张着嘴，耷拉着舌头，口水从嘴角流下，恶心又吓人。

玫瑰已经没有挣扎的力气，认命般地闭上眼睛，轻声道："你吃掉我吧。"

土狗一步步走近，张大嘴巴，龇起獠牙。紧接着，它慢吞吞地舔了玫瑰几口，舔得到处都是口水。

遇到玫瑰之前，土狗坚定地认为，不能吃的，都是没有用的。可玫瑰长得太好看，模样太可怜，令土狗觉得，就这么抛弃在路边，是一种难以被饶恕的罪恶。

"你有什么本事？"土狗歪着头问玫瑰，嗓音又粗又哑，不住舔玫瑰的举止也粗俗无礼。

"我……"玫瑰被土狗问住，涨红了脸，"我靠美丽谋生。"

一想到这种美丽已经不复存在，玫瑰悲从中来，小声哽咽。

"美？"土狗认真打量着玫瑰，懵懵懂懂间觉得某种认知被激活、被唤醒，好像自己也不知道的秘密角落，有个锁忽然打开，小小的门后藏着新世界，"你确实很美。"

土狗笨拙地学习照顾玫瑰，在垃圾场一样的窝里腾出一块空地，运来许多土壤，还在里面排泄，制造天然肥料。

土狗将玫瑰重新种进土里，求夸奖一样挺着胸脯道："现在感觉怎么样？有没有好很多？"

玫瑰快被肥料的臭味熏得晕过去，可自己不能拒绝土狗的好意，于是努力将残存的根须深深扎进地底，晃动着仅剩的一枚叶片，对土狗鞠躬致谢："谢谢你，我正需要这个。"

土狗总是在觅食，总是在掠夺，这还是第一次不求回报地主动付出。土狗怔怔地看着玫瑰腼腆的模样，根深蒂固的观念开始动摇——

原来，不能吃的，未必无用。

玫瑰在这里住下。刚开始，它经常做噩梦，惊醒之后，看着天边的星星默默流泪。后来，土狗把自己的床搬到玫瑰身边陪着它，有时候睡得太死，还会滚进花圃，无意识间被玫瑰新长出来的小刺扎得嗷嗷叫。

噩梦渐渐远离，玫瑰习惯贴着土狗的脑袋入睡，梦里有清澈的溪流，有温暖的阳光。

"或许你可以跟着狼群学习捕猎的技巧。"玫瑰一点点恢复活力，开始婉转地提点土狗，"抓几只鸡鸭，试着饲养，鸡生蛋，蛋生鸡，以后就不用这么辛苦。"

土狗豁然开朗，照着玫瑰的指导行动，日子过得越来越好。

看着土狗洗过澡，变得帅气又威风，玫瑰忽然生出强烈的不安，故作刁蛮地挥舞着尖刺说："我不喜欢拥挤，所以，最好不要养别的花呀草呀什么的，不然的话……"

不然的话，她说不定会放声大哭的！

"你和普通的花花草草不同。"土狗又开始舔玫瑰，新长出的花瓣比原来更娇嫩、更香甜，像丝绸一样柔滑。土狗照旧糊玫瑰一脸口水，无比自然地说道："你是我的家人呀。"

它说完这话，继续忙忙碌碌，一会儿给鸡喂食，一会儿温习抓捕动作，好像并不觉得，自己说的是多么动人、多么了不得的话。

　　玫瑰呆了好半天，觉得空空的心终于被什么填满。土狗没提过一个"爱"字，可玫瑰半点儿也不怀疑土狗的心意。

　　忠诚的家人，新的家园，多好呀。

平行世界：落难千金

却说这一年天下大旱，又遭蝗灾，到了秋季颗粒无收，民不聊生。

建安郡守爱民如子，顶着杀头的罪过开仓放粮、散尽家财，不想好人没好报，倒教下山劫掠的匪首砍了脑袋。那匪首借此机会揭竿为旗，带着众多流民造反，鸠占鹊巢，将郡守的一妻两妾并诸多奴仆据为己有。

郡守膝下仅有一女，姓项名嘉，有倾国倾城之貌，性情温婉，柔中带刚。家中陡然遭此劫难，祖母含悲忍泪，收拾细软，使婢女们助其翻墙逃走。

"去太平府找你叔叔相助！"祖母殷殷叮嘱，"若有不测，以保全自身为要！"

项嘉含泪跪倒拜了三拜，抱着包袱逃进黑夜。不多时，匪首就得了消息，下令封锁城门，挨户挨户搜检项家小姐的下落。

项嘉逃不出去，依着记忆走到自家庄子附近，娇嫩的玉足上起了许多水泡，疼得钻心。上回来时，还是隆冬时节，阖家商量着泡汤泉，说不尽的欢声笑语。如今，只剩她孤零零的一个人。

项嘉躲在稻草垛后头，警惕地观察庄子动静。匪首自立为王的消息已经传开，佃户和下人们没了主子，乱成一锅粥。有人落井下石，打算借这个机会强闯主人卧房，劫掠些首饰衣裳，变卖成银子，够一家老小几年花用。

这当口，一个剑眉凤目的年轻后生大喝一声，抄着家伙冲了出来，和几个汉子吵闹半天，凭生猛吓退诸人。他振振有词道："主家待咱们不薄，咱们不能忘恩负义，坏了规矩！"

项嘉见他眼熟，依稀忆起是程管事的孙辈，常在庄子里担水挑粪，为人鲁直，是个愣头青。

她没法子，等后生绕着房屋前前后后检视一遍，在铜门上挂了两把大锁，提着灯笼往山下走时，小声唤他："程哥哥……"

程晋山疑惑地左右张望，瞧见稻草垛后头的美貌少女，不由吃了一惊。

"小姐？"他大步走近，看清她哭花的妆容和沾满污渍的裙摆，二话不说将外衫脱下，罩在她身上，压低声音，"此处不是说话的地方，快跟我走。"

项嘉强忍着足底剧痛，跟着他深一脚浅一脚来到半山腰处的破旧房屋。

"爷爷做主给我们分了家，我没要银子，要了这栋房子。"程晋山咧嘴一笑，露出明晃晃的白牙，"房后头那两亩地也是我的，待将来收成好些，收拾收拾，能出不少粮食。"他身无分文，却有把子力气，还指望靠那片田地娶婆娘生娃娃。

项嘉这才想起他父母双亡，孤男寡女共处一室，不由心惊肉跳。她垂着脸儿立在地上，不坐也不说话，颇有些局促。

"小姐是逃出来的？"程晋山用衣袖擦干净一把椅子，又从地锅里取出个还软和的荞面窝窝，"郡守老爷多好的一个人，居然遭到这样的祸事，哎……我这儿没什么好东西招待小姐，您别嫌弃。"

项嘉从没受过这种罪，此时饿得前胸贴后背，也顾不得提防，接过窝窝咬了一口。窝窝头口感粗糙，又苦又涩，项嘉的眼泪立时流了出来。

她边哭边吃，倒把程晋山吓了一跳，挠挠头自言自语："有……有这么难吃吗？要不……要不我出去蹚摸点儿白面大米？"

项嘉知道今时不同往日，能得他帮助已是感激不尽，并不敢十分叨扰，低声道："不必……很……很好吃……"

她用袖子擦了把眼泪，把花容月貌擦成脏兮兮的小猫脸，犹自浑然不觉，抽泣道："那些匪贼在四处找我，求程哥哥收留我几日，待风头过去，我去太平府寻我叔叔。"

"小姐客气！您是主我是仆，说什么收留？尽管住！尽管住！"说着，程晋山已经奔往东屋收拾床褥，"我这儿还算偏僻，小姐且放心住下，明日一早，我就下山打探消息！"

项嘉感念他的热忱，自觉是以小人之心度了君子之腹，心下颇为惭愧。她在家中娇生惯养，这会子却不得不学着照顾自己，用冰冷的井水洗过鲜血淋漓的双足，以帕子胡乱捆扎，侧身躺下。

被褥又冷又硬，窗外不时传来野犬吠叫之声，窗户纸还漏风，她自伤身世，贴着填满麦壳的枕头默默地流了会儿眼泪，强迫自己入眠。

朦胧间，项嘉感觉到有一黑影渐渐接近，粗糙的大手探进被褥，往她身上摸了过来。她猝然惊醒，吓得花容失色，压抑地叫了一声，抱着被子往后缩去。

"小姐别怕，是我！"有些粗哑的声音传来。

项嘉当然知道是他，她以为他生了歹念，内心天人交战，一会儿想要拼死保住清白，一会儿又觉得，不给他些甜头，恐怕没法子哄住他为自己卖命奔走。

正犹豫间，那只温热的手掌握住她的玉足。他在黑暗之中将俊脸凑向伤口，深嗅两下，有些得意："我就说闻着有血腥气，怪道小姐走路恁慢，既受了伤，怎么不告诉我？"

他在乡野间长大，夏日在河边嬉水玩闹，也见过村姑妇人的脚，并不觉得此举有什么不妥。可项嘉在家中谨守规矩，不免大惊失色。脚既被他摸过，就只有嫁给他这一条路子可走。偏偏他还抱着关心她的好意，翻箱倒柜寻找伤药，又拿出一大卷干净的布条，替她重新包扎，倒教她有苦说不出。

项嘉温顺地靠坐在床头，看着少年小心翼翼地将双足一圈一圈缠好，还往足底吹了几口气，脸颊渐渐烧起来。芳心乱成一团，她轻声道谢："多谢程哥哥。"

程晋山憨厚地笑笑，忽然发现灯下的她美得更为惊心动魄，一时不敢多看，吹灭蜡烛，道："快睡吧。"

接下来几日，风声更紧。程晋山往山下打探过两回，说是城中大乱，好几家粮店和富户被流民洗劫一空，每过一个关卡，便有数队叛军查问。莫说带项嘉出城，连只苍蝇都飞不出去。

他从怀里掏出个还热乎的烧饼，塞给项嘉当午饭，自己按住干瘪的肚子，别过脸猛咽口水。买一个烧饼的钱，可以换五六个窝窝，可他知道她金贵，没法子跟着自己吃糠咽菜。

项嘉将烧饼一分为二，自己斯斯文文地吃着较小的那一半，把另一半推给他："程哥哥，我吃不完，你也吃。"

"给你留着晚上吃。"程晋山装作收拾屋子，躲到厨房角落，蹲下身就着凉水啃窝窝头。

项嘉左思右想，从随身带着的包袱里取出一小包银锞子，交给程晋山，轻声道："听说邻近的几座城池都有流民暴动，只怕动乱没那么容易平息。程哥哥拿着这些银子，往城中多买些粮食储藏起来，咱们有备无患。"

程晋山深以为然，也不同她客气，将带着香味的荷包揣进袖子里，道："行，我这就下山采买！"

到得夜深人静时分，他扛着两大袋粮食回来，汗流浃背，气喘吁吁。

项嘉连忙迎过去，看着他将粮食放进地窖，递上绣着海棠的帕子，有些腼腆地道："我……我煮了一锅白粥，不过不大好喝，你要不要尝尝？"

"好啊！"程晋山正口渴得厉害，捏着粉白柔软的帕子，不舍得擦汗，却顺手塞进衣袖里，一屁股坐在桌前，端起粗瓷碗"咕咚咕咚"连喝两碗。

米粒半生不熟，一尝就知道火候不够。

"好喝！"程晋山本就对口味没有要求，见她一个娇滴滴的千金肯为自己洗手做羹汤，高兴还来不及，哪里会泼她冷水，"小姐还会烧火？没烫着吧？"

这话一出，项嘉就红了脸，窘迫地将手藏在裙子后面，小声道："没，没有。"

程晋山见状立时发了急，又是浸泡井水，又是涂抹伤药，折腾了好半天，三令五申道："以后不能进厨房！这不是小姐该干的活计！"

项嘉总怕给他添麻烦，见烧饭帮不上忙，便趁他去庄子里干活的工夫，坐在窗下缝补衣裳。少年生性好动，不是手肘处破了个洞，就是膝盖打了个补丁，她觉得不美观，用细密的针脚一一缝补，绣上精致平整的花纹。程晋山回来瞧见，喜欢得跟什么似的，穿在身上舍不得脱。

在他家住了五六日，项嘉实在难忍身上的黏腻，红着脸问他平日里如何沐浴。

"我都在河里洗,顺手还能抓两条鱼。"程晋山没过脑子,答完好半天才反应过来,也跟着红了脸,"不不,小姐肯定不能在河里洗。"

他对山里的地形熟悉得很,知道在林子深处有两三眼小小的汤泉,待到天色发暗,便带着捂得严严实实的项嘉出了门。左拐右拐,翻越陡峭的山丘时,项嘉差点儿被带刺的灌木刮破裙子。

程晋山伸手扶稳她,懊恼道:"改日我找几块好木头,请人为小姐打个大浴桶,省得来回奔波。"

说得就好像她能在他家长住似的,项嘉心里有些难过,又浮现几分对前路的茫然,没有应声。

找到冒着热气的汤泉时,天色已经黑透。程晋山将纸扎的灯笼搁在一旁照明,清理好水面漂浮的落叶,试了试水温,对项嘉道:"小姐洗吧,我去那边石头后面守着,有事叫我。"

项嘉有些紧张地散开长发,宽衣解带,滑进温热的天然汤池里,直到热水流过四肢百骸,这才放松地呼出一口气。

程晋山蹲在石头后面,听着断断续续的水声,鬼使神差拿出项嘉那方帕子,放在鼻下闻了闻。已经过去这么多天,竟然还是香的。那么美貌又好性子的千金小姐,往日里连抬头瞧一眼,都觉得冒犯。谁承想造化无常,如今两人同住在一个屋檐下,在一个锅里吃饭,她还给他缝衣裳。

程晋山觉得心里美滋滋,忍不住"嘿嘿"偷笑起来。爹娘没得早,他总羡慕别人家热热闹闹,急着攒银子成亲生子,却没认真想过到底要娶怎样的姑娘。这会儿,模糊的向往忽然变得清晰——项嘉这样的最好。他不需要她多能干,也不需要她补贴家用,如果可以,他愿意一辈子捧着她护着她,对她百依百顺。

换作以前,他不敢做这样的白日梦。可她家中遭逢大难,朝不保夕,又恰好给了他鞍前马后的机会,这大概就是话本子里常说的"天定姻缘"吧?程晋山越想越美,听见项嘉远远地唤了一声"程哥哥",立刻响亮地答应,翻身跃起。

她泡了近半个时辰，浑身沾满湿漉漉的水汽，他怕她染上风寒，忙不迭将备好的袄子抖落开，披在她柔弱的肩上。

　　"山路不好走，我背你回去吧。"感情发生变化，态度比往日更殷切几分，他半哄着将她背在身上，大步流星往回走。

　　身子紧紧贴在一处，项嘉芳心大乱。按着世俗礼法，两人在一起住了那么些日子，除了嫁他，她别无选择。可心里喜不喜欢倒在其次，她如今与孤女无异，又被匪寇追杀，只会给程晋山带来灾祸，哪里配得上他？

　　程晋山健步如飞，没多久就带着项嘉回到家中，还道："小姐也太轻了些，明日我去林子里逮只山鸡，给你补补身子。"

　　项嘉越发觉得他粗中有细、温存妥帖，心里又甜又苦，说不出话。

　　睡到半夜，忽听远处传来嘈杂之声，又有火光闪烁，照亮半边天空。程晋山急匆匆出去打探，片刻之后飞也似的奔回来，拉着项嘉往地窖的方向走，小声道："是匪贼！怕是来抓你的！"

　　项嘉的心提到嗓子眼，跟着他躲进地窖，耳听得脚步声和呼喝声越来越近，面上显出挣扎之色。

　　终于，她做出决断，对程晋山道："程哥哥，这桩祸事因我而起，原不与你相干，多谢你这段时日对我的照顾。我跟他们回去，你在此处好好躲着，不要露面。"

　　她强装镇定，眼睛里却含着泪水，双肩也在微微颤抖，显然极为害怕。说着项嘉提起裙子往梯子上爬，却被程晋山一把拽住，搂进怀里。

　　"哪儿都不许去。"少年流露出罕见的强势，整具火热的身躯紧紧贴住她纤弱的脊背，和她十指相扣，"咱俩要活一起活，要死一起死。"

　　项嘉心中大震，她侧过头看着他桀骜不驯的脸，泪水涟涟，颤声道："你这又是何苦？"

　　窗户纸快要捅破，程晋山目不转睛地盯着她黑白分明的美目，只觉嗓子眼干渴得厉害，心口揣了个活蹦乱跳的小鹿，"咚咚咚"跳得飞快。

　　歹人们进了屋子，翻箱倒柜，时不时吆喝一声，想诈项嘉主动现身。程晋山死死抱住项嘉，温热的手掌捂紧她的朱唇，两个人一动不动，不敢发出半点儿声音。

也是老天有眼，几个匪贼翻找许久，并未发现地窖入口，转而往山上的庄子里搜寻。程晋山不敢掉以轻心，往地上铺了层干草，让项嘉躺在自己腿上，自己则靠着墙胡乱熬过后半夜。

天亮之后，二人从地窖钻出，见本来整洁的房屋被匪贼们翻得一片狼藉，锅碗瓢盆散落一地，心下难过不已。

程晋山捡起项嘉亲手缝补的衣裳，拍了拍上面的脚印，当机立断道：“他们找不到你，说不准什么时候还会回来，咱们得想法子赶快出城。”

项嘉和他商量了半晌，想出个主意。

却说这周遭几个城池的暴民首领结为同盟，渐成气候，各自抽调一部分兵力于前线集结，和朝廷相抗。建安郡也大动干戈，上千名叛军鱼贯出城，装满粮草的马车紧随其后，许多不堪匪寇侵扰的百姓借机跑了出去。

一个小麦肤色的年轻后生牵着头毛驴，驴后的平板车上驮着口薄板棺材，他皱着眉苦着脸，穿着孝衣，混迹在人群里。

"死的是你什么人？"城门下值守的兵士例行询问。

"是我娘子。"程晋山装模作样地用粗布衣袖擦擦眼角，"我们夫妇俩来这里做小本生意，没承想银子没赚到，倒把她搭了进去。郎中说她患的是恶疾，还会传染，义庄的人害怕，不让我停放棺木。我没法子，只能带她回老家安葬。"

两个兵士本打算开棺验看，一听是恶疾，变了脸色，对视一眼，犹豫不决。

"我不信我娘子这病会传染。"程晋山用力揩出一把鼻涕，揉得鼻子红彤彤的，主动去推棺盖，"我娘子生前美貌又温柔，从不与我置气，你们瞧瞧……军爷，我推不开，来搭把手！"

前头那兵士眼尖，从缝隙中隐约窥见女尸惨白的脸上长满红色疱疹，棺木里还散发出臭鸡蛋一样的气味，吓得连连倒退，道："快！快关上！滚滚滚！"

"怎么跟见了鬼一样？"程晋山有些不高兴，扁着嘴将棺盖合拢，赶着驴不紧不慢地离开。走出城门四五里地，拐到一处僻静的所在，他绕到后头，使劲儿推开棺材，将扮成女尸的项嘉抱出来。

她这身装扮着实吓人，脸上涂着厚厚的粉，又用胭脂圈点出大大小小的红色疹子，嘴唇艳得滴血，身上穿一套素色衣裙，乍一看真像具尸体。

程晋山联想起刚才撒的谎，觉得很不吉利，心慌手抖，叫魂般拉长了嗓音："小——姐！小——姐！"

项嘉缓缓睁开眼睛，往四周打量一圈，确定逃出生天，长长松了口气。她有些窘迫地挣扎着，提醒他道："我身上脏，快放手。"

为了确保万无一失，她的头发许久没洗，衣裙也在鸡窝里熏了好几日，这股子气味她闻了就想吐，更别说他的狗鼻子。

程晋山见她表情生动，心下稍安，却不肯放手，掏出帕子帮她细细擦干净脸上的红点，目光在她鲜艳的唇瓣间流连许久。这动作颇有些暧昧，再加上项嘉发觉帕子角落绣着她的名字，一张俏脸逐渐染上云霞。

他带着她往太平府的方向走，一路吃了许多苦头。

她生得太美，怎么乔装都容易引起旁人的注意，程晋山和好几拨地痞流氓交过手，有一回肚子被人捅了一刀，发烧不退，险些病死。项嘉和他躲在破败的山神庙里，紧握着他的手掉眼泪，眼睛肿得像桃子一样，只能想方设法采来草药，配着她笨手笨脚煮出的白粥，一点一点喂给他吃。

银子渐渐花尽，程晋山不舍得项嘉饿肚子，在码头干苦力，一日扛近百箱货物，累得坐下就站不起来，可还是强撑着跑了几里地，将残存体温的铜钱换成她喜欢吃的桂花糕。

两个人彼此体贴，相互扶持，情意虽然没有说破，却心知肚明。

太平府是朝廷和叛军对峙的重要驻地，过了青罗江，就是太平地界。

许多踏踏实实过日子的老百姓都不愿冒着人头落地的风险造反,急着涉江进城,到天子脚下讨生活。因此,越往江边走,遇到的难民越多。

这天晚上,程晋山费尽口舌,花光这半月积攒的工钱,好不容易雇了条小船,扶着项嘉上去。

项嘉见这船年头已久,摇摇晃晃,有些担心,轻声道:"要不我们再等等?"

"越等船费越贵。"程晋山紧紧握住她的手,"不妨事,我会水,游也能带你游过去。"

也是一语成谶,船开到江心,船夫便露出真面目,狞笑着逼迫程晋山再交一笔银子,又对美貌非常的项嘉垂涎三尺。事关项嘉,程晋山如同炮仗,一言不合跟对方打起来,两个人翻进冰冷的江水之中,一时白沫翻滚,战况激烈。

项嘉担心得要命,捡起船夫落下的匕首,觑空往他胳膊上捅了一刀,助程晋山占据上风。船夫见讨不了好,将船底一早就铺设好的木塞拔出,鱼一般往岸上游去。

小船渐渐沉下去,项嘉见堵不住窟窿,当机立断劈砍船身,和程晋山合力卸下一大块木板。她身子轻盈,靠木板可以勉强浮于水面,但这木板却无论如何承载不了成年男子的重量。

"程哥哥,怎么办?"项嘉急得要哭,不顾男女大防,快速揉搓程晋山冻得发青的脸。隆冬天气,泡在这么深的江水里,体温下降得很快,她心里明白,他撑不了多久。

"说了我会水,别怕,游也要把你送过去。"程晋山强撑着安慰她,他一边带着木板往前游,一边说些交代后事的不祥话语,"你不是说你叔叔是做官的吗?到了江那边,径直去城门口找官兵,让他们带你过去。"

"包袱里还有几枚煮鸡蛋,饿了记得吃。"他的神志因极度的寒冷变得有些不清醒,用力摇了摇头,雪白牙齿在下唇咬出血珠,"昨儿个你还说想吃烤地瓜,怕是没机会烤给你吃了。幸好你是官家小姐,以后想吃什么,吩咐一声即可,再不用跟着我受这些鸡零狗碎的罪……"

"你别说话，别说话……"项嘉哭得肝肠寸断，也不顾女儿家的矜持，凑上去贴了贴他冰冷的脸，"程晋山，我不许你死……你死了我怎么办……"

"要是有下辈子……"程晋山的目光陡然亮了亮，偏过脸亲了她一口，声音变得很低，"要是有下辈子，我保证对你比现在还好……"

项嘉紧紧抱着他的脑袋，嘶声喊道："救命！救命啊！有没有人救救我们？"

好在天无绝人之路，恰在这时，有一艘奢丽华美的客船劈波斩浪，自不远处驶过。

甲板之上，身形高挑的鬼面男子正搂着位紫衣美人看夜景，边看边抱怨："那厮真是个废物，我为他南征北战，将偌大个安稳江山送到他手里，这才过去几年，便折腾出许多么蛾子，偏他还有脸写信请我出山。姐姐，你总说我脸皮厚，和他比起来，我这个名头担得冤枉。"

那美人嘴角噙着笑，伸手整理他的玉冠，听到呼救之声，微蹙蛾眉，往江中看了一眼，柔声道："阿堂，你瞧那边是不是有人？"

湿淋淋的项嘉和程晋山被几个身手高强的侍卫捞上客船。她看着冻得失去知觉的少年，害怕得大脑一片空白，寸步不离地守着他，直到郎中给出"没有大碍"的诊断，这才想起拜谢救命恩人。

紫衣美人极为体贴，分出两个丫鬟服侍她，小丫鬟动作麻利，和她在家中常用的不差什么，可见主家非富即贵。

项嘉换上干爽衣裙，收拾停当，和美人互通名姓，这才知道对方嫁的竟是当年威震四海的柱国大将军周昱。

"父亲常说，周将军乃国之重器，百战百胜，四海之内无不敬服。"她礼貌地对紧跟着美人的鬼面男子福了一福，心中为家眷和万千正在水深火热中熬煎的黎民百姓感到欢喜。能请动周将军出山，平定叛乱之日不久矣。

周昱对她的美貌视若无睹，满心满眼都是自家夫人，不耐烦地挥了挥手："都是虚名，不值一提。"

项嘉问明客船正是要去太平府，说定搭上一程，见他们好得蜜里调油，便知趣告辞。她在舱中静守着程晋山，哪儿也不肯去，亲自喂水喂药，困了便趴卧在他床边。

待到一行人弃船就马，往城门而去时，程晋山终于苏醒。他还发着高热，嘴唇烧得起了干皮，浑身也没什么力气，却本能地搜寻项嘉身影。

确定她毫发无损，他大大松了口气，轻轻勾勾她的小指，露出个爽朗又干净的笑脸。项嘉扶着他坐起，因着这一遭大难不死，心情激越，无以言表，只是伏在他怀里哽咽。

"这是在哪儿？"程晋山看着舒适又宽敞的马车，下意识拥紧她，低头在柔顺的发丝间轻吻，"是谁救了咱们？"

项嘉低声将周家夫妇古道热肠的举动述说一遍，微笑道："你是没看见，将军夫人好美的一个人儿，说是倾国倾城也不为过，待人又温柔体贴……"

程晋山不以为然地撇撇嘴，深深看她一眼，调笑道："再美也没有你美……"

话音未落，有人朝着马车重重甩了一鞭子，厉声喝问："你说什么？有种再说一遍？"

程晋山莫名其妙地挑挑眉，脾气上来，从马车中钻出，对着骑在马上的黑衣男子道："说就说，我怕你？我们家小姐本就是天底下最美的女子！"

周昱连声冷笑，说道："不过是生得略平头正脸些，如何比得上我姐姐？坐井观天，可笑至极！"

程晋山不会拽那些文绉绉的词儿，只粗俗地朝天翻了个白眼，抬高嗓门："年纪轻轻，怎么眼神这般不好？我们家小姐这样的叫平头正脸，那天上的仙子怕是只配做乡下村姑！"

须臾，他和项嘉被周昱赶下马车。周夫人本待拦着些，略露出半张芙蓉脸，便被怒气冲冲的男子按了回去。

程晋山气得直跳脚："一个大男人，心眼比针眼还小！不愿意载我也就罢了，为何连你也赶下来？"

项嘉哭笑不得，拽了拽他的衣袖，道："你们俩怎么跟三岁孩子一般？罢了罢了，索性离城门不远，咱们走快些。"

到了城门底下，项嘉将祖母的亲笔书信和父亲的玉佩交给守城士兵，不多时，一队亲兵便急匆匆地迎过来。项嘉的叔叔项容臣本是此地副官，上个月府尹中流矢而死，他临危受命，接管前线要事，如今正忙得焦头烂额。二人被亲兵迎入府中，一个进了深宅大院，一个被安顿在前头客房，双方都不自在起来。

"他有吃的没有？身边有没有人伺候？"项嘉看着丫鬟呈上来的燕窝羹，难掩思念之情，"那几身衣裳旧得不能再旧，不知道有没有替换的新衣。"

程晋山的情绪无疑更外放些，几次想硬闯到后院里去，隔着垂花门高声呼唤："小姐！你在里面有没有事？"

深夜，项容臣拖着疲惫的身躯回来，不停思索着周将军的一言一行之中，是否饱含深意。到底是陛下也要敬三分的人物，说话做事高深莫测，令他摸不着章法。

他是主战派，底下有近半数官员却倾向于招安。周将军只漫不经心地品了半天的茶，还有闲心叫小厮出去买黄酒。

这仗到底还打不打？

项容臣强打精神，还没来得及过问侄女的情况，便听见程晋山在府里大呼小叫，十分没有规矩，当即气了个倒仰。他按下脾气，将对方叫来，旁敲侧击问了几句，得知侄女一路上和他同吃同住，脸色越来越黑。

侄女的模样和性情他都了解，若是赶上好运道，进宫做个宠妃都是使得的，这大字不识一个的毛头小子，凭什么大言不惭地向他提亲？此事万万不成！

有一瞬，项容臣甚至起了杀心。他想神不知鬼不觉封住程晋山的口，既保侄女一生富贵无忧，也能保住项家名声。还没来得及动作，府中忽有贵客到访，竟是白日里令他觉得云遮雾罩的周昱将军。项容臣又惊又惧，忙不迭迎出去，那周昱却旁若无人地走向程晋山。

"好兄弟，你怎么在这儿？"他奉夫人之命前来，压着性子僵着脸，做出副热络口气，打算帮他们一帮，"如今正是用人之际，且随我入营，挣个功名前程，才好娶美娇娘。"

程晋山还没摸清楚状况，见了鬼似的瞪着他，感叹这人变脸比翻书还快。

"将军和程……程小公子认识？"项容臣惊出一身冷汗，暗自后怕不已，"快，快请上座！"

"项大人不必客气。"周昱不耐烦地回瞪程晋山，"好兄弟，你还想不想娶项小姐？"他家夫人打算成人之美，他是觉得，多结些善缘，也好修和夫人的来世姻缘，便受累跑一趟，给这不知天高地厚的臭小子一个机会。若是这小子贪生怕死，他才懒得管他。

程晋山终于回过味来，他当机立断，用力点头："自然，我跟你走！"

说着，他还鬼精鬼精地转身朝项容臣磕了三个响头，打蛇随棍上："今日当着周兄的面，求叔叔做主，将小姐许配给我。待我功成名就，一定风风光光娶她过门！"

项容臣心里暗骂他无赖，却不敢得罪周昱，含糊应下，假笑道："贤侄一路小心。"

得知程晋山为博功名上战场厮杀，项嘉躲在屋里哭了好几场，从此日思夜想，落下心病。她为他精心缝制了一年四季十来套衣裳，又三不五时拜访周夫人，和对方一起翻看最新传来的邸报，为心上人担惊受怕，没过多久，便结为手帕交。

周将军如战神在世，势如破竹，所向披靡，而程晋山也靠勇猛与机智闯出几分名气。

收复大好河山那一日，天降瑞雪，喜兆丰年。

项嘉坐在窗前翻看程晋山寄来的信笺——昔日的莽汉在军中学到不少本事，字写得越来越好，还经常托人捎来些小玩意儿，讨她欢心。

嫩白的手指在"相思"二字之上摩挲许久，她听见叔叔隔窗传递喜讯，看着丫鬟们忙忙碌碌收拾回家路上需要的行李，想着即将重逢的家人与情郎，抿着唇浅浅而笑，美得如同枝头新绽的桃花。

图书在版编目（CIP）数据

饲犬／鸣銮著.
—武汉：长江出版社，2023.5
ISBN 978-7-5492-8846-5

Ⅰ.①饲… Ⅱ.①鸣… Ⅲ.①长篇小说—中国—当代
Ⅳ.①I247.5

中国国家版本馆CIP数据核字(2023)第069062号

本书经鸣銮委托天津漫娱图书有限公司正式授权长江出版社，在中国大陆地区独家出版中文简体版本。未经书面同意，不得以任何形式转载和使用。

饲犬 / 鸣銮 著

出　　版	长江出版社
	（武汉市解放大道1863号　邮政编码：430010）
选题策划	熊　璐
市场发行	长江出版社发行部
网　　址	http://www.cjpress.com.cn
责任编辑	梁　琰
特约编辑	李苗苗
总 策 划	幸运鹅工作室
插　　画	黄 蝉- 三伏QWQ
装帧设计	刘江南　李梦君
印　　刷	深圳市精彩印联合印务有限公司
版　　次	2023年5月第1版
印　　次	2023年5月第1次印刷

开　本	635mm×940mm　1／16
印　张	19.75
字　数	300千字
书　号	ISBN 978-7-5492-8846-5
定　价	48.00元

版权所有，翻版必究。如有质量问题，请联系本社退换。
电话：027-82926557(总编室)　027-82926806（市场营销部）